06/2500

Über 40 Jahre
Heyne Science Fiction
& Fantasy

2500 Bände
Das Gesamt-Programm

Fantasy

Herausgegeben von Friedel Wahren

Vom Demonworld-Zyklus erscheinen in der Reihe
HEYNE SCIENCE FICTION & FANTASY:

NORDMARK-TRILOGIE

Ulrich Drees: *Die Mission der Ordensritter* · 06/9031
Ulrich Drees: *Die Eishexen von Harrané* · 06/9032 (in Vorb.)
Ulrich Drees: *Das Geheimnis von Sordon* · 06/9033 (in Vorb.)

DEMONWORLD®

ULRICH DREES

Die Mission der Ordensritter

Erster Roman
der Nordmark-Trilogie

Originalausgabe

WILHELM HEYNE VERLAG
MÜNCHEN

HEYNE SCIENCE FICTION & FANTASY
Band 06/9031

Umwelthinweis:
Dieses Buch wurde auf chlor- und säurefreiem Papier gedruckt.

Originalausgabe 1/2000
Redaktion: Joern Rauser

http://www.heyne.de
Printed in Germany 1999
Umschlagbild: Swen Papenbrock
Kartenentwürfe: Ralf Hlawatsch
Umschlaggestaltung: Nele Schütz Design, München
Technische Betreuung: M. Spinola
Satz: Schaber Satz- und Datentechnik, Wels
Druck und Bindung: Presse-Druck, Augsburg

ISBN 3-453-14942-4

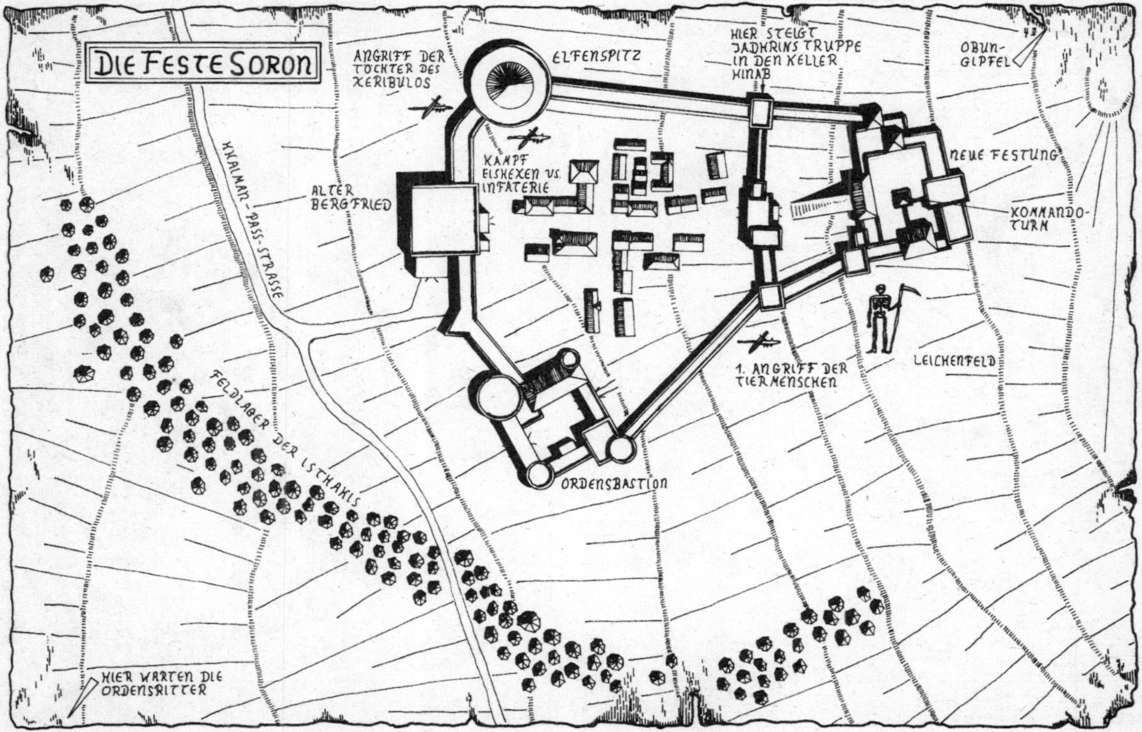
DIE FESTE SORON
ANGRIFF DER TÖCHTER DES XERIBULOS
ELFENSPITZ
HIER STEIGT JADHRINS TRUPPE IN DEN KELLER HINAB
OBUN-GIPFEL
NEUE FESTUNG
KOMMANDO-TURM
KAMPF EISHEXEN VS. INFATERIE
ALTER BERGFRIED
KHALMAN-PASS-STRASSE
1. ANGRIFF DER TIERMENSCHEN
LEICHENFELD
ORDENSBASTION
FELDLAGER DER ISTHAKIS
HIER WARTEN DIE ORDENSRITTER

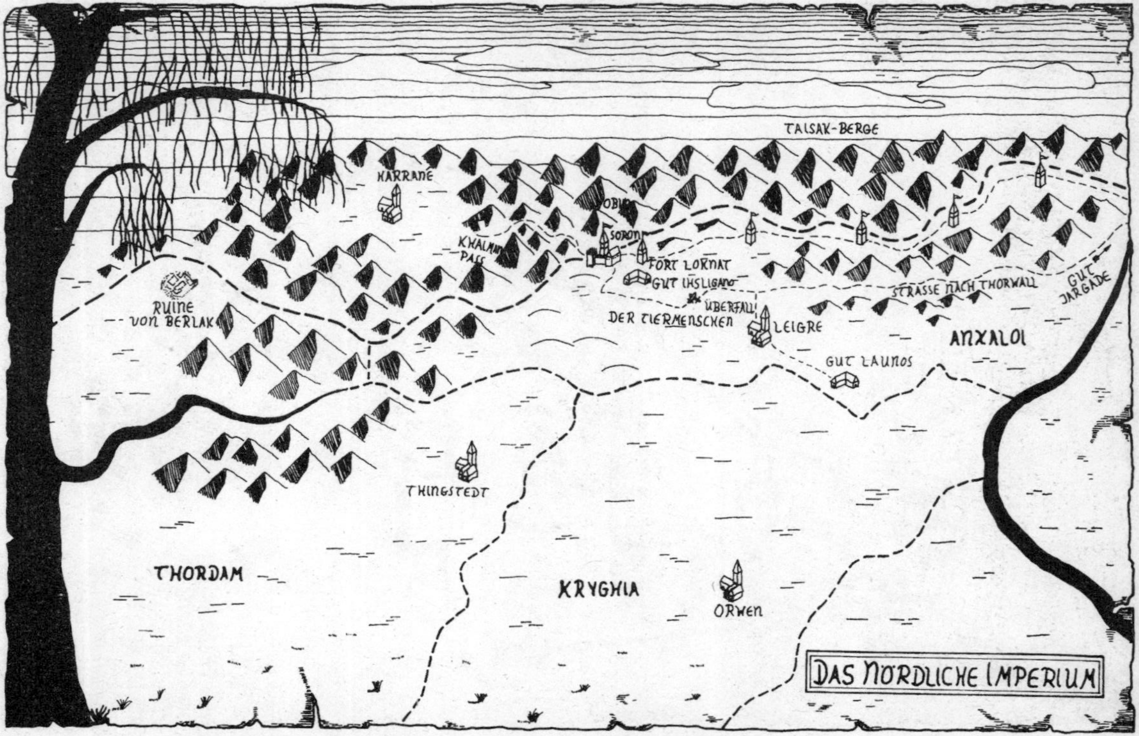

DAS NÖRDLICHE IMPERIUM
TALSAK-BERGE
KARRANE
KHALMM PASS
OBIN
SORON
FORT LORNAT
GUT IHSLIGAND
ÜBERFALL DER TIERMENSCHEN
LEIGRE
STRASSE NACH THORWALL
GUT JARGADE
ANXALOI
GUT LAUNOS
RUINE VON BERLAK
THINGSTEDT
THORDAM
KRYGHIA
ORWEN

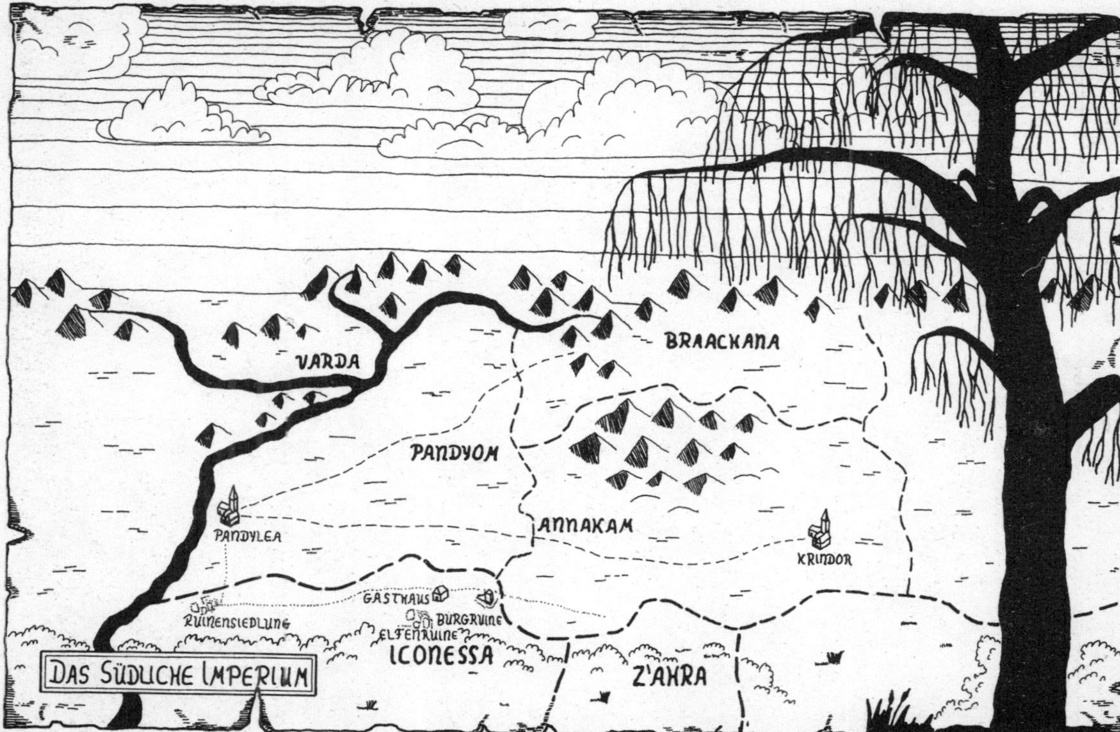

DAS SÜDLICHE IMPERIUM
VARDA
BRAACKANA
PANDYOM
ANNAKAM
PANDYLEA
KRINDOR
GASTHAUS
BURGRUINE
ELFENRUINE
RUINENSIEDLUNG
ICONESSA
Z'AHRA

KAPITEL 1

2. Sempak 715 IZ

Hauptkloster der Kampfabteilungen des Ordens des Reinigenden Lichts unweit der Reichshauptstadt Emessa. Ein kühler Herbsttag bricht an.

Mit geübter Präzision führte Jadhrin Thusmar die Bewegungen der heiligen Morgenexerzitien des Turmash aus. Paraden und Ausfallschritte wechselten sich mit Drehungen und lang ausholenden Schwerthieben ab, die Jadhrin in der vorgeschriebenen Weise beidhändig ausführte. Sein graues Untergewand klebte trotz der kühlen Luft des herbstlichen Morgens schweißgetränkt an seinem Rücken. Um ihn herum bewegten sich in völligem Gleichklang die Körper seiner Ordensbrüder durch die Figuren der Schwertübungen. Im Hof des Ordensklosters von Andoran waren nur rhythmisches Ein- und Ausatmen und das Auftreten nackter Füße auf dem noch vom Morgentau feuchten Steinboden zu hören.

Die fünfzig Männer, die kurz vor Sonnenaufgang im Schein einiger Fackeln mit ihren Schwertern trainierten, gehörten dem Orden des Reinigenden Lichts an. Sie führten wie an jedem Morgen die traditionellen Übungen des Turmash genannten Klingengebetes aus.

Auf einer Mauer über dem Innenhof schauten drei kleine Jungen unter der Aufsicht eines alten Ordensritters mit einem langen, grauen Bart den Übungen zu.

»Seht ihr, Jungs!« erläuterte der alte Meister seinen Schülern. »Das ist das Turmash, die reine Idee des Schwertkampfes. Diese Bewegungen machen aus einfachen Soldaten gläubige Ordenskrieger.«

Seine Schüler nickten andächtig.

»Das Turmash«, führte der Alte seine Belehrungen fort, »geht auf die von Hohemeister Lindosh vor dreißig

Jahren entwickelten Kampftechniken zurück und wird seit dieser Zeit im ganzen Imperium in jedem Kloster des Ordens ausgeführt, in dem eine Abteilung der Ordensritter untergebracht ist. Seine Bewegungsabfolgen enthalten ebenso traditionelle Schwertkampftechniken des Imperiums wie geheime Techniken, die Lindosh in jahrelanger Meditation entwickelt hat.« Schweigend betrachtete der alte Lehrer, die vollkommen ausgeführten Bewegungen im Innenhof.

»Aber warum stärkt das den Glauben, Meister?« erkundigte sich einer seiner Schützlinge.

»Das Turmash ist auch ein Gebet und dient auf diese Weise nicht nur dem Training des Schwertkampfes, sondern versetzt den Ausführenden auch in eine spirituelle Einheit mit sich und dem alles durchstrahlenden Lichte Meridas. Erst durch das Turmash wurden die Krieger des Ordens des reinigenden Lichtes zu den Vorbildern im Kampf gegen das Böse, als die sie heute im Imperium bekannt sind. Nur durch dieses Ritual können die Ordensritter im Krieg wie im Frieden jeder Versuchung und aller Furcht widerstehen. Deshalb führen sie das Schwertgebet auch nur im Inneren ihrer Klosteranlagen aus, um zu verhindern, daß es von anderen Kämpfern nachgeahmt werden kann.

Auf diese Weise erhalten die Krieger unseres Ordens auch die Gelegenheit, ihre Seelen von allen Verunreinigungen, denen sie außerhalb der Kloster beständig ausgesetzt sind, wieder zu läutern. Vor allem deshalb unterwerfen sich die Ordensmitglieder im Inneren der Klöster einer strengen Disziplin, die alle Bereiche ihres Seins – Körper und Seele – beansprucht. Die gemeinsamen Entbehrungen und Rituale schweißen uns erst zu einer in sich geschlossenen Glaubensgemeinschaft zusammen.«

»Aber Meister«, mischte sich der vorwitzigste der jungen Burschen ein, »verhalten sich die Mitglieder unseres Ordens außerhalb der Klöster nicht genauso wie alle anderen Soldaten im Dienste des Reiches? Meine Mutter hat mir erzählt, daß im Krieg Soldaten viele Dinge tun, die unter dem Lichte Meridas keine Gnade finden.«

Der alte Mann blickte den Jungen einige Augenblicke lang ungnädig an. »Das mag sein, Jarel. Aber hinter den Mauern der heiligen Orte gleichen sie durch strenge Selbstbeschränkung alle ihre Sünden wieder aus. Und damit, Jarel, werden sie wieder zu den moralisch gefestigten Männern, die du dort unten sehen kannst. Und wie diese Läuterung geschieht, Jarel, kannst du nachher selber ausprobieren, wenn du dich ohne Frühstück zum Ausmisten der Ställe meldest.«

Nachdem Jarel beschämt den Kopf gesenkt hatte, wandte sich der Lehrer an den Rest seiner Schüler. »Das Turmash ist ein wesentlicher Teil unserer Disziplin. Die bei jedem Wetter durchgeführten Übungen bilden immer wieder eine Art Kristallisationspunkt für die gesamte Philosophie unseres Ordens. Merkt euch das! Und noch etwas – bestimmt habt ihr schon überlegt, warum die Männer da unten keine Rüstungen tragen? Denn auf dem Schlachtfeld tragen unsere Ordensritter doch schwere Plattenrüstungen, die für die komplizierten Bewegungsabfolgen dort unten kaum geeignet sind.«

Allgemeines, gespanntes Nicken blieb die einzige Antwort.

»Nun, meine Lieben«, beantwortete der Ordenskrieger also seine eigene Frage. »In seiner unendlichen Weisheit hat Lindosh seine Übungen so entwickelt, daß sie den Körper stählen und kräftigen, damit die Ordensbrüder auch in den schweren Panzern noch zu einer überraschenden Beweglichkeit fähig sind, wie schon viele leichter gerüstete Krieger schmerzhaft feststellen mußten.«

Mit einem letzten Kampfschrei und einer Verbeugung schloß Jadhrin unten im Hof das Turmash ab und ging dann wortlos mit seinen Ordensbrüdern zum Badehaus, das sich an den Übungshof des Klosters anschloß.

Beim gemeinsamen warmen Bad würden sich dort die angestrengten Muskeln genauso wie das kaum unterdrückte Zittern um die Kinnladen der jungen Ordenskrieger entspannen. Das fanatische Feuer religiöser Verzückung würde langsam aus ihren Augen verschwinden und die Männer würden wieder zu gewöhnlichen Menschen werden, die der Erschöpfung durch die morgendliche Anstrengung nachgeben konnten.

Jadhrin und seine Ordensbrüder waren zwar nach jahrelanger Ausbildung im Kloster treue Anhänger der reinen Lehre des Merida-Glaubens, die jede allzu große körperliche Bequemlichkeit ablehnte, doch das einstündige Turmash, das alle Ordenskrieger unter völliger Nichtbeachtung der Witterung täglich nur notdürftig bekleidet abzulegen hatten, empfanden nur die fanatischen unter den Brüdern als lohnend. Der Rest freute sich besonders an naßkalten Herbstmorgen wie dem heutigen auf das nachfolgende Bad.

Der hochgewachsene Sproß der Familie Thusmar war jedenfalls froh, als er sein Schwert einem wartenden Novizen übergeben hatte und nach dem vorgeschriebenen kurzen Gang durch den mit kaltem Wasser gefüllten Graben in den Hauptraum des Badehauses gelangte. Dort streifte er seine nasse Tunika ab und ließ sich zusammen mit den anderen Brüdern in das warme Wasser des mittleren Beckens gleiten.

Er lehnte sich wohlig seufzend zurück und schloß die Augen. Sein hagerer, sehniger Körper, an einigen Stellen trotz seines jungen Alters bereits von verheilten Narben gezeichnet, trieb fast schwerelos im warmen, dampfenden Wasser des Schwimmbeckens, das den Mittelpunkt des Badehauses bildete.

Er würde lange Zeit nicht mehr an einem solchen gemeinsamen Bad mit seinen Ordensbrüdern teilnehmen können. Noch heute, kurz nach dem Morgenmahl, sollte er als kommandierender Offizier mit einer Abteilung berittener Ordenskrieger in den Norden aufbrechen, um im Grenzland der Provinz Anxaloi gegen die Isthaki ins Feld zu ziehen. Die brüderliche Stimmung, angefüllt mit den vertrauten Stimmen seiner Kameraden, versetzte den jungen Adligen heute in eine Stimmung, die mit leichter Wehmut vermischt war.

Er war zwar begierig, sich während seines ersten Kommandos in den Nordmarken als der Ehre würdig zu erweisen, die ihm seine Oberen mit der Ernennung zum Dashino erwiesen hatten. Doch andererseits war das Leben im Kriegsgebiet im Norden sehr gefährlich, und die Geschichten, die sich die älteren Brüder erzählten, die bereits vor fünf Jahren während der ersten Invasion gegen die Hexen und Tiermenschen gekämpft hatten, klangen wahrhaftig wenig einladend. Jadhrin würde jederzeit sein Leben für das Licht Meridas opfern, aber allzu eilig hatte er es damit nicht.

Während er sich gerade vorstellte, wie es sich anfühlen würde, gegen drei Schritte große Tiermenschen zu kämpfen, drang eine jugendliche Stimme durch den dichten Nebel aus Wasserdampf, der die badenden Ordensbrüder umgab.

»Dashino Thusmar, sofort antreten bei Bruder Dorama!« tönte es versuchsweise heftig. »Bruder Thusmar, seid ihr hier?« kam es etwas leiser hinterher. Dem Novizen, der das Badehaus durch die Verbindung zum restlichen Kloster betreten hatte, war offensichtlich nicht ganz wohl dabei, die versammelten Ordensritter beim gemeinsamen Bad zu stören.

Jadhrin hatte in seiner Novizenzeit selbst einige Male erfahren müssen, daß die vollwertigen Brüder ziemlich ungnädig reagieren konnten, wenn vorwitzige Novizen sie während der wenigen Gelegenheiten störten, bei denen sie entspannt und gelöst unter sich waren. Nur dann konnten sie auf die stoische Ernsthaftigkeit, die alle Mitglieder des Ordens des Reinigenden Lichtes im alltäglichen Klosterleben an den Tag legten, verzichten und sich ein wenig entspannen.

Trotzdem, einer Aufforderung, Bruder Dorama aufzusuchen, folgte man am besten ohne jeden Aufschub. Hinter der einfachen Bezeichnung ›Bruder‹ verbarg sich nämlich in diesem Fall einer der bedeutendsten Kampfmagier des Ordens.

Doramas Name wurde in den Geschichten, die sich junge Novizen abends im Schlafsaal erzählten, mehr als einmal erwähnt. Er bekleidete zwar kein wichtiges Amt in der Hierarchie des Ordens, aber die Bedeutung seiner magischen Forschungen und seiner Taten auf den Schlachtfeldern verschafften seiner Stimme auf jedem Ordenskonzil großes Gewicht.

Nicht zuletzt war Dorama Jadhrins Großonkel, eine Tatsache, die nach Jadhrins Auffassung nicht unwesentlich für seine Berufung zum Dashino mitverantwortlich war. Großonkel Dorama lag wirklich viel an einer raschen Karriere des einzigen Mitglieds der Familie Thusmar, das sich außer ihm zu einer Laufbahn im Orden des Reinigenden Lichts entschlossen hatte.

Wobei dies nicht unbedingt Jadhrins Sichtweise der Dinge wiedergab. Es war eher so gewesen, daß sein Vater und die anderen Familienoberhäupter des Adelshauses Thusmar beschlossen hatten, daß Jadhrin als dritter und nicht erbberechtigter Sohn seines Vaters genau der richtige Kandidat für eine Laufbahn im Orden sei. Dem damals gerade Vierzehnjährigen war daraufhin kaum eine andere Wahl geblieben, als sich in das für ihn vorgesehene Schicksal zu fügen.

Jadhrin kletterte widerwillig aus der warmen Umhüllung des Wassers und marschierte durch die dampfende Luft des Badehauses, in der man kaum einen Schritt weit sehen konnte, vorbei an dem immer noch unsicher seinen Namen rufenden Novizen zu den Umkleideräumen, wo seine Uniform auf ihn wartete. Nachdem Jadhrin ihn noch einmal kurz angetippt hatte, machte sich der Junge, froh, seinen Auftrag ohne Zwischenfälle erfüllt zu haben, wieder auf den Weg zu den Pflichten, die zweifellos irgendwo anders auf ihn warteten.

Nachdem er sich kurz abgetrocknet hatte, legte Jadhrin zunächst seine Untergewänder, und dann Beinlinge aus grauer Wolle an. Darauf folgten die weiße Ordenskutte und der schwarze Überwurf, auf dem das in Purpur eingefaßte Wappensymbol des Ordens, die weiße Flamme auf goldenem Feld, prangte. Als letztes kamen die hohen Reitstiefel aus teurem, schwarzgefärbtem Mammutleder an die Reihe. Sie waren ein Geschenk seiner Mutter zu seinem Offizierspatent. Die wundervoll verarbeiteten Stiefel stellten zwar einen Verstoß gegen die Ordensregel der Schlichtheit dar und hatten ihm schon so manchen empörten Blick von konservativen Brüdern eingebracht, doch Jadhrin glaubte sich als frischgebackener Offizier diese Abweichung von der reinen Lehre Meridas leisten zu können.

Nachdem er auch seinen Schwertgurt umgelegt und von dem wartenden Novizen seine Klinge entgegengenommen hatte, beeilte sich Jadhrin, durch die hohen Säulengänge der Klosteranlage in Richtung der Nordbastion zu gelangen, in der sich die Wohnungen und Laboratorien der Kampfmagier des Ordens sowie die Bibliothek des Klosters befanden.

Während er mit andächtig gesenktem Kopf durch die noch halbdunklen Gänge der Klosterkaserne schritt, fragte sich Jadhrin, was seinen Großonkel, der von allen jüngeren Ordensbrüdern außerhalb der Hörweite jedes Ausbilders immer nur ›Alter Habicht‹ genannt wurde, bewogen haben mochte, so früh morgens nach ihm zu schicken. Wahrscheinlich eine der üblichen Standpauken, sich der Tradition der Familie würdig zu erweisen, keinen Unsinn anzustellen und so schnell wie möglich seine ersten Heldentaten zu vollbringen. Solche Reden pflegte sein Großonkel immer dann zu halten, wenn sich Jadhrin irgend etwas zu schulden kommen lassen hatte. Er fühlte sich zwar ziemlich unschuldig, aber man konnte nie wissen, was Dorama gerade zu Ohren gekommen war. Hoffentlich würde das Gespräch nicht allzu lange dauern. Jadhrin hatte wenig Lust, das Frühstück zu verpassen und mit leerem Magen in den Norden aufzubrechen.

Wenige Minuten später klopfte er an die Außentür der Räume, in denen sein Großonkel Dorama lebte und forschte.

Nachdem von drinnen ein kräftiges »Komm schon rein, Jadhrin« erscholl, betrat Jadhrin das Studierzimmer des Magiers.

Er war wie immer etwas verwundert darüber, wie der alte Mann wissen konnte, wer an der Außentür geklopft hatte, obwohl er mit dem Rücken zum Eingang saß. Scheinbar hatte er gerade in einem der dicken Wälzer gelesen, die mit arkanem Wissen angefüllt waren. Man traf ihn in letzter Zeit selten ohne ein solches Buch an. Jadhrin blieb zunächst respektvoll stehen.

Im Refugium seines Onkels herrschte ein ›geordnetes Chaos‹, wie es Dorama selbst zu nennen pflegte. Alle Wände waren von Regalen bedeckt, in denen sich Bücher, Schriftrollen, riesige Folianten, sowie Haufen loser Blätter stapelten. Dazwischen befanden sich Gefäße mit allen möglichen und einigen unmöglichen Ingredienzen, die Magier offensichtlich ausnahmslos zur Ausübung ihrer Künste benötigten. All diese so unabdingbaren Materialien waren mit einer dicken Staubschicht bedeckt, was nach Jadhrins Meinung auf seltenen Gebrauch schließen ließ.

Mehr zur Mitte des Raumes hin befand sich ein altes Holzgestell, um das eine Uniform der Kampfmagier des Ordens, sowie ein Schwertgehänge drapiert waren. Leicht schräg daran angelehnt stand ein unauffälliger Eschenholzstab, an dessen oberem Ende eine mit Runen verzierte Hülle aus einem Metall hing, das im Licht der Morgensonne rötlich schimmerte. In einer anderen Ecke des Raumes stand ein Dreifuß, auf dem eine riesige Glaskugel lag, deren Durchmesser gut einen Schritt betrug. Unweit davon befand sich inmitten einer Regalwand ein kleiner, aber sehr aufgeräumter Merida Schrein, dessen Schlichtheit wie eine Insel der Ruhe und Ordnung inmitten des restlichen Durcheinanders wirkte. Die Mitte des Raumes wurde beherrscht von einem Ungetüm von Schreibtisch, das fast einen Schritt hoch mit Büchern bedeckt war. Daneben stand ein unbenutztes Lesepult.

Ein riesiger, gepolsterter Lehnstuhl befand sich vor dem Schreibtisch, und aus diesem erhob sich gerade Bran Dorama Thusmar ban Artorian, Senior der Kampfmagier des Ordens des reinigenden Lichtes, Held der Schlachten von Wesgard und Waidanstann, Verteidiger der Reinen Lehre Meridas und persönlicher Freund des berühmten Khaibars Bran Sheben.

Mit ausgebreiteten Armen kam der berühmte Magier auf seinen Großneffen zu und umarmte ihn – mit für einen Mann seines Alters – überraschender Kraft. Der Ordensmagier besaß eine eher gedrungene Gestalt. Seine Haare waren militärisch kurz geschnitten und er trug einen gepflegten Vollbart, der im Alter ergraut war. Eine beeindruckende Nase ragte aus seinem rötlichem Gesicht hervor, das einen knappen Eindruck seines manchmal aufbrausenden Temperaments vermittelte. Über der Nase befand sich ein Paar blauer Augen, aus denen eine wache Intelligenz leuchtete.

»Jadhrin, mein Junge, wie geht es dir? Ich hoffe doch gut? Du siehst mager aus. So kurz vor dem ersten eigenen Kommando mußt du ganz schön aufgeregt sein, und dann soll es auch noch gleich in den Norden gehen, wenn ich richtig liege. Aber das wird dich sicher freuen. Ihr jungen Brüder seid doch immer auf der Suche nach Heldentaten, oder nicht? Merida gedenk, ich rede wieder zu viel, setz dich erst mal hin.« Einladend trat der alte Magier zur Seite und schaute sich um. »Hmmm, kein Stuhl da. Na, macht nichts, dann bleibst du eben stehen. In deinem Alter macht einem das ja noch nichts aus.«

»Kein Problem, Onkel, ich stehe gern«, antwortete Jadhrin. Er war etwas verwirrt wegen der ungewöhnlichen Leutseligkeit, des Magiers, der sonst sehr wenig Wert auf familiäre Gefühle legte, und marschierte um den Schreibtisch herum ins Blickfeld des älteren Mannes. Der hatte sich inzwischen wieder in seinen Lehnstuhl gesetzt.

»Soso, soosoo …«, gab Dorama nach einigen Augenblicken von sich, in denen er die schlanke, hochgewachsene Gestalt und die jungenhaft wirkenden Gesichtszüge des Ordensritters eingehend gemustert hatte. »Du wirst jetzt also die Ehre der Thusmars im Norden verteidigen. Eine stattliche Erscheinung gibst du wohl ab, aber bist du dir auch der Verantwortung bewußt, die auf deinen jungen Schultern lastet?«

»Jawohl, Onkel«, antwortete Jadhrin pflichtgemäß.

»Nun, dann kann ich ja wohl auf eine Belehrung über die große Tradition der Thusmars im Dienste von Kaiser und Reich verzichten. Du weißt, die Familie zählt auf dich. Seit mehr als einhundert Jahren hat kein Thusmar mehr ein kaiserliches Aufgebot von nennenswerter Bedeutung ins Feld geführt. Das Kommando, das dein Vetter Irkan auf diesem Außenposten an der Ostgrenze inne hat, zählt in seiner Winzigkeit nicht. Pah, wen kümmern schon Scharmützel mit stinkenden Orks. Im Norden, da gibt es richtige Feinde. Dämonen, Hexen, alles was das Kämpferherz begehrt.« Vor Aufregung überschlug sich die Stimme des alten Kämpen fast.

Jadhrin, inzwischen immer gespannter, worauf das Ganze hinauslaufen würde, wartete geduldig, bis sein Großonkel sich geräuspert hatte und fortfuhr.

»Kurz und gut, die Familie erwartet Heldentaten von dir, mein Junge. Schau jetzt nicht so verwundert aus der Wäsche, was glaubst du, warum ich meinen ganzen Einfluß geltend gemacht habe, um dir dieses Kommando zu verschaffen. Die Thusmars sind eine uralte Adelsfamilie. Unser Begründer Arik Thusmar hat schon an Berolls Seite gegen die Elfen gefochten. Und trotzdem besitzen wir immer noch nicht mehr als ein paar lumpige Dörfer in der Zentralmark, und kein Mitglied unserer Familie dient am kaiserlichen Hof in Emessa. Was ist das für ein Zustand? Fehlender Tatendrang von jungen Männern wie dir hat verhindert, daß unserer Familie die ihr zustehende Anerkennung zuteil wurde.

Schau mich an. Trotz all meiner Mühen habe ich es nur bis zum Senior der Kampfmagier des Ordens gebracht. Und ist damit vielleicht Land oder Einfluß verbunden? Nein. Aber immerhin konnte ich dir jene Chance verschaffen, die mir vergönnt blieb, weil die Ehrwürdigen Prüfer bei meinem Eintritt in den Orden die Begabung zur Kampfmagie feststellten und mir damit alle größeren Kommandos auf immer verwehrt blieben.«

Etwas außer Atem, machte Dorama eine kleine Pause. »Jadhrin, dein Vater, ich, deine ganze Familie, das Reich der Kaiser und der Orden erwarten von dir, daß du dein Bestes gibst! ... Wirst du dein Bestes geben?«

»Selbstverständlich, Onkel!« entgegnete Jadhrin entschlossen.

Offenbar befriedigt, lehnte sich Dorama zurück.

»Gut, gut. Nachdem wir das klargestellt haben, muß ich dir einige vertrauliche Neuigkeiten mitteilen. Du weißt über die Lage im Norden Bescheid?«

»Soweit es den täglichen Predigten des Bruder Offizior zu entnehmen ist, bin ich im Bilde. Die Drei-Mächte-Schlacht um Waalford befindet sich weiterhin in einem ausgeglichenem Stadium, obwohl die Truppen Seiner Majestät des Kaisers langsame Fortschritte erzielen.« Letzteres wurde von einem abfälligen Geräusch aus dem Lehnstuhl vor Jadhrin quittiert. »Das Gebiet nördlich Waalfords ist entlang einer Nord-Süd-Achse quer durch die Reste der Provinz Markhelm weiter Schauplatz schwerer Kämpfe zwischen isthakischen und imperialen Truppenverbänden. Hier ist die Hauptmacht der Ordenstruppen in der Nordmark in ständigem Einsatz gegen die Isthaki-Banden. Auch an dieser Stelle herrscht aber trotz schwerer Verluste auf beiden Seiten ein relatives Gleichgewicht. An den nördlichen Grenzen der Provinzen Thordam und Anxaloi wird der Ausbau der Grenzbefestigungen unter dem Oberbefehl von Lan-Kushakan Allanore Turyan und Lan-Kushakan Rakos Mariak weiter vorangetrieben. Beide arbeiten dabei eng mit den Truppen der Provinzgouverneure Lotar Henron und Grigor Fedina zusammen.« Damit schloß Jadhrin den Bericht ab, der jeden Mittag beim gemeinsamen Mahl vom Bruder Offizior des Tempels verlesen wurde. Der Bruder Offizior war für die Informationsversorgung der Brüder und ihre spirituelle Lenkung gegenüber den Vorgängen in der Außenwelt zuständig.

Dorama war offensichtlich etwas unzufrieden mit Jadhrins Kenntnisstand. »Ich glaube, ich muß mir diesen Bruder Offizior mal vorknöpfen«, schnaubte er. »Soviel Blödsinn habe ich ja schon lange nicht mehr gehört. Die kaiserlichen Schwachköpfe bei Waalford machen nicht die kleinsten Fortschritte. Jedenfalls nicht, wenn man ihrem ständigen Flehen um Verstärkung durch Ordenstruppen trauen darf. Im Rest der Provinz Markhelm befinden sich unsere Brüder zwar in ständigem Kampf mit den Banden der Isthaki, aber trotz aller Bemühungen der Brüder gibt es da oben in den morastigen Tundren keine Ehre zu gewinnen.«

Jadhrin war schockiert über die Art, wie sein Großonkel die Lage darstellte. »Aber ...«, versuchte er einen Einwand vorzubringen.

»Sei still und hör zu!« Dorama machte eine unwillige Handbewegung. »Unsere schwergerüsteten Kämpfer schlagen sich tapfer, aber sie erwischen die Isthaki einfach nicht. Der Verräter Fraiz Alkaldo setzt in letzter Zeit dort oben fast nur noch Schneebarbaren und leicht gepanzerte Tiermenschen ein. Die sind unseren Männern in offener Schlacht zwar unterlegen, aber dafür schlagen sie fast nur aus dem Hinterhalt zu und sind meist wieder weg, bevor sich die Brüder aufgestellt haben. Immer wenn die Unsrigen selber leichte Truppen ins Feld schicken, tauchen kurz darauf diese Schweine von der Reinigenden Finsternis auf und machen kurzen Prozeß mit den leichten Truppen.« Während Dorama aus dem Chaos auf seinem Schreibtisch eine erkaltete Pfeife hervorkramte und sie mit einem Fingerschnipsen neu entzündete, runzelte er die Stirn. »Ich glaube, da oben sind Verräter und Spione am Werk. Auf jeden Fall werden unsere Brüder nach und nach immer weiter zurückgedrängt, und jetzt, da der Winter kommt, wird es noch schlimmer werden. Die Adligen werden ihre Bauern-Truppen mit nach Hause nehmen, damit sie die Ernte einbringen und im nächsten Frühjahr auf den Feldern arbeiten können. Das läßt die zahlenmäßige Überlegenheit des Feindes nur noch weiter ansteigen. In Anxaloi, deinem Einsatzgebiet, und in der Nachbarprovinz Thordam sieht es auch nicht halb so ruhig aus, wie euch der Bruder Offizior glauben machen möchte. Zwar bemühen sich Allanore und Rakos redlich, aber es gibt dauernd Kompetenzstreitigkeiten mit den Provinzgouverneuren. Und seit dem Verrat Alkaldos hat der Kaiser vom Hohemeister eindeutig gefordert, sehr behutsam mit den Provinzadligen umzugehen, um niemandem einen Anlaß zu liefern, sich ähnlich zu verhalten. Deshalb kommt der erwähnte Ausbau der Grenzbefestigungen nicht halb so schnell voran, wie man euch erzählt. Davon wirst du dich aber in Kürze auch selbst überzeugen können.«

Heftig am Mundstück seiner Pfeife kauend, fuhr Dorama etwas undeutlicher fort: »Mit Einbruch des Winters nehmen auch wieder die Raubzüge der Eishexen aus Harrané zu. Und Morowar der Verwüster, der Herrscher der Tiermenschen aus den Eishöhlen von Norgal, schickt dann seine Bestien über die Grenzen von Anxaloi. In den letzten Jahren sind sie dabei immer dreister geworden. Ich sage dir, Jadhrin, da braut sich etwas zusammen. Aber in letzter Zeit kümmert meine Meinung ja niemanden mehr.« Wieder folgte eine kleine Pause, als Dorama kopfschüttelnd an seiner Pfeife zog.

Jadhrin überlegte inzwischen immer beunruhigter, wie er sein Kommando im Norden unbeschadet überstehen könnte. Nach zehn Jahren harter Ausbildung in der Klosterkaserne war er sich seiner kämpferischen Fähigkeiten ziemlich sicher. Aber er hatte bisher nur gegen kleine Räuberbanden, in Manövern und beim großen Einfall der barbarischen Thainer vor drei Jahren etwas Kampferfahrung sammeln können. Die Beschreibung seines wahrscheinlich sehr gut informierten Verwandten hörte sich nach größerem Ärger an, und ihm wurde gerade immer deutlicher, daß es bei seinem ersten Kommando nicht damit getan sein würde, nach Norden zu gehen, einige undisziplinierte Tiermenschen niederzumachen und ruhmbedeckt zur Verwaltung einer fetten Abtei zurückzukehren.

Doramas Stimme unterbrach seine Gedanken erneut:

»Der Hochmeister, Meridas Licht leuchte ihm, hört in letzter Zeit nur noch auf irgendwelche Emporkömmlinge und militärische Nieten aus der kaiserlichen Armee. Und so gehen die Brüder im Norden ihrem Schicksal völlig unvorbereitet entgegen.« Offensichtlich gänzlich unbeeindruckt von dem Tumult, der sich gerade hinter der Stirn seines Großneffen abspielte, schloß er seine Rede mit einem zufriedenen Gesichtsausdruck ab. »Deshalb, mein Junge, habe ich mich entschlossen, die Sache selbst in die Hand zu nehmen.«

Erwartungsvoll schaute der alte Magier seinen Neffen an, Jadhrin brauchte allerdings einige Sekunden, bevor er seine Aufmerksamkeit von seinen beunruhigenden Vorahnungen ab- und seinem Großonkel zuwenden konnte.

»Aber Onkel, seid Ihr wirklich sicher, daß die Lage im Norden so schlecht ist? Das wäre ja wirklich furchtbar.«

Kopfschüttelnd betrachtete Dorama den jungen Mann. »Bei Meridas Licht, Jadhrin, etwas Besseres fällt dir nicht ein? Furchtbar …« ahmte er Jadhrins Tonfall nach. »Ja, das wäre tatsächlich furchtbar, aber wie ich schon sagte, ich werde die Sache selbst in die Hand nehmen und tätig werden. Allerdings nicht im Norden an der Front. Dort wirst du nach dem Rechten sehen müssen.« Abschätzend verzog Dorama die Mundwinkel zu einer Grimasse. »Oder wenigsten so tun als ob. Ich werde inzwischen nach Süden in die Gebiete nördlich der Wälder von Iconessa reisen. Dort gibt es viele alte Ruinen aus der Zeit des Elfenreiches. Ich habe die begründete Hoffnung, in einer ganz bestimmten dieser alten Villen Hinweise auf die Formeln des Gwydior tor Anleth zu finden.« Dorama ging auf Jadhrins fragenden Gesichtsausdruck ein. »Ich weiß, du hast noch nie von diesen Büchern gehört. Bei den Formeln von Gwydior handelt es sich um einige Bücher, in denen dieser Elfenmagier sein gesammeltes Wissen niederlegte, kurz bevor er in der zweiten Schlacht der Elfenkriege von Kaiser Beroll dem Heiligen getötet wurde. Seine Verwandten bargen die Bücher nach der Schlacht aus dem Feldlager der Elfen. Die einhellige Meinung aller Gelehrten geht dahin, daß Gwydiors Brüder die Bücher beim Rückzug der Elfen mit in ihr Exil jenseits des Meeres nahmen. Doch mir sind Beweise in die Hände gefallen, daß Gwydiors Familie kurz vor Erreichen der Küste unseres Kontinentes von einer Abteilung der sie verfolgenden Einheiten Berolls gestellt wurde. Beim dem folgenden Kampf wurde die gesamte Familie des Magiers getötet, aber auch von den menschlichen Kriegern überlebten nur sehr wenige.«

Aus einer Schublade seines Schreibtisches nahm Dorama einen bronzenen Halsreif und zeigte ihn Jadhrin. Der Halsreif war mit kunstvoll geschwungenen Ziselierungen in einem Stil versehen, den Jadhrin noch nie gesehen hatte. Ein blauer, seltsam schimmernder Edelstein saß in einer Fassung aus einem rötlichen Stoff, der Jadhrin ebenfalls unbekannt war, in der Mitte des Halsreifs.

Dann fuhr Dorama mit seiner Erzählung fort: »Dieses Schmuckstück gehörte einem der dort gefallenen Elfenkrieger. Damit werde ich die Villa finden, denn ich glaube, daß die Formeln von Gwydior immer noch dort sein müssen. Ich werde sie bergen und den Kampfmagiern des Ordens zugänglich machen. Mit der alten Elfenzauberei wird es uns möglich sein, die isthakischen Schergen des Eisdämons zu besiegen.«

Als Dorama erregt aufsprang und den Halsreif auf den Schreibtisch warf, wagte Jadhrin, die Einwände vorzubringen, die ihm als pflichtbewußtem jüngeren Verwandten auf der Zunge brannten. »Aber Onkel, das Grenzgebiet zu Iconessa ist doch sehr gefährlich. Dort treiben sich Banden von Elfen herum, die jeden umbringen, der dem Wald zu nahe kommt.« Nach einer kleinen Pause fuhr er zögernd fort. »In

Eurem Alter ist ein solches Unternehmen doch möglicherweise ein wenig anstrengend, und bedenkt, daß Eure Kenntnisse vielleicht nicht zutreffen. Außerdem ... Elfenzauberei ... ist das nicht verboten? Ich meine, diese Magie hat doch schon so viele menschliche Todesopfer gefordert, daß jegliche Beschäftigung mit ihr von mehreren Konzilien unter schwere Strafe gestellt wurde.«

Ein unangenehmes Schweigen senkte sich über das Zimmer, während sich Dorama vor Jadhrin aufbaute und dieser in Erwartung des Folgenden den Kopf zwischen die Schultern nahm. Niemand, auch kein sorgender Großneffe, deutete gegenüber Dorama, dem Helden der Schlacht von Wesgard, ungestraft an, daß er zu alt für irgend etwas sei. Aber Jadhrin fühlte sich als einziges anwesendes Familienmitglied für die Sicherheit seines Großonkels verantwortlich, und das Gebiet nördlich der Wälder von Iconessa schien wirklich gefährlich, von irgendwelchen alten Elfenruinen ganz zu schweigen. Auch die Beschäftigung mit verbotener Zauberei war sehr ernst zu nehmen. Vor einem solchen Vorwurf mußte sich auch der Seniormagier des Ordens des Reinigenden Lichts in Acht nehmen.

Trotzdem, es kam, was kommen mußte.

Kaum eine Handbreit vor Jadhrin stehend, den Kopf neben seinem linken Ohr, brüllte Dorama ein gewaltiges »ACHTUNG!!« Dabei stellte er sich ein wenig auf die Zehenspitzen, um den Größenunterschied zu dem jüngeren Mann, der ihn um mindestens einen Kopf überragte, auszugleichen. Jadhrin verfiel instinktiv in eine lang eingeübte Habachtstellung. Seine hellblauen Augen verengten sich, und er begann angestrengt ins Leere zu starren.

»Was glaubst du, wer du bist?« tönte es sofort darauf in ähnlicher Lautstärke in sein Ohr. »Vor kaum drei Jahren hast du mir noch vorgeheult, wie ungerecht die anderen Novizen zu dir sind, daß dein Bett zu hart sei und deine Ausbilder zu gemein wären. Und jetzt willst du mir erzählen, was zu gefährlich für mich sei, weil ich angeblich nicht mehr der Jüngste bin? Paß du lieber auf deine eigene Haut auf, damit sich nicht irgendein schweinsköpfiger Tiermensch deinen Kopf holt und ihn in einen Spucknapf verwandelt.«

In ähnlicher Form ereiferte sich Dorama noch eine ganze Weile in Jadhrins Ohr, während dieser das erhoffte Morgenmahl vor seinem Aufbruch entschwinden sah. Das Thema verbotener Zauberei kam in der Schimpftirade allerdings nicht ein einziges Mal zur Sprache. Als nach einer Weile Ruhe einkehrte, war Jadhrin eigentlich auch gar nicht mehr daran interessiert. Die Standpauken seines Verwandten waren dafür bekannt, auch die Knie des härtesten Bruders zum Schlottern zu bringen. Und Jadhrin betrachtete sich nicht als besonders hart.

Schließlich nahm der tobende Magier wieder auf seinem Lehnstuhl Platz. Und nachdem er einige beruhigende Züge aus seiner Pfeife getan hatte, schloß Dorama die Unterredung etwas ruhiger ab.

»Jadhrin, ich weiß, daß es gefährlich ist, aber ich gehöre noch lange nicht zum alten Eisen. Ich werde die Reise nicht allein unternehmen und bin auf jeden Fall vorsichtig. Der Orden braucht die Zauberformeln von Gwydior, um im Norden wenigstens eine kleine Chance zu haben. Elfenmagie oder nicht, schließlich geht unsere ganze Zauberei in der Grundlage irgendwie auf die der Elfen zurück. Ich werde die Formeln einfach ein wenig tarnen müssen. Und selbst wenn ich sie niemals anwende: Wenn ich Spuren ihres Verbleibs finden kann, können das auch andere. Und die sind dem Reich vielleicht nicht wohlgesinnt. Deshalb muß ich die Formeln auf jeden Fall sicherstellen und verhindern, daß sie in falsche Hände fallen. Glaube mir, auch wenn der Hochmeister nichts davon hören will: Es wird in diesem Winter in der Nordmark sehr heiß werden. Paß gut auf dich auf, mein Junge, halte Augen und Ohren offen, und denk immer daran: Die Hoffnungen der Thusmars ruhen auf deinen jungen Schultern. Und nun geh. Deine Schwadron dürfte schon auf dich warten.«

KAPITEL 2

14. Sempak, 715 IZ (zwei Wochen später),

Provinz Anxaloi, ein einsamer Weg
drei Tagesreisen südöstlich der Festung Soron.
Es regnet seit drei Tagen.

Ein leichter, aber beständiger Nieselregen aus dem düstergrauen Herbsthimmel verwandelte den Weg unaufhaltsam in eine Schlammgrube. In den von vorbeiziehenden Wagen tief in den Boden hineingegrabenen Furchen stand das schmutzige Brackwasser fast kniehoch. Der Tannenwald zu beiden Seiten machte den Weg für jeden nicht zu Fuß Reisenden zu einem Gefängnis aus Schlamm und Feuchtigkeit. Zwischen den dicht beieinander stehenden Bäumen gab es für einen Wagen oder Reiter kein Durchkommen.

Das Wiehern und Schnauben protestierender Pferde sowie die Zurufe entnervter Männer erfüllten die Luft. Mitten auf dem Weg bemühte sich ein gutes Dutzend Bewaffneter, die vier Zugpferde einer zweiachsigen Reisekutsche dabei zu unterstützen, den Wagen aus dem Schlammloch zu befreien, in dem er bis zur Nabe feststeckte.

Wie oft die Männer an diesem Tag schon mit solchen Problemen zu kämpfen hatten, bewiesen ihre fast völlig mit Schlamm bedeckten Rüstungen und ihre erschöpften Gesichter. Der alte Mann auf dem Kutschbock beteiligte sich nicht mehr an den Befreiungsversuchen, sondern saß müde und mit zusammengesunkenen Schultern teilnahmslos auf seinem Platz. Niemand hatte sich die Mühe gemacht, die Koffer herunterzuholen, die sich auf dem Dach der Kutsche auftürmten. Sie wären nur naß und schmutzig geworden, außerdem wollten alle Beteiligten so schnell wie möglich aus dem Regen heraus. Die Zugpferde mußten eben auch das zusätzliche Gewicht des Gepäcks aus dem Schlamm ziehen.

Einige Schritte vor der Kutsche wartete ein Reiter darauf, daß die Weiterfahrt endlich wiederaufgenommen werden konnte. Der Mann trug einen alten, aber gut gepflegten Kriegsharnisch aus schwerem Kettengeflecht und Metallplatten. Darüber hatte er einen Übermantel geworfen, der am Kragen mit Bärenfell abgesetzt war. Er war mit einer Lanze ohne Wimpel bewaffnet, die er in seinem Steigbügel abstützte. An seinem Sattel hing ein großes Schwert. Das Wappenschild, das hinter ihm am Kriegssattel seines Pferdes festgemacht war, wurde durch einen Lederbezug vor der Nässe geschützt. Unter der tief ins Gesicht gezogenen Kapuze schaute das Gesicht eines Mannes hervor, der den Zenit seines Lebens längst überschritten hatte. Ein grauer, ungepflegter Bart umwucherte ein von tiefen Falten durchzogenes Gesicht, dessen hervorstechendste Merkmale die hellgrauen Augen und eine von geplatzten Äderchen überzogene Nase waren, die wie ein Erker aus dem Gesicht ragte.

Wayn Terhuk, Ritmar der Haustruppen der Familie Sedryn und langjähriger Waffengefährte des Laird-Gadhir Tobras Sedryn, sehnte sich nach einem warmen Bett und einem Schluck Nordmark-Uisge.

Begütigend klopfte er seinem Hengst die nasse Schulter. »Beim Lichte Meridas!« stieß er hervor. »Meine alten Knochen sind wirklich nicht mehr dafür gedacht, mitten im Regen in der Wildnis herumzuturnen. Und das Ganze nur, um die Tochter meines Herrn zu einem Stelldichein mit einem Tunichtgut aus der Fedina-Familie zu bringen. Und bei meinem Glück hat sie sich das mit seinem Einverständnis wahrscheinlich auch nur ausgedacht. Dieses Mädchen bringt mich noch mal um Kopf und Kragen!«

Sein Hengst wieherte zustimmend.

Aber Wayn hatte der kleinen Celina noch nie etwas abschlagen können. »Das kleine Pony«, wie er die jüngste Tochter des verarmten Adelsgeschlechts des Sedryn insgeheim nannte, hatte etwas an sich, das Männer – alte wie junge – dazu brachte, sich mit pochendem Herzen völlig kopflos in Schwierigkeiten zu begeben. Wayn versuchte sich selbst gegenüber zwar die Illusion aufrechtzuerhalten, er wüßte, was er tat, aber wenn er ernsthaft darüber nachdachte, hätte er sich niemals auf diese Reise einlassen dürfen. Das Ganze hatte vor einigen Tagen in dem kleinen Stadthaus, das die Familie Sedryn in Leigre, der Provinzhauptstadt von Anxaloi, unterhielt, ganz unverdächtig begonnen. Während er den Kopf schüttelte und den Regen aus seinem Bart streifte, erinnerte sich Wayn.

»Weißt du, Donnerer«, wandte sich der Ritmar dann in Ermangelung eines besseren Gesprächspartners an sein Pferd, »Sie kann ja so unschuldig klingen.« Seine Stimme nahm einen hohen Tonfall an. »*Ach, komm schon, Onkel Wayn*. So hat es geheißen, Donnerer. *Ein kleiner Besuch bei Oheim Terostar auf Gut Jargarde. Ich habe ihn schon so lange nicht mehr gesehen, und wenn erst mal der Schneefall einsetzt, geht es doch auch nicht mehr. Vater hat auch nichts dagegen*. Von hinten bis vorne hat die Göre das doch frei erfunden. Ich sage dir, Donnerer, laß dich bloß nie auf junge Stuten mit diesem Tonfall ein, die führen immer was im Schilde.«

Nachdem Donnerer mit einem Schnauben erneut seine Zustimmung kundgetan hatte, erzählte ihm der alte Ritmar weiter von seinen Problemen.

»Und was mache ich? Ich achte nicht auf das Wetter, die Grenze, jede Gefahr einer plündernden Bande von Ishtaki, ich hole einfach meine Rüstung aus dem Schrank und packe meine Sachen, als wäre ich sechzehn und meine Liebste hätte mich zu einem Picknick eingeladen. Und ohne noch einmal einen Gedanken daran zu verschwenden, vielleicht erst mal in Erfahrung zu bringen, ob der Gadhir auf Gut Leunor Celina auch wirklich die Erlaubnis gegeben hat, rufe ich die Männer zusammen. Suche aus dem traurigen Haufen, den der Gadhir in Leigre unterhält, diejenigen aus, die die größte Aussicht haben, die Reise überhaupt zu überstehen, und mache mich auf den Weg.«

Mit einem leichten Schenkeldruck bewegte Wayn Donnerer auf die Männer zu, die immer noch verzweifelt den Wagen aus dem Schlamm zu zerren versuchten. »Los Männer, alle zusammen, auf drei! Eins, zwei, drei!« Doch das einzige, was passierte war, daß einige der Männer im Schlamm ausrutschten und mit lautem Gefluche in etlichen Pfützen landeten. Wayn schüttelte den Kopf und wandte sich wieder an seinen Hengst.

»Und, Donnerer, da fragst du dich, warum wir jetzt hier, weit im Westen unseres angeblichen Reiseziels, durch diesen mistigen Schlamm waten? Ich kann's dir sagen, mein Freund. Kaum war ein Tag vergangen, hat meine liebe Herrin Celina nämlich damit angefangen, davon zu reden, daß es auf Gut Jargarde um diese Zeit geradezu unerträglich langweilig sei – und es ja womöglich unziemlich wäre, Oheim Terostar, der mit über siebzig Jahren schließlich ein alter Mann sei, ohne Voranmeldung zu besuchen und so weiter und so fort. Ich hab mich gewundert, aber den Mund gehalten. Was sollte ich auch sagen? Aber nach einem weiteren Tag, wir waren gerade auf der nach Norden verlaufenden Straße bis in Sichtweite der südlichen Ausläufer der Norgal-Berge gelangt, kam dieses kleine Biest dann endlich mit ihrem wahren Anliegen heraus: Sie hätte zufällig von Andron Fedina, dem jüngsten Sproß der herrschenden Familie der Provinz Anxaloi, eine Einladung erhalten, ihn auf Gut Ihsligano, dem nördlichsten Besitz seiner Familie, zu besuchen. Er würde dort den ganzen Oktum über aufregende Jagden und Unmengen von noch aufregenderen Festen veranstalten. Es sei doch eigentlich eine viel bessere Idee, sich dort mit ihren Freunden aus der Hauptstadt zu treffen und einen Monat auf die Jagd zu gehen, als auf Gut Jargarde Trübsal zu blasen. Und dabei hat sie wieder diesen Kleine-Mädchen-Gesichtsausdruck aufgesetzt, dem ich nie was abschlagen kann.«

Donnerer blieb stumm und betrachtete wahrscheinlich auf der Suche nach etwas Freßbarem den Boden.

»Was ist, mein Alter, reizt dich meine Geschichte nicht?« Wayn kramte in seinem Futtersack nach ein wenig Hafer für den Hengst. Während das Tier begierig fraß, fing Wayn wieder an, ihm von seinem Leid zu berichten. »Zuerst war ich natürlich wütend, aber dann hat sie angefangen, mir alle möglichen Vorteile aufzuzählen. Die Reise nach Ihsligano sei viel kürzer als der Weg bis Jargarde, das ja in der Nähe von Thorwall läge. Und sie seien ja auch noch nicht so weit nach Nordosten gekommen, daß ein Wechsel der Richtung nach Westen allzu umständlich wäre. Und so weiter und so weiter. Als sie dann am dritten Tag der Reise morgens in dem Gasthof, in dem wir übernachtet haben, nicht aus ihrem Zimmer kommen wollte, habe ich mich in mein Schicksal gefügt. Ich meine, sie hatte ja nicht völlig unrecht. Ihsligano lag tatsächlich viel näher als Jargarde, und bei meinem Gliederreißen war die Aussicht, dort oben im Norden eventuell vom Schnee überrascht zu werden und vielleicht überwintern zu müssen, nicht besonders angenehm. Und da das Gut Ihsligano ja nur einen Tag von der Festung Soron entfernt liegt, erschien mir auch die Möglichkeit, auf isthakische Räuber zu treffen, wesentlich unwahrscheinlicher als in Jargarde, wo sich gelegentlich sogar orkische Stammeskrieger sehen lassen. Also hab ich gedacht, was solls? Das Kind ist schon im Brunnen, und wir sind nach Westen abgebogen.«

Das war vor fünf Tagen gewesen. Und eigentlich hätte Wayn es sich längst vor einem prasselnden Kaminfeuer auf dem wahrscheinlich luxuriös ausgestatteten Landsitz der Fedinas bequem machen können, wenn dieser meridaverdunkelte Regen die Wege nicht in einen einzigen großen Morast verwandelt hätte.

Während der Ritmar sich mit seinem Pferd unterhielt, hatten seine Männer die Kutsche endlich freibekommen, und die Reise konnte weitergehen. Eilig schulterten die Soldaten ihre Schilde und die am Wegesrand abgelegten Rucksäcke, in denen sie ihre Marschausrüstung transportierten. Dann rannten sie auf ihre Stellungen vor und hinter der Kutsche, die sich, von den müden Pferden gezogen, langsam wieder in Bewegung setzte. Wayn schaute den frierenden und erschöpften Männern zu, und war froh, im Sattel seines alten Schlachtrosses bleiben zu können.

Die zehn Waffenknechte der Begleitmannschaft, die Wayn aus dem Stadthaus der Sedryns mitgenommen hatte, waren zwar alle jünger als der alte Ritmar, aber die meisten von ihnen waren noch nie aus Leigre herausgekommen. Sie gehörten als Haustruppen einer Adelsfamilie zwar offiziell zu den regulären Einheiten des Kaiserheeres, doch die unbedeutende Stellung der Sedryns im Machtgefüge Anxalois und ihre eingeschränkten finanziellen Möglichkeiten bedingten, daß die Sedryn-Haustruppen seit mehr als zehn Jahren nicht mehr an einem richtigen Feldzug teilgenommen hatten.

Diese Männer fungierten eher als Gelegenheitssoldaten und arbeiteten meist als Diener, Stallknechte oder Köche im Haushalt der Sedryns. Wayn trainierte manchmal mit ihnen. Aber eigentlich taugten sie mehr als Fassade für offizielle Anlässe. Auch ihre Ausrüstung ließ nach der Meinung des erfahrenen Berufsoldaten viel zu wünschen übrig. Aber die Sedryn-Familie war trotz ihrer großen Vergangenheit viel zu arm, um ein gut gefülltes Arsenal zu unterhalten. Die einzigen ernstzunehmenden Soldaten, die den Sedryns noch zur Verfügung standen, befanden sich auf dem kleinen Familiensitz Leunor, südlich von Leigre.

Celinas Aufbruchsplan war viel zu plötzlich gekommen, um diese Männer herbeizuholen. Also hatte Wayn die zehn gesündesten Mitglieder des städtischen Haushalts ausgesucht, sie bewaffnet und zu Celinas Leibwache erklärt. Wayn fühlte sich zwar nicht besonders wohl damit, aber obwohl man in Leigre immer wieder von Raubzügen der Isthaki hörte, beabsichtigte Wayn der Grenze nicht näher als eine Tagesreise zu kommen. Und ihr Reiseziel lag auf den Ländereien des mächtigen Provinzgouverneurs, die von dessen Haustruppen besonders gut bewacht wurden. Hauptsache war jetzt erst einmal, dort endlich anzukommen.

Die Verantwortliche für Ritmar Terhuks Ungemach saß währenddessen mit leuchtenden Augen im Inneren der Kutsche. Ihre schlanke, fast knabenhafte Gestalt wurde durch einen ein wenig zu eng sitzenden Jagdrock betont, der offensichtlich auch schon bessere Tage gesehen hatte und einige Jahre hinter den Ansprüchen der Gesellschaft von Leigre herhinkte.

Aber Celina Sedryn, eine kleingewachsene schwarzhaarige Schönheit mit leuchtend grünen Augen stammte nun mal aus einem Adelsgeschlecht, das sich trotz einer langen, angeblich bis in die Anfänge des Imperiums zurückreichenden Tradition zum gegenwärtigen Zeitpunkt in finanzieller Hinsicht kaum noch von einem wohlhabenden Freibauern unterschied.

Im Augenblick hätte Celinas altmodisches Kleidungsstück einen möglichen Betrachter allerdings kaum gestört. Denn die junge Frau, die gerade eifrig auf ihre vor ihr sitzende Zofe einredete, strahlte jenes bezaubernde Leuchten aus, das nur Verliebte an sich haben, und wirkte dadurch so hinreißend, daß Fragen der Kleidung oder sonstiger Ettikette völlig verblaßten.

»Evalina«, sprach sie gerade ihre Zofe an, »kannst du dich an seine Augen erinnern? Waren sie nicht ganz und gar geheimnisvoll? Ach, Evalina, sag doch was!«

Evalina, die etwas dickliche Zofe der jungen Dame, nickte nur brummelig. Sie hatte sich jetzt schon seit Stunden ununterbrochen die Vorzüge des Andron Fedina anhören müssen. Da sie den jungen Mann auch schon einige Male erleben durfte und durch die Gerüchte, die unter Zofen kursierten, auch bedeutend besser über den wahren Charakter von Celinas Angebetetem unterrichtet war, schwieg sie lieber. Was ihre Herrin allerdings nicht davon abhielt, sich ununterbrochen weiter Gedanken über den herrlichen Ni-Herkyn Andron Fedina zu machen.

»Und wie gewählt er sich immer ausdrückt. Er kennt Wörter, Evalina, ich sage dir, die hast du noch niemals gehört ...«

Das laute Geräusch berstenden Holzes unterbrach die junge Adlige. Plötzlich ragte neben dem Gesicht ihrer Zofe die Spitze eines Speers aus der Innenwand der Kutsche. Mit ungläubigem Entsetzen starrten die beiden Frauen auf die roh geschmiedete, schartige Waffe.

Gleichzeitig brach außerhalb der Kutsche ein unbeschreibliches Chaos aus. Bellendes und grunzendes Gebrüll übertönte die Rufe der Wachen. Erste Todesschreie mischten sich in das Inferno.

Celina lehnte sich aus dem Seitenfenster und fuhr sofort erschrocken wieder zurück. Draußen wurde ihre kleine Leibwache von einer Übermacht von Monstren überfallen, die eine Mischung zwischen verschiedenen Tieren und Menschen darzustellen schienen. Die zweieinhalb Schritte großen, meist nur in Felle gehüllten Bestien fielen mit einer Wildheit über die Haustruppe der Sedryns her, der die kaum ausgebildeten Hausdiener nichts entgegenzusetzen hatten. Ritmar Wayns Männer hatten nicht die kleinste Chance. Bei ihrem Blick nach draußen hatte Celina gesehen, wie eine stachelbewehrte Keule den Kopf von Ullon, dem Stallknecht traf und in einer blutigen Fontäne verschwinden ließ. Verzweifelt schaute sich Celina in der Kutsche um. Was sollte sie tun, wohin fliehen?

Evalina war ihr auch keine Hilfe. Sie saß ihr völlig gelähmt gegenüber, mit großen Augen und vor Schrecken weit aufgerissenem Mund, und starrte noch immer auf die Speerspitze.

Dann wurden gleichzeitig beide Seitentüren der Kutsche aufgerissen. Links von Celina schob ein Tiermensch seinen schweineähnlichen Schädel in den Innenraum, gelblicher Schaum sabberte zwischen den Hauern seiner Schnauze hervor, und die kleinen rötlichen Schweinsäuglein glotzten Celina voller Vorfreude an.

Auf der anderen Seite tauchte Ritmar Wayn in der Türöffnung auf. Er saß noch immer im Sattel seines Schlachtrosses und hatte sich heruntergebeugt, um mit der Linken die Tür der Kutsche zu öffnen. Aus einer tiefen Wunde an der Stirn strömte Blut.

»Raus hier, Celina!« schrie er in die Kutsche hinein und bohrte gleichzeitig die Spitze seines Schwertes, das er mit seiner Rechten führte, in den aufgerissenen Rachen des Schweinekriegers, der schon halb in die Kutsche hineingeklettert war und seine schmutzigen Klauen in Celinas Jagdrock verkrallte.

Blut spuckend – und mit einem gurgelnden Geräusch – brach die Bestie, seitlich von Wayns Klinge herunterrutschend, auf Evalinas Schoß zusammen. Während sich Celina aus dem Todesgriff der Kreatur befreite, überwand die Zofe ihre Starre, fing aber statt dessen an, wie am Spieß zu schreien.

So schnell es ging, kletterte Celina über den Körper

des Tiermenschen hinweg aus der Kutsche hinaus, hielt kurz inne und schaute sich nach ihrer immer noch schreienden Zofe um.

»Los, Mädchen!« Während er sein Pferd mit den Schenkeln lenkte, hielt ihr Wayn seinen freien Arm hin.

»Aber Evalina …«, war alles, was Celina antworten konnte.

»Die muß sich selber helfen.« Wayns Stimme ließ keinen Widerspruch zu, und Celina sah hinter dem alten Krieger zwei in Bärenfelle gehüllte Tiermenschen mit Hundeköpfen heranstürmen. Sie sahen aus, als seien sie entschlossen, ihre großen Äxte rücksichtslos einzusetzen. Also ergriff sie Wayns Hand und zog sich hinter dem Ritmar in den Sattel des Schlachtrosses.

Mit einem wilden Schrei hieb Wayn dem Pferd die flache Klinge seines Schwertes auf die Schenkel und trieb es damit zu einem wilden Satz an. Celina konnte nichts anderes tun, als sich an Wayns Mantel festzuhalten, als das Pferd an zwei weiteren Tiermenschen vorbeisprengte, die mit wilder Freude ihre Speere immer wieder in einen am Boden liegenden Soldaten trieben.

Eine geworfene Axt flog seitlich an Celinas Rücken vorbei. Dann holte Wayn vor ihr im Sattel zu einem Hieb aus. Die Bewegung ließ die junge Frau beinahe vom Pferd fallen. Als sich der mühsame Ritt durch die aufspritzenden Schlammpfützen fortsetzte, sah Celina aus dem Augenwinkel die kopflose Leiche eines Tiermenschen in den Dreck fallen.

Als nächstes hörte Celina ein gequältes Wiehern und fühlte sich unwiderstehlich über Wayns Rücken hinweg durch die Luft katapultiert, während das Schlachtroß in die Knie ging.

Mit einem lauten Klatschen landete sie einige Schritte weiter mitten in einer Schlammpfütze. Während sie sich nach einigen Augenblicken immer noch benommen aufrichtete und versuchte, sich den Dreck aus dem Gesicht zu wischen, hörte sie hinter sich furchtbares, schmerzerfülltes Wiehern und ein Gebrüll, das sie bis ins Mark erschütterte. Hastig drehte sie sich um.

Der kurze, aber wilde Ritt hatte Wayn und Celina gute dreißig Schritte vor die Kutsche gelangen lassen. Dann war es offensichtlich einem Tiermenschen gelungen, Wayns Pferd mit seiner Axt zu Fall zu bringen. Das arme Tier lag einige Schritte hinter Celina und wand sich im Todeskampf im Schlamm.

Wayn stand mit dem Rücken zu Celina über den massigen Körper des Tiermenschen gebeugt und zog gerade sein Schwert aus dessen Bauch.

Als sich der alte Krieger umdrehte, zuckte Celina erschrocken zurück. So hatte sie den Mann, der ihr auf Gut Leunor immer geduldig Reitunterricht gegeben hatte, noch nie gesehen. Das graue Haar hing blutverklebt und schmutzig um den Kopf herum, die Züge waren verzerrt von Blut und Schlamm, und in den Augen stand blanke Wut. Das lange Schwert, mit dem er immer noch jeden Morgen übte, war von Blut und anderen, für Celina nicht einzuordnenden Dingen bedeckt. Ein leises Knurren drang zwischen seinen Lippen hervor. Der fellbesetzte Mantel des Ritmars hing ihm naß und schwer vom Schlamm über die Schultern und verlieh dem Mann, der höchstens mal Rekruten in Übungskämpfen vermöbelte, ein fast ebenso unmenschliches Aussehen, wie es die Tiermenschen zeigten.

Dann drehte er sich wieder um, als ein weiterer Tiermensch mit wildem Heulen auf ihn zugelaufen kam. Das wahrscheinlich über einen Zentner schwere Ungetüm schwang einen riesigen Krummsäbel und hielt einen Schild vor sich, auf dessen Sporn ein Totenschädel aufgespießt war. Riesige Hauer ragten aus dem Maul des Eberkopfes, und Celina konnte deutlich erkennen, daß seine mit schmutzigem, schwarzblauem Fell bedeckten Beine in Pferdehufen endeten.

Wayn hob das Schwert mit beiden Händen über den Kopf und rannte dem Tiermenschen ebenfalls schreiend entgegen. Kurz bevor er auf das Monstrum traf, duckte er sich unter dem heransausenden Säbel hindurch und hieb sein Schwert unter dem erhobenen Schild seitwärts in die Bauchgegend seines Gegners. Während Wayn, vom Ansturm des Tiermenschen erfaßt, zur Seite stolperte, lief sein Gegner noch ein oder zwei Schritte weiter, blieb dann stehen und schaute ungläubig an sich herab auf seinen Bauch, wo aus einer klaffenden Wunden Blut und Innereien hervorströmten.

Wayn hatte sich inzwischen gefangen und stürmte bereits wieder auf den Tiermenschen zu. Der konnte nur noch verzweifelt versuchen, sein Schwert zu heben. Aber er kam zu spät. Die Klinge des Menschen drang bereits in seinen Nacken ein. Wie ein gefällter Baum und immer noch mit einem erstaunten Ausdruck in den blutunterlaufenen Äuglein fiel der Tiermensch zur Seite um und regte sich nicht mehr.

Keuchend blickte sich Wayn nach weiteren Feinden um, doch die restlichen Tiermenschen waren damit beschäftigt, die Leichen von Celinas Begleitmannschaft zu zerreißen. Voll ungläubigem Entsetzen mußte Celina mitansehen, daß die Bestienkrieger Isthaks ihre Feinde tatsächlich noch auf dem Schlachtfeld verzehrten. Sie hatte schon davon gehört. Junge Offiziere, die mit ihren Heldentaten im Krieg prahlen wollten, erzählten immer gern von solchen oder ähnlichen Dingen. Celina fand so etwas allerdings geschmacklos und hatte sich abgesetzt, wann immer es möglich war. Die Realität war jedoch noch grauenvoller als die Geschichten, die in den Salons von Leigre kursierten. Angewidert drehte sie sich weg und übergab sich in den Schlamm. Doch noch während sie sich über einer Pfütze krümmte, fühlte sie, wie sie hochgerissen und auf die Beine gestellt wurde.

»Los, wir müssen hier weg«, meinte Wayn, aus dessen Augen die Mordlust inzwischen wieder verschwunden war. Celina konnte nicht antworten, sondern starrte nur angsterfüllt über Wayns Schulter in die Richtung der Kutsche. Dort fielen die Tiermenschen gerade über die Pferde her, deren angstvolles Wiehern neben dem Schmatzen und Geifern der Tiermenschen eine entsetzliche Geräuschkulisse abgab.

Für die junge Adlige brach eine Welt zusammen. Sie hatte natürlich ihr ganzes Leben lang immer wieder von den Kämpfen an der Nordgrenze gehört und auch die verstümmelten Veteranen gesehen, die auf den Straßen Leigres herumsaßen und bettelten. Aber das Gemetzel, das sich dreißig Schritte hinter ihr abspielte, überschritt ihr Vorstellungsvermögen bei weitem.

Wayns Aufmerksamkeit wurde inzwischen von etwas ganz anderem beansprucht. Zwar hatte er seit langer Zeit nicht mehr wirklich gekämpft, aber als junger Soldat unter Celinas Großvater im Kaiserheer hatte Wayn Dinge erlebt, die noch weit über das hinausgingen, was sich hier abspielte.

Nein, der alte Krieger starrte gebannt auf die menschengroße Gestalt, die gerade zwischen den Tannen am Wegesrand hervortrat und sich umschaute.

Es war offenbar eine Frau, deren Blick nach kurzer Zeit zu den beiden überlebenden Menschen abschweifte. Doch Wayn wußte, das dieses Wesen noch weniger Menschlichkeit besaß, als die Tiermenschen, die sich gerade grunzend und geifernd am Fleisch der Kutschenpferde gütlich taten. Dort am Wegesrand stand eine Eishexe. Ihre Haut schimmerte blaßblau und ihr schneeweißes Haar wirkte wie eine Vorankündigung des kommenden Winters. Die hochgewachsene Gestalt war in ein schwarzes, nietenbesetztes Lederkorsett gehüllt, die langen blauen Beine steckten in schwarzen Lederstiefeln, die bis zu den Oberschenkeln reichten, und an denen vorne lange Metallklingen befestigt waren.

Um die Taille hatte die Eishexe ein Schwert und einen Dolch gegürtet, und in den grazilen Händen trug sie einen Sichelspeer. Die grünen Augen schauten ausdruckslos zu Wayn und Celina herüber, und ein Lächeln begann sich langsam über die Züge auszubreiten. Eine kalte, klare Schönheit ging von diesem Lächeln aus. Wayn zitterte.

Die Eishexe hob den linken Arm und reckte ihn geschmeidig den Menschen entgegen. Einige Sekunden blieb sie so stehen und lächelte. Wayn war wie gebannt von der fremdartigen Schönheit – und Celina schien vor Entsetzen erstarrt. Beide waren unfähig sich zu rühren.

Dann war der Augenblick vorbei. Die Eishexe stieß ein schrilles Kreischen aus und begann, mit ihrem Speer auf die Rücken der noch immer mit ihrem Festmahl beschäftigten Tiermenschen einzuschlagen, um sie auf die noch lebende Beute aufmerksam zu machen.

Wayn riß Celina mit sich und rannte schnurstracks auf den dichten Wald zu. Hinter ihnen brachen die ersten Tiermenschen in gutturale Jagdschreie aus.

KAPITEL 3

14. Sempak, 715 IZ (der gleiche Tag)

Ein kleines Dorf, eine Tagesreise nördlich von Orwen, Provinzhauptstadt von Kryghia.

Von der untergehenden Sonne wurde die karge Steppenlandschaft in ein rötliches Licht gebadet. In dieser Beleuchtung wirkte das kleine Dorf Yrwin fast einladend. Jadhrin war froh, daß der Sonnenschein auf seiner Reise in den Norden unvermindert anhielt. Schlechtes Wetter und Regen würde es in Anxaloi noch genug geben.

Angeblich sollte in der nördlichsten Provinz des Reiches der Schneefall manchmal schon Anfang Oktum einsetzen. Jadhrin, der die Winter der letzten Jahre nur im recht milden Emessa verbracht hatte, freute sich überhaupt nicht auf Frost, Schneeverwehungen und erfrorene Zehen.

Solche und ähnliche Vorkommnisse waren ihm von seinen Brüdern in blühenden Farben beschrieben worden, nachdem sich sein Kommando in der Nordmark herumgesprochen hatte. Die Winter in den nördlichen Provinzen sollten, bedingt durch die Nähe zu den sich langsam immer mehr nach Süden schiebenden Eiswüsten von Isthak, selbst orkische Plünderer von Überfällen abhalten. Und Orks waren ganz bestimmt nicht für ihre Empfindlichkeit gegenüber den Unbilden der Natur bekannt.

Mit einem Schnalzen trieb Jadhrin sein Schlachtroß, das er der Nase seines Großonkels zu Ehren ›Habicht‹ getauft hatte, zum Trab an und setzte sich wieder an die Spitze der kleinen Kolonne von Rittern des Reinigenden Lichts, die gerade an den ersten ärmlichen Hütten vorbei in das Dorf hineinritt.

Neben seiner üblichen Ordensuniform trug er eine lange Kettenrüstung, die überall mit Panzerplatten verstärkt war, und den Reisemantel der Ordensritter, dessen eigentlich hellgraue Farbe sich im Zuge der staubigen Reise allerdings langsam zu einem schmutzigen Graubraun verwandelt hatte. Sein kurzgeschnittenes schwarzes Haar lag flach an seinem Kopf an, zusammengedrückt von den langen Stunden unter der Kettenkapuze und dem Vollhelm, den Jadhrin abgenommen hatte, als das heutige Reiseziel in Sicht kam.

Als Dashino befehligte Jadhrin eine Schwadron von zwanzig Reitern, die zur Hälfte aus erfahrenen Männern bestand, die schon häufiger an Feldzügen im Norden beteiligt gewesen waren. Was diese Veteranen darüber dachten, einem Offizier zu unterstehen, der zum Teil ihr eigener Sohn hätte sein können, hatte Jadhrin bisher nur an den zweifelnden Blicken ermessen können, die sie ihm zuwarfen, wann immer er irgendeinen Befehl gab.

Die andere Hälfte der Schwadron bestand aus Rekruten, denen Jadhrin nur einige Jahre voraus hatte, deren Blicke aber fast ebenso zweifelnd wirkten. Daß diese jungen Männer zu einem Einsatz in den Norden geschickt wurden, war ein deutliches Zeichen dafür, wie bedrängt die Lage des Imperiums durch die ständigen, erschöpfenden Kämpfe der letzten Jahre geworden war. Gewöhnlich wurden junge Brüder wie diese zunächst im Reichsinneren gegen Banditen und ähnliches eingesetzt, um ein wenig Kampferfahrung zu sammeln, bevor man sie gegen ernsthafte Gegner kämpfen ließ.

Merida sei Dank, konnte sich Jadhrin immerhin auf seinen Unteroffizier Hetnor Gannon verlassen. Gannon, ein fünfundvierzigjähriger Bruder aus den Ostmarken mit einem listigen Gesichtsausdruck und der Statur eines Braunbären, hatte seine Vergangenheit als Viehtreiber nie richtig abgelegt. Er trug noch immer entgegen den Richtlinien des Ordens einen dichten Vollbart und ließ seiner Statur nach auch gerne hin und wieder die Regeln über eine maßvolle Ernährung außer Acht. Aber er war ein erfahrener Kämpfer und Jadhrins einzige Stütze bei all den Kleinigkeiten, die sein erstes eigenes Kommando mit sich brachte. Kleinigkeiten, auf die ihn keiner seiner Ausbilder vorbereitet hatte.

Wie sollte Jadhrin zum Beispiel wissen, daß die Versorgungsoffiziere der Provinzarmee von Kryghia, bei denen er Nahrungsmittel für seine Männer angefordert hatte, allzu gerne schimmeliges Brot und schlechtes Trockenfleisch an die Ritter des Ordens herausgaben, wenn man sie nicht vorher mit einigen Flaschen Annakwein gnädig stimmte. Annakwein, der hier im Norden natürlich nur schwer zu bekommen war, dementsprechend viel kostete und von Jadhrin natürlich aus eigener Tasche bezahlt werden mußte.

Solche und ähnliche Widrigkeiten, ausgelöst durch ein erschreckendes Maß an Korruption, das in der Provinz Kryghia selbst vor den Klöstern des Ordens nicht haltmachte, wurden von dem erfahrenen Unterführer allerdings immer wieder auf routinierte Weise beseitigt. Jadhrin hegte den Verdacht, daß Gannon nicht ganz zufällig der Hetnor seiner Schwadron war. Der Ostmarker hatte als junger Bruder an vielen Feldzügen teilgenommen, die sein Großonkel mitgemacht hatte, und die beiden pflegten auch im Kloster Andoran immer noch regen Kontakt. Gannon hatte wegen seiner niedrigen Abstammung keine Chance, zum Offizier befördert zu werden, galt aber als einer der besten Hetnors, die sich in Andoran aufhielten. Viele der anderen Dashinos hätten ihn gern unter ihrem Kommando gesehen. Daß er Jadhrin zugeteilt worden war, ging höchstwahrscheinlich auf den Einfluß seines Großonkels zurück, der seinen alten Freund offensichtlich zum Beschützer seines Protegés auserkoren hatte. Nun, Jadhrin sollte es recht sein.

Hetnor Gannon dabeizuhaben, erleichterte wirklich vieles. Und auf diese Weise war die Moral seiner Einheit nach den vergangenen zwei Wochen, die Jadhrins Schwadron aus der Zentralmark Emessa über die kargen Steppen der Provinz Sothok in die ebenso karge Provinz Kryghia und schließlich in dieses heruntergekommene Dorf geführt hatten, immer noch sehr gut.

Nicht daß die Moral der meridatreuen Streiter aus dem Orden des Reinigenden Lichtes so leicht zu erschüttern gewesen wäre. Aber Jadhrin war sehr zufrieden damit, daß es seinen Männern so gut wie möglich ging. Er würde ihre dankbare Unterstützung ganz bestimmt gebrauchen können, wenn es zu den ersten Kämpfen kam.

Inzwischen hatten die Reiter den zentralen Platz des Dorfes erreicht. Ungefähr ein Dutzend heruntergekommener Lehmhütten mit Strohdächern gruppierten sich um einen Brunnen, eine einzelne Birke und einen Pranger. Das einzige aus Stein erbaute Haus war das des Adligen, der das Dorf Yrwin für Herkyn Boris Karol, den Gouverneur von Kryghia, verwaltete. Eine mannshohe Mauer umgab das Gutshaus, hinter ihr zeichneten sich die Dächer einiger Stallungen ab.

Aufgeregt kläffende Hunde und neugierige Kinder, die seine Männer anstarrten, versammelten sich auf dem Dorfplatz. Einige Hühner pickten ungerührt im Staub unter der Birke herum, und der Rest der Dorfbewohner, frei von tierischer oder kindlicher Unschuld gegenüber bewaffneten Fremden, schaute vorsichtig aus Fenstern und Eingangstüren hervor.

Jadhrin gab den Befehl zum Absitzen und wartete ab, bis die Reiter sich in einer Reihe vor ihren Pferden aufgebaut hatten. Die Ordensritter trugen wegen des Wetters ihre langen Mäntel offen, und ihre staubbedeckten Rüstungen schauten unter den Wappenröcken mit dem Ordenssymbol hervor. An jedem Waffengurt hingen ein

Langschwert und ein Kriegsdolch. Die restlichen Waffen der Ritter, eine Lanze, die langstielige Reiteraxt und das Wappenschild des Ordens hingen an den Pferden. Wegen des Sonnenscheins hatten die Männer ihre schweren Visierhelme abgenommen und ebenfalls an den Sätteln ihrer Pferde festgemacht.

Während die Brüder antraten, war inzwischen der Gutsverwalter, ein Mann mittleren Alters und stolzer Besitzer eines umfangreichen Bauches, aus seinem Haus auf die Straße getreten. Offensichtlich hatte er gerade gespeist, denn er war noch immer damit beschäftigt, Essensreste von seiner Tunika zu wischen. Mit der linken Hand hielt er eine Hähnchenkeule umklammert, die er aber hastig zur Seite warf, als er erkannte, wer ihn beim Abendmahl störte. Hinter ihm traten einige bewaffnete Männer, wahrscheinlich Angehörige der Provinzarmee von Kryghia, auf den Dorfplatz.

Mit einer unterwürfigen Verbeugung eilte der Verwalter auf Jadhrin zu. »Seid gegrüßt Bruder, welche Ehre, Streiter des Lichts in meinem bescheidenen Dorfe beherbergen zu dürfen. Mein Name ist Istvan Kurmil, und ich bin der Verwalter dieses ärmlichen Fleckens. Meridas Licht leuchte Euch auf allen Wegen.« Mit einer letzten Verbeugung kam er vor Jadhrin zum Stehen und schaute erwartungsvoll blinzelnd zu dem immer noch auf seinem Pferd sitzenden Dashino empor.

Aus seinem Sattel absitzend, entgegnete Jadhrin: »Merida sei mit Euch, Herr Kurmil. Ich brauche eine Unterkunft für mich und meine Männer, außerdem Verpflegung sowie Hafer und Wasser für die Pferde. Wenn Ihr das Nötige veranlassen könntet.«

Die Augen des Verwalters wurden zu schmalen Schlitzen, als er seine Unkosten zu kalkulieren versuchte, ohne dabei seinen unterwürfigen Gesichtsausdruck zu verlieren. »Äh, selbstverständlich, Dashino. Mein Haus steht zu Eurer Verfügung. Eure Männer und ihr selbst könnt in meiner Halle übernachten. Ich hoffe, die bescheidenen Möglichkeiten von Yrwin werden zu eurer Zufriedenheit sein. Die Pferde können in meinen Ställen untergebracht werden, und die Bauern des Dorfes werden sich geehrt fühlen, Speisen für ein Abendmahl und Futter für die Tiere Eurer Schwadron zur Verfügung zu stellen. Streitern vom Orden des Reinigenden Lichtes werden sie selbst das wenige, was sie zur Verfügung haben, gerne überlassen.«

Mit einer einladenden Geste winkte er Jadhrin auf den Hof des Gutshauses. Gleichzeitig gab er den noch immer unschlüssig hinter ihm herumstehenden Soldaten die Anweisung, sich von den Bauern alles Nötige zu besorgen. Während die erschrockenen Dorfbewohner in ihre Häuser flüchteten und sich die Soldaten an die Arbeit machten, verzog Jadhrin unwillig das Gesicht. Dieser Verwalter plünderte seine Untergebenen offensichtlich in schamloser Weise aus, um nichts von seinen eigenen Vorräten herausgeben zu müssen. Die heruntergekommene Erscheinung des Dorfes bewies, daß eine solche Vorgehensweise wahrscheinlich auch durchaus häufiger vorkam.

Aber es war nicht Jadhrins Aufgabe, sich hier einzumischen. Der Gouverneur von Kryghia war dafür bekannt, ähnlich vorzugehen, und warum sollten seine Verwalter sich anständiger verhalten. Jadhrin kümmerte sich hauptsächlich darum, daß seine Schwadron versorgt wurde und die Ordensbrüder ihre eigenen, knapp bemessenen Rationen nicht zu schnell verbrauchen mußten. Die Reise nach Anxaloi würde bestimmt noch einige Übernachtungen unter freiem Himmel erfordern. Also gab er Gannon die Anweisung, die Männer auf dem Gutshof Quartier beziehen zu lassen, und folgte dem Verwalter, der hinter der Mauer verschwunden war und dessen breite Silhouette sich gerade noch im Eingang des Gutshauses abzeichnete.

Als Jadhrin durch das Eingangstor den Hof betrat, schaute er sich kurz um. Überall befanden sich mit Planen abgedeckte Stapel verschiedener Güter. Hier handelte es sich wahrscheinlich um die Lehnsabgaben des Dorfes, die jetzt im Herbst auf den Abtransport in die Lager des Provinzgouverneurs warteten. Getreidesäcke, Heuballen, Pökelfleisch in Fässern und ähnliche Erzeugnisse lagen in beträchtlicher Menge herum.

Noch während Jadhrin über die Ungerechtigkeiten des Lebens den Kopf schüttelte, hörte er aus einem mit einem Metallgitter abgedeckten Loch in der Mitte des Hofes eine rauhe Stimme: »Laßt mich hier raus, ihr verdammten Schweine. Istvan, du Sohn eines Orks, wenn du mich nicht bald hier rausholst, werde ich dir die Ohren abschneiden und sie in deine gierige Kehle stopfen.«

Während die Stimme aus dem Loch sich in ähnlicher Weise weiter ereiferte und Jadhrin stehenblieb, kam der Verwalter auch schon wieder aus dem Inneren des Gutshauses herausgelaufen. Mit gerötetem Gesicht und durch die wahrscheinlich ungewohnte Hast außer Atem, lief er zum Rand der Grube, an die Jadhrin und der inzwischen nachgekommene Gannon herangetreten waren. Dort beugte er sich hinunter und fauchte den in der Grube auf dem Boden sitzenden Mann an: »Sei still, du Viehdieb! Wenn du nicht sofort dein Maul hältst, lasse ich den Inhalt der Latrine in deinem Loch ausleeren.«

Der Mann wollte gerade zu einer Erwiderung ansetzen, als er die beiden an den Rand der Grube getretenen Ordensbrüder sah und verstummte. Jadhrin und Gannon schauten den Mann, der unter ihnen auf dem Boden der Grube saß, ebenfalls wortlos an. Er war klein und hager, in schmutziges Leder gehüllt und besaß abstehende, ebenfalls vor Schmutz starrende, graue Haare. Sein Gesicht ließ auf ein hohes Alter schließen, war aber so verdreckt, daß keine genauen Aussagen möglich waren.

Als die zu schmalen Schlitzen zusammengekniffenen Augen des Mannes auf Gannon blickten, sackte seine Kinnlade herunter. Gleichzeitig entfuhr Gannon ein überraschtes »Rokko!«

Sowohl Jadhrin als auch der Gutsverwalter blickten überrascht von dem Hetnor zu dem Gefangenen und wieder zurück. Die beiden ergingen sich inzwischen in einem wilden Begrüßungsgebrüll. Wenn sich nicht das Metallgitter zwischen ihnen befunden hätte, wären sie sich wahrscheinlich in die Arme gefallen. Offensichtlich kannten sich der Ordensbruder und der Gefangene schon sehr lange, hatten sich aber Ewigkeiten nicht gesehen. Da die beiden sich in tiefstem Ostmark-Dialekt anschrien, konnte Jadhrin dem Inhalt ihres Gespräches nur schwer folgen. Aber wenn er sich nicht täuschte, war eben mehrmals das Wort ›Bruder‹ gefallen, und der Mann in der Grube hatte sich nach den ›Eltern‹ erkundigt. Jadhrin mußte irgend etwas tun, bevor die Lage außer Kontrolle geriet, denn sein Unterführer begann bereits an dem Metallgitter zu rütteln.

»Hetnor!« brüllte er. Der Befehlston wirkte. Gannon richtete sich auf und nahm Habachtstellung ein, während der Mann in der Grube für einen Augenblick in Schweigen verfiel. »Was ist hier los?« beeilte sich Jadhrin zu fragen, während die Ruhe noch andauerte.

»Der Mann dort unten ist mein älterer Bruder Rokko, Dashino. Ich habe ihn seit ungefähr achtzehn Jahren nicht mehr gesehen. Nach einem Mißverständnis über den Besitz einiger Zuchtstiere mit dem Bran unseres Heimatdorfes ist er von zu Hause weggezogen. Damals war ich schon seit neun Jahren beim Orden und hatte nur noch wenig mit meinem Heimatdorf zu tun.« Gannon warf einen verlegenen Blick in die Grube.

»Bei meinem letzten Besuch war Gannon noch ein anständiger Viehtreiber im Dienste unseres Bran, dann hörte ich plötzlich, er sei von zu Hause weg, weil der Bran ihn beschuldigt habe, sein Vieh gestohlen zu haben. Seitdem hat niemand mehr etwas von ihm gehört, Dashino.« Gannon blickte starr geradeaus. Die Wiedersehensfreude verlieh seiner sonst meistens Befehle brüllenden Stimme einen ungewohnt weichen Klang.

Der Gutsverwalter Istvan mischte sich ein: »Der Mann da unten ist Ostmark-Juron, ein berüchtigter Viehdieb. Ich habe ihn mit viel Mühe erwischt, als er sich bemühte, meinen Leuten einige gestohlene Rinder zu verkaufen.«

»Lügner!« tönte es sofort von unten. »Die Rinder sind mir zugelaufen, und Ihr hattet nur keine Lust, meinen mehr als angemessenen Preis zu zahlen. Dann habt Ihr mich einfach mit vergiftetem Wein betäubt und hier eingepfercht. Die Rinder stehen inzwischen wahrscheinlich mit eurem Brandzeichen versehen auf irgendeiner nahe gelegenen Weide.«

Bevor Istvan zu einer Entgegnung ansetzen konnte, unterbrach ihn Jadhrin. »Schon gut, Verwalter. Ich will mich gar nicht in Eure Angelegenheiten mischen. Seid so freundlich und laßt uns ins Haus gehen. Ich glaube, ich brauche jetzt erst einmal etwas zu essen und zu trinken.«

In Richtung Gannons, der seinen Dashino unwillig anstarrte und den Mund bereits protestierend geöffnet hatte, schickte Jadhrin eine beschwichtigendes »Später!« Dann drehte er sich um und marschierte entschlossen auf den Hauseingang zu. Der Gutsverwalter folgte ihm beflissentlich, und Gannon beugte sich erneut zu der Grube herunter, nachdem er seinem Dashino einen finsteren Blick hinterhergeworfen hatte.

In der Halle des Gutshauses setzte sich Jadhrin sofort ohne weiteres Zeremoniell an das hintere Ende des langen Tisches, der in der Mitte des großen Raumes aufgebaut war. Er war froh, nach dem langen Tagesritt endlich von den Beinen zu kommen. Vor ihm befand sich ein üppiges, allerdings schon halb verspeistes Mahl. Offensichtlich hatte der Gutsverwalter reichlich Appetit.

Jadhrin bediente sich zunächst an einer der Hähnchenkeulen auf dem Tablett und schaute sich dann um. Ganz im Stil der Nordmark war die Inneneinrichtung des Gutshauses in schwerem Eichenholz gehalten, das hier in den Steppen der Provinz Kyghria, die landschaftlich gesehen eher dem Osten des Imperiums zuzuordnen war, allerdings ein Vermögen gekostet haben mußte.

Die Halle mündete in ihrem hinteren Teil in den Wohnbereich des Verwalters, der durch eine dicke Tür abgetrennt war. An den Seiten des Raumes befanden sich durch Vorhänge abgetrennte Nischen, in denen wohl die Bediensteten und Soldaten des Verwalters schliefen. Die Küche befand sich in einem seitlichen Anbau, der durch einen Durchgang zu erreichen war, durch den Jadhrin einige aufgeregt herumlaufende Gestalten erkennen konnte, die wahrscheinlich gerade mit der Zubereitung des überraschend anberaumten Festmahls begannen.

Das Dach des Hauses bildete auch die Decke des Raumes. Von den schweren Eichenholzbohlen des Dachstuhls hingen Räucherfleischstücke und Getreidesäcke herunter.

Noch während Jadhrin die reichlichen Vorräte des in seinen Privaträumen verschwundenen Verwalters musterte, tauchte dieser in Begleitung einer jungen Frau wieder auf. Er trug jetzt ein sauberes, aus teurem Tuch angefertigtes Wams über seinem fleckigen Obergewand.

»Ah, Dashino! Ihr habt es Euch bereits bequem gemacht? Wunderbar! Darf ich Euch meine Frau Anira vorstellen? Wir sind noch nicht lange verheiratet, deshalb ist sie sich über die Pflichten einer Gastgeberin noch nicht ganz im klaren. Entschuldigt also, daß Ihr noch immer nichts zu trinken habt. Los, mein Kind, würdest du unserem Gast bitte endlich Wein einschenken.« Mit diesen Worten stieß Istvan die Frau in Richtung der Küche davon.

Jadhrin, der vermutete, daß der Verwalter seine ›unerfahrene‹ Gattin auch dort kennengelernt hatte, winkte ab: »Keine Aufregung, gute Dame. Ich werde schon nicht verdursten, Merida lehrt uns, auch mit wenig glücklich zu sein.« Gleichzeitig schenkte er sich aus einem herumstehenden halbleeren Krug reichlich Ale in den Becher ein, den er neben Istvans Teller gefunden hatte.

Einige Stunden später saß Jadhrin satt und zufrieden auf seinem Platz neben dem Verwalter und lehnte sich mit einem Seufzer zurück. Das Mahl war wirklich reichlich gewesen. Im Kloster des Ordens gab es zwar immer genug zu essen, aber ganz im Sinne einer Merida gefälligen Enthaltsamkeit doch nur soviel, daß die Ordensbrüder nicht etwa Fett ansetzten. In seiner Novizenzeit war Jadhrin, der zumindest die ersten Jahre seines Lebens auf dem kleinen Adelsgut seiner Familie gelebt hatte, jahrelang das Gefühl nicht losgeworden, niemals richtig satt zu sein.

Seine Männer, die zusammen mit den Bewaffneten des Verwalters an dem langen Tisch saßen, hatten sich auch nicht zurückgehalten. Die Hälfte waren erfahrene Krieger, die nie wußten, wie ihre nächste Mahlzeit ausfallen würde, und der Rest machte die mangelnde Voraussicht ihres jüngeren Alters durch einen gewaltigen Appetit wett. Das Gesicht des Verwalters war immer länger und länger geworden, denn die paar Lebensmittel, die seine Männer bei den Bauern in der Eile hatten finden können, waren schnell aufgebraucht gewesen, und im Laufe des Abends hatte so mancher Räucherschinken mit dem dafür vorgesehenen langen Haken aus dem Dachgestühl geholt werden müssen.

Da sich die Männer aus dem Orden des Reinigenden Lichtes und die Mitglieder der adligen Haustruppen traditionell nicht sehr zugetan waren und auch Jadhrin wenig Interesse an einem Gespräch mit dem Gutsverwalter oder seiner Frau zeigte, war die Konversation während des Mahls auf ein Minimum beschränkt geblieben. Das hatte den Nahrungsmittelverbrauch natürlich nur noch ansteigen lassen. Einzig Jadhrins Hetnor Gannon hatte entgegen seinen sonstigen Gewohnheiten nur sehr wenig gegessen und sich, nachdem er von draußen hereingekommen war und neben Jadhrin Platz genommen hatte, in eine Wolke mißmutigen Schweigens gehüllt.

Jadhrin, dem natürlich klar war, was seinem Untergebenen den Appetit verdarb, hatte angestrengt überlegt, wie er die verzwickte Lage angemessen klären konnte. Gannons Bruder in den Händen des Verwalters zu lassen, kam nicht ernsthaft in Frage. Das würde bedeuten, daß Jadhrin fortan auf das Wohlwollen seines Unteroffiziers würde verzichten müssen. Und obwohl die Reise nach Norden erst zwei Wochen andauerte, war sich Jadhrin sicher, daß er Gannon auf keinen Fall verärgern wollte, wenn es sich irgendwie vermeiden ließ.

Andererseits konnte Jadhrin auch nicht so einfach einen überführten Viehdieb befreien. Er vermutete zwar, daß die Umstände der Gefangennahme etwas fragwürdig waren. Istvan machte durchaus den Eindruck, eine gute Gelegenheit nicht ungenutzt verstreichen zu lassen. Womöglich hatte er sich die Rinder mit der ungeklärten Herkunft einfach billig aneignen wollen. Aber natürlich konnte er dem Gutsverwalter nichts beweisen.

Wie also sollte er Gannons Bruder aus dem Loch auf

dem Hof holen, ohne gegen imperiale Gesetze, und noch viel wichtiger: gegen die strengen moralischen Ansprüche des Ordens des Reinigenden Lichtes zu verstoßen? Vor einigen Stunden war Jadhrin noch vollkommen ratlos gewesen. Aber gutes Essen und eine angemessene Menge Wein hatten seine Phantasie schließlich beflügelt, so daß ihm eine Idee gekommen war.

Er räusperte sich und sagte in Richtung des Verwalters: »So, da habt Ihr also einen berüchtigten Viehdieb gefangen.«

Der Angesprochene grinste sofort voller Zufriedenheit: »Jawohl, und was für einen noch dazu. Der Mann trieb in unserer Provinz schon viel zu lange sein Unwesen. Niemand hat ihn je fangen können. Vorher hat er viele Jahre die Ostmark unsicher gemacht, mußte dann aber vor seinen Verfolgern fliehen und lebte angeblich während der isthaktischen Belagerung als Pfadfinder an der Nordgrenze.«

Jadhrin atmete auf. Das war alles, was er brauchte. Die Lösung, die ihm durch den Kopf ging, würde seinen Hetnor befriedigen und in gewisser Weise durchaus im Rahmen der imperialen Gesetze bleiben.

Istvan erzählte indessen weiter: »Er arbeitete angeblich für beide Seiten, und als er mal wieder einen seiner Auftraggeber hintergangen hatte, Gerüchten zufolge eine mächtige Fürstin der Eishexen, mußte er wohl untertauchen. Er soll daraufhin eine Zeit im Kerker der Festung Soron eingesessen haben, konnte aber auch von dort entkommen. Seit dieser Zeit stiehlt er in unserer schönen Provinz alles, was vier Beine hat und auf dem nicht gerade ein Reiter sitzt.«

Jadhrin warf schnell einen Blick auf Gannon, aber dieser schien von der wenig schmeichelhaften Beschreibung seines Bruders nicht überrascht zu sein. »Und wie genau gelang es Euch, ihn dingfest zu machen?« fragte er dann weiter.

Die Augen des Verwalters verengten sich zu kleinen Schlitzen. »Nun ja ...«, begann er zögernd. »Einer meiner Männer erzählte mir eines Tages, daß er in Tunak, einer nahe gelegenen Kleinstadt, von einem Unbekannten angesprochen worden sei, ob er vielleicht Interesse an billigem Vieh hätte.«

»Und warum wurde ausgerechnet Euer Mann von diesem erfahrenen Viehdieb angesprochen?« erkundigte sich Jadhrin beiläufig.

»Ach, er befand sich in einer Kneipe in Tunak, in der Viehhändler und ähnliche Leute verkehren, und sollte in meinem Auftrag Vieh ankaufen. Er wirkte rein äußerlich vielleicht nicht unbedingt wie ein gewöhnlicher Viehhändler. Deshalb dachte Juron bestimmt, er könne sein gestohlenes Vieh bei ihm loswerden.«

Während Jadhrin überlegte, warum Istvan einen seiner Soldaten damit beauftragte, für ihn Vieh einzukaufen, erzählte der Verwalter weiter: »Ich beschloß also, der Sache nachzugehen, und veranlaßte meinen Mann zum Schein auf das Geschäft einzugehen. Er ließ sich von dem Fremden dessen Herde zeigen und willigte schließlich in den geforderten Preis ein. Er bot ihm sogar noch etwas mehr Geld, um mit ihm die Herde nach Yrwin zu treiben. Juron willigte ein, und die beiden machten sich auf den Weg. Unterwegs flößte mein Soldat ihm ein Schlafmittel ein, nahm ihn dann mit Hilfe einiger weiterer Männer gefangen und brachte ihn hierher. Die gestohlenen Rinder sind natürlich längst nach Orwen unterwegs, damit der Gouverneur sie ihren rechtmäßigen Besitzern wieder zukommen lassen kann.« Zufrieden lehnte sich der Verwalter zurück und wartete auf Jadhrins Antwort.

Der sah ihn wortlos an und nickte schließlich. »Bei Meridas Leuchten, ich muß schon sagen, Ihr seid wirklich ein gerissener Mann, Istvan. Den berühmten ›Ostmark-Juron‹ so einfach einzulochen, wäre bestimmt nicht jedem gelungen. Seid Euch meiner Hochachtung gewiß.«

Die tiefe Befriedigung im Gesicht des Verwalters wurde immer offensichtlicher, während Gannon neben Jadhrin kopfschüttelnd seinen Teller betrachtete und unverständliche Dinge murmelte.

Jadhrin beschloß, daß es jetzt an der Zeit war, seine Idee in die Tat umzusetzen. »Ich habe schon von Ostmark-Juron gehört – er soll ein herausragender Pfadfinder gewesen sein.« Voller Nachdruck betonte er den letzten Teilsatz. »Ich wußte allerdings nicht, daß mein guter Hetnor hier …« (Jadhrin klopfte Gannon versöhnlich auf die Schulter) »… sein Bruder zu sein scheint. Gannon, warum habt Ihr mir das denn nie erzählt?« Jadhrin betrachtete seinen Untergebenen mit vorwurfsvollem Blick.

Der starrte ihn verständnislos an.

Jadhrin nickte entschieden und blinzelte Gannon zu. »Ja, es scheint geradezu Meridas Licht im Spiel zu sein, denn genau diesen Ostmark-Juron sollte ich in den Nordmarken suchen, um ihn als Pfadfinder anzuwerben.«

Das entsprach zwar nicht ganz Jadhrins Auftrag, der einfach nur vorsah, sich mit seiner Abteilung kampfbereit beim Oberkommando des Ordens in der Provinz Anxaloi zu melden. Aber ›kampfbereit‹ schloß durchaus einen erfahrenen Kundschafter mit ein.

Istvan, dessen Kinnlade zunächst erschrocken heruntergefallen war, hatte sich von der Überraschung inzwischen soweit erholt, daß er ein zögerndes »Ähhh …?« verlauten ließ. Gannon schaute Jadhrin weiter sprachlos an.

»Daß Ihr ihn unter dem Verdacht des Viehdiebstahls festgenommen habt, ist natürlich ein unglücklicher Umstand. Einerseits freue ich mich, daß ich den guten Mann jetzt nicht mehr suchen muß, andererseits ist es mir natürlich mehr als unangenehm, Euch um Euren berühmten Gefangenen zu bringen. Aber leider habe ich keine andere Wahl, als ihn zu rekrutieren. Das Gesetz von Kaiser Dadalon II. bezüglich der Ersatzrekrutierung überführter Straftäter ist Euch sicher geläufig?«

Der Verwalter rang noch immer mit seiner Fassung: »Aber der Mann ist ein Viehdieb! Ihr könnt ihn doch nicht einfach so mitnehmen! Und warum überhaupt … Ich meine, könnt Ihr mir beweisen, daß Ihr gerade ihn anwerben sollt?«

»Aber, aber, Herr Istvan.« Jadhrin versuchte, soviel Autorität wie möglich in seine Worte zu legen. »Nun regt Euch doch nicht so auf. Ihr wollt doch nicht ernsthaft erwarten, daß mir meine Vorgesetzten – oder mein lieber Onkel, der Senior der Kampfmagiere meines Ordens Bran Dorama Thusmar ban Artorian – ernsthaft großartige Bevollmächtigungen mit auf den Weg geben, nur um einen bestimmten Pfadfinder anzuheuern.«

Der Hinweis auf Jadhrins berühmten Verwandten half. Istvan, dem schon eine wütende Entgegnung auf der Zunge lag, machte den Mund wieder zu.

»Natürlich habe ich keine schriftlichen Bevollmächtigungen, aber seht das Ganze doch mal so: Wenn ich Euren Gefangenen jetzt einfach mitnehme, erspare ich Euch viele unnötige Umstände. Ihr müßt ihn nicht eigens in die Provinzhauptstadt bringen lassen. Niemand wird fragen, warum Eure Männer sich mit Viehdieben einlassen oder so eifrig mit der Anwendung von wohl bestenfalls halblegalen Schlafmitteln sind. Auch ein langwieriger Prozeß, bei dem der Verbleib der ›Diebesware‹ noch einmal genau überprüft werden müßte, um nachvollziehen zu können, ob sie wirklich unrechtmäßig in den Besitz meines zukünftigen Pfadfinders gelangt ist, bliebe Euch erspart.«

Letzteres war zwar ein Schuß ins Blaue, aber die plötzliche Blässe in Istvans Gesicht gab Jadhrin ein durchaus befriedigendes Gefühl. Offensichtlich waren die Rinder, die die Männer des Verwalters Gannons Bruder abgenommen hatten, nicht wirklich auf dem Weg nach Orwen. Höchstwahrscheinlich standen sie mit einem neuen Brandzeichen auf einer der Weiden in der Umgebung Yrwins.

Jadhrin beschloß, die Sache zu einem Ende zu bringen. »Istvan, mein Guter, gebt Euch einen Ruck. Warum sollen wir beide uns wegen eines Viehdiebes streiten und einen völlig überflüssigen aufsehenerregenden Prozeß unter den Augen Eures Gouverneurs durchführen. Laßt uns das Ganze unter Ehrenmännern regeln. Ihr gebt mir den Mann einfach mit und hört nie wieder von ihm oder mir oder diesen gestohlenen Rindern.«

Der Verwalter schaute Jadhrin einige Augenblicke lang sehr nachdenklich an. Dann nickte er: »Wenn Euch soviel an dem alten Ostmarker liegt, dann nehmt ihn meinetwegen mit. Aber wenn er noch mal auf meinem Land auftaucht, werde ich ihn ohne Verhandlung sogleich am nächsten Baum aufhängen. Sagt ihm das. Und Ihr, Herr Dashino, paßt bloß auf Euch auf. Ostmark-Juron ist niemand, dem ich den Rücken zudrehen würde. Ihn mit ins Grenzgebiet zu nehmen, ist sehr gefährlich. Vielleicht trifft er ja ein paar seiner alten Freunde aus dem Eis wieder. Dann wünsche ich Euch, daß ihr eine Menge Gold bei Euch habt, damit sich Euer Pfadfinder nicht unvermittelt in den Dienst der Gegenseite stellt.«

Am nächsten Morgen war Jadhrins Truppe um einen Reiter angewachsen. Gannon hatte seinen Bruder noch am selben Abend aus dem Loch holen wollen, was aber bei Istvan auf so heftigen Widerstand gestoßen war, daß Jadhrin, zufrieden mit dem Erreichten, Istvan schließlich zugestimmt hatte.

Kurz vor dem Aufbruch der Ordensbrüder hatte der Verwalter ein altes und abgemagertes Ostmarkpony auf den Hof führen lassen. Am Sattel des Pferdes hingen ein Kurzbogen, ein gebogenes Schwert und ein Bündel mit verschiedenen, nicht zuzuordnenden Kleidungsstücken. Nachdem Rokko aus dem Loch gehievt worden war und zuerst seinem Pony und dann Gannon um den Hals gefallen war, befahl Jadhrin den Aufbruch.

Eine Stunde später ließ der Dashino seinen Hengst neben die Tiere von Gannon und dessen Bruder fallen. Die beiden waren in ein leises Gespräch vertieft, das sie bei Jadhrins Auftauchen abbrachen.

»Nun, Hetnor, habt Ihr Euren Bruder schon in seine neuen Aufgaben eingeweiht?« fragte Jadhrin.

Statt Gannon antwortete Rokko. »Er ist gerade dabei, Dashino, ähmm, ich würde deshalb gerne auch noch mal mit Euch sprechen. Ich meine, ich bin Euch ja wirklich dankbar, daß Ihr mich da aus dem Loch herausgeholt habt. Aber diese Pfadfinder-Sache ... ich meine, es stimmt schon, daß ich mir in meiner Zeit im Norden einige Feinde gemacht habe. Und, äh, Ihr hattet doch nicht wirklich den Auftrag, mich anzuheuern, oder? Könnte man das nicht anders regeln?« Abwartend schaute Rokko Jadhrin mit einem Gesichtsausdruck an, der wohl seinem besten Verständnis von ›harmlos‹ entsprach.

»Nein, das läßt sich nicht anders regeln«, antwortete Jadhrin, ebenfalls seine gelungenste Möglichkeit eines gnadenlos harten Befehlstons verwendend. Dabei schaute er Gannon wütend an. »Hetnor, Ihr seid dafür verantwortlich, daß dieser Mann seinen Aufgaben als Pfadfinder pflichtgemäß nachkommt. Vielleicht gibt es in meiner Familie eine gewisse Tradition, Männer von zweifelhafter Gesinnung zu beschäftigen. Aber ich werde nicht dulden, daß er seine Diebstähle fortführt. Ich habe bei Istvan die Verantwortung für Euren Bruder übernommen, und ich möchte das nicht bereuen müssen.« Jadhrin schaute Rokko an. »Ihr werdet für die Dauer meines Aufenthalts in den Nordmarken mein Pfadfinder sein. Und Ihr werdet Eure Sache gut machen. Im nächsten Dorf werde ich einen Brief aufgeben, der die Umstände Eurer Strafbefreiung genau dokumentiert, und den werde ich nach Emessa senden. Wenn mir im Norden etwas zustoßen sollte oder Ihr nicht in ein paar Jahren mit mir zusammen in Emessa auftaucht, könnt Ihr sicher sein, daß Euch nicht nur die Viehzüchter der Provinz Kryghia suchen werden. Jeder einzelne Ordensbruder im Imperium wird hinter Euch her sein. Aber vielleicht reizt es einen erfahrenen Viehdieb wie Euch ja, die Orks des Tierclans um Ihren Besitz zu erleichtern. Haben wir uns verstanden?«

Die beiden Brüder blickten den jungen Offizier mit offenem Mund an. Dann nickte Rokko.

»Wunderbar«, beendete Jadhrin das Gespräch und setzte sich wieder an die Spitze der Formation.

KAPITEL 4

14. Sempak, 715 IZ

Südliches Grenzgebiet der Provinz Pandylea zum Wald von Iconessa, dem Reich der Elfen.

Das kleine Gasthaus hatte schon bessere Tage gesehen. Die einstmals weiß getünchten Außenwände waren von der Witterung mit einem schmutzigen Braunton überzogen worden. Die Balken des Fachwerks, die schwärzlich aus dem Braun herausragten, schienen modrig und wurmstichig zu sein. Zwischen den Schindeln des Daches waren so viele Lücken zu sehen, daß ein Einblick in die gähnende Schwärze des Dachbodens problemlos möglich war. Ein Schwarm großer Raben umkreiste die Überreste eines baufälligen Kamins. An den Ecken des Gebäudes wucherte ungepflegter Efeu empor, der die Seitenwände so mit dem Untergrund verband, daß es beinahe schien, als würde das Haus unmittelbar aus dem Boden herauswachsen.

Der Himmel war grau und wolkenverhangen. Das trübe Wetter überzog die Landschaft mit einer Diesigkeit, die besonders jetzt, kurz vor dem Sonnenuntergang, der Umgebung eine fast halbweltliche Atmosphäre verlieh.

Außer den windschiefen Stall- und Wirtschaftsgebäuden, die sich in der Nähe des Gasthauses an den Boden duckten, gaben weit und breit nur Büsche und Baumgruppen dem Auge die Gelegenheit, auf der sonst flachen Ebene zu verweilen. Auch die bunten Farben der herbstlichen Pflanzenwelt wurden durch das Wetter in ein düsteres Einerlei verwandelt.

Nur am südlichen Horizont zeichnete sich verschwommen ein gewaltiges, grünes Dasein ab. Dort lagen die Wälder von Iconessa, der Exilheimat der Elfen, der alten Feinde der Menschheit. Bedrohlich wie eine Sturmwolke beherrschten sie den Horizont, schienen sich, begünstigt durch das undeutliche Licht, manchmal sogar zu nähern.

Eine wenig benutzte und halb zugewachsene Straße führte an dem Gasthaus vorbei, immer parallel zu dem Wald am Horizont. Genauso, als wolle sie eine unsichtbare Grenze nicht überschreiten. Und so war es wohl auch, denn jenseits dieser Straße gab es kein Anzeichen menschlicher Zivilisation mehr. Die vereinzelten Grundrisse alter Bauernhöfe, die ein darüber fliegender Vogel vielleicht noch hätte erahnen können, waren längst von der üppigen Vegetation überwuchert worden. Vom Boden aus waren bestenfalls noch einzelne Steinhaufen zu sehen. Der Wald von Iconessa schien an seinem Rand keine Anzeichen menschlicher Zivilisation zu dulden. Das Gasthaus wirkte wie eine geduldete Zufluchtsstätte für die wenigen Menschen, die in der Umgebung lebten. Hier konnten sie Zuflucht finden und sich der Täuschung hingeben, daß sie den alles beherrschenden Wald nicht zu fürchten brauchten. Die zumeist einheimischen Besucher im Gasthaus vermieden es, nach Süden zu blicken. Sie hatten längst eingesehen, daß jenseits dieser Grenze nur der Tod wartete.

Der Wirt des Gasthauses, ein hagerer Mann hohen Alters stand schweigend hinter der fleckigen Theke und starrte ohne jede Regung auf die Silberstücke, mit denen seine neuen Gäste ihre Zimmer bezahlt hatten. Er hatte sich längst damit abgefunden, daß seine Jugendträume von einer gutgehenden Wirtschaft an der Straße sich aufgelöst hatten. Seine Kundschaft bestand nicht, wie erhofft, aus reichen Bauern, die die ehrlichen Früchte ihrer Arbeit bei ihm vertranken. Nein, die wenigen Gäste in seinem Schankraum waren Fallensteller, Jäger und zwielichtiges Gesindel. Sie kämpften in der Öde zwischen dem Imperium und den verfluchten Wäldern mühsam um ihren Lebensunterhalt und dachten nicht daran, ihn zu einem reichen Mann zu machen.

Vor zwanzig Jahren war das anders gewesen. Damals, als er sich gerade hier angesiedelt hatte, gab es nur einen kurzen Fußmarsch weit nach Süden ein Dorf. Die nahegelegene Straße sollte die Verbindungslinie zwischen der Provinzhauptstadt Pandylea und einer geplanten Burg werden, die die Siedler gegen Überfälle aus dem Wald schützen sollte. Alles schien auf eine gesicherte Zukunft für den Wirt und seine Familie hinzudeuten.

Doch es war nie zum Bau der Burg gekommen. Eines Nachts hatten die Teufel aus dem Wald beschlossen, der imperialen Siedlung ein Ende zu setzen. Sie hatten das Dorf überfallen, alle Siedler getötet und die Hütten der Bauern geschleift. In jener Nacht hatte der Wirt seine Familie und eines seiner Augen verloren. Danach hatte es keine neuen Siedlungsversuche mehr gegeben. Der Bau der Burg war abgebrochen worden und die Straße, die zum Lebensquell seines Gasthauses hätte werden können, führte nunmehr ins Nichts.

Eigentlich hätte der Wirt mit den anderen Siedlern wieder fortziehen sollen. Aber der Verlust seiner Familie hatte ihn ganz einfach gelähmt, und so war er geblieben.

Zwanzig Jahre waren seitdem vergangen, und die ganze Zeit über war er genauso einsam und verzweifelt gewesen, wie in jener Nacht, als Elfenpfeile sein Leben beendet hatten. Seine Existenz in dem einsamen Grenzgasthaus war ihm manchmal wie ein Traum vorgekommen. Aber hier, nur eine oder zwei Tagesreisen nördlich der Zauberwälder von Iconessa, war das Leben der Menschen vielleicht wirklich nur ein Traum. Dann, vor ungefähr zwei Jahren war etwas wirklich Wichtiges in das Leben des Gastwirtes getreten. Damals waren diese wunderbare, geheimnisvolle Frau und ihre beiden Begleiterinnen aufgetaucht. Zuerst hatte der Wirt sie in seinem täglichen Stumpfsinn kaum wahrgenommen. Aber diese Frau war anders gewesen. Alles hatte plötzlich wieder einen Sinn gehabt. Auch wenn er keine klaren Erinnerungen mehr an die genauen Umstände ihres Aufenthalts bewahrte, und die Frau auch schon lange wieder fort war. Der Wirt wußte seitdem wieder, daß sein Leben kein Traum war. Nein, er hatte eine Aufgabe, eine Pflicht gegenüber dieser wunderbaren Frau.

Und er würde diese Pflicht erfüllen.

Ein zufriedenes Lächeln zeichnete sich in seinem Gesicht ab. Dann drehte er sich um und begann seine Gläser zu putzen.

Dorama saß in seinem Zimmer im ersten Stock des Gasthauses, schaute aus dem Fenster und hing ebenfalls Gedanken an Pflicht und Lebenssinn nach. Sein Großneffe hatte natürlich nicht völlig unrecht gehabt, als er ihn vor einigen Tagen an sein Alter erinnerte. Jadhrin war ein guter Junge. Vielleicht ein wenig bequem, aber mit etwas Druck hier und da würde noch ein ganz passabler Offizier aus ihm werden. Ein Offizier, der seiner Familie eine Menge Ruhm bringen konnte. Aber so sollte es auch sein.

Der Junge ließ leider manchmal ein wenig Verständnis für das fehlen, was gut für seine Familie war. Als Dorama vor vielen Jahren noch an Feldzügen des Imperiums teilgenommen hatte, war es – neben seiner Pflicht der Lehre Meridas gegenüber – immer sein Hauptwunsch gewesen, den Thusmar zu mehr Bedeutung in der Hierarchie des Reiches zu verhelfen. Aber Doramas Gelegenheiten waren ungenutzt verstrichen, immer wenn sich die Möglichkeit zur Aneignung einer fetten Abtei ergeben hatte, war ein neuer Krieg zu führen gewesen, eine neue Heldentat mußte vollbracht werden. Seine Chancen hatte der alte Magier nicht genutzt. Um so mehr würde er dafür sorgen, daß Jadhrins Leben anders verlief. Nun, bei einem Kommando in den Nordmarken konnte sich der Junge erst mal auszeichnen. Hoffentlich hielt er sich aus den gröbsten Schwierigkeiten heraus.

Dorama hingegen war im Begriff, sich mitten in wirklich große Schwierigkeiten zu bringen. Aber die Zeit, sich über seine Karriere Gedanken zu machen, war für ihn längst vorbei. In den letzten Jahren hatte sich Dorama immer mehr darauf verlegt, soviel wie möglich an magischen Forschungen zu betreiben, um auch kurz vor seinem Ruhestand noch etwas Sinnvolles für die Sicherheit des Reiches zu tun. Denn gerade darum stand es im Augenblick wirklich nicht zum Besten.

Seit längerer Zeit hatte Dorama bei allen Neuigkeiten, die das Kloster Andoran erreichten, den Eindruck, dem langsamen Verfall eines morschen Baumes beizuwohnen. Und als er die ersten Hinweise auf das Ziel seiner jetzigen Unternehmung fand, hatte ihn deshalb noch einmal ein unbezähmbarer Tatendrang gepackt. Hier hatte er die Möglichkeit, noch ein letztes Mal seine ganzen Erfahrungen für das Imperium in die Waagschale zu werfen.

Also war er vor zehn Tagen inkognito aus dem Ordenskloster Andoran abgereist. Er hatte erklärt, daß er zu einem längerem Aufenthalt auf den Gütern seiner Familie weilen würde. Die Stellung des Kampfmagier-Seniors brachte gewisse Vorteile mit sich, die Dorama im Interesse der Geheimhaltung auch auszunutzen bereit war. Sein vorlauter Großneffe hatte nämlich nicht ganz unrecht gehabt.

Niemand im Orden würde seine Pläne billigen. Elfische Zauberei galt bei den Dogmatikern unter seinen Ordensbrüdern als Inbegriff aller Verderbtheit. Sogar einem so angesehenen Mann wie ihm hätte der Scheiterhaufen gedroht, falls sein Vorhaben bekannt geworden wäre. Dorama verabscheute diese Ignoranten. Nur ein wenig Studium der Geschichte ihrer eigenen Zauberkunst hätte sie erkennen lassen, daß sie kaum etwas anderes verwandten, als eine bis zur Unkenntlichkeit entschärfte Variation der alten elfischen Magie. Auch die in der Zentralprovinz immer umtriebigen Spione der konkurrierenden Adelshäuser des Imperiums brauchten nichts davon zu erfahren, daß einer der berühmtesten Magier des Ordens zu einer Forschungsreise in die Nähe des Waldes von Iconessa aufgebrochen war. Man konnte nie wissen, was die paranoiden Anführer der Adelsgeschlechter aus einer solchen Reise machen würden.

»Es tut gut, wieder für den Orden zu arbeiten, oder was meinst du, Samos?«

Der Angesprochene, ein großer Mann mit breiten Schultern und einer mehrfach gebrochenen Nase, antwortete mit einem undeutlichen Grunzen. Er zog sich die Kapuze seines Mantels noch etwas tiefer ins Gesicht und verlagerte sein Gewicht auf dem quietschenden Stuhl in eine bequemere Haltung.

»Ich weiß noch genau, wie der Bran plötzlich vor uns stand. Wie immer in seinen alten Mantel gehüllt und auf einem unauffälligen Pferd. Niemand würde hinter einem solchen Greis den Senior der Kampfmagiere des Ordens vermuten.«

Unter der Kapuze drang ein unwilliges Geräusch hervor: »Arien, sei leise, wenn der Bran erfährt, daß du ihn einen Greis nennst, kriegst du richtig Ärger. Außerdem bin ich müde.«

Aber Arien, ein hagerer Typ mit auffällig tiefliegenden Augenhöhlen, ließ sich nicht aufhalten. Er wippte unruhig auf seinem Stuhl hin und her. »Mann, Samos, du bist auch nichts mehr gewöhnt. Kein Wunder, das Leben als Leibwächter in Emessa hat dich um die Hüften rum ja auch ganz schön aufgebläht.« Arien betrachtete seinen alten Freund, der, wie er selber auch, ein ehemaliger Ordensbruder war. »Du hättest die Hände vom Zuckerkuchen der Frau unseres letzten Auftraggebers lassen sollen. Von der Frau selber ganz zu schweigen.« Arien kicherte leise vor sich hin.

»Sei endlich still, sonst zeige ich dir mal, wie eine aufgeblähte Nase aussieht!« brummelte Samos. »Wir hätten den Auftrag ohnehin beenden müssen. Der Bran brauchte uns schließlich. Du weißt, daß wir ihm noch was schulden.«

»Hast ja recht.« Arien versuchte, die Redseligkeit seines Freundes durch einen versöhnlichen Tonfall zu fördern. »Wenn der Bran uns braucht, dann helfen wir natürlich. Ohne ihn wären wir damals auf jeden Fall in die ewige Dunkelheit eingegangen. Er hat seinen ganzen Einfluß geltend gemacht, um das Gericht davon zu überzeugen, daß die Befehle unseres Dashinos kompletter Blödsinn waren. So wurden wir nur unehrenhaft entlassen. Schade drum, aber wir hätten es viel schlechter treffen können.«

Einige Augenblicke lang herrschte Schweigen, als sich die beiden Männer an die Vergangenheit erinnerten.

Dann fing Arien wieder an: »Aber warum er uns gerade jetzt braucht, würde ich schon gerne wissen. Er hat sich ja alle Mühe gegeben, so schnell wie möglich hierherzukommen. Und bisher haben wir ja nur ein bißchen die Aufpasser gespielt. Dazu hätte er auch eine reguläre Abteilung der Ordenstruppen mitnehmen können.«

»Mann, Arien! Manchmal denke ich, du hast einmal zu oft was auf deinen dünnen Schädel gekriegt.« Samos richtete sich nun offensichtlich, um sich auf ein Gespräch einzulassen, aus seiner halb liegenden Haltung auf und schlug die Kapuze zurück. »Geheimhaltung! Darum geht's. Wenn der Bran einen Trupp Brüder mitgenommen hätte, wäre ihm das wahrscheinlich viel zu auffällig gewesen. Du kennst den alten Geheimniskrämer doch!«

»Na gut«, antwortete Arien nachdenklich. »Warum hat er dann keine ›Streiter‹ mitgenommen?«

Beide Männer schüttelten sich angewidert. Die ›Streiter in der Finsternis‹ waren unter den normalen Ordensbrüdern eine sagenumwobene Instanz, die im Auftrag des Hochmeisters für besondere Aufgaben eingesetzt wurde. Eine Art Orden im Orden, der unter anderem auch für die moralische Untadeligkeit aller Brüder zuständig war. Und da Samos und Arien schon immer eine unkonventionelle Auffassung von der moralischen Integrität eines Ordensbruders gehabt hatten, war ihnen noch aus ihrer Zeit im Orden eine unterschwellige Abneigung gegen die ›Streiter‹ zu eigen.

»Gute Frage.« Samos rieb sich seinen einige Tage alten Bart. »Ich tippe mal darauf, daß die Pläne des Bran möglicherweise nicht mit der offiziellen Ordenslinie übereinstimmen. Einer seiner berühmten Alleingänge oder so etwas. Wahrscheinlich weiß noch nicht einmal der Hochmeister, was der Bran vorhat. Immerhin haben wir falsche Namen benutzt, als wir uns auf dem Eilsegler einquartierten, den ganzen Emessa-Strom herunter durften wir das Schiff kein einziges Mal verlassen, und als er dann die Pferde gekauft hat, da nannte er sich auch nicht Dorama Thusmar. Er hat den ganzen Weg nach Süden nicht ein einziges Mal seinen richtigen Namen benutzt, in jedem Gasthaus hieß er anders. Da ist doch was im Busch!« Samos Stimme klang fast ein wenig vorwurfsvoll. Ein solches Verhalten vom Senior der Kampfmagiere des Ordens des Reinigenden Lichtes, der zumindest in der Vorstellung einem Bollwerk der Rechtschaffenheit gleichen sollte, regte einen einfachen Leibwächter schon zum Nachdenken an.

Andererseits hatten die beiden Ex-Ordensbrüder in

ihrer Zeit in den Straßen der Hauptstadt so viele Dinge gesehen und getan, die weit jenseits der Vorstellung eines gewöhnlichen Ordensbruders von Gut und Böse lagen, daß sie sich nicht allzu viele Gedanken über das seltsame Verhalten ihres Begleiters machten.

»Wo du recht hast, hast du recht!« bekräftigte Arien die Erzählung seines Freundes. »Und dann die ganze Zeit diese Eile. Der Bran scheint zu befürchten, daß wir verfolgt werden.« Sein Gesicht nahm einen nachdenklichen, fast enttäuschten Ausdruck an. »Na ja, bis jetzt war jedenfalls alles ruhig. Aber vielleicht haben wir ja Glück, und treffen doch noch ein paar Schädel zum einschlagen. Ehrlich gesagt, bis jetzt langweile ich mich ein bißchen.« Er stand auf und betrachtete die verschlossene Tür, die sie auf Geheiß Doramas streng bewachen sollten. »Ich würde schon gern wissen, was der da drin macht?« Er bückte sich, um einen Blick durch das Schlüsselloch zu riskieren.

Sein Partner riß ihn zurück und zog ihn mit einem heftigen Ruck wieder auf seinen Stuhl hinunter. »Das wirst du schön bleiben lassen. Der Bran ist einer der erfahrensten Magier des Imperiums. Was auch immer er hinter verschlossenen Türen zu tun gedenkt, wir halten unsere Nasen da in jedem Falle raus. Ist das klar!«

»Schon gut. Reg dich nicht immer gleich so auf. Man wird sich ja noch mal seine Gedanken machen dürfen.« Arien verfiel in beleidigtes Schweigen.

Gänzlich unbeeindruckt von den Erwägungen seiner Leibwächter beschäftigte sich Dorama hinter der von den beiden bewachten Tür inzwischen mit dem Grund seiner Reise an den Rand des Elfenwaldes.

Zunächst hatte er mitten in dem spärlich eingerichteten Raum mit einer besonderen Kreide aus dem Knochenmehl Eidbrüchiger einen magischen Kreis auf den Boden gemalt. Anschließend holte er den elfischen

Halsreif aus seinem Gepäck hervor und legte ihn in die Mitte des Kreises. Nach diesen Vorbereitungen wollte er eine besondere Augurialformel durchführen. Sie würde den genauen Aufenthaltsort der Gebeine des Kriegers ermitteln, dem der Halsreif einst gehört hatte.

Die Formel, die zum Teil auf nekromantischen Theoremen beruhte, gehörte natürlich nicht zum Standardwissen eines Kampfmagiers des Ordens des Reinigenden Lichtes. Eigentlich war sie nicht einmal legal. Aber Dorama hatte sich schon immer für Magieformen interessiert, die über das Repertoire des Ordens hinausgingen, das leider ausschließlich auf die Einäscherung von Gegnern auf dem Schlachtfeld ausgerichtet war. Und in seiner Stellung hatte er auch die Möglichkeiten, dieses Interesse umzusetzen. Über die notwendige moralische Festigkeit machte sich Dorama in seinem Falle keine Sorgen.

Während der nächsten halben Stunde wunderten sich die beiden Leibwächter auf dem Flur über die seltsamen farbigen Leuchterscheinungen, die unter der Tür des Raumes herausleuchteten. Einmal, nach einem besonders fremdartigen Geräusch, hatte Samos an die Tür geklopft. Doch ein scharfer Zuruf aus dem Inneren hielt ihn davon ab, die Tür einzutreten und nach dem Rechten zu sehen. Schließlich hatten sich die beiden Männer beim Wirt einen Krug Wein bestellt, um die Zeit zu überbrücken.

Kurze Zeit später öffnete ein erschöpfter, aber zufriedener Dorama die Tür und ließ die beiden Wartenden wieder herein. Das Ritual war erfolgreich verlaufen, und jetzt wußte er, daß sich kaum zwei Fußstunden vom Gasthaus entfernt eine nur noch in den Grundmauern erkennbare, elfische Villa befand. Hier, so war er sich nach dem Zauberspruch völlig sicher, lagen die Überreste des Elfenkriegers. Und dort, wo der Elf den Tod gefunden hatte, mußten sich auch die Formeln von Gwydior befinden.

Das Bild, das Dorama in seiner Vision gesehen hatte, zeigte eindeutig die letzten Minuten der Familie des großen Zauberers, zu deren Leibwache der Halsreifträger gehört hatte. Dorama glaubte sogar eine große, reich verzierte Reisetruhe gesehen zu haben, die mit dem Zaubersigel Gwydiors versehen war. Eine solche Truhe konnte durchaus die Formeln verbergen.

Die Sonne war inzwischen seit zwei Stunden untergegangen und Dorama dachte über sein weiteres Vorgehen nach. Die Menschen unten im Gastraum hatten ihn beunruhigt. Selten hatte er eine so lethargische Bande von Halsabschneidern gesehen. In jedem anderen Gasthaus im Imperium hätten solche Männer begehrliche Blicke in Richtung seiner prall gefüllten Börse geworfen und sich Gedanken darüber gemacht, wie gut der alte Mann und seine zwei Begleiter mit den Schwertern an ihren Gürteln umgehen konnten. Aber die Männer schienen die Neuankömmlinge kaum zu bemerken, sie hielten sich einfach nur schweigend weiter an ihren Bechern fest und starrten mit leerem Blick in die Gegend.

Gut, die Leute weiter im Norden, dort, wo das Land noch dicht besiedelt und sicher war, hatten ihn und seine Männer gewarnt, daß die Bewohner hier in der Nähe des Waldes alle schwermütig wären. Aber das da unten ging über ›schwermütig‹ weit hinaus. Er glaubte zwar nicht, daß die seltsame Stimmung im Gasthaus auf den Einfluß des am Horizont sichtbaren Waldes zurückzuführen war. Aber während des Augurialzaubers war Dorama eine unterschwellige, nur aus den Augenwinkeln wahrnehmbare Energie aufgefallen, die seine gesamte Vision begleitete. Doch – so redete sich Dorama immer wieder ein – das seltsame Verhalten der Menschen in dem einsamen Gasthaus mußte eine andere Ursache haben. Ein ähnlich hohes, magisches Potential gab es auch an anderen Orten, und dort benahmen sich die Einwohner völlig normal.

Daß er sich beim besten Willen aber nicht vorstellen konnte, was diese andere Ursache sein sollte, beunruhigte Dorama. Bei dem, was er in der hereinbrechenden, mondlosen Nacht vorhatte, konnte er keine unbekannten, möglicherweise störenden Einflüsse gebrauchen. In jedem Fall würde der nächtliche Ausflug, den Dorama für sich und seine beiden Begleiter plante, sehr unauffällig geschehen müssen. Nach einer kurzen Pause, um sich von der Erschöpfung des Augurialzaubers zu erholen, begann er die Festigkeit der Fensterverstrebungen zu überprüfen.

Einige Stunden später lag eine tiefe Dunkelheit über dem Grenzland. Der Umriß des Gasthauses war nicht viel mehr, als ein Fleck etwas dichterer Finsternis auf einer dunklen Oberfläche. Das Fenster im ersten Stock, aus dem sich die drei Männer abgeseilt hatten, war schon lange nicht mehr zu sehen.

Sie trugen ihre langen, dunklen Reisemäntel, schwere Säcke über ihren Schultern, und unter den Mänteln knirschten manchmal leise ihre mit Metallringen besetzten Lederrüstungen. Alle trugen Schwerter und Dolche am Gürtel. Samos und Arien waren zusätzlich mit Armbrüsten ausgerüstet, während Dorama seinen Stab mitgenommen hatte.

Im Augenblick hockten sie nebeneinander hinter einigen Büschen in der Dunkelheit. Der Magier war ziemlich außer Atem, bereits erheblich zerkratzt und zunehmend übler gelaunt. Die anstrengende Klettertour aus dem Fenster des Gasthofes war ihm schwerer gefallen, als er erwartet hatte. Auf allen vieren durch das dichte Gras davonzuschleichen, hatte ihn ziemlich angestrengt. Und dann war er zu guter Letzt auch noch in einen sehr unangenehmen Dornenstrauch hineingerobbt.

Seine beiden Leibwächter schienen weitaus besser in Form zu sein, denn das unterdrückte Keuchen und Schnaufen des alten Magiers war das einzige Geräusch, daß die nächtliche Stille bisher unterbrochen hatte.

»Gut, das reicht«, flüsterte Dorama leise. »Es scheint uns niemand gesehen zu haben. Ich denke, wir können jetzt wie gewohnt weiter gehen. Ein wenig Licht kann auch nicht schaden.«

Während er sich aufrichtete und seinen Mantel von den Dornen befreite, konzentrierte er sich leicht auf die Kugel aus Meteoritengestein an der Spitze seines Stabes und rief so ein rötliches Leuchten hervor. In einigen Schritten Umkreis wurde das Gras in ein warmes und recht unauffälliges Licht getaucht, das allerdings vom Gasthaus aus deutlich zu sehen sein mußte.

Der gleiche Dorama, der einige Minuten zuvor Samos und Arien gegenüber noch die absolute Notwendigkeit eines heimlichen Vorgehens betont hatte, zuckte jetzt, auf ihre fragenden Gesichter hin, nur mit den Schultern. Orientierte sich dann kurz und marschierte entschlossen weiter. Die beiden Leibwächter blickten sich mit fragendem Gesichtsausdruck an und folgten dem alten Magier, der inmitten eines Kreises aus rötlichem Licht entschlossen auf den Elfenwald zumarschierte.

KAPITEL 5

16. Sempak, 715 IZ

Provinz Anxaloi, eine Tagesreise südöstlich der Festung Soron, auf den Ländereien des Gutes Ihsligano.

Dämmriges Licht lag über dem Hochmoor. Alle Farben schienen sich in ein ungewisses Grau zu verwandeln. Selbst das satte Grün des Mooses, das den Boden bedeckte und nur vom kränklichen Braun einiger Gräser und Farne unterbrochen wurde, verwandelte sich in ein dunkleres Grau.

Am Horizont, vielleicht einen oder zwei Tausendschritte entfernt, erstreckte sich einer der kleinen Birkenwälder, die sich in unregelmäßigen Abständen an den flachen Boden des Hochmoores schmiegten. Feuchtigkeit erfüllte die Luft und der diesige Himmel ließ alle Umrisse verschwommen erscheinen. Alles wirkte leblos und unwirklich, fast so, als ob es nicht in die Wirklichkeit gehörte.

Celina war am Ende ihrer Kräfte. Mühsam folgte sie der Gestalt des vor ihr gehenden Mannes. Nur mit allergrößter Anstrengung konnte sie noch einen Fuß vor den anderen setzen. An ihren Stiefeln schien sie einen Zentner Schlamm mit sich herumzuschleppen.

Ihr war seit zwei Tagen nicht mehr warm gewesen und die verschmutzte Jagdkleidung klebte unangenehm feucht auf ihrer Haut. Seit dem Überfall lief die junge Adlige zusammen mit ihrem Begleiter, abgesehen von kleinen Ruhepausen, ununterbrochen durch die karge und unwirtliche Landschaft der Nordmarken. Kleine Wälder aus Fichten und Birken wechselten sich mit Hochmooren und grasbewachsenen Ebenen ab.

Celina wußte längst nicht mehr, wo sie eigentlich waren. Aber Wayn behauptete, er würde sich auch ohne

Straßen zurechtfinden und hätte sich außerdem im Stadthaus in Leigre eine Karte dieser Gegend genau eingeprägt. Das klang beruhigend. Sich auf die Erfahrung des alten Soldaten zu verlassen, war Celinas einzige Hoffnung. Er würde sie schon so schnell wie möglich in Sicherheit bringen.

Und tatsächlich, nach zwei Tagen der andauernden Flucht vor den Tiermenschen schienen die beiden ihre Verfolger abgeschüttelt zu haben.

Seit dem Morgen hatten sie keines der langgezogenen, erschreckend lebendigen Hörnersignale mehr gehört, mit denen die Bestien aus Isthak ihre Verfolgung aufnahmen. Gesehen hatten sie ihre Verfolger schon seit gestern abend nicht mehr. Jetzt wurde es bald dunkel, Celina haßte den Gedanken, eine weitere Nacht ohne Feuer auf dem kalten Boden schlafen zu müssen.

»Wir machen eine Pause. Noch eine oder zwei Stunden, dann sollten wir auf den Weg treffen, der von Soron aus entlang der Grenze nach Osten führt. Von dort kann es nicht mehr weit sein und wir müßten in die nächste Umgebung von Gut Ihsligano gelangen. Wenn wir erst mal auf der Straße sind, brauchen wir ihr nur noch nach Westen zu folgen«, schreckte Wayns Stimme Celina aus ihren Gedanken.

Die Stimme des Ritmar war das einzige, was an ihm noch ansatzweise seinem gewohnten, Stärke und Ruhe ausstrahlendem Auftreten entsprach. Der Ritmar wirkte genauso mitgenommen, wie seine junge Herrin, eigentlich sogar noch schlimmer. Sein Alter machte Celinas Beschützer wesentlich mehr zu schaffen, als er zugeben wollte.

Celina drehte sich zu ihm um und blickte ihn mitleidig an. »Wayn, du siehst vollkommen fertig aus. Soll ich vielleicht eine Zeit lang dein Schwert tragen?«

Wayn schüttelte den Kopf und lachte kurz. »Nein danke, wenn ich nicht mal mehr das Schwert tragen kann, lege ich mich hin und sterbe. Schon schlimm genug, daß ich meine Rüstung zurücklassen mußte. Früher bin ich stundenlang darin gelaufen.«

Celina nickte, eigentlich hatte sie auch keine Lust, den schweren Bihänder des Ritmar durch die Gegend zu schleppen. Die Rüstung hatte er schweren Herzens zurückgelassen. Sie war für einen Reiter gedacht, und keinesfalls für einen Eilmarsch durch schweres Gelände zu gebrauchen. Von der schweren Waffe hatte sich der alte Soldat aber nicht getrennt. Celina konnte das verstehen. Im Augenblick jedoch schleifte er das Schwert eher mühsam hinter sich her, anstatt es kampfbereit in den Händen zu halten.

Celina sah sich prüfend in der Gegend um. Sie war zwar noch nie hier gewesen, aber auf Gut Leunor, dem kleinen Landsitz der Familie Sedryn, hatte sie häufig gejagt und war dabei stundenlang herumgestreift. Die Landschaft schien hier karger als im Süden, sonst aber durchaus vergleichbar. Leider mußte sie jetzt zu Fuß gehen und konnte nicht wie gewohnt auf ihrem Pony reiten. Aber vielleicht würde ihr die reichhaltige Jagderfahrung, die sie auf Gut Leunor sammeln konnte, ja doch noch von Nutzen sein. Ihr Vater hatte wegen ihrer Leidenschaft für die Jagd und den damit verbundenen Aufenthalten in den Wäldern immer gesagt, sie benähme sich wie eine Elfin. Celina wußte allerdings nicht, ob sie das als Kompliment auffassen sollte.

Auf Gut Leunor hatte es außer der Jagd keine Zerstreuung gegeben, und die sedrynsche Tafel war keineswegs immer so reich gedeckt, wie man es bei Adligen vielleicht erwartete. Deshalb hatte sie ein gutes Gefühl dabei gehabt, den Speiseplan hin und wieder mit etwas Wildbret aufzufrischen. Der Gedanke daran ließ sie ihren leeren Magen nur noch stärker spüren. Das brachte sie wieder darauf, warum sie hier durch die Wildnis stolperte.

»Wayn, es tut mir wirklich leid«, versuchte Celina zum wiederholten Male sich zu entschuldigen. »Hätte ich dich doch bloß nie dazu gebracht, mitten im Winter in das Grenzgebiet zu reisen. Dann wärst du jetzt nicht verwundet, Evalina und all die anderen wären noch am Leben …« Ihre Stimme versagte, als sie sich an den Überfall erinnerte.

Der Ritmar hielt inne, drehte sich zu ihr um und faßte sie an den Schultern. Sein Bart hing naß und zerzaust um sein Gesicht. Die Furchen darin schienen in den letzten Tagen um das Doppelte tiefer geworden zu sein. Doch seine Augen strahlten noch immer im gewohnten Grau, wenn auch der schmutzige, blutverklebte Verband, mit dem Celina seine Kopfwunde verbunden hatte, seinem Gesicht ein unförmiges, verquollenes Aussehen gab.

»Celina, es ist nicht deine Schuld. Ich hätte auch einfach hart bleiben können. Immerhin waren mir die Gefahren ja nicht unbekannt. Und in dieser Entfernung zur Grenze sollte es um diese Zeit eigentlich noch keine Ishtakis geben.« Er versuchte ihr in die Augen zu sehen, verzog aber schmerzerfüllt das Gesicht.

Seine Wunde machte Wayn offensichtlich mehr zu schaffen als er Celina spüren lassen wollte. Sie hatte den Stoff für den Verband aus Wayns Mantel geschnitten, keine besonders saubere Lösung. Und alles, was sie über das Verbinden von Wunden wußte – es war wenig genug – sagte ihr, daß die Wunde dringend von einem Arzt behandelt werden mußte, auch wenn sie nicht sehr tief war.

»Wayn, du mußt dich ausruhen. Laß uns eine Pause machen.« Celina versuchte, ihre ganze Autorität als Adlige in den Satz zu legen. Sie war die Tochter des Laird-Gadhir Tobras Sedryn, des Oberhauptes der Familie Sedryn. Ihre Ahnen hatten einst den Titel der Provinzgouverneure von Anxaloi besessen. Jetzt war ihre

Familie zwar so arm, daß die Bauern der Provinz das geflügelte Wort von der armen Tempelmaus, längst zu ›Arm wie 'ne Maus, aus 'nem Sedrynhaus‹ umgewandelt hatten. Aber in ihren Adern floß noch immer das Blut eines uralten Adelsgeschlechts, und ihr Vater sollte stolz auf sie sein.

»Gut, hier ist es genauso unbequem wie überall. Halten wir an.« Wayn ließ sich zwar nicht anmerken, ob sie ihn beeindruckt hatte, aber er blieb vor ihr stehen und schaute sich prüfend um.

Wortlos und glücklich, sich ein wenig ausruhen zu können, sank Celina zu Boden. Wayn ging vor ihr in die Hocke und massierte ihre Beine. Dabei schaute er ihr abwechselnd sorgenvoll ins Gesicht und bemängelte den Zustand ihrer Stiefel. Die Reitstiefel ihrer Tante, deren gute Jagdkleidung sie sich für den Aufenthalt auf Gut Ihslinga ausgeliehen hatte, waren zwar recht solide Exemplare. Aber niemand hatte bei ihrer Herstellung an mehrtägige Fußmärsche durch die Wildnis der Nordmarken gedacht. Seit heute mittag fühlte sich Celina fast so, als würde sie barfuß gehen.

»Wie fühlst du dich?« fragte Wayn besorgt. Er war der Tochter seines Herrn nah genug verbunden, so daß er alle Umgangsformen fallen lassen durfte, wenn sie unter sich waren.

»Es geht schon, Wayn, mach dir um mich keine Sorgen. Hauptsache wir sind bald da. Es wäre schön, wenn wir heute nacht nicht draußen übernachten müßten. Nicht daß es mir keinen Spaß machte, in deinen Armen aufzuwachen. Aber was würde Vater dazu sagen?« versuchte Celina ihn ein wenig aufzuheitern.

»Du solltest dir lieber Gedanken darüber machen, was dein Vater sagen wird, wenn er erfährt, was uns passiert ist. Und vor allem möchte ich nicht in unserer Haut stecken, wenn er herausbekommt, daß wir auf dem Weg zu Ni-Herkyn Andron Fedina sind. Aber was soll's! Ich schätze, ich könnte auch ein gutes Bett gebrauchen.« Wayns Stimme gab keinen Aufschluß darüber, ob er belustigt war. Vielleicht war er auch einfach zu müde dafür. »Ich denke wirklich, daß wir es morgen überstanden haben. Eigentlich kann schon nicht mehr viel passieren. Gut Ihsligano müßte ganz in der Nähe liegen, und wir sollten höchstens noch eine Tagesreise von Burg Soron entfernt sein.

Selbst wenn eine kleine Bande von Tiermenschen weit genug ins Imperium vorstoßen konnte, um uns zu überfallen. So nahe an die Festung traut sich bestimmt keiner der isthakischen Plünderer heran. Wir haben ja auch schon länger keine der Bestien mehr gesehen. Die wissen schon, wo sie nichts zu suchen haben.«

»Hoffentlich hast du recht…« Celina war zu müde, um den Satz zu vollenden. Sie rollte sich auf dem Boden zusammen. »Ich glaube, ich döse ein bißchen. Geht das?«

»Ist schon gut, Celina.« Während Wayn ihr antwortete, setzte er sich neben sie. Dann legte er ihren Kopf in seinen Schoß und begann ihr sanft über das Haar zu streichen. »Schlaf nur nicht ein, wir müssen bald weiter.«

Währenddessen mußte Wayn darüber nachdenken, wie er so verrückt hatte sein können, seinen Schützling und sich in diese Lage zu bringen. Er seufzte. Einer Einladung von Andron Fedina zu einer Jagdgesellschaft nachzukommen. Dafür würde der Laird-Gadhir ihm den Kopf abreißen und dann hineinspucken. Die Fedinas waren die Erzfeinde der Sedryns. Sie stammten ursprünglich aus der Zentralmark Emessa und waren vor zweihundert Jahren von Kaiser Erwyn dem Grausamen in die Nordmarken verbannt worden. In Windeseile hatten die intriganten und skrupellosen Fedinas den Sedryns das Amt des Provinzgouverneurs abgenommen und sie in Armut und Bedeutungslosigkeit verdrängt. Seit dieser Zeit war des öfteren Blut zwischen den Sedryns und den Fedinas geflossen. Nein, Celinas Vater, der nicht eben für seine Friedfertigkeit bekannt war, würde ganz bestimmt nicht erfreut sein.

Celina döste unterdessen auf dem Schoß ihres Beschützers langsam ein. Trotz ihrer Müdigkeit zuckten immer wieder die alptraumhaften Bilder des Überfalls und der anschließenden Flucht vor ihren Augen. Sie versuchte an etwas anderes zu denken, doch die Erinnerungen kamen stets zurück.

... Zuerst waren Wayn und sie einfach nur gelaufen. Sie war noch völlig benommen von dem gerade Erlebten. Wayn zog sie eher, als daß sie von alleine lief. Immer wieder hörte sie hinter sich das Heulen der Tiermenschen.

Die gespenstischen Jagdschreie der Bestien aus dem Norden erinnerten an die Rufe eines Wolfsrudels. Doch das Geheul von Wölfen besaß eine Natürlichkeit, eine Angemessenheit, mit der sie umzugehen wußte. In den Schreien der Tiermenschen kam eine brutale, wilde Freude zum Ausdruck, eine Lust am Reißen, Morden und Quälen, die der jungen Frau nie wieder aus der Erinnerung weichen sollte.

Dank Meridas heiligem Licht war der Tannenwald, durch den Wayn und Celina flüchteten, sehr dicht und unübersichtlich. Die Tiermenschen, noch benebelt von ihrer frühzeitig beendeten Freßorgie, verloren bald den Sichtkontakt zu ihren Opfern. Obwohl Wayn und Celina nur ungefähr hundert Schritte Vorsprung hatten, kamen sie zwischen den dicht zusammenstehenden Tannen schneller voran als die massigen Verfolger. Von den Tiermenschen war bald nur noch gelegentliches Gebelle zu hören. Einzig die schrillen Schreie der Eishexenanführerin unterstrichen, wie nah die Feinde noch immer waren. Celina stolperte über Wurzeln, wurde von niedrig hängenden Zweigen im Gesicht getroffen.

Doch Wayn zog sie unerbittlich weiter, trieb sie zu noch größerer Eile an.

»Sie können die Spur riechen«, keuchte er.

Celina sah nur blutige Hundeschnauzen vor sich, die am Fleisch der Kutschenpferde rissen, und versuchte schneller zu laufen. Dann wurden die sanften Regentropfen, die schon den ganzen Nachmittag vom Himmel gefallen waren, plötzlich zahlreicher, sie fielen immer dichter herab, und bald rannten die beiden Menschen durch heftige Schauer. Das Heulen der Tiermenschen fiel weiter zurück.

Doch irgendwann, als die Anspannung des Kampfes nachließ und die Aufregung der Flucht etwas abnahm, wurden auch Celinas Beine schwerer, ihr Atem ging immer gequälter. Selbst Wayn neben ihr hörte sich an, als würde er jeden Augenblick zusammenbrechen. Er blieb stehen.

Celina rannte noch einige Schritte weiter, sank dann in die Knie, und drehte sich um.

»Steh wieder auf!« fuhr Wayn sie an, während er begann, die Schnallen seiner Rüstung zu lösen. »Sonst kannst du gleich nicht mehr weiterlaufen.«

Und wirklich, schon waren die Rufe ihrer Verfolger wieder näher gekommen. Sie schienen jetzt aus verschiedenen Richtungen zu erklingen. Die Tiermenschen mußten sich aufgeteilt haben. Ihre Flucht war noch lange nicht vorbei. Sie fühlte, wie ihr Körper sie zur Aufgabe zwingen wollte. Ihr Herz klopfte bis in ihren Hals hinein, und ihre Schläfen pochten wie verrückt. Sie würde den gierigen Mäulern und Klauen der Bestien niemals entkommen. Doch Wayn ergriff wieder ihren Arm und zog sie weiter …

Auch jetzt, viele Stunden später und in größerer Sicherheit, konnte sich Celina noch allzu gut an ihre Angst und ihre Hilflosigkeit erinnern. Sie schauderte und drängte sich näher an den Körper ihres Begleiters heran. Bei dem väterlichen Ritmar fühlte sie sich sicher und geborgen. Außerdem fühlte er sich auch ein wenig wärmer an, als der kalte Boden unter ihr.

»Ist schon gut, Celina. Bald sind wir in Sicherheit«, hörte sie über sich die leise Stimme Wayns, wie als Antwort auf ihre Gedanken.

Celina seufzte. Sie war wirklich froh, daß der alte Krieger bei ihr war. Ohne ihn wäre sie längst tot. Doch gleichzeitig wünschte sie sich unwillkürlich, daß sie endlich Gut Ihsligano erreichten. Dort wartete Andron auf sie. Und auch er würde für ihre Sicherheit einstehen, auf sie aufpassen und sie die furchtbaren Erinnerungen vergessen lassen.

Kennengelernt hatte sie ihn, als sie vor einem Jahr, kurz nach ihrem achtzehnten Geburtstag von Gut Leunor in die Provinzhauptstadt Leigre umgezogen war. Dort sollte sie, nach dem Willen ihres Vaters, einen geeigneten Ehemann finden. Da ihre Mutter früh verstorben war, war sie von ihrer Zofe Evalina begleitet worden, die bei diesem Vorhaben auf sie aufpassen sollte.

Andron war, wie er ihr später offenbart hatte, schnell auf sie aufmerksam geworden und hatte sich ihr vorstellen lassen. Zuerst war sie abweisend gewesen. Er war immerhin ein Fedina. Aber dann hatte sie sich bedingungslos in ihn verliebt.

Der zwanzigjährige Ni-Herkyn war der Anführer einer Gruppe von jugendlichen Lebemännern und skandalösen jungen Damen, die das Nachtleben der Provinzhauptstadt beherrschte. Andron schien so anders als ihr schlichter Vater oder ihr roher Bruder. Er besaß gute Manieren, Weltgewandtheit und einen wirklich kultivierten Lebensstil. Auch wenn Celina seine Freunde nicht mochte, an ihm selber gab es ganz und gar nichts auszusetzen. Vielleicht bis auf die Tatsache, daß er sich die Finger maniküren ließ.

Celina runzelte im Halbschlaf die Stirn.

Natürlich durfte niemand etwas von ihrer Beziehung wissen. Wenn irgend jemand aus Celinas Familie erfahren hätte, daß sich Andron Fedina für sie interessierte und ernsthaft um sie warb, hätte ihr Vater sie sofort bis an ihr Lebensende in Leunor eingesperrt. Androns Vater ließ seinem Sohn zwar viele Freiheiten. Aber wenn der Gouverneur von ernsthaften Absichten seines Sohnes gegenüber einem jungen Mädchen aus dem Hause Sedryn gehört hätte, würde Andron wahrscheinlich sehr schnell zu einem längeren Aufenthalt im Süden aufbrechen müssen.

So hatte sich unter den immer warnenden Blicken Evalinas eine herrlich romantische Liebe entwickelt. Es hatte nächtliche Treffen in Parks gegeben, Gedichte, Komplimente, gelegentliche Berührungen und manchmal spielte Andron für sie auf der Laute. Er nannte sein Verhalten ›Die Kunst der Hohen Minne‹. Celina fand es gleichzeitig sehr verwirrend, aufregend und ein wenig unbefriedigend. Sie wünschte sich vor allem etwas mehr über Andron zu erfahren. Ihr waren mehr persönliche Dinge von Wayn bekannt, als sie über das Leben des Mannes wußte, der ihr ewige Liebe geschworen hatte.

Deshalb hatte sie nicht gezögert, als Andron sie zu der Jagdgesellschaft eingeladen hatte. Sofort hatte sie begonnen, sich einen Plan zu überlegen, wie sie dorthin gelangen konnte. Der Besuch bei Oheim Terostar war ihr schließlich als geeignete Ausrede eingefallen, um den armen Wayn zu täuschen.

Doch die Reise war durch den Überfall unterbrochen worden, nur sie und Wayn waren davongekommen. Die Erinnerungen holten sie wieder ein. Sie fühlte erneut ihre Furcht, rannte durch den Tannenwald, hinter ihr die Tiermenschen …

Celina warf sich laut stöhnend in Wayns Armen hin und her. Der Ritmar hielt sie fest und versuchte sie zu beruhigen. Auf ihrer Flucht war es einige Male ziemlich knapp zugegangen. Die Tochter seines Herrn hätte sich die Ereignisse der letzten Stunden wahrscheinlich nie erträumen lassen. Auch Wayns Gedanken schweiften zurück.

... Es war der erste Nachmittag ihrer Flucht. Die Tiermenschen kamen immer näher. Wayn beschloß, einen Bogen zu schlagen. Nach einigen Minuten zog er Celina dann unter eine besonders dichte Tannengruppe. Sie warteten. Celina schluchzte völlig aufgelöst vor sich hin, Wayn nahm sie in den Arm und versuchte sie ein wenig zu beruhigen.

Nach einiger Zeit waren ganz in der Nähe plötzlich Geräusche zu hören. Massige Körper schoben sich durch das Dickicht der Tannen, hin und wieder mit ihren Waffen auf störende Zweige einschlagend. Plötzlich drang, über das Strömen des Regens hinweg, Gegrunze an die Ohren der unter den Tannen versteckten Menschen. Er merkte, wie Celina den Atem anhielt und zu vollständiger Regungslosigkeit erstarrte. Doch durch die dichten Tannenzweige war nichts zu erkennen.

Einige Augenblicke später tauchte hinter Wayns Hand, kaum drei Schritte entfernt, ein großer, haariger Fuß auf. Lange, gelbliche Zehennägel bohrten sich in den feuchten Waldboden. Lumpenfetzen waren um die Unterschenkel des dazugehörigen Beines gewickelt. Sekundenlang fühlte sich Wayn, als ruhten unsichtbare Augen auf ihm.

Dann verschwand der Fuß. Die Tiermenschen zogen weiter. Wayn hielt Celina noch eine Weile fest im Arm. Sie konnte eine Verschnaufpause gebrauchen. Dann kroch er unter der Tanne hervor und überzeugte sich, daß die Verfolger wirklich weiter gezogen waren.

Anschließend machten sich die beiden Menschen wieder auf den Weg. Wayn schlug eine Richtung ein, rechtwinklig von den Tiermenschen fort. Zunächst liefen sie bis einige Stunden nach Einbruch der Dunkelheit immer nur geradeaus durch den Wald.

Wayn versuchte sich ungefähr parallel zur Straße zu halten, auf der der Überfall stattgefunden hatte. Irgendwann hörte es auf zu regnen. Wenig später gelangten sie endlich an den Rand des Waldes. Wayn entschloß sich zu einer Rast, wieder krochen sie unter einige dicht beieinanderstehende Tannen. Die Nacht verbrachten sie auf einem Bett aus Tannennadeln, nicht sehr bequem und in Gesellschaft einer ganzen Menge kleiner, krabbelnder Viecher, aber immerhin im Trockenen.

Celina erwachte während der Nacht einige Male mit einem entsetzten Aufschrei. Wayn, der die ganze Nacht über wach blieb, hielt ihr jedes Mal den Mund zu und versuchte sie zu beruhigen, bis sie wieder einschlief. Als dann der Morgen dämmerte, drängte Wayn umgehend zum Aufbruch.

Als sie unter den schattigen Tannen hervorkamen, meinte Celina plötzlich, daß sie sich erst einmal um seine Wunde kümmern müßte. Sie sah richtig erschrokken aus. Und er glaubte ihr, denn er fühlte sich eher tot als lebendig. Sein gesamtes Gesicht schien mit einer Schicht getrockneten Blutes überzogen zu sein und eine dichte Kruste aus Haaren und Schorf hatte sich über seiner Kopfwunde gebildet. Celina bestand darauf, zuerst die Wunde zu versorgen, bevor sie weitergingen. Doch das kam nicht in Frage. Kopfwunden sahen immer schrecklich aus, er war alt genug, um selber zu wissen, wann seine Wunden versorgt werden mußten.

Außerdem, womit wollte sie ihn denn bitte schön verarzten? Wenn sie heute an einem Bach mit frischem Wasser vorbeikämen, dann wäre immer noch Zeit genug, um einen Verband vorzubereiten. Jetzt kam es erst mal darauf an, so schnell wie möglich Hilfe zu finden. Also zogen sie weiter. Schnell verschwanden die beiden Flüchtlinge zwischen den dicht zusammenstehenden Tannen …

Als sich Celina nach einiger Zeit in seinen Armen entspannte und beruhigter atmete, versuchte auch Wayn etwas Ruhe zu finden. Gegenüber Celina gab er sich alle Mühe zuversichtlich zu erscheinen, aber er machte sich wirklich Sorgen. Er war einfach zu alt für so etwas. Sein Körper schmerzte an Stellen, deren Existenz er in den letzten Jahren nicht einmal bemerkt hatte. Irgendwer hatte in seinem Kopf eine Mannschaft arbeitswütiger Zwergenbergwerker losgelassen. Ihm war kalt und er hatte Hunger, und dabei war er so müde, daß nur das Mädchen auf seinem Schoß ihn davor bewahrte, einfach einzuschlafen.

Niemals hätte er sich auf diese verrückte Idee einlassen dürfen. Wayn war sich zwar ziemlich sicher, heute nacht oder spätestens am nächsten Tag das Gut Ihsligano zu erreichen. Aber bis Celina und er nicht sicher hinter den Mauern der Festung Soron angekommen waren, würde er nicht aufhören, sich Sorgen zu machen.

Diese Tiermenschen waren einfach zu weit südlich aufgetaucht. Die Grenzpatrouillen der Provinzarmee konnten doch gar nicht so lückenhaft operieren, selbst wenn zu bedenken war, daß sie von Fedina-Adligen angeführt wurden. Um sich an den Kundschaftern der Grenzforts vorbeischleichen zu können, hätten die halbtierischen Bewohner Isthaks eine Vorsicht an den Tag legen müssen, die wirklich nicht zu den Eigenschaften gehörte, mit denen sie sich für gewöhnlich hervortaten. Und warum, in Meridas Namen, lauerten sie dann an einem unbedeutenden Überlandweg einer kleinen Reisegesellschaft auf?

Der Grund, aus dem sich die Bestienkrieger zusammenrotteten und nach Süden aufmachten, war nämlich immer reiche Beute und die Aussicht, so viele Zerstörungen wie möglich anzurichten. In der Umgebung des Überfallortes gab es auf ein oder zwei Tagesreisen keine Siedlungen oder sonstige Ziele für eine Gruppe plündernder Tiermenschen.

Nein, Beutelust hatte die Bestien kaum in diesen Wald geführt. Und von diesem Prinzip wichen die Krieger aus den Eishöhlen von Norgal nur dann ab, wenn ihnen jemand, den sie noch mehr als einen leeren Magen fürchteten, einen sehr überzeugenden Grund lieferte. Nach allem, was Wayn über die Machtverhältnisse in Isthak wußte, bestand ein solcher Grund zumeist darin, denjenigen Tiermenschen, die nicht schnell genug spurten, so dramatisch wie möglich das Lebenslicht auszublasen. Die Wesen, die aus den Eishöhlen von Norgal stammten, gehörten eher zum unteren Teil der isthakischen Hackordnung. Jeder, der eine Drecksarbeit zu erledigen hatte, griff sich ein paar Tiermenschen und legte los.

Das brachte die Eishexe ins Spiel. Die ›Huren des Xeribulos‹, wie die Kriegerinnen aus Harrané von den Soldaten des Imperiums häufig bezeichnet wurden, waren sich gewöhnlich zu fein, um mit den barbarischen Tiermenschen herumzuziehen. Jedenfalls nicht ganz allein und ohne weiteren Schutz.

Aber die Eishexe, die Wayn bei dem Überfall gesehen hatte, war erstens allein und zweitens eindeutig die Befehlshaberin der Tiermenschen gewesen. Und da Tiermenschen artfremde Befehlshaber gerne als Proviantvorrat für knappe Zeiten betrachteten, konnte das nur bedeuten, daß jemand mit sehr viel Macht den Tiermenschen genügend Angst eingejagt hatte, daß sie der Hexe zum einen gehorchten, und diese sich gleichzeitig auch allein unter den Tiermenschen einigermaßen sicher fühlen konnte.

Solche und ähnliche Überlegungen bereiteten dem Ritmar während der Ruhepause eine Menge Sorgen. Alle Alarmglocken, die er sich in seiner Zeit als Berufsoffizier zugelegt hatte, klingelten. Doch das half ihm jetzt auch nicht weiter.

Während er weiter versuchte, die nähere Umgebung im Auge zu behalten, ging Wayn erneut die Ereignisse des vergangenen Tages durch.

… Zunächst galt es den Weg wiederzufinden, auf dem der Überfall stattgefunden hatte. Die einsame Landstraße stellte auf jeden Fall die schnellste Möglichkeit dar, seinen Schützling in Sicherheit zu bringen. Wayn wußte, daß sie am Nachmittag des Angriffs nur noch ungefähr einen halben Tag von Gut Ihsligano entfernt gewesen waren. Und ihre nächtliche Flucht sollte sie seitlich des Weges noch ein wenig weiter in diese Richtung gebracht haben.

Aber ungefähr eine Stunde später, in südwestlicher Richtung, mußte sich der Ritmar eingestehen, daß sie den Weg eigentlich längst erreicht haben müßten. Wahrscheinlich waren sie bei der nächtlichen Verfolgungsjagd durch den Tannenwald doch weiter als geplant von ihrer Richtung abgekommen. Aber es gab keine Alternative. Sie mußten weiter nach Südwesten marschieren. Wayn ließ sich seine Orientierungslosigkeit nicht anmerken und marschierte unverdrossen weiter.

Der anstrengende Fußmarsch und der einsetzende Hunger verdarben die Gelegenheit, sich an den landschaftlichen Schönheiten der Provinz Anxaloi zu erfreuen. Der graue Himmel und der mehr oder weniger gleichbleibend leichte Regen hätten die eintönige Ebene, über die Celina und Wayn marschierten, auch unter besseren Bedingungen nicht besonders angenehm erscheinen lassen. Karges Gras, gelegentlich unterbrochen von kleinen Baumgruppen und größeren Flächen, die nur von Moos und niedrigen Sträuchern bewachsen waren, bestimmten die Szenerie.

Den ganzen Morgen über waren, Merida sei Dank, keine Anzeichen für eine Verfolgung auszumachen. Wayn begann schon zu hoffen, daß diese schreckliche Geschichte ein rasches Ende nehmen würde, wenn sie nur endlich diesen von Meridas Licht verdunkelten Weg entdeckten. Doch es lag weiterhin nichts als Einöde vor ihnen.

Ungefähr gegen Mittag kamen sie an einem kleinen See vorbei, dessen sumpfiges Ufer von einem Streifen braunen Schilfs umgeben war, das teilweise eine beeindruckende Höhe erreichte. Celina weigerte sich bei diesem Anblick schlichtweg, noch einen weiteren Schritt zu tun. Sie setzte sich einfach ins Gras und verlangte eine Pause.

Wayn fügte sich in sein Schicksal. Zuerst tranken sie etwas zögerlich von dem nicht unbedingt sauberen Wasser. Dann wollte sich Wayn auf die Suche nach etwas Eßbarem machen. Doch seine junge Begleiterin hielt ihn entschieden zurück. Bevor irgend etwas anderes passierte, wollte sie zuerst seinen Kopf zumindest notdürftig versorgen.

Mit Wayns Messer trennte sie einige Fetzen von einer noch halbwegs sauberen Stelle seines Mantels ab, dann wusch sie ihm vorsichtig den Kopf. Einige Male mußte Wayn die Zähne zusammenbeißen. Celina ging mehr mit gutem Willen als Erfahrung an die Sache heran. Und daß sie eher angewidert zur Seite starrte, als auf seinen Kopf, machte das ganze nicht unbedingt angenehmer. Aber schließlich war sie zufrieden und begann, mit weiteren Stücken seines Mantels die Wunde zu verbinden. Wayn bezweifelte, daß die ganze Prozedur sehr sinnvoll gewesen war. Wahrscheinlich wäre es besser gewesen, die Wunde mit vorher abgkochtem Wasser zu reinigen. Aber als die junge Adlige ihr Werk betrachtete, überzog ein zufriedener Ausdruck ihr Gesicht.

»Na also, das sieht doch schon viel besser aus«, bemerkte sie abschließend. »Jetzt kannst du uns was zu Essen besorgen. Ich werde inzwischen nach einer Stelle suchen, an der wir vor Nässe und Wind wenigstens ein bißchen geschützt sind.«

Also fügte sich Wayn und begann, mißmutig sein Schwert hinter sich her schleifend, die Umgebung des Sees auf der Suche nach eßbaren Pflanzen zu durchstreifen. Warum mußte Celina ausgerechnet jetzt anfangen, sich als Adlige aufzuführen? Zu dieser Jahreszeit war es ein ziemlich aussichtsloses Unterfangen, in dieser Wildnis Nahrung aufzutreiben. Es schien ihr zwar langsam besser zu gehen, aber manchmal konnte sie wirklich eine ziemliche Nervensäge sein.

Wayn kannte sich nun mal nicht das kleinste bißchen mit dem Grünzeug aus, das an den Ufern des Sees wuchs. Er hatte noch nie viel Interesse für die Pflanzenwelt aufgebracht, einen saftig gebratenen Hasen zog er irgendwelchen Wurzeln auf jeden Fall vor.

Der Versuch, ein wenig zu jagen, hätte allerdings auch keinen großen Sinn. Zum einen hatte Wayn keinen Bogen dabei, und ein Feuer zu entzünden, kam auf keinen Fall in Frage. Trockenes Holz war bei diesem meridaverdammten Wetter wahrscheinlich im ganzen Norden nicht aufzutreiben, und die bei einem Feuer mit feuchtem Holz unweigerlich entstehende Rauchsäule, würde die Tiermenschen wieder auf ihre Spur führen. Andererseits – die Aussicht, Celina dabei zuzusehen, wie sie einen Hasen oder was sich sonst hier in der Gegend herumtrieb, roh und blutig herunterzuwürgen versuchte, war vielversprechend. Wayn begann tatsächlich darüber nachzudenken, ob er eine Schlinge basteln sollte.

KAPITEL 6

14. Sempak, 715 IZ

Grenzgebiet zwischen der Provinz Pandylea und Iconessa, auf elfischem Territorium.

Nach einem einstündigen Fußmarsch durch das kniehohe Gras wurde vor den nächtlichen Wanderern die dunkle Silhouette des Waldes von Iconessa immer deutlicher. Vorbei an kleinen Buchen- und Fichtengruppen und teilweise mannshohen Büschen, näherten sich die drei Menschen dem Wald, der dem Elfenvolk seit den großen Kriegen als Zuflucht diente.

Die gewaltige Höhe der Bäume ließ sie auch auf große Entfernung wie eine riesige schwarze Wand wirken. Und je weiter die Drei nach Süden vordrangen, desto schneller wuchs diese Mauer vor ihnen empor. Fast schien es so, als käme ihnen der Wald entgegen.

Es dauerte nicht lange, dann war es nicht mehr Dorama, dessen angestrengtes Atmen in der Nacht zu hören war. Jetzt schien Samos und Arien das Gehen plötzlich immer schwerer zu fallen. Nach einigen Minuten lautstarken Gekeuches drehte sich Dorama um und schaute die beiden an. Ihre Gesichter waren trotz der Kühle der Nacht schweißüberströmt und wiesen im rötlichen Schein seines Lichtzaubers eine ungesunde Färbung auf. Sie hatten ihre Armbrüste geschultert, statt sie wie vorher schußbereit in den Händen zu halten, beide sahen so aus, als ob sie schon die ganze Nacht ohne Pause marschiert seien.

»Was ist los?« fragte Dorama. »Hat euch das Leben in Emessa weich gemacht, oder warum seid ihr schon so erschöpft?«

»Ich weiß auch nicht, Bran«, antwortete Samos dem älteren Mann. »Ich fühle mich unfaßbar müde, meine

Füße schmerzen und mein Rücken bringt mich um. Ist es noch weit?«

»Hoffentlich nicht«, mischte sich Arien ein. »Wenn wir nicht bald da sind, werde ich beim Gehen einschlafen. Ich meine, es wird doch auch schon bald hell, sollten wir nicht lieber umkehren und es morgen noch mal versuchen?«

Dorama musterte die Ex-Ordenskrieger genau. »Wir sind erst etwas mehr als eine Stunde unterwegs, und die Sonne geht noch lange nicht auf. Wir werden auf keinen Fall umkehren. Ich glaube, ich hätte jüngere Männer mitnehmen sollen. Reißt euch mal zusammen. Anno Achtundneunzig, im Markhelm-Feldzug seid ihr drei Tage ohne Pause durchmarschiert, und jetzt wollt ihr nach einer Stunde umkehren? Pah!«

Der Ordensmagier drehte sich um und marschierte weiter. Das nach einigen Sekunden einsetzende Keuchen bewies, daß die beiden Veteranen ihm folgten. Doch Dorama war beunruhigt. Selbst wenn seine beiden Begleiter durch ihr Leben in den Kneipen nicht mehr in Form waren. So schnell sollten sie nicht aus der Puste sein. Allerdings war das jetzt eigentlich eher zweitrangig.

Dorama spürte, daß sie nicht mehr weit vom Ziel ihres Marsches entfernt waren. Solange würden Samos und Arien eben durchhalten müssen.

Nach einer weiteren halben Stunde waren die beiden Leibwächter bereits ein gutes Stück hinter dem Magier zurückgeblieben. Dann schälte sich ungefähr fünf Schritte vor Dorama der Rest einer alten Mauer im Schein seines Lichtzaubers aus der Dunkelheit heraus.

Sie bestand aus genau aufeinander geschichteten und sorgfältig behauenen Marmorziegeln und ragte ungefähr eine Armlänge aus einem Heidelbeerstrauch empor. An den Seiten waren die Ziegel zu Boden gefallen und im hohen Gras kaum zu erkennen. Je weiter der

Ordensmagier vordrang, desto mehr Mauerreste waren zu erkennen. Etwas weiter rechts befand sich sogar eine am Boden liegende Statue. Sie stellte wohl eine elfische Frau dar, wenn Dorama die schlanken Gesichtszüge richtig deutete. Nur ihr Kopf war deutlich zu sehen, der Rest ihres Körpers und der Sockel, auf dem sie einst gestanden hatte, war von Schlingpflanzen bedeckt. Ihre Arme lagen abgebrochen neben dem Torso auf dem grasbewachsenen Boden.

Dorama schaute sich triumphierend nach seinen Begleitern um. Doch die saßen nur teilnahmslos, mit hängenden Köpfen und scheinbar völlig erschöpft, am Rand der alten Mauer im Gras.

»Beim Lichte Meridas!« entfuhr es dem alten Mann. »Was hängt ihr da so trübe herum. Wir sind am Ziel. Hier befand sich einst eine Elfenvilla, in der die Familie des berühmten Elfenmagiers Gwydior vor vielen hundert Jahren ihr Ende fand. Hier werden wir endlich das finden, was ich suche.« Erfreut darüber, tatsächlich ohne größere Schwierigkeiten am Ziel seiner Reise angekommen zu sein, vergaß Dorama, seine übliche Aura wissender Überlegenheit aufrecht zu erhalten. Er stellte seinen rötlich leuchtenden Stab neben sich an einen Mauerrest und zog den elfischen Halsreif aus der Umhängetasche über seiner Schulter.

Samos und Arien schauten ihn nur benommen an. Dann schlossen sie ihre Augen, seufzten noch einmal tief und sackten in sich zusammen.

Dorama, schon im Begriff, die für sein weiteres Vorgehen notwendigen Utensilien aus seiner Tasche zu holen, stutzte. »Das geht jetzt aber zu weit. Schlafen die Kerle einfach so ein. Wofür bezahle ich die denn?« Er trat näher an die beiden Leibwächter heran. Sie lagen friedlich schlummernd vor ihm. Er ging in die Hocke und schüttelte Samos kräftig an der Schulter. »Samos! Aufwachen, los, komm schon!«.

Doch Samos verzog nur unwillig das Gesicht, riß sich mit einem kräftigen Ruck aus Doramas Griff los und rollte sich zum Weiterschlafen auf dem Boden zusammen.

Durch die unwirsche Bewegung seines Leibwächters verlor der hockende Dorama das Gleichgewicht und fiel mit einem kräftigen »Merida!« ebenfalls seitlich zu Boden.

Dieser unerwartete Sturz rettete ihm das Leben. Er hörte ein sausendes Geräusch, dann prallte ein schwerer Vorschlaghammer, der sonst seinen Kopf zerschmettert hätte, mit einem lauten Klirren funkensprühend auf einen am Boden liegenden Stein.

»Merida!« Dorama schaute zu der neben ihm aufragenden Gestalt seines schwarzgekleideten Angreifers empor und rollte sich hastig zur Seite, als dieser den schweren Hammer mit beiden Händen anhob und zu einem neuen Schlag ausholte.

Dorama beeilte sich, dem Hammer auszuweichen.

Doch der Mann in dem dunklen Kapuzenmantel lief mit hoch über dem Kopf erhobener Waffe hinter dem Magier her, der halb rollend – halb kriechend versuchte, seinem Angreifer zu entkommen.

Einige Sekunden lang waren nur Doramas »Meridas Dunkelheit!« und das dumpfe Geräusch zu hören, mit dem der Hammer auf den Grasboden aufschlug. Mehrere Male verfehlte der lautlose Angreifer den Körper des Magiers, der immer noch auf dem Boden herumkrabbelte, nur um Haaresbreite.

Plötzlich spürte Dorama, dessen wilde Ausweichbewegungen ihn und seinen Feind längst aus dem Lichtschein des Stabes herausgetragen hatten, hinter sich nur noch Steine. Offensichtlich hatte er sich in einer ehemaligen Hausecke selbst in die Enge manövriert.

Mit einem letzten, inbrünstigen »Merida!« schloß Dorama mit seinem Leben ab. In dieser Ecke konnte ihn der Hammerträger nicht verfehlen.

Da zischte etwas über seinen Kopf hinweg. Dorama hörte ein Geräusch, als ob sich ein Nagel in weiches Holz bohrte, dann fühlte er, wie die Gestalt vor ihm von den Beinen gerissen wurde und nach hinten umfiel.

Sein nächstes »Merida« war ein verwirrtes Flüstern.

Vor dem rötlichen Schein seines den Hintergrund erhellenden Stabes zeichnete sich ein langer, schmaler Schaft ab, der aus der Stirn der vor Dorama liegenden, leblosen Gestalt herausragte.

Das konnte nur eins bedeuten.

»Tallaih! Tallaih rath i vana! Frieden, ich komme in Frieden!« rief Dorama, so laut er konnte, in die Dunkelheit hinein. Er hoffte, daß die Worte in der Sprache der Ilah Ri, der alten Elfen, ausreichen würden, um sein Leben zu retten. In der Klosterbibliothek von Andoran hatten sich nur sehr wenige Beispiele für die aktuelle Sprache der Waldelfen befunden. Die Thanaril, wie diese Elfen sich selbst nannten, lebten abgeschieden vom Rest der Welt, ihre Sprache war kaum bekannt. Aber genau diese Thanaril mußten dort draußen in der Dunkelheit lauern. Niemand anders hätte in der finsteren Nacht einen Pfeil mitten in die Stirn eines sich bewegenden Mannes schießen können.

Die Richtigkeit seiner Vermutungen wurde Dorama im nächsten Augenblick verdeutlicht.

»Steh auf, Mensch, der die Sprache der Alten kennt«, erklang eine glockenhelle Stimme irgendwo aus der Dunkelheit.

Offensichtlich waren der oder die Elfen besser auf eine Verständigung vorbereitet. Dorama stand langsam auf. Es hätte keinen Sinn gehabt, sich zu verstecken.

»Warum bist du mit den Schlafenden und dem Hammerträger hierher gekommen? Und warum wollte dich der Hammerträger töten?«

Die Stimme aus der Dunkelheit bediente sich erneut

der Reichssprache, wies aber einen fremdartigen Akzent auf.

Während er sich langsam aufrichtete, antwortete er: »Ich bin ein Gelehrter und suche nach Wissen über die Geschichte des Elfenvolkes. Die beiden Schläfer sind meine Leibwächter, sie bieten mir Schutz bei meinen gefährlichen Reisen. Den Mann mit dem Hammer kenne ich nicht. Ich weiß nicht, warum er mich angriff.« Dorama bewegte sich langsam auf den Lichtkreis seines Stabes zu.

»Tithoi! Bleib stehen, Mensch«, erklang es sofort aus der Dunkelheit. »Sei froh, daß du noch lebst, reize mich nicht.«

Dorama blieb stehen.

»Wenn du ein Gelehrter bist, warum kommst du dann nachts hierher? Und was hast du mit dem Hammerträger zu tun? Er hat noch nie einen anderen Menschen angegriffen, obwohl er sich schon lange nachts auf den Ebenen herumtreibt.«

»Ihr kennt den Mann?« fragte Dorama und streckte seine Hand in Richtung der – wegen der Finsternis nur undeutlich zu erkennenden – Leiche aus.

»Ja, er hat tagsüber in dem großen Haus gelebt, das ihr Gasthaus nennt. Seit ungefähr zwei Sommern streifte er nachts über die Ebenen. Er drang nie weiter vor, als bis zu dieser Ruine in Richtung der Heimat. Deshalb durfte er bis heute weiterleben, obwohl wir vor einiger Zeit seine Frau und Kinder töten mußten, um dein Volk in seine Grenzen zu weisen.« So erklärte die wunderschöne Stimme aus der Dunkelheit, ohne daß ihr ein besonderes Interesse an den beschriebenen Taten anzumerken war.

Dorama schluckte, er hatte von den Massakern gehört, die die Waldbewohner regelmäßig verübten, wenn sich menschliche Siedler in der Ebene nördlich ihres Waldes niederließen. »Warum starb er jetzt, Elf?«

Doramas Stimme hatte einen harten Klang, selbst wenn der Pfeil sein Leben gerettet hatte, sprach er hier mit einem Wesen, dessen Großeltern wahrscheinlich noch Menschen als Sklaven gehalten hatten.

»Neugierde, Mensch«, erklang es aus der Dunkelheit. »Kurz bevor der Mann seine nächtlichen Wanderungen mit dem Hammer aufnahm, fanden an dieser Stelle einige meiner Brüder und Schwestern den ewigen Schlaf. Der Tod hat hier schon immer reiche Ernte unter den Mitgliedern meines Volkes gehalten. Der Mann mit dem Hammer hatte damals nichts damit zu tun, deshalb ließen wir ihn am Leben. Aber heute greift er plötzlich drei Männer an, die mitten in der Nacht genau zu diesem Ort schleichen. Warum?«

»Was ist denn an diesem Ort so Besonderes, wenn ich fragen darf?« erkundigte sich Dorama, der sich ebenfalls keine Erklärung dafür zurechtlegen konnte, warum der Wirt des Gasthauses nachts vermummt und mit einem Hammer bewaffnet über die Ebene streifte und seine Gäste angriff.

»Damals erzählten uns die grünen Brüder und Schwestern – in deiner Sprache die Bäume und Gräser – von drei seltsamen blauen Frauen. Die Frauen kamen in einer mondlosen Nacht, nicht unähnlich der heutigen, hierher und übten einen dunklen Zauber aus. Einen Zauber, der die Ruhe der Toten störte, und der den kalten Gestank des großen Dämonen im Norden ausstrahlte«, antwortete ihm die gesichtslose Stimme. »Unsere Krieger wurden durch die Loreath, die Priesterin, gewarnt. Aber als sie hier ankamen, war der dunkle Zauber schon vollendet und die drei Frauen befanden sich auf dem Rückweg. Natürlich griffen unsere Leute sie an, aber nur eine der blauhäutigen Frauen wurde getötet. Die anderen beiden setzten sich mit mächtiger Eismagie aus dem Norden zur Wehr und töteten viele der Krieger.«

»Die Frauen hatten blaue Haut und sie benutzten Eismagie?« unterbrach Dorama die Erzählung. »Dann waren es Eishexen, beim Lichte Meridas! Elf, wißt ihr nicht, was das bedeutet?«

»Was bedeutet es, Mensch? Sagt es mir?« ließ sich die Stimme aus der Dunkelheit vernehmen.

Dorama zögerte: »Wenn die drei Frauen eine blaue Haut besaßen, waren es keine Menschenfrauen. Es müssen Eishexen gewesen sein, und wenn sie hier die Ruhe der Toten gestört, also einen nekromantischen Zauberspruch gewirkt haben, dann müssen sie auch ...« Doramas Gedanken überschlugen sich. Es wäre nicht klug gewesen, dem Elfen zu erzählen, daß er selber mit einem ähnlichen Anliegen wie die ›blauen Frauen‹ an diesen Ort gekommen war.

»Was müssen sie auch, Gelehrter? Haben auch sie das gesucht, was euch hierher führte? Glaubt ihr, ich wüßte nicht genau, was in dieser Ruine passierte? Ich lebte damals zwar noch nicht. Aber wir Elfen vergessen nicht so schnell. Das, was sich hier abspielte, ist für mich nur wenig mehr als zwei Generationen her. In meiner Heimat gibt es noch Krieger, die dabei waren.«

Die Stimme des Elfen nahm einen schmerzerfüllten Ton an. »Und was läßt euch annehmen, ich wäre nicht in der Lage, den Halsreif meiner Ahnen zu erkennen, den ihr da in der Hand haltet. Also Gelehrter, was sucht ihr wirklich hier?«

Dorama schaute erschrocken auf den Halsreif, den er die ganze Zeit fest umklammert gehalten hatte. »Äh, ich ...« Dorama fehlten die Worte. Der Elf wußte wahrscheinlich ganz genau, was er hier suchte. Aber warum lebte er dann noch? Seine Überlegungen wurden erneut unterbrochen.

»Gewiß fragst du dich gerade, warum du noch lebst? Ich werde dir sagen, warum. Das, was du hier suchst und was wohl auch die blauen Frauen hier suchten, ist nicht mehr da. Vor einhundertundzwanzig Sommern gab es schon einmal den Versuch, die Ebene hier zu besiedeln. Damals suchten die Menschen zwischen den alten Ruinen nach Baumaterial, ganz so, wie sie schon immer Aasfressern gleich in den Hinterlassenschaften meines Volkes nach allem suchten, was für ihre niederen Zwecke brauchbar war.

Ein junger Mensch befand sich unter ihnen. Er besaß ebenso wie du ein wenig Macht. Für seine Eltern trug er hier Steine zusammen, als er zufällig durch ein überwuchertes Loch im Boden fiel. Er landete im Keller der Villa, die sich einst hier befunden hatte und brach sich ein Bein. Wir konnten nie genau herausfinden, was dort unten geschah. Aber als er von seinen Eltern gefunden wurde, hatte der Junge schlohweißes Haar und sprach nicht mehr. Kurze Zeit später verließen seine Eltern zusammen mit dem Jungen und den anderen Siedlern die Ebenen wieder.

Es war ein großes Durcheinander in dieser Zeit, und so fiel den Kriegern, die für den Abzug der Siedler sorgten, nicht auf, daß die Macht des Jungen stark gewachsen war. Erst später gelang es meiner Mutter, der Loreath Andiriel, die Geschehnisse aufzuklären.« Die Stimme des Elfen veränderte ihre Tonlage.

Dorama wurde an seinen eigenen Tonfall erinnert, wenn er im Kloster Andoran mit Schülern sprach, deren Verstand vielleicht nicht ausreichte, einen eigentlich simplen Sachverhalt zu begreifen. Aber statt sich zu ärgern, brannte er vor Neugierde, das Ende der Geschichte zu hören.

»Du sagst, der Junge hatte ein lahmes Bein und schlohweiße Haare?« fragte er mit angespannter Stimme. Der alte Ordensmagier hatte schon von einem solchen Mann gehört.

Der Elf sprach weiter, ohne auf Dorama einzugehen: »Irgendein Zufall hatte es dem Jungen erlaubt, sich in dem Keller eine Macht anzueignen, die eigentlich nur meinen Volke vorbehalten war. Eine der Visionen meiner Mutter schien anzudeuten, daß einer der Alten dafür gesorgt habe. Angeblich wäre es dem Jungen vorherbestimmt, sein Schicksal im Norden im Kampf gegen einen alten Feind meines Volkes zu finden. Die Mächte des Nichtseins seien dort wieder erstarkt, und diesmal obliege es dem Menschengeschlecht, gegen sie zu kämpfen.« Ein helles Lachen erklang aus der Dunkelheit. »Der alte Feind … Menschen, die den Kampf gegen ihn aufnehmen sollen. Shin asson yllin!« verfiel der Elf für eine kurze, abfällige Bemerkung in seine eigene Sprache. »Unvorstellbar! Die Macht der Alten sollte in die Hände des Waldvolkes gehören.« Der Elf schwieg einen Augenblick.

Doramas Gedanken überschlugen sich. Der Mann mit dem weißen Haar und der nie ganz ausgeheilten Beinverletzung war ihm ein Begriff. Es handelte sich um Algrim den Weißen. Er war in den zwanziger Jahren des siebten Jahrhunderts in Emessa aufgetaucht. Über seine Familie war nicht viel bekannt. Aber der junge Mann bewies ein solches Talent für die Magie, daß er in den Reihen der Magiergilde sehr schnell in die höchsten Ränge aufstieg. Im Jahre Sechshundertdreißig übernahm er das Amt des Gildenmeisters der Nordmarken.

Zu diesem Zeitpunkt galt Algrim bereits als einer der größten Zauberer seines Zeitalters. Von dem Jahr sechshundertfünfundvierzig ab, als die Übergriffe Isthaks in den Nordmarken begannen, führte er mit großem Erfolg den Abwehrkampf gegen die Kreaturen des Nordens. Bis er fünfunddreißig Jahre später starb, lenkte er die Geschicke der Magier des Nordens von seinem sagenumwobenen Turm in der Festung Soron. Angeblich befand sich dort auch seine Grabstätte. Sollte er die Formeln von Gwydior besessen haben?

Wenn ja, dann waren sie möglicherweise auch mit ihm begraben worden.

»Aber der Spruch meiner Mutter war unumstößlich«, führte der Elf seine Erzählung weiter. »Und so wurden damals keine Anstrengungen unternommen, den Jungen aufzuhalten. Ich weiß nicht, was aus ihm wurde. Aber wenn du Macht suchst, Mensch, dann such woanders!

Präge es dir gut ein, Gelehrter. Es gibt hier für deinesgleichen nichts anderes als den Tod zu finden. Nur damit du dies weiterverbreiten kannst, wirst du leben. Ich schenke dir sogar das Leben deiner Begleiter. Geh jetzt und wecke sie, und nimm auch den Kadaver deines hammerschwingenden Artgenossen mit. Wenn ihr kurz vor dem Morgengrauen noch hier seid, werdet ihr trotzdem sterben. Meine Mutter wird es nicht wirklich kümmern. Vielleicht werden die nächsten ›Gelehrten‹ ja klüger oder schneller sein.«

»Wir werden weg sein, Elf. Aber vielleicht komme ich wieder und zeige dir, daß auch ich nicht wehrlos bin. Wenn du mich belogen hast, werde ich das Licht Meridas in deinen finsteren Wald hineintragen. Dann werden wir sehen, was dir deine Pfeile in der Dunkelheit nützen …« Als keine Antwort erfolgte, beruhigte sich Dorama langsam. Er hatte es noch nie ertragen können, so herablassend bedroht zu werden. Wahrscheinlich war es aber besser, die Geduld des immer noch unsichtbaren Elfen nicht zu strapazieren. Außerdem hatte er einige sehr wichtige Dinge erfahren, denen er unbedingt auf den Grund gehen wollte. Aber dazu mußte er erst einmal hier herauskommen.

Dorama sammelte sich, holte etwas Schwefelstaub aus seinem Schulterbeutel und massierte ihn in seine Augenlider ein. Als er sie nach einigen Augenblicken wieder öffnete, leuchteten seine Augen rot und Dorama konnte plötzlich die Temperaturunterschiede in seiner

Umgebung erkennen. Er konnte Pflanzen, Steine, den erkaltenden Körper der Leiche vor sich und auch die friedlich schnarchenden Umrisse seiner Leibwächter ausmachen. Das wichtigste aber war, daß nirgendwo ein Hitzefleck zu sehen war, der auf den Körper eines weiteren menschenähnlichen Lebewesens hingewiesen hätte. Der oder die Elfen waren also hoffentlich genauso lautlos verschwunden, wie sie gekommen waren.

Dorama ging zu seinem Stab und ließ das rote Glühen in seinen Augen wieder verlöschen. Er haßte die unnatürliche Art der Wahrnehmung, die mit der Hitzesicht einherging.

Als nächstes untersuchte er seine beiden schlafenden Begleiter. Er öffnete Samos' Mund und stellte fest, daß seine Zunge leicht grünlich verfärbt war. Das gleiche galt für Arien – und bei beiden fand Dorama, nachdem er ihre Augenlider unsanft hochgezogen hatte, eine ebenfalls grünliche Verfärbung der Pupillen vor.

»Zwergasselkraut«, entfuhr es dem Magier. Offensichtlich waren die beiden mit einem der unüblicheren Schlafgifte des südlichen Imperiums außer Gefecht gesetzt worden. Dorama kannte sich mit Giften zwar nicht sehr gut aus. Aber Zwergasselkraut war angeblich nur in großen Dosen tödlich. Wenn die beiden Männer noch zwei Stunden herumgelaufen waren, bevor sie einschliefen, konnte die Dosis nicht allzu hoch gewesen sein.

Die beiden würden wahrscheinlich in einigen Stunden soweit sein, daß Dorama sie mit ein wenig Nachdruck wecken konnte. Die Zeit würde sogar noch ausreichen, um von diesem ungastlichen Ort zu verschwinden, bevor es hell würde.

»Dann wollen wir mal nach dem Hammermann schauen«, ermahnte Dorama sich selbst.

Der Satz verklang ohne Entgegnung in der Dunkelheit der Ebene. Die ganz in der Nähe auf dem Boden liegenden Gestalten antworteten nicht. Ihre Körpertemperatur war durch die kühlenden und isolierenden Elfenmäntel vor den hitzeempfindlichen Blicken des Zauberers verborgen geblieben. Doch die Wartenden beobachteten jede Bewegung des alten Zauberers.

Dorama trat an die Leiche heran, bückte sich ächzend und entfernte die Kapuze vom Kopf des Toten. Der Wirt des Gasthauses schaute aus ausdruckslosen, gebrochenen Augen zu ihm auf. Schnell durchsuchte Dorama den leblosen Körper.

Möglicherweise hatte dieser Mann Samos und Arien vergiftet. Dorama erinnerte sich daran, daß die beiden nach billigem Wein gerochen hatten, als er sie nach dem Ritual wieder in ihr gemeinsames Zimmer gerufen hatte. Dem Elfen zufolge war der Wirt seit einigen Jahren mit seinem Hammer hier draußen herumgelaufen. Dieses Verhalten und der unvermutete Angriff mußten einen Grund haben. Hätte der Gastwirt seine Gäste einfach nur berauben wollen, wäre ein nächtlicher Überfall im Haus viel sinnvoller gewesen, als ein Angriff hier draußen. Und dann auch noch mit diesem unmöglichen Vorschlaghammer, nein, das ergab keinen Sinn. Dorama hätte seinen Stab darauf verwettet, daß der Mann etwas anderes im Sinn gehabt hatte.

Nachdem die Durchsuchung der Leiche nichts Interessantes erbrachte, atmete Dorama tief durch und sammelte sich. Ein weiterer Zauberspruch war notwendig, um der Sache auf den Grund zu gehen. Dieses Herumgehechte während des Kampfes war schon anstrengend genug gewesen. Aber er hatte keine Wahl.

Er berührte die Leiche mit beiden Händen an ihren Schläfen, schloß die Augen und konzentrierte sich. Kleine Schweißperlen begannen sich auf seiner Stirn abzuzeichnen. Das vor einigen Stunden durchgeführte Ritual und die kleineren Zauber steckte dem Ordensmagier noch in den Knochen. Und Dorama war nicht mehr in einem Alter, in dem er ohne jede Anstrengung marschieren, kämpfen und immer wieder zaubern konnte.

Die kleine Augurie, die er gerade benutzte, um in den verblassenden Geist des Toten einzudringen, war zwar simpel. Aber die Zeit, in der sie noch von Nutzen sein würde, lief schnell ab. Nur kurz nach dem Eintritt des Todes war es möglich, die Erinnerungen eines Mannes noch ohne den Einsatz anstrengender und moralisch unzulässiger Nekromantie aufzudecken. Es blieb keine Zeit für eine Verschnaufpause.

Dorama konzentrierte sich stärker. Schließlich begann sich ein Gedanke in seinem Kopf zu formen. Ein alles beherrschender Gedanke.

»Ich muß die Ruine bewachen. Alle Eindringlinge verdienen den Tod. Mein Hammer wird sie alle auslöschen. Alle! Keiner darf überleben. Jede Nacht bewache ich die Ruine.« Dorama spürte die wirren Gedanken des Wirtes in seinem Geist.

»Ahhh, mein Kopf ...! Die Schmerzen sind unerträglich. Meine geliebte Herrin hat gesagt, wenn ich solche Schmerzen spüre, wird ein Feind meiner Herrin kommen. Es wird ein Zauberer sein, durch ihn kommt der Schmerz. Er ganz besonders muß sterben. Ja, ja ... Der alte Mann ist der Feind. Er muß sterben. Ah, wie ich die kalte Haut meiner geliebten Herrin vermisse.« Die Gedanken wurden undeutlicher und versiegten.

Heftig ausatmend öffnete Dorama seine Augen, die Erinnerungen des Gastwirtes waren erschreckend. Aber er mußte noch mehr wissen. Er konzentrierte sich erneut, doch wenige Augenblicke später öffneten sich seine Augen wieder. Etwas stimmte nicht.

Die Leiche unter Doramas Händen begann zu zittern. Glitzernde, weißliche Wölkchen drangen unter der Kleidung des Mannes hervor und setzten sich an Doramas Händen in Form kleiner Kristalle von eisiger Kälte ab. Auf der Stirn des Toten wurden leuchtende, komplizierte Symbole sichtbar. Dann begann sich das Gesicht des Gastwirtes mit einer dichten Eisschicht zu überziehen, die sich schnell auch auf Hals und Brust des Mannes ausbreitete. Schnell entfernte Dorama seine Hände. Fassungslos starrte er auf die Leiche unter sich. Nach einigen Sekunden breiteten sich feine Risse über die durchgehende Eisschicht aus, schließlich begann ihre Oberfläche auseinanderzubrechen.

Doch die Brüche im Eis setzten sich auch in die Haut des Gastwirtes hinein fort, und nach wenigen Augenblicken zerbrach der Schädel des Mannes mit einem knirschenden Geräusch in einige gezackte Teile. Ein Hauch eisiger Luft blies über die Ebene.

Etwas später lagen nur noch einige Stücke blutigen Eises zwischen leeren Kleidungsstücken im Gras und begannen langsam zu schmelzen. Der Ordensmagier brauchte einige Sekunden, bevor er sich wieder rühren konnte.

Viel Geheimnisvolles hatte sich in dieser Nacht bereits ereignet. Aber das Schicksal der Leiche des Gastwirtes war doch ein wenig dramatisch. Wenn er sich nicht täuschte, war er eben knapp einer magischen Falle entgangen, die durch seine Augurie ausgelöst worden war. Er hätte das Schicksal des Wirtes geteilt, wenn er in seiner Konzentration nicht kurz innegehalten hätte.

Immerhin, die Symbole auf der Stirn des Gastwirtes waren Dorama nicht unbekannt, und auch sein Blick in die Erinnerungen des Toten hatte einige wichtige Neuigkeiten ergeben. Der Mann war unter den Bann eines Eishexenzaubers geraten. Dadurch war er zu seinem seltsamen Verhalten gezwungen worden. Wahrscheinlich war er von einer der drei ›blauen Frauen‹ verzaubert worden, von denen der Elf gesprochen hatte. Die ›Herrin‹ aus den Erinnerungen des Wirtes war zwar von menschlicher Gestalt gewesen, aber es gab genügend Illusionszauber, mit denen die Eishexe sich und ihre Begleiterinnen als menschlich hätte tarnen können.

Dorama war erschüttert. Daß Eishexen einfach so durch das ganze Imperium reisen konnten, um dann an der südlichsten Grenze ihre Machenschaften zu verwirklichen, konnte nur eins bedeuten. Im Inneren des Imperiums mußte sich ein Netzwerk von isthakischen Spionen und Helfershelfern befinden. Nur so konnte die Reise der Eishexen vorbereitet worden sein. Einen Illusionszauber für die ganze Dauer der Reise aufrechtzuerhalten, wäre selbst für die mächtigsten Hexen zu anstrengend gewesen. Ganz zu schweigen von den erforderlichen Kontakten mit den Menschen des Imperiums. Ohne eingeweihte Hilfe wären die Eishexen niemals durchgekommen. Sie mußten Unterstützung im Reich selber gehabt haben. Dorama atmete tief durch, ihm wurde plötzlich schwindlig.

Eilig ergriff er dann seine Tasche und seinen Stab. Jetzt konnte er nicht mehr darauf warten, daß seine beiden Leibwächter von allein aufwachten. Jede Stunde zählte. Dorama war sicher, den Formeln von Gwydior dichter denn je auf der Spur zu sein. Aber die Eishexen hatten wahrscheinlich bei ihrer Beschwörung in der Villa ebenfalls erfahren, wo sie als nächstes suchen mußten.

Nämlich so gut wie vor ihrer eigenen Haustür!

Also würde Dorama noch ein weiteres Mal einen Zauber anwenden. Bei seinen immer noch friedlich schlafenden Leibwächtern angekommen, beugte er sich hinunter. Dann holte er nach einigem Suchen ein Fläschchen mit Brennesselsaft aus seiner Tasche. Als nächstes entblößte er die Brust beider Männer und rieb sie mit dem Saft ein. Danach schloß er wieder die Augen und bedachte das Fließen des Blutes in den Herzen der beiden Männer. Vorsichtig steigerte er ihre Körpertemperatur. Der Brennesselsaft erleichterte das

Strömen und Dosieren der Energie. Aber nur seine lange Erfahrung in der feurigen Magie des Ordens erlaubte ihm die notwendige Feinabstimmung, die verhinderte, daß er das Blut in den Körpern der beiden Männer einfach verdampfte. So bewirkte der Zauber nur, daß die Körper der Leibwächter schneller mit dem Gift in ihren Adern fertig wurden.

Nach einigen Sekunden zitterte Dorama vor Anstrengung, die Adern an seinem Hals traten hervor, sein Herz raste. Aber die Magie begann zu wirken.

Fast gleichzeitig öffneten Samos und Arien die Augen.

»Was ist los?« Samos schaute sich verwirrt um.

»Wo bin ich?« Auch Arien kam zu sich.

Dorama taumelte, er konnte sich kaum noch auf den Beinen halten. Bunte Flecken zeichneten sich vor seinen Augen ab.

Während er zusammensackte, stöhnte er: »Bringt mich zum Haus zurück, schnell. Wir reisen sofort ab. Nach Norden, schnell, unauffällig …«

KAPITEL 7

16. Sempak, 715 IZ

Eine Tagesreise südöstlich der Festung Soron, auf den Ländereien des Gutes Ihsligano.

Die Vorstellung, Celina rohes Hasenfleisch herunterwürgen zu sehen, erheiterte Wayn auch jetzt noch so sehr, daß seine Schmerzen fast ein wenig nachließen. Die Erinnerung an das weitere Geschehen an jenem kleinen See riß den Krieger aber schnell wieder in die rauhe Wirklichkeit der Nordmarken zurück. Celina döste noch immer unruhig, ihr Kopf ruhte in seinem Schoß.

Leise flüsterte er: »Ich werde dich hier rausbringen.«

Dann reckte er ein wenig seinen verspannten Hals und schaute sich erneut aufmerksam in der Gegend um. Eine weitere Überraschung – wie an dem See – wollte er auf jeden Fall vermeiden. Als wolle sie ihn daran erinnern, begann die Wunde an seinem Kopf wieder zu schmerzen.

… Während er sich nach etwas Eßbarem umschaute, ertönte plötzlich ein Schrei. Sofort lief Wayn zu der Stelle zurück, an der Celina ein Versteck gesucht hatte. Das mannshohe Schilf verbarg das Geschehen. Aber das Schreien setzte sich immer weiter fort, wurde sogar noch lauter. Es war eine menschliche Stimme, die da schrie, die Stimme einer jungen Frau, Celinas Stimme …

Er stürmte aus dem Schilf heraus auf die Lichtung. Celina war dort, sie lebte immerhin, aber sie war nicht allein. Drei Tiermenschen umringten die junge Adlige, die auf dem Boden lag und abwehrend mit einem Knüppel herumfuchtelte.

Die Bestien, alle drei besaßen die Köpfe von Hunden

und ein graues Fell, waren offensichtlich entschlossen, noch ein wenig mit ihrer Beute zu spielen, bevor sie Schluß machten. Zwei Ungetüme stachen herausfordernd mit primitiven Speeren nach Celina. Der dritte stand hinter seinen beiden Kumpanen. An seinem Gürtel baumelten einige haarige Bündel, vielleicht abgeschlagene Köpfe. Rechts und links seines Kopfes hatte er zwei Äxte über seine Schultern gelegt. Wayn vermutete, daß er Schwierigkeiten hätte, auch nur eine der beiden Waffen zu heben.

Als der menschliche Krieger aus dem Schilf hervorstürmte, hielten die Tiermenschen erstaunt inne, nur Celina schrie weiter. Wayn handelte als erster. Er riß sein Schwert aus der Scheide, trat zwei Schritte vor und schwang die Klinge in einem weiten Bogen über seinen Kopf. Als der Bihänder herabfuhr, durchtrennte er mit einem dumpfen Geräusch den Hals des linken Speerträgers. Die hundeköpfige Gestalt brach zuckend zusammen.

Dann bewegten sich auch die beiden anderen Bestien. Der rechte Speerträger griff Wayn, der durch seinen Hieb ein wenig aus der Balance gekommen war, mit schnellen Stößen an. Die Spitze des Speeres fuhr sausend einige Male nur knapp an Wayns Körper vorbei. Der andere Tiermensch gab ein lautes Bellen von sich und begann wild mit den beiden Äxten herumzuwirbeln. Dann stürmte er ebenfalls auf den Krieger zu.

»Lauf, Celina!« schrie Wayn. Doch Celina, inzwischen verstummt, starrte nur gebannt auf den neben ihr im Gras liegenden, abgetrennten Kopf.

Ein seltsamer Ausdruck zeichnete sich auf ihrem Gesicht ab. Gleichzeitig erschrocken, entschlossen und überrascht. Dann hatte Wayn keine Zeit mehr, sich um sie zu kümmern. Die beiden Tiermenschen drangen wild bellend auf ihn ein. Wayn konnte ihre Angriffe mit seinem langen Schwert zwar einigermaßen parieren, aber jede Parade betäubte seine Arme ein wenig mehr. Solche Angriffe würde er nur noch einige kurze Augenblicke länger aufhalten können.

»Schnell, Kind! Lauf!« schrie er Celina zu, die hinter den massiven Körpern der Tiermenschen kaum auszumachen war.

Doch Celina war nicht weggelaufen.

Plötzlich stolperte der Tiermensch mit dem Speer unkontrolliert einige Schritte nach vorn.

Wayn trieb sofort den Axtkämpfer mit einem ungestümen Schwerthieb zurück und machte dem Speerträger Platz, indem er seitlich auswich. Während der Hundeköpfige an ihm vorbeitaumelte, hieb er ihm seine Klinge in den ungeschützten Rücken. Hinter dem Tiermenschen kam plötzlich Celina zum Vorschein. Sie hatte den Speer des zuerst gefallenen Kriegers aufgenommen und die schwere Waffe seinem Kumpanen mehr oder weniger erfolgreich in den Rücken getrieben. Wayn stockte.

Dann sah er Celina voller Furcht nach links schauen. Der Axtkämpfer! Er war aber wieder herangestürmt, knurrte Wayn triumphierend an und versuchte, beide Äxte gleichzeitig in die Schultern des Kriegers zu schlagen.

Wayn, dessen Körper noch zur anderen Seite geneigt war, hatte keine Chance, den wilden Angriff zu parieren. Statt dessen warf er sich verzweifelt zu Boden und sah voller Schrecken die beiden Axtklingen, mitten zwischen seinen gespreizten Beinen, tief in den sumpfigen Boden des Seeufers eindringen.

Wayn konnte dem nach vorn gebeugten Tiermenschen fast in die blutunterlaufenen Augen sehen. Ihm wurde beinahe übel von dem furchtbaren Gestank, der zwischen den aufgerissenen Lefzen der Bulldoggenschnauze hervordrang. Die Schnauze verzog sich zu einem Grinsen, Wayn war so gut wie tot. Dann bellte der Tiermensch erschrocken, etwas fuhr über Wayns Kopf hinweg und plötzlich ragte die Spitze eines Speers aus der Brust des Monstrums. Die Blicke von menschlichem und bestienhaftem Krieger trafen sich kurz und beiderseitig überrascht, dann brach der schwere Tiermensch Blut spuckend über Wayn zusammen.

»Verdammte Bestie!« hörte Wayn noch Celinas Stimme, bevor er unter einem Haufen aus stinkendem, nassem Fell begraben wurde.

»Bei Merida, Dunkelheit und Finsternis!« fluchte die Adlige ganz undamenhaft. »Wayn, bist du in Ordnung? Warte, ich helfe dir.«

Unter der Leiche begraben, bemerkte Wayn nur, wie irgend etwas versuchte, den schweren Körper zu bewegen.

»Ja, ja, schon gut, es geht.« Er begann von unten mitzuhelfen, und endlich bewegte sich der zentnerschwere Körper. »Ahh«, stöhnte Wayn. »Bei Meridas Licht! Das Vieh hat mich beinahe erwischt.« Mit einer letzten Anstrengung gelang es den beiden dann endlich, die Leiche zur Seite zu rollen. Angewidert betrachtete Wayn seine blutbesudelte Brust und richtete sich dann ächzend auf.

»Ich hab ihn erwischt, Wayn, er ist tot, er ist wirklich tot.« Celinas Stimme überschlug sich fast. Einer Panik nahe, begann sie undeutliche Laute auszustoßen.

Der alte Berufsoffizier in Wayn reagierte sofort. Celina benahm sich genauso, wie ein Rekrut nach seinem ersten, ernsthaften Kampf.

»Ja, bei Merida, er ist tot! Oder glaubst du, er schläft?« schrie er die zitternde Adlige an. »Mach hier bloß keinen Aufstand, wenn er nicht da liegen würde, müßtest du jetzt dem Gras beim Wachsen zusehen. Verdammt, schau mich an!« Als sie auf sein Geschrei nicht reagierte, packte er mit beiden Händen ihr Gesicht und hielt sie fest. »Los, reiß dich zusammen, wir müssen weiter, wer weiß, ob noch mehr von denen in der Nähe sind«, schrie er sie an.

So schnell Wayn mit der noch immer benommenen Celina an seinem Arm es schaffte, liefen sie zunächst ungefähr eine Viertelstunde einfach nur nach Westen. Die ganze Zeit über stolperte Celina wimmernd neben Wayn her. Eigentlich stolperte auch er mehr, als zu laufen. Sein Atem rasselte, und jeder Schritt war eine Tortur, der neuerliche Kampf hatte ihn schnell wieder an den Rand der Erschöpfung gebracht.

Nach einiger Zeit begann Wayn zu hoffen, daß die Tiermenschen vielleicht nur eine einzelne Gruppe von Jägern gewesen waren, die sich über die Grenze verirrt hatten. Aber wenige Minuten später dröhnte ein langgezogener, unheimlicher Ton über das Moor.

Die Leichen waren entdeckt worden, und das Hornsignal eröffnete die Jagd.

In seiner Zeit als Soldat hatte Wayn nach einer Schlacht einmal ein solches Horn gesehen. Es war sehr groß gewesen, insgesamt zwei Schritte lang und stark gekrümmt. Ein Kamerad hatte ihm damals erzählt, daß es sich um den Stoßzahn eines Mammuts handelte. Schlimmer noch als sein Ton waren aber die zum Teil erst halb verwesten Schädel und Skalps gewesen, die der Hornträger an sein Instrument gebunden hatte. Wayn hatte damals mit seinem Schwert mehrere Male auf das Horn eingeschlagen, bis es zerbrochen war.

In jedem Fall hatten die Isthaki ihre Spur wiedergefunden. Entschlossen zog Wayn noch fester am Arm seines Schützlings und versuchte, zumindest ungefähr eine westliche Richtung beizubehalten. Er wußte einfach nicht, was er sonst tun sollte. Schon beim Versuch, ihr Tempo zu beschleunigen, mußte er sich anstrengen, nicht einfach auf dem Moos zusammenzubrechen. Innerlich verfluchte er sich dafür, nicht besser in Form zu sein. Aber warum regte er sich auf?

Er war schließlich keiner von diesen verdammten Mammutjäger-Barbaren, wie sie die Provinzarmee häufig als Kundschafter einsetzte. Einer von denen hätte sicher gewußt, wie er den Tiermenschen entkommen könnte. Ihm selbst fiel im Augenblick nichts besseres ein, als einfach weiterzulaufen und zu hoffen, daß ihm irgend etwas einfiel. Wenigstens schien der Hörnerklang nicht näher zu kommen.

Nach und nach wurden Celinas Schritte sicherer. Schließlich mußte er sie nicht mehr stützen. Dafür war Wayn jetzt selber so ausgepumpt, daß er beim besten Willen nicht weiterlaufen konnte. Als das Mammuthorn ein weiteres Mal zu hören war, und sein Klang immer noch relativ weit entfernt zu sein schien, entschloß er sich zu einer kurzen Verschnaufpause.

Doch es dauerte nicht lange, und die Verfolger waren wieder zu hören. Diesmal waren es sogar zwei Hörner. Eines kam aus der Richtung des ersten, und ein zweites schien weiter im Süden geblasen zu werden. Beide waren für Wayns Geschmack entschieden zu nah. Also brachen sie wieder auf.

In der ersten Stunde nach dem Kampf war kein Wort zwischen ihnen gefallen, Celina starrte einfach nur vor sich hin. In ihren Augen war deutlich die Anspannung zu sehen, unter der sie stand. Eigentlich war Wayn aber zuversichtlich, daß sich die Adlige bald von dem Schock erholen würde. Celina war noch jung, und ihre Erfahrungen bei der Jagd auf den väterlichen Gütern hatten sie schon des öfteren mit Blut und Tod zusammengebracht. Der Kampf mit den Tiermenschen war mit einer Jagd natürlich nicht zu vergleichen. Aber Celina hatte sich ganz allein für den Kampf und gegen die Flucht entschlossen. Wenn er die Zeit und die Kraft dafür gehabt hätte, wäre Wayn sehr stolz auf Celina gewesen. Sie hatte sich in ihrem ersten Kampf auf Leben und Tod gut geschlagen.

Und tatsächlich, während Celina und er immer weiter liefen, gewann sie ihre Fassung immer mehr zurück. Irgendwann wandte sie sich ihm zu, ergriff im Laufen seine Hand und drückte sie. Dann nickte sie ihm entschlossen zu. Um viel zu reden, waren beide zu sehr außer Atem ....

Das einsame Heulen eines Wolfes in der Ferne schreckte Wayn aus seinen Gedanken empor. Merida sei Dank handelte es sich nicht um ein Signalhorn der Tiermenschen. Der Jagdruf des Wolfes klang in Wayns Ohren fast freundlich.

Gestern war ihre Flucht über das Hochmoor beständig von den gespenstischen Tönen der Mammuthörner begleitet worden. Mehrere Verfolgergruppen schienen sich in der Nähe zu befinden. Warum die Tiermenschen solchen Wert auf einen alten Mann und eine junge Frau legten, daß sie eine tagelange Verfolgung auf sich nahmen, war Wayn unklar. Eigentlich war ihre ganze Lage unklar. Denn zu allem anderen kam noch hinzu, daß viele der Signale aus südlicher Richtung zu hören waren. Auf diese Weise wurden die Flüchtenden im Verlaufe des Nachmittags immer mehr nach Norden abgedrängt, konnten aber wenigstens eine grob westliche Richtung beibehalten.

Eigentlich war sich Wayn aber nicht mehr sicher, ob die Tiermenschen gestern wirklich hinter Celina und ihm hergewesen waren. In den langen Stunden ihrer Flucht hatten sie nämlich gar keine Tiermenschen mehr zu Gesicht bekommen. Trotzdem, sie waren da. Durch das ständige Hörnerklingen hatte Wayn gegen nachmittag den Eindruck gehabt, daß Celina und er auf allen Seiten von Tiermenschenabteilungen umgeben waren. Was hatte das zu bedeuten?

Das Heulen des Wolfes wurde nicht allzu weit östlich von anderen Tieren beantwortet. Wayn schloß die Augen und seufzte. Die Wildnis der Provinz Anxaloi wies neben den Tiermenschen auch noch andere Gefahren auf. Hier war nicht der Ort, um sich mit langen Grübeleien aufzuhalten. Es wurde Zeit, Gut Ihsligano zu erreichen.

Ächzend erhob er sich und zog auch Celina mit auf die Beine. »Wir müssen weiter«, munterte er sie auf. »Es ist bestimmt nicht mehr weit, und dann kannst du endlich etwas essen und schlafen.«

Celina nickte. Dann strich sie sich ihre Haare aus dem Gesicht und massierte sich die Oberschenkel. »Es wird wirklich Zeit, Wayn. Wenn ich noch einen Tag durch die Gegend laufen muß, werden meine Beine einfach abfallen.«

»Wir schaffen es«, bekräftigte Wayn seine Aufmunterungsversuche.

Dann gingen sie weiter. Während die Dunkelheit zunahm, erreichten die beiden Menschen den Birkenwald am Rande des Hochmoores. Ihn zu durchqueren, war nicht besonders schwer. Es gab fast kein Unterholz, und die mageren Bäume standen nicht besonders dicht zusammen. Fröstelnd, mit hochgezogenen Schultern und schlurfenden Schritten, durchquerten Celina und Wayn das kleine Birkenwäldchen.

Beim Anblick der Bäume mußte Celina unwillkürlich wieder an den gestrigen Abend zurückdenken.

… Es war gerade dunkel geworden, als sie den Wald erreichten. Den ganzen Nachmittag über war immer wieder der Klang von mindestens drei Mammuthörnern zu hören gewesen. Celina wünschte sich fast, endlich deutliche Anzeichen für eine Verfolgung zu bemerken. Die ständige unsichtbare Gegenwart der Feinde zehrte an ihren Nerven.

»Wo sind die nur?« fragte sie Wayn. »Es kann doch nicht sein, daß sie uns immer noch nicht eingeholt haben.«

»Ich weiß es auch nicht«, antwortete Wayn. »Vielleicht sind sie gar nicht mehr hinter uns her. Vielleicht haben die Hörner gar nichts mit unseren eigentlichen Verfolgern zu tun, und die haben schon längst aufgegeben.«

»Aber so weit jenseits der Grenze? Müßten so viele Tiermenschen nicht längst von den Patrouillen aus Soron entdeckt und zurückgeworfen worden sein?«

»Nein, nicht unbedingt.« Wayns Stimme klang wenig überzeugt. »Das kann schon mal vorkommen. Die Gegend, in der wir hier sind, ist nur sehr dünn besiedelt. Es ist so eine Art Schneise zwischen den zivilisierteren Gebieten um die Festung Soron und die Provinzhauptstadt Leigre herum. Hier gibt es bestenfalls einige Sippen der Mammutjäger. Es ist gar nicht so schwierig, auch zahlenmäßig etwas größere Verbände hier durchzulotsen, ohne daß sie entdeckt werden. Aber mach dir keine Sorgen, spätestens wenn diese Banden in die Umgebung von Leigre gelangen, werden die Truppen des Gouverneurs sie ausfindig machen und schnell zerstreuen.«

Inzwischen waren die beiden am Rand des Waldes angekommen. Und zuckten unwillkürlich zurück, als vor ihnen unvermittelt eine flache Senke auftauchte. Ungefähr ein Dutzend Lagerfeuer waren dort in der Dunkelheit ganz deutlich auszumachen. In einem unregelmäßigen Muster umringten sie ein kleines Wasserloch. Alles kaum fünfhundert Schritte vor dem Birkenwald, in dem Wayn und Celina sich gerade befanden.

Es waren große Lagerfeuer, sie erinnerten fast ein wenig an Scheiterhaufen. Aber durch ihre Lage waren sie vorher nicht zu erkennen gewesen. Große Schatten zeichneten sich deutlich vor den Flammen ab. Sie saßen auf dem Boden vor den Feuern, gingen in kleinen Gruppen um sie herum oder standen als reglose Silhouetten am Rande des Lagerplatzes. Die Umrisse der Schatten waren viel zu massiv, als daß es sich um Menschen handeln konnte. Es gab nur eine Erklärung: Tiermenschen.

Die beiden Flüchtenden schlichen sich erst einmal vorsichtig näher an das Lager heran. Wayn hatte sich das Lager genauer ansehen wollen, und Celina lehnte es schlicht ab, alleine zurückzubleiben. Als sie schließlich hinter einigen Büschen angekommen waren, zeichnete sich auch die Geräuschkulisse des Lagers deutlich ab.

Bellende und grunzende Stimmen vermischten sich mit einem Meckern, das an Ziegen erinnerte. Einmal unterbrach das tiefe Grollen eines Bären die restlichen Geräusche. Einen kurzen Augenblick herrschte Stille, ein schriller Todesschrei erklang. Und kurz darauf schwollen die übrigen Geräusche wieder zu ihrer vorherigen Lautstärke an. Die beiden Menschen zogen sich nach einiger Zeit in den Schutz einer kleinen Birkengruppe ungefähr zweihundert Schritte vor dem Lager zurück.

Nach einiger Zeit faßte Celina Wayn an den Arm: »Was tun wir jetzt?«

»Wir warten«, antwortete Wayn. »Es hat keinen Sinn, in der Dunkelheit herumzulaufen, wir begegnen höchstens irgendwelchen Isthaki. Manche von denen können nachts wie Katzen sehen. Wer weiß, wo die sich hier überall herumtreiben?«

Also warteten sie. Zum Schutz gegen die Kälte schoben sie so viel an herabgefallenen Blättern zusammen, wie ohne allzu viel Aufsehen möglich war. Dann preßten sie sich eng aneinander und zitterten leise vor sich hin. Außer dem Knurren ihrer leeren Mägen waren nur die Geräusche aus dem Lager der Tiermenschen zu hören. Die isthakischen Krieger fühlten sich sehr sicher.

Drei oder vier Stunden nach Einbruch der Dunkelheit begannen sie, auf ihren Trommeln einen wilden, berauschenden Rhythmus zu schlagen. Verschiedene der Bestien brachen in scheinbar wirres und zusammenhangloses Geheul aus. Wayn und Celina hoben vorsichtig den Kopf aus dem Birkenlaub, um sich den Aufruhr anzusehen. Die Erklärung war einfach, die Tiermenschen tanzten.

Vor dem hellen Gleißen des größten Lagerfeuers waren einzelne Bestien zu sehen, die in wilden Sprüngen durch die Luft flogen, sich manchmal mitten in der Bewegung trafen und dabei offensichtlich aufeinander einschlugen. Andere liefen einfach im Kreis um das Feuer herum, während sich weitere auf dem Boden wälzten. Immer wieder fiel ein besonders großer Tiermensch auf, der den Kopf eines riesigen weißen Bären mit erstaunlich langen Wildschweinhauern besaß. Er schlug im Vorbeiwirbeln mehrmals kleinere Tiermenschen mit seinen Fäusten nieder. Einige von denen schienen auch nicht wieder aufzustehen.

Plötzlich wurden die beiden Beobachter auf eine kleine Gruppe riesiger Schatten aufmerksam, die sich im Takt der Trommeln am Rande der Senke langsam hin- und herwiegten. Angestrengt versuchten sie, genauer zu erkennen, was es mit diesen Schatten außerhalb des Leuchtkreises der Lagerfeuer auf sich hatte. Irgendwann kam ihnen der Zufall zu Hilfe.

Der Bärenkopf stieß während des Tanzes mal wieder einen der kleineren Tiermenschen heftig zur Seite. Der Kleine stolperte, und fiel mitten in eines der Lagerfeuer. Sofort ging sein Fell in Flammen auf. Panikerfüllt sprang der kleine, schweineköpfige Tiermensch auf, und lief wild brüllend davon, während ihm die anderen eilig aus dem Weg gingen. Auf die Idee, ihm zu helfen, kam niemand.

Der Schweinekopf stürmte geradewegs auf den Rand des Lagers zu, dorthin, wo die großen Schatten saßen. Als die laufende Fackel die Stelle ausreichend erleuchtete, konnten Wayn und Celina dann fast mehr erkennen, als ihnen lieb gewesen wäre.

Auf dem Boden kauerten rund ein halbes Dutzend Tiermenschen. Sie waren jedoch durchweg drei bis vier Schritte groß. Dichtes Fell bedeckte ihre monströsen Körper, und ihre Köpfe erinnerten an wüste Mischungen aus Schweinen und Widdern. Sie waren mit dicken Seilen am Hals gefesselt, die scheinbar einige Schritte entfernt mit Metallbügeln am Boden festgemacht worden waren.

Als der brennende Tiermensch auf sie zulief und zwischen ihnen zusammenbrach, sprangen sie auf und begannen aufgeregt, an ihren Halsfesseln zu rütteln. Mit markerschütterndem Gebrüll stürzten sie sich auf den am Boden Liegenden, dessen brennender Körper nun nicht mehr ganz so heftig loderte. Dann waren nur noch zur Seite fliegende, abgerissene Gliedmaßen und spritzendes Blut zu sehen. Schließlich wurde die Stelle am Rand des Lagers wieder dunkel, und nur gelegentliches lautes Schmatzen war noch zwischen dem Trommelklang herauszuhören …

Noch immer liefen Celina kalte Schauer über den Rücken, wenn sie an die Nacht neben dem Tiermenschenlager dachte. Mit leisem Rascheln zerteilten auch in diesem Wäldchen ihre schlammverkrusteten Stiefel das Herbstlaub auf dem Boden. Hoffentlich würde sie am Ende dieses Waldes etwas Erfreulicheres zu sehen bekommen.

Sie hatte Glück. Als sie die letzten Bäume hinter sich ließ, war zwar zuerst wieder nur das ewig gleiche Hochmoor zu sehen, am Horizont begrenzt vom Gebirge des isthakischen Grenzlandes. Aber endlich! Unmittelbar vor ihnen lag, dem Lichte Meridas sei Dank, ein schlammiger, von tiefen Furchen durchpflügter Weg. Der Pfad in die Zivilisation war erreicht, ihre Mühen würden ein Ende finden.

Der Weg bot kaum Platz für einen Wagen, aber er erschien Celina wie eine der Kaiserstraßen, die durch die Zentralmark verliefen.

Celina blieb stehen. »Wir haben es geschafft! Das ist doch der Grenzweg, oder?« Sie war kaum in der Lage, die Aufregung in ihrer Stimme zu unterdrücken.

»Ja, Celina. Das ist er. Bei Meridas Licht und den Haaren meiner Mutter. Wir haben ihn wirklich gefunden. Komm, jetzt müssen wir nur noch ein bißchen weiter, dann muß einfach irgend jemand auftauchen, der uns weiterhelfen kann.« Wayn faßte die vor Freude immer noch zögernde Celina am Rücken und drückte sie vorsichtig in Richtung des Weges. »Komm, wir müssen weiter.«

Celina ließ sich nicht lange bitten. Sie war gerne bereit, Wayn zu folgen. Wenn sie auch irgendwie immer noch nicht glauben konnte, daß sie den Abend tatsächlich in einem richtigen Bett beenden würde.

Trotz des schlechten Zustands des Grenzweges fiel Celina das Marschieren jetzt ein wenig leichter. Auch Wayns Schritte schienen beflügelt zu sein. Während sich die Nacht über die Nordmarken senkte, eilten der Ritmar und Celina nach Westen, so schnell es ihre Erschöpfung zuließ. Nach kurzer Zeit wurden ihre Schritte aber wieder langsamer. Inzwischen war es richtig dunkel geworden, der Mond war noch nicht mehr als ein schmaler silberner Streifen am Himmel, und die Sterne spendeten durch die dichte Wolkendecke kaum Licht. Wie um die Hoffnungen der beiden Menschen zu dämpfen, fing es auch noch zu regnen an.

Es dauerte nicht lange, etwa eine Stunde, wenn Celina ihrem Zeitgefühl trauen konnte, und sie fühlte sich wieder genauso niedergeschlagen wie zuvor. Seit drei Tagen hatte sie nicht mehr gegessen als einige Beeren, die sie im Vorbeigehen von einem Busch gepflückt hatte. Sie fühlte sich, als schliefe sie im Gehen ein, wenn ihr nicht jeder Knochen im Leib weh täte. Und dieser

Grenzweg, den Wayn so gepriesen hatte, schien in Wahrheit nirgendwo hinzuführen.

»Wayn, wieso passiert nichts?« ließ sie ihrer Enttäuschung freien Lauf. »Wir sind jetzt schon eine Ewigkeit auf diesem Dreckspfad unterwegs. Trotzdem sind wir noch nirgendwo angekommen, wo es auch nur halbwegs nach Wärme, Essen und Bequemlichkeit ausgesehen hätte.«

Entnervt spritzte sie mit einem Fußtritt einen Schwall Wasser aus der Pfütze, in die sie wegen der Dunkelheit gerade hineingetreten war.

Sie erhielt keine Antwort. »Wayn, verdammt noch mal! Antworte mir gefälligst, wenn ich dich etwas frage!« schrie sie in die Nacht und stürmte empört vorwärts, um ihren schweigenden Begleiter zu sich herumzureißen.

Sie rannte mitten in ihn herein. Wayn war stehengeblieben und geriet ins Taumeln, als er jetzt so plötzlich von hinten gerammt wurde. Auch Celina verlor durch den überraschenden Aufprall ihr Gleichgewicht, und beide stürzten mit einem lauten Klatschen auf den schlammigen Weg.

Als Wayn sich prustend aus einer Pfütze emporstemmte und Celina fluchend und schimpfend versuchte, irgendwie wieder aufzustehen, hörte sie eine laute Stimme vor sich.

»He! Ihr da auf dem Boden. Wer seid Ihr? Im Namen des Kaisers! Steht auf und gebt Euch zu erkennen!« tönte es aus der Dunkelheit zu ihr herunter.

Celina erstarrte, und schaute vorsichtig empor. Einige Schritte vor ihr trat eine dunkle Gestalt in ihr Sichtfeld. Zuerst konnte sie nur zwei schmutzige Schnürstiefel erkennen, dann eine rote Uniformhose, über der eine eiserne Rüstungsplatte prangte. Danach eine Laterne, deren zurückgeschobene Blendklappe ihr endlich ermöglichte, den herangetretenen Mann näher zu betrachten.

Es war tatsächlich ein Mann, ein männlicher Mensch, kein stinkender, Felle tragender Tiermensch oder sonst irgendein Monster aus dem Norden. Er trug eine blaue Uniformjacke über seiner Hose, auf deren Ärmeln die Wappen seiner Einheit zu sehen waren. Rechts der stilisierte, gelbe Löwe der Nordmarken und links das Wappen der Provinz Anxaloi, ein schwarzer Bergumriß mit einem Bergwerkshammer darüber. Auf seinen Schultern befanden sich die Streifen eines Undors, eines Unteroffiziers der Provinzarmee. Über der Jacke war der Mann mit einem typischen imperialen Harnisch gerüstet, seine Unterarme wurden zusätzlich durch lederne Armschienen geschützt. Er trug eine Laterne und ein schlichtes Kurzschwert. Hinter dem Undor standen weitere Männer, die ihren Uniformen nach wohl zu seiner Einheit gehörten.

Sie hatten Celina und Wayn, die immer noch voller Schreck auf dem Boden lagen, umringt. Jetzt traten zwei der Soldaten, unrasierte Kerle mit hageren Zügen, von hinten an die beiden heran und begannen, sie vom Boden hochzuzerren. Ein dritter stellte seinen Fuß auf Wayns am Boden liegendes Schwert, so daß der alte Ritmar ohne seine Waffe vor dem Undor zu stehen kam.

»Also noch mal. Wer seid ihr, was macht ihr hier?« verlangte er erneut entschiedene Auskunft.

»Ritmar Wayn Terhuk von den Haustruppen Sedryn, Kaiserheer zu Anxaloi.« Wayn versteifte unwillkürlich seine Haltung, als er seinen militärischen Titel zum besten gab.

Bevor er weiterreden konnte, unterbrach ihn Celina und platzte heraus: »Und Ni-Gadhira Celina Sedryn. Wir wurden überfallen und haben uns durch plündernde Tiermenschenhorden hierher durchgeschlagen.« Fröstelnd versuchte sie, trotz ihres schlammverklebten Zustandes und ihrer Erschöpfung, zumindest ansatzweise, die einer jungen Adligen angemessene, würdevolle Haltung auszustrahlen. »Wir waren mit einer Reisegruppe auf dem Weg zum Gut Ihsligano und dorthin werdet Ihr mich und meinen Begleiter jetzt sofort bringen. Wenn es zu weit ist, um heute nacht noch anzukommen, dann werdet Ihr uns eben irgendwo anders hinbringen. Hauptsache, es ist trocken und warm. Außerdem benötige ich so schnell wie möglich etwas zu essen.«

Bevor Celina sich so richtig in Fahrt reden konnte und ihre gesamte Wut an dem bisher unbeeindruckten Undor abließ, drehte sich Wayn leicht herum und legte ihr beschwichtigend den Arm auf die Schulter.

»Bitte, meine Dame«, benutzte er die in der Öffentlichkeit angebrachte Anrede. »Der Undor tut doch nur seine Pflicht. Wir sind im Augenblick wohl kaum geeignet, einen besonders guten Eindruck zu machen. Aber wenn Ihr uns bis Gut Ihsligano bringt«, wandte er sich an den Undor, »wo wir den Freund meiner Herrin Ni-Herkyn Andron Fedina besuchen wollten, wird sich alles aufklären.«

»Wir werden sehen«, entgegnete der Angesprochene, nur mäßig beeindruckt von den Adelstiteln, die Wayn ins Feld geführt hatte. »Ich bin Undor der Provinzarmee Anxaloi. Dritte Reguläre Anxaloi Schwerter. Mein Zug ist mit anderen Einheiten in einem kleinen Fort ganz in der Nähe stationiert. Bevor wir irgendwo anders hingehen, werdet Ihr mich zuerst zum Fort begleiten. Dort wird mein Befehlshaber mehr über die plündernden Tiermenschenhorden hören wollen.« Er wandte sich an seine Männer: »Los, abrücken!«

»Sagt, Undor«, meldete sich Wayn wieder zu Wort, während Celina und er von den Soldaten vom Grenzweg weggeführt wurden. »Wie habt Ihr uns eigentlich bei dieser Dunkelheit bemerkt? Ich meine, wenn ich mich nicht täusche, habt Ihr hier auf uns gewartet, oder nicht? Dort hinten bei den Büschen lagt Ihr doch in einem Versteck. Jedenfalls habe ich gedacht, ich hätte von dort die Geräusche eines klappernden Harnischs gehört.«

»Richtig gehört, Herr Terhuk«, antwortete der Undor. Dann wandte er sich seinen Männern zu. »Die Kerle werden es einfach nie lernen, ihre Schnallen richtig festzumachen. Aber derjenige, der da rumgeklappert hat, kann was erleben, wenn wir wieder in der Station sind.«

Er sah erneut Wayn an. »Um auf Eure Frage zurückzukommen. Seit einigen Tagen ist hier an der Grenze viel los. Ständig hören wir Berichte über Tiermenschenbanden, die mal hier, mal dort über die Grenze nach Süden einsickern. Deshalb haben wir einige Kundschafter von den Mammutjägerclans zusammengetrommelt und nördlich unserer Station, die übrigens unweit Gut Ihsliganos liegt, eine ziemlich dichte Überwachung bereitgestellt. Als dann die Meldung kam, daß sich mitten in der Nacht zwei einsame Gestalten auf uns zubewegten, habe ich mir gedacht, daß man sich das mal anschauen müßte.«

Celina mischte sich ein. »Bedeutet das etwa, daß irgendeiner Eurer Kundschafter uns gesehen hat? Und uns dann einfach vorbeilaufen ließ, ohne auf sich aufmerksam zu machen oder uns sonst irgendwie zu helfen?« Die Empörung in ihrer Stimme war offensichtlich. »Das ist ja wohl die Höhe! Wir hätten in der Dunkelheit auch einfach an Eurer Station vorbeilaufen können. Dieser Barbar hätte ja einfach mal einen Ton sagen können, um uns wenigstens den Weg zu weisen.«

»Beruhigt Euch, meine Dame«, fiel ihr der Undor ins Wort. »Erstens hat Euch der Kundschafter nicht vorbeilaufen lassen, sondern ist Euch gefolgt. Und zweitens hat er seinen Begleiter losgeschickt, um jemanden auf Euch aufmerksam zu machen. Und wir haben Euch ja schließlich gefunden, oder nicht?«

»Er ist uns gefolgt, sagt Ihr? Für wie lange?« erkundigte sich Wayn. »Bei Meridas Licht, ich werde wirklich alt. Früher hätte ich ihn bestimmt bemerkt.«

»Macht euch mal keine Gedanken«, beruhigte ihn der Undor. »Gord ist der beste Jäger seines Stammes. Er kann sich bis auf zwei Schritte an Elche heranpirschen, ohne bemerkt zu werden.« Er schaute sich um und schwenkte seine Laterne ein paar Mal hin und her. »Wahrscheinlich ist er ganz in der Nähe. Gord!« rief er. »Bist du hier irgendwo?«

Während die Gruppe in raschem Tempo auf der Straße durch den Regen marschierte, geschah zunächst nichts.

Celina, die sich deutlich mehr Aufmerksamkeit wünschte, wollte gerade mit einer kleinen, aber spitzen Bemerkung darauf aufmerksam machen, daß sich der berühmte Gord in der Dunkelheit ja vielleicht verlaufen hätte, als sie aus den Augenwinkeln eine Bewegung wahrnahm.

Dann huschte an den Soldaten hinter ihr ein dunkler Schatten vorbei. Und plötzlich befand sich eine in Felle gehüllte Gestalt neben Wayn und dem Undor, die vor ihr durch den Matsch liefen. Celina konnte nur den Rücken des hochgewachsenen Mannes erkennen. Er war in einen dicken Fellumhang gekleidet, der sie unangenehm an Tiermenschen erinnerte. Eine lange, durch den Regen feucht glänzende Mähne schwarzen Haares fiel nach hinten auf seinen Rücken.

Die Beine des Barbaren steckten in Stiefeln aus dem Fell eines Celina unbekannten Tieres. Der Mann trug einen langen Dolch im Gürtel, und der bronzeverzierte Griff eines auf seinem Rücken befestigten, altertümlichen Breitschwertes ragte über seine linke Schulter. In den Händen hielt er einen langen Wurfspeer.

Seine Bewegungen waren von einer Gewandtheit, die Celina an einen Nordmarklöwen erinnerte, den sie während einer Jagd auf Gut Leunor einmal gesehen hatte. Durch den Regen waren seine Fellkleider aber so durchnäßt und zum Teil mit Schlamm besudelt, daß er einen wirklich ziemlich wüsten Eindruck machte. Vielleicht war es ganz gut, daß dieser riesige Kerl nicht urplötzlich aus der Dunkelheit aufgetaucht war. Celina hätte sich zu Tode erschreckt.

»Hey, Gord«, sprach der Undor den schweigenden Neuankömmling an. »Darf ich dir Ritmar Terhuk und die Ni-Gadhira Sedryn vorstellen. Ich schätze, du kennst sie ja schon etwas länger als ich.«

Der Angesprochene nickte Wayn kurz zu und drehte sich dann zu Celina um. »Frau muß aufpassen, wohin setzen Füße, wenn laufen im Dunkeln. Zu viel Dreck auf Boden, um herumzuliegen.«

Während verschiedene, halb unterdrückte Lacher von den Soldaten aus dem Hintergrund zu hören waren, fauchte Celina: »Und du Kerl, paß besser auf, mit wem du redest, sonst lasse ich dir dein Fell über die Ohren ziehen.«

»Ha, Undor Natan! Du gefangen Wildkatze«, entgegnete der Barbar mit einem belustigten Unterton.

Dann setzte er sich mit einigen Schritten an die Spitze des Zuges und verschwand im nächsten Augenblick wieder in der Dunkelheit.

Es dauerte nicht mehr lange, und der tiefe Schatten eines dichten Tannenwaldes zeichnete sich vor den Marschierenden ab. Inzwischen gingen alle in tiefem Schweigen durch den immer noch heftigen Regen. Das Wetter, die Dunkelheit und die Kälte waren keinesfalls besonders gesprächsfördernd.

Der Grenzweg führte auf einer breiten Schneise geradewegs ins Innere des Waldes. Dort wo die Schneise begann, waren einige Lichter zu erkennen. Und nach und nach zeichneten sich um diese Lichter herum die Umriße einer kleinen Gebäudegruppe vor der dunkleren Silhouette des Waldes ab.

Als sie noch ungefähr fünfzig Schritte entfernt waren, konnte Celina eine niedrige Palisade ausmachen. Dahinter befanden sich offensichtlich zwei oder drei größere Blockhäuser, deren Außenwände mit der Palisade verbunden waren. An der nordöstlichen Ecke der Anlage erhob sich ein kleiner Turm. Hier und da beleuchteten Sturmlaternen und Fackeln die Umgebung. Der Undor hielt auf ein kleines Tor zu, das in die Südwand der Palisade eingefügt worden war.

Dann waren im Schein der Lichtquellen im Inneren des Forts einige Soldaten auszumachen, die über die Palisaden hinweg den Ankömmlingen gespannt entgegenschauten.

»Ho, Natan!« erscholl ein Begrüßungsruf. »Hast du die Spaziergänger eingesammelt?«

Der Undor brüllte in gleicher Lautstärke hoch. »Ja! Alles klar! Ich glaube, sie sind harmlos. Ist sogar möglich, daß wir gerade hohen Besuch bekommen haben. Sag doch mal dem Atmar Bescheid. Ich denke, er wird sich mit unseren Gästen unterhalten wollen.«

»Ihr habt hier ja einen ganz schön lockeren Umgangston«, mischte sich Celina ein. »Euer Atmar scheint wenig Wert auf Disziplin zu legen. *Sag schon mal dem Atmar Bescheid*«, äffte sie den Tonfall des Undor nach, während sie zusammen mit den anderen das Innere des Forts betrat. Sie war immer noch ziemlich wütend.

»Aber meine Dame«, drehte sich Natan grinsend zu ihr herum, »habt Ihr denn noch nie von der berüchtigten Disziplinlosigkeit bei den Grenzern der Provinzarmee gehört? Wenn man jeden Tag blutrünstigen Tiermenschen ins Auge sieht, und Offiziere wie Mannschaft gemeinsam auf den Sold warten müssen, der – nebenbei erwähnt – so gut wie nie gezahlt wird, dann nimmt man es nicht mehr so genau mit den Förmlichkeiten.«

Er warf Wayn einen zweifelnden Blick zu und lenkte ihn und die junge Adlige dann mit einer Handbewegung in Richtung des größten Gebäudes des Forts. Ungefähr ein Dutzend Soldaten in den Uniformen der Provinzarmee und ein weiterer Undor standen am Tor herum und betrachteten Wayn und Celina neugierig. Mitten auf dem Innenhof saß eine kleine Gruppe von Frauen und Kindern an einem Feuerchen, über dem gerade ein Tier an einem langen Spieß gebraten wurde. Alle waren in Felle gehüllt und besaßen das gleiche lange, schwarze Haar, das Celina auch schon an Gord aufgefallen war. Wahrscheinlich warteten hier die Familien der angeworbenen Kundschafter auf die Rückkehr ihrer Männer. Auch sie musterten Celina und Wayn neugierig, blieben aber reglos am Feuer sitzen.

Dann erreichten die Neuankömmlinge das Haupthaus. Eine feste Tür stellte den einzigen Zugang dar, und die schmalen Fenster im ersten Stock waren vergittert. Der Undor befahl dem Soldaten, der Wayns Schwert trug, vor dem Haus zu warten, und entließ den Rest seiner Mannschaft. Dann führte er Celina und Wayn durch einen schmucklosen und sehr engen Gang in das Gebäude. Die Decke des Flurs war mit Löchern versehen worden, durch die im Ernstfall bestimmt die unterschiedlichsten unangenehmen Dinge auf Angreifer niederprasselten. Auf ein heftiges Klopfen hin öffnete ein gepanzerter Soldat eine weitere dicke Tür, und Natan führte Wayn und Celina durch einen kurzen Flur in einen Raum, der nur von einigen Kerzen erleuchtet wurde.

An den holzgetäfelten Wänden hingen verschiedene Andenken, wie alle Berufssoldaten sie während ihrer Dienstzeit anzusammeln schienen. Celina hatte ähnliche Dinge schon in Wayns Privaträumen im Stadthaus ihres Vaters in Leigre gesehen. Wappenschilde, alte eigene Waffen, zerbrochene feindliche Waffen und so weiter. Der Raum besaß die Atmosphäre eines Militärmuseums.

Ein klappriger Schreibtisch stand recht verloren in der Mitte des Zimmers, dahinter befand sich ein Kamin aus wuchtigen Steinen, vor dem ein in einen Morgenrock gekleideter Mann mit einer Schlafmütze auf dem Kopf gerade versuchte, ein Feuer in Gang zu bringen. Als Celina und die beiden Männer den Raum betraten, stand er aber auf und stellte sich hinter den Schreibtisch.

Unter dem offen herunterhängenden Morgenmantel trug der Mann eine engsitzende Uniformhose und ein etwas abgetragenes weißes Hemd. Seine Füße steckten in hohen Schaftstiefeln. Ihr Gastgeber schien weit über vierzig Jahre alt zu sein. Ein ergrauender Backenbart gab ihm ein strenges Aussehen, und der Ansatz einer Glatze war unter seiner weißen Schlafmütze zu erkennen, deren Bommel auf einer breiten Brust ruhte. Einige Sekunden schwiegen alle Anwesenden, und die dunklen Augen des Mannes überflogen jede Kleinigkeit an Wayn und Celina.

Der Undor trat vor den Tisch, nahm ansatzweise Haltung an und erklärte: »Ni-Gadhira Celina Sedryn und Ritmar der Sedryn-Haustruppen Wayn Terhuk. Ich habe die beiden auf dem Grenzweg angetroffen. Ihren Aussagen zufolge wurde ihre Reisegesellschaft auf dem Weg zu einem Besuch bei Ni-Herkyn Andron Fedina auf Gut Ihsligano von einer Tiermenschen-Bande überfallen. Sie schlugen sich bis hierher durch, trafen aber des häufigeren auf weitere Gruppen von Tiermenschen.«

»Danke Undor, Ihr könnt wegtreten«, antwortete der Mann mit einer dunklen Stimme, deren Klang ihm sofort eine Aura von Autorität verlieh. An Wayn und Celina gewandt, sagte er: »Willkommen auf Fort Loknat. Setzt Euch.« Er wies auf einige schmucklose Stühle, die an der Wand neben der Eingangstür standen. »Ach, Natan!« wandte er sich an den Undor, der gerade den

Raum verlassen wollte. »Sorg dafür, daß unsere Gäste etwas Warmes zu essen und zu trinken bekommen. Ich gehe mal davon aus, daß Ihr in den letzten Tagen ziemlich wenig anständige Verpflegung bekommen habt. Oder irre ich mich?« fragte er Wayn und Celina, die sich gerade dankbar auf den Stühlen niederließen.

»Nein, Ihr irrt nicht, wir haben tatsächlich so gut wie gar nichts zu essen oder zu trinken bekommen. Auch Euer Undor hat es nicht für nötig befunden, uns etwas anzubieten, bevor er uns Euch vorführte«, antwortete Celina, schon versöhnlicher gestimmt, weil sich endlich jemand um ihren leeren Magen kümmerte.

»Ihr müßt Undor Natan verzeihen. Aber die Lage an der Grenze ist zur Zeit etwas unklar, wenn ich das mal so sagen darf. Deshalb ist es auch von äußerster Dringlichkeit, daß Ihr mir so schnell wie möglich einen genauen Bericht von euren Erlebnissen gebt. Sobald ich den erhalten habe, werde ich Euch zum Gut Ihsligano bringen lassen, wo Ihr dann euren Freund, den Ni-Herkyn in die Arme schließen könnt. Verzeiht, wenn ich bis dahin noch ein wenig Mißtrauen an den Tag lege. Aber wir bekommen hier leider allzu selten Besuch von adligen Damen und Offizieren des Kaiserheers. Dafür aber viel zu häufig von Spionen aus dem Norden. Ach übrigens, darf ich mich vorstellen? Mein Name ist Brendor Aslik, Atmar der Provinzarmee Anxaloi. Ich befehlige dieses meridaverlassene Fort. Ich weiß nicht genau, Dame Sedryn, aber kann es sein, daß Euer Vater, der Laird-Gadhir Elor, vielleicht schon einmal meinen Namen erwähnte? Ich hatte das Vergnügen, ihm zum Julfest des letzten Jahres am Hofe in Leigre kennenzulernen.«

Celina schaute den Atmar nur mit offenem Mund an. Wayn räusperte sich und rückte auf seinem Stuhl unruhig hin und her. Dann schloß Celina die Augen, atmete tief durch und antwortete dem Offizier, der mit unverbindlichem Gesichtsausdruck hinter dem Schreibtisch saß.

»Also Atmar. Nun hört mal zu. Ich glaube einfach nicht, daß Ihr eben tatsächlich andeuten wolltet, Wayn und ich wären Spione aus dem Norden. Beim Lichte Meridas! Wir sind jetzt seit zwei Tagen ohne Schlaf, ohne Nahrung und ständig von blutrünstigen Monstren gejagt durch die Wälder gelaufen, die Ihr mit eurem blöden Fort hier bewachen sollt. Und jetzt das!«

Sie seufzte. »Nein, mein Vater hat Euch nie erwähnt. Aber er heißt auch nicht Elor, sondern Tobras, und er war beim letzten Julfest ganz bestimmt nicht am Hofe in Leigre. Er hat nämlich vor drei Jahren das letzte Mal einen Fuß in den Gouverneurspalast gesetzt, den immerhin meine Familie erbaute, obwohl er jetzt von den Fedinas bewohnt wird. Soviel dazu. Und nun sollten wir uns diesem Bericht zuwenden, damit wir endlich weiterkommen.« Sie zögerte. »Wayn, vielleicht könntest du das übernehmen? Ich glaube, ich bin jetzt einfach zu müde für so was.« Celina schüttelte den Kopf und murmelte noch etwas Unverständliches. Dann lehnte sie sich in dem unbequemen Stuhl zurück und schloß die Augen.

Verblüfft betrachteten die beiden Männer eine Weile lang die junge Frau. Dann zuckte Wayn die Achseln. »Ich kann verstehen, wenn Ihr vorsichtig sein müßt, Atmar. Aber ich bitte Euch. Ihr solltet nicht übertreiben. Zuerst werden Celina und ich etwas essen. Dann werdet Ihr mir gefälligst einen Feldscher rufen, der sich das hier mal ansieht.«

Er tippte an den schmutzigen und feuchten Verband um seinen Kopf. »Währenddessen werde ich Euch all Eure Fragen beantworten. Wir haben nämlich nicht nur Tiermenschen gesehen. Es waren auch Berserker dabei, und die erste Gruppe, die uns an der Straße von Leigre nach Soron überfiel, wurde von einer Eishexe angeführt. Ich denke also, daß Ihr umgehend Eure Vorgesetzten in Soron in Kenntnis setzen solltet. Und am besten schickt Ihr sofort jemanden nach Gut Ihsligano. Dort werdet Ihr erfahren, daß der Ni-Herkyn meine Herrin tatsächlich kennt und sie zu einer Jagdgesellschaft eingeladen hat, die er im Herbst hier veranstalten wollte. Davon zumindest solltet Ihr wissen, wenn Ihr hier für den Schutz der Grenze zuständig seid.«

Der Atmar schaute Wayn nur abwartend an und spitzte nachdenklich die Lippen.

Dann nickte er und meinte: »Ich weiß zwar nichts von einer Jagdgesellschaft, aber das sähe dem jungen Herrn Provinzgouverneurssohn durchaus ähnlich, mich über so etwas nicht zu unterrichten. Ja, ich werde einen Boten zum Gut schicken, um Eure Angaben zu überprüfen. Euer eigenes Pech, wenn Ihr den jungen Herrn um diese Zeit umsonst aus dem Schlaf reißt. Hmmm, und einen Feldscher sollt Ihr meinetwegen auch bekommen«, schloß er nach einem kurzen Blick auf Wayns Kopf. Er stand auf und ging zur Tür, wo er einer dort wartenden Wache entsprechende Befehle gab.

»Und sagt gleich Bescheid, daß Andron eine Kutsche schicken soll. Ich werde heute nacht ganz bestimmt keinen Schritt mehr zu Fuß gehen«, mischte sich die natürlich noch wache Celina ein.

Wenig später kam ein verschlafener Soldat mit einer Küchenschürze in das Zimmer und versorgte Wayn und Celina mit Tellern voller dampfendem Eintopf und angewärmtem Wein in handlichen Zinnbechern. Anschließend entzündete der Koch ein ansehnliches Feuer im Kamin, das den Raum gleich ein ganzes Stück wärmer werden ließ.

Ein ebenfalls verschlafener Feldscher betrat wenig später mit einer Tasche voller sauberer Verbände und Instrumente das Zimmer.

Während seine Kopfwunde nun endlich fachgerecht

versorgt wurde, begann Wayn dem Atmar einen ausführlichen Bericht ihrer Erlebnisse zu geben. Hin und wieder sog er scharf die Luft ein, wenn der Feldscher nicht genügend Vorsicht walten ließ. Aber nach und nach erfuhr der Atmar, was er wissen wollte.

Und im gleichen Maße nahmen seine Züge einen sorgenvollen Ausdruck an.

KAPITEL 8

16. Sempak, 715 IZ

Leigre, Provinzhauptstadt von Anxaloi.
Im Schankzimmer eines gut gefüllten Gasthauses.

»Was behauptet Ihr da?« schrie der junge Mann sein Gegenüber an. Erregt warf er seinen Kopf zurück, so daß seine langen Haare herumwirbelten.

»Regt euch nicht so auf, Fakor. Jeder weiß es. Ich meine, er macht ja wirklich kein Geheimnis aus seinen Errungenschaften.« Die Stimme des anderen Mannes strahlte keinerlei Empfindungen aus. Die Blässe seines schmalen Gesichts, das von tiefschwarzen Haaren eingerahmt wurde, paßte dazu.

»Dieser Hund behauptet ...« Fakor versagte die Stimme.

»Na ja, sie soll sich nicht gerade geziert haben. Und jetzt ist sie ja schließlich auch bei ihm. Das spricht doch für sich, oder nicht?« Die dunklen Augen blickten unverwandt Fakor an, der sich kaum noch beherrschen konnte.

»Nein! Beim Lichte Meridas! Ihr lügt, Mann!« ereiferte sich Fakor. »Sie ist hier im Stadthaus. Morgen werde ich sie besuchen.« Die Stimme des großen Mannes zitterte vor Wut.

»Wenn Ihr meint«, entgegnete sein Gegenüber lächelnd. »Ich wäre mir da nicht so sicher. Die Dame Arkinea Leroy hat mir gestern noch erzählt, daß sie ungefähr vor einer Woche in Begleitung einiger Waffenknechte mit Eurer alten Kutsche abgereist sein soll. Sie hat es von ihrer Zofe, und die von Eurer Köchin. Inzwischen liegt sie wahrscheinlich schon wieder in seinen Armen.«

»Hütet Eure lügnerische Zunge, Mann! Sonst werde

ich sie Euch herausreißen!« brüllte Fakor und sprang auf. Der gepolsterte Lehnstuhl, auf dem er gesessen hatte, fiel in der plötzlich eintretenden Stille mit einem lauten Poltern nach hinten um. Wie ein riesiger Rachedämon erhob er sich über seinem ruhig sitzengebliebenen Gegenüber.

Die anderen Jungadligen, die mit dem Ni-Laird Gadhir Fakor Sedryn und seinem Gesprächspartner an dem großen Tisch in einem der besseren Gasthäuser Leigres gesessen hatten, schauten Celinas älteren Bruder erschrocken an. Einige machten Anstalten, sich vorsichtig von dem Tisch zu entfernen.

Schließlich erhob sich auch Fakors Gesprächspartner und legte die Hand an den Griff seines Schwertes. »Ihr wollt mir drohen, Sedryn?« erkundigte er sich und schaute Fakor mit einem unglaublich gelangweilten Blick an, den er wahrscheinlich auch warf, kurz bevor er eine störende Fliege zerquetschte. »Und Ihr nennt mich heute schon das zweite Mal einen Lügner, ich glaube, Ihr werdet Euch jetzt sofort entschuldigen, sonst werde ich Euch Manieren beibringen.«

»Ja, Fakor, entschuldige dich«, mischte sich Oto Furyn ein. Er war Fakors einziger Freund in der Runde. Eilig trat er hinter den hochgewachsenen Anwärter auf den Titel des Laird Gadhir Sedryn und legte ihm die Hand beruhigend auf die Schulter. »Lukai hat es bestimmt nicht so gemeint. Wir gehen jetzt einfach zum Stadthaus deiner Familie und beschließen den Abend in der Gesellschaft deiner bezaubernden Schwester.« Oto, ein etwas dicklicher Aspirant auf einen geruhsamen Posten am Hofe des Gouverneurs, begann den aufgebrachten Fakor sanft wegzuziehen. Aber er hätte genausogut versuchen können, einen ausgewachsenen Ochsen vom Futtertrog zu entfernen. Hilfesuchend schaute sich Oto um.

Die restlichen Adligen schauten nur gebannt zu. Sehr

langsam und betont unauffällig traten sie einige Schritte von dem Tisch zurück, um aus der unmittelbaren Umgebung der Kontrahenten zu gelangen. Neugierde und ein wenig Blutlust zeichnete sich in ihren Gesichtern ab.

Der *Falke,* das Gasthaus in dem sie sich befanden, war dafür bekannt, daß es hier gelegentlich Duelle gab. Die jungen Adligen, die hier verkehrten, kamen alle aus Familien, die viel Wert auf militärische Tugenden und Ehre legten. Gleichzeitig wurde der Dienst an den Grenzen aber immer mehr von Berufssoldaten übernommen, und ihre Eltern achteten sorgsam darauf, daß den wertvollen Familienausgaben für lukrative Ämter innerhalb der stetig anwachsenden Reichsverwaltung nichts Gefährliches zu nahe kam. Deshalb hätten die hier versammelten Adelszöglinge fast alles für eine Unterbrechung ihrer steten Langeweile getan. Niemand machte Anstalten, den drohenden Kampf abzuwenden.

Es hatte im *Falken* schon lange kein Duell mehr gegeben. Und Fakor Sedryn gegen Lukai Assen! Das versprach wahrhaftig ein wenig Abwechslung. Fakor wirkte gegenüber dem schmalen, dunkel gekleideten Lukai wie ein großer, zottiger Bär. Er sah ein wenig so aus, als könne er den kleineren Mann mit bloßen Händen auseinandernehmen.

Aber Lukai war dafür bekannt, schon aus vielen Ehrenhändeln siegreich hervorgegangen zu sein. Er hatte sogar schon mehrere Männer getötet. Und im Gegensatz zu den anderen Gästen des *Falken* war er Soldat. Seine guten Beziehungen zu Andron Fedina, dem Sohn des Provinzgouverneurs, hatten ihm bereits den Titel eines Ritmar im Kaiserheer eingebracht. Er diente bei den berühmten Fedina Lanzern. Das Schwert an seiner Seite hatte schon das Blut von mehr als einer Eishexe gekostet, wenn man seinen Erzählungen glauben durfte.

Das Schicksal nahm inzwischen seinen Lauf. Die beiden Kontrahenten hatten längst mit dem ausgefeilten Spiel von Beleidigung und Entgegnung begonnen, das für gewöhnlich einem Duell vorausging.

»Manieren! Hah! Daß ich nicht lache. Wie soll man bei einem Speichellecker der Fedinas Manieren erwarten!« stieß Fakor hervor. Auch er legte die Hand an sein Schwert.

Der neben ihm stehende Oto schaute sich noch einmal flehentlich um, aber alle anderen Anwesenden schienen nur gespannt auf Lukais Entgegnung zu warten.

Das Personal des Lokals beschäftigte sich inzwischen damit, wertvolle Pokale und gefüllte Weinflaschen von den umstehenden Tischen zu räumen. Der Wirt hatte seinen Mantel übergeworfen und war auf dem Weg zum Ausgang. Wahrscheinlich, um die Stadtwache zu holen. Die teure Inneneinrichtung seines Hauses war schon mehrfach von jugendlichen Heißspornen zerstört worden. Der Wirt war natürlich klug genug, nicht selbst etwas gegen die Duelle zu unternehmen. Sie brachten ihm zuviel Kundschaft ein, und teure Rausschmeißer zu bezahlen, hätte auch nur noch mehr Kosten verursacht. Es schien günstiger, dafür zu sorgen, daß den Streithähnen nicht allzu viel Zeit blieb, ernsthaften Schaden am Mobiliar oder sich selbst anzurichten.

Fakor und Lukai standen sich inzwischen neben dem Tisch gegenüber, an dem sie eben noch gezecht hatten. Drei Schritte Entfernung trennten sie. Beide schauten sich mit harten Blicken abschätzend an. Ihre Hände lagen an ihren Schwertern und Dolchen.

Als Oto klar wurde, daß sich niemand einmischen würde, trat auch er einige Schritte zurück. Es hatte keinen Sinn, sich von einem fehlgegangenen Streich aufschlitzen zu lassen. Die beiden schienen ganz wild darauf zu sein, sich miteinander zu duellieren. Ihm blieb wohl nichts anderes übrig, als den Dingen ihren Lauf zu lassen. Aufmerksam betrachtete Oto Fakors Gegner. Er schien vollständig kampfbereit, und obwohl er ebenso wie Fakor schon seit einigen Stunden dem Südmarkwein zugesprochen hatte, wirkte er kein bißchen betrunken. Vielleicht war es auch kein Zufall, daß Lukai ausgerechnet heute abend das Gespräch mit Fakor gesucht hatte. Denn eigentlich war es weithin bekannt, daß der große Sedryn wenig für Freunde der Fedinas übrig hatte.

Als er erzählte, daß Andron Fedina Fakors Schwester ›erobert‹ hätte, mußte ihm klar gewesen sein, was passieren würde. Jeder wußte, daß die Sedryns schon seit Ewigkeiten mit den Fedinas verfeindet waren.

Aber auch ohne diese zusätzliche Problematik hätte sowieso jeder Mann im Raum zum Schwert gegriffen, wenn ihm jemand öffentlich erklärt hätte, Andron Fedina habe etwas mit seiner Schwester, Mutter oder sonst einer weiblichen Verwandten angefangen. Gerade weil es in vielen Fällen durchaus der Wahrheit entsprach.

Aber so etwas ließ man sich nun mal nicht ungestraft sagen, jedenfalls üblicherweise nicht. Im Falle von Lukai Assen hätten viele der Anwesenden aber wahrscheinlich nur nervös gelacht und versucht, so schnell wie möglich den Raum zu verlassen.

Jetzt zogen Fakor und Lukai mit einem zischenden Geräusch ihre Klingen. Entsprechend der auch für den Norden maßgeblichen Mode der Zentralmark benutzten beide in der linken Hand einen Parierdolch. Ihre Hauptwaffen waren allerdings noch immer die traditionellen, schweren Langschwerter, mit denen die Adligen des Nordens seit Jahrhunderten in den Kampf zogen. Sie begannen sich vorsichtig zu umkreisen. Fakor wirkte so, als ob er jeden Augenblick losspränge. Er strahlte pure, kaum unterdrückte Kampfeslust aus, während er seine Waffen weit ausgestreckt vor sich hielt.

Lukai hingegen wirkte gelassen. Er tänzelte fast um seinen Gegner herum. Seine Klingen hingen schlaff nach unten, und während er sein Gegenüber musterte, spielte ein abschätziges Lächeln um seine dünnen Lippen.

Oto schüttelte den Kopf. Er hätte sich nicht darauf einlassen dürfen, mit Fakor zuerst im *Falken* einzukehren, bevor sie das Stadthaus der Sedryns aufsuchten. Wenn sie bereits dort gewesen wären, hätte Fakor jetzt Lukais Anschuldigungen entkräften können und den Kerl der Lächerlichkeit preisgegeben. Fakor hätte seine Genugtuung gehabt, und ein Kampf wäre unnötig gewesen. Fakor wirkte zwar manchmal so, als ob er das Blut eines Berserkers aus dem Volk der Mammutjäger in sich habe, aber sonst war er ganz friedlich und mußte sich nicht unbedingt bei jeder Gelegenheit schlagen. Doch seine kleine Schwester Celina war für Fakor eben ein heikles Thema. Lukai hätte nicht von ihr sprechen sollen. Fakor war jetzt in Kampflaune – und so würde wohl Blut fließen müssen.

Plötzlich begannen die beiden Kämpfer aufeinander loszugehen. Fakor eröffnete den Kampf mit einem wilden Ausfall, den Lukai aber ohne Schwierigkeiten abwehrte. Die Kraft der gewaltigen Hiebe, mit denen Fakor auf ihn eindrang, schien ihn zwar einige Male ziemlich zu erschüttern. Zumeist lenkte er sie jedoch mit seinem Parierdolch so geschickt ab, daß Fakor mehrere Male beinahe aus dem Gleichgewicht gekommen wäre.

»Mehr habt Ihr nicht zu bieten?« stichelte Lukai, nachdem sich die beiden wieder voneinander getrennt hatten.

Fakor antwortete nicht, sondern griff erneut an. Er hieb mit seinem Langschwert wild auf Lukai ein und drängte ihn durch pure Kraft einige Schritte zurück.

Eines mußte man dem jungen Sedryn lassen: Was ihm

an Schwertkampffinesse fehlte, machte er durch seinen Elan mehr als wett. Aber das würde gegen einen so tödlichen Kämpfer wie Lukai kaum ausreichen – der Fedina-Kämpfer ging bereits zum Gegenangriff über.

Oto machte sich wirklich Sorgen um seinen Freund. Sie hatten gerade einige Tage auf der Jagd auf dem Gut Leunor, dem Stammsitz der Sedryns verbracht. Doch Fakor hatte sich schnell gelangweilt, und so hatten sie dem alten Laird-Gadhir Tobras Lebewohl gesagt und waren nach Leigre zurückgereist. Wie zufällig hatte sie ihr Weg an dem Lieblingsgasthaus Fakors vorbei geführt.

»Nur auf einen Wein, komm schon Oto, stell dich nicht so an«, hatte es geheißen. Dann waren sie auch schon in der Gaststube des *Falken* gewesen. Ansatzlos war das übliche Zechen mit den anderen jungen Adligen Leigres, die genau wie Fakor zuviel Zeit und zu viel Unsinn im Kopf hatten, losgegangen. Und jetzt befand der junge Sedryn sich plötzlich mitten in einem sehr ernstgemeinten Duell auf Leben und Tod. Fakor wußte sich zwar für gewöhnlich recht gut zu schlagen, aber sein jetziger Gegner hatte bei den besten Fechtmeistern des Imperiums in Emessa gelernt. Eine Ausbildung, die Laird-Gadhir Tobras seinem Sohn nicht hatte ermöglichen können. Fakor hatte auf Gut Leunor zusammen mit Wayn Terhuk, dem Ritmar der Sedryn-Haustruppen, trainiert. Der alte Soldat war, soweit Oto sich auskannte, zwar ein guter Kämpfer, aber er hatte Fakor sehr schnell davon abgeraten, allzu viel mit dem Schwert zu trainieren. Statt dessen hatte er ihm einen großen Streitkolben gereicht.

Fakor hatte diesbezüglich Oto gegenüber einmal erwähnt, daß der alte Wayn meinte, Fakor ein Schwert in die Hand zu drücken, sei ungefähr so sinnvoll, wie einem Bären Tischmanieren beizubringen. Das Problem war nur, daß junge Adlige des Imperiums nun einmal

Schwerter zu tragen hatten. Fakor hätte sich endlosem Spott ausgesetzt, wenn er mit dem Ungetüm von Streitkolben in der Gesellschaft Leigres aufgetaucht wäre, das jetzt draußen am Sattel seines Pferdes hing.

Erregte Schreie des Publikums rissen Oto aus seinen Gedanken. Der Kampf wurde wilder.

»Vorsicht!« schrie Oto erschrocken seinem Freund zu.

Fakor war von Lukai, der sich schnell als weit überlegener Schwertkämpfer erwiesen hatte, an den Rand des Raumes abgedrängt worden. Mit einer blitzschnellen Kombination hatte der Fedina-Ritmar den Parierdolch seines Gegners zuerst zur Seite gedrängt und dann mit einem schnellen Stich des eigenen Dolches Fakor eine blutende Wunde am rechten Arm zugefügt. Grinsend trat Lukai einige Schritte zurück und wischte seinen blutigen Dolch an der gepolsterten Lehne eines Stuhls ab.

»Meine Herren! Die Polster!« entfuhr es dem Wirt.

Die Zuschauer johlten, während sie den Kreis um die beiden Kämpfer enger zogen. Alles sah danach aus, als würde Lukai jetzt schnell Schluß machen.

»Aber, aber, Sedryn. Wie habt Ihr denn bloß all die Duelle gewonnen, von denen mir berichtet wurde. Euer Stil entspricht mehr einem Bauerntrampel als einem Edelmann. Aber was rede ich, in letzter Zeit hat Eure Familie ja auch mehr als genug Gelegenheit gehabt, sich mit der Landwirtschaft zu beschäftigen.«

Das Ziel des Spottes knurrte und nahm eine gebückte Haltung ein.

Oto biß sich auf die Lippen und verzog das Gesicht. Er kannte dieses Knurren.

Es stimmte schon. Fakor war kein großer Schwertkämpfer. Aber Fakor war auch beinahe sieben Fuß groß und wog weit über zweihundert Pfund. Ritmar Lukai war ein stattlicher junger Mann, aber gegen den ältesten Sproß der Sedryn Familie wirkte er doch ein wenig –

schmal. Gut, für einen so überragenden Schwertkämpfer stellte ein solcher Größenunterschied kein zu großes Problem dar.

Aber Fakor hatte tatsächlich schon einige Duelle gewonnen. Die Geschichten, die man sich über seine Erfolge im Kampf erzählte, waren nicht unbegründet. Sie ließen allerdings die unerfreulichen Einzelheiten häufig aus.

Der junge Mann, der Lukai jetzt mit blutunterlaufenen Augen anknurrte und seine Waffen so fest umklammerte, daß seine Hände fast zitterten, pflegte seine Duelle nämlich dadurch zu gewinnen, daß er seinen Gegnern zumeist einen, mehrere oder auch die meisten Knochen brach. Wenn er wütend genug war, ging er zu einem recht unüblichen Kampfstil über, auf den der gute Ritmar in diesem Zusammenhang vielleicht nicht ganz vorbereitet war.

Der machte inzwischen mit seinen spitzen Bemerkungen munter weiter, und überging geflissentlich die zunehmend bedrohlicher werdende Miene seines Gegners.

»Aber Fakor, warum knurrst du denn so? Unterhält man sich auf Gut Leunor jetzt auf diese Weise? Hmm, da ich dir jetzt so zuhöre. Andron sagte was in dieser Richtung über deine Schwester. Stimmt! Er meinte, daß sie beim Liebesspiel gefaucht habe, wie eine Wildkatze.«

Fakor stieß ein unartikuliertes Brüllen aus.

Aus den Augenwinkeln bemerkte Oto, daß ein oder zwei der Männer, mit denen Fakor schon einmal aneinandergeraten war, vorsichtig versuchten, sich mehr in den Hintergrund der Zuschauermenge zu verdrücken. Lukai hätte das mit der Wildkatze vielleicht lieber nicht sagen sollen.

Ansatzlos ließ Fakor beide Waffen fallen und schnappte sich blitzschnell einen neben ihm stehenden

Kerzenständer aus massivem Eisen. Während ihn die gesamte Gaststube des *Falken* einschließlich Lukais erstaunt anstarrte, holte Fakor aus und warf mit einem weiteren Schrei den gut mannshohen Kerzenständer auf den Ritmar.

Der hechtete erschrocken hinter den nächstbesten Tisch. Als er wieder hervorkam, war sein Gegner aber schon mit einem mächtigen Satz auf das Möbel gesprungen.

Der Wirt schrie: »Nein!«

Dann krachte der Tisch unter dem plötzlichen Aufprall von zweihundert Pfund wütendem Fakor mit einem berstenden Geräusch einfach zusammen. Der arme Lukai wurde unter dessen Bruchteilen und dem wild brüllenden Fakor schlicht verschüttet.

Als wieder genauer zu sehen war, was sich zwischen den Trümmern des Tisches abspielte, kam Fakor vom Boden hoch und hielt den zappelnden und fluchenden Ritmar, der bei dem Gerangel auf dem Boden seine Waffen verloren hatte, mit beiden Händen über seinem Kopf empor.

In diesem Augenblick flog die Außentür auf, und einige Mitglieder der Stadtwache Leigres kamen mit erhobenen Knüppeln und den obligatorischen »Ihr seid alle verhaftet! Stehenbleiben! Im Namen des Gouverneurs!«-Rufen hereingerannt. Als sie die Szenerie überblickten, blieben sie aber zunächst verwirrt stehen. Das ganze sah überhaupt nicht wie das erwartete Duell zweier adliger Fechtkünstler aus. Es erinnerte eher an eine Schlägerei in einer Kneipe in den heruntergekommenen Vierteln Leigres.

Fakor schaute die Wachen genauso verwirrt an. Er hielt den Ritmar noch immer über seinem Kopf empor, kam dann aber offensichtlich zur Besinnung, und nutzte das allgemeine Innehalten umgehend aus. Mit einer weiteren Kraftanstrengung warf er Lukai einfach zwischen die Wachen und stürzte dann über die zu Boden gehenden Männer in Richtung Ausgang davon.

Dort hielt er kurz inne, schaute sich um, und rief Oto zu: »Ich sehe nach meiner Schwester! Wir treffen uns nachher!«

Dann verschwand er in der Dunkelheit. Während die zu Boden gegangenen Wachen des Gouverneurs sich schimpfend von dem benommen herumkrabbelnden Lukai entwirrten und zwischen dem umgefallenen Mobiliar nach ihren Waffen suchten, war von draußen der Hufschlag eines sich schnell entfernenden Pferdes zu hören.

Einige Minuten später pochte Fakor, noch vom Sattel seines Pferdes aus, wild an die Außentür des sedrynschen Stadthauses.

»Laßt mich sofort rein, verdammt! Hier ist Fakor. Macht sofort die Tür auf! Ich muß sofort reinkommen«, schrie er aus vollem Halse, ohne sich Gedanken über den Aufruhr zu machen, den er am Rande des angesehenen und sonst eher ruhigen Viertels verursachte, in dem das Sedrynhaus lag.

Während in der Umgebung Wachhunde anschlugen und verschlafene Nachtwächter mit Laternen in den Händen auf die Straße traten, um nachzusehen, ob der Tumult vielleicht eine Gefahr für die Häuser ihrer Herrschaften bedeutete, regte sich auch im Hause der Sedryns endlich jemand. Zuerst gingen im ersten Stockwerk Lichter an. Dann öffnete sich langsam die große Haustür.

Gotoll, der alte Majordomo streckte vorsichtig seinen Kopf heraus. »Herr Fakor, Ihr seid es! Ich bitte Euch, habt noch einen Augenblick Geduld, ich werde sofort das Hoftor öffnen lassen. Dann könnt Ihr Euer Pferd hereinführen.«

»Mach du das, Gotoll. Ich kann nicht so lange warten.« Fakor sprang aus dem Sattel. »Ist es wahr? Ist sie wirklich zu diesem Fedina gereist?« Er packte den alten Hausverwalter an seinem grauen Morgenmantel, hob ihn hoch und schüttelte ihn.

»Aber wer denn, zu wem denn?« fragte dieser, erschüttert über eine solch ungehörige Behandlung.

»Celina natürlich, du Ochse«, antwortete Fakor. »Und zu diesem Weiberheld von Fedina natürlich.« Er trug den alten Mann einfach in den Hausflur, wo er ihn vor den Augen einiger überraschter Bediensteter abstellte, und die Treppe zu den Schlafgemächern der Familie hochzustürmen begann.

»Eure Schwester ist tatsächlich abgereist!« rief ihm der verwirrte Gotoll hinterher.

Fakor erstarrte auf dem Weg nach oben, dann drehte er sich langsam um. »Ihr habt sie gehen lassen? Was ist mit Wayn, der war doch auch hier, er kann das doch nicht im Ernst zugelassen haben?« Fakors große Hände verkrampften sich am Geländer der Treppe. Mit hochrotem Kopf kam er wieder herunter.

»Aber, aber …«, stotterte Gotoll, der um die Kraft des jungen Adligen wußte und ein wenig beunruhigt war. »Sie ist doch mit Erlaubnis Eures Vaters zu einem Besuch bei Eurem Oheim Terostar auf Gut Jargarde gereist. Wir waren ja auch alle überrascht, eine so weite Reise – und mitten im Herbst. Aber da sie die Erlaubnis Eures Vaters hatte. Da haben wir alle gedacht, es sei schon richtig so. Sie ist dann vor ungefähr acht oder neun Tagen mit Ritmar Wayn aufgebrochen. Sie haben auch fast alle Männer mitgenommen.«

Inzwischen war Fakor wortlos bis nah vor den Majordomo getreten. Er starrte grimmig auf ihn herunter. Ein, zwei Augenblicke lang geschah gar nichts. Dann fragte er mit betont ruhiger Stimme: »Zu Oheim Terostar, nach Gut Jargarde. Da wollte sie hin, und der Vater hat es erlaubt?«

»Das waren ihre Worte«, stieß Gotoll hastig hervor.

»Meine Schwester? Die uns die ganze Zeit auf Gut Leunor vorgeschwärmt hat, wie wunderbar das Leben in der Hauptstadt sei? Wollte den alten Mann mitten im entlegensten Winkel der Provinz besuchen? Und das kam Euch nicht ein wenig seltsam vor?«

Der Majordomo, auf Grund des ruhigen Tonfalls des jungen Sedryn inzwischen ein wenig beruhigt, versuchte seine Autorität bei der restlichen Dienerschaft nicht noch weiter untergraben zu lassen, und antwortete im würdevollsten Tonfall, zu dem er in seinem Morgenmantel fähig war. »Es steht mir nicht zu, die Handlungen der Herrschaft als – komisch – zu bewerten.«

»Nicht?« fragte Fakor.

»Keinesfalls«, kam die Antwort.

Fakor schloß die Augen. Einen Augenblick lang überlegte er, ob er den kleinen Mann vor sich zerquetschen sollte. Dann faßte er sich. »Also dann ist sie mit Wayn und einer Begleitmannschaft zu Oheim Terostar aufgebrochen?« faßte er noch einmal zusammen.

Der Hausverwalter nickte: »Ganz genau, wie ich schon sagte, junger Herr, zu Eurem Oheim auf Gut Jargarde.«

Fakor dachte nach. Er wußte ganz genau, daß Celina den alten Terostar nicht ausstehen konnte. Immer wenn sie ihn traf und sich seine überschwenglichen Umarmungen gefallen lassen mußte, hatte sie sich im Anschluß bei Fakor über den stinkenden Atem und die unmöglichen Manieren des alten Mannes beklagt. Sie haßte es, den Geschichten des greisen Kriegers zuhören zu müssen, und versuchte ihm bei Familienfesten, so gut es eben ging, aus dem Weg zu gehen. Nein, Celina mochte alles mögliche im Sinn gehabt haben, als sie zu dieser Reise aufbrach. Aber Oheim Terostar besuchen? Auf keinen Fall. Es galt, schnell zu handeln. Aber was sollte er tun?

»Fakor, Merida sei Dank! Das war ja mal wieder eine reife Leistung. Ich konnte die Wache nur mit Mühe davon abhalten, dich zu verhaften«, ertönte es, immer wieder unterbrochen von angestrengtem Luftschnappen, hinter Fakor. Oto Furyn stand im Hauseingang und hielt sich völlig außer Atem an der Tür fest.

»Sie ist weg, Oto!«

»Ernsthaft? Sie ist doch nicht wirklich bei Andron, oder etwa doch?« Oto klang überrascht und ziemlich erschrocken. Ebenso, wie alle anderen jungen Männer von Stande in Leigre, wußte auch er genau über den Ruf des Ni-Herkyn Bescheid.

»Angeblich besucht sie Oheim Terostar. Aber das glaube ich nie im Leben. Celina doch nicht! Die kann den Alten doch beim besten Willen nicht ausstehen. Vater habe Ihr angeblich die Erlaubnis gegeben, aber das hätte er bestimmt erwähnt. Nein, sie will ganz gewiß woanders hin. Wayn hat sie wahrscheinlich erst mal mit der Oheim-Geschichte um den Finger gewickelt. Du kennst ihn doch. Er konnte ihr doch noch nie was abschlagen. Sobald sie erst mal aus Leigre heraus waren, hat sie sich dann bestimmt etwas einfallen lassen, um doch eine andere Richtung einzuschlagen.«

Der Majordomo erinnerte sich dabei an überhastete Einkäufe von Duftwässern und anderen Kosmetika. Bei den darauf folgenden Gedanken entfuhr ihm ein erschrockenes: »O nein!«

Fakor und Oto schauten ihn an. Dann wandte sich Oto wieder Fakor zu: »Aber warum der ganze Aufwand mit Wayn, den Waffenknechten und der Reise zu ihrem Oheim? Andron hätte sie auch kurzfristig zu Fuß besuchen können, der Palast ist doch nicht so weit weg.«

»Aber nur wenn der Kerl überhaupt in Leigre ist«, spann Fakor den Gedanken weiter.

»Ähh …«, mischte sich Basna, die Köchin des Stadthauses ein. Sie stand zusammen mit den anderen, hauptsächlich weiblichen Bediensteten des Hauses im Hintergrund des Flures herum. Wie immer begierig, interessante Neuigkeiten aus dem Leben ihrer Herrschaften aufzuschnappen.

Jetzt bekam sie die volle Aufmerksamkeit aller Anwesenden. Ihre dicken, rötlichen Wangen leuchteten sofort noch etwas kräftiger unter ihrer weißen Nachthaube hervor. »Wenn es um den Herrn Andron Fedina geht, den Sohn unseres gnädigen Gouverneurs, ich glaube, ich weiß, wo der sich im Augenblick befindet.«

»Wo?« riefen Fakor, Oto und Gotoll gleichzeitig.

»Eine der Palastköchinnen hat mir erzählt, daß er zu einem kleinen Jagdurlaub auf Gut Ihsligano in der Nähe der Festung Soron aufgebrochen sei.«

»Ihsligano, dazu bräuchte man schon eine Kutsche«, überlegte Oto.

»Ja, und sie müßte an der passenden Kreuzung statt nach Osten nur in westlicher Richtung weiterreisen. Celina könnte vorhaben, Wayn einfach während der Reise umzustimmen. Sie bringt so etwas fertig«, sponn Fakor die Überlegungen weiter. Dann schaute er Oto an. »Ich glaube, sie will wirklich den Fedina auf Ihsligano besuchen und sich von ihm ihre Jungfräulichkeit rauben lassen. Ich bringe den Kerl um! Und sie lege ich übers Knie! Beim strahlenden Lichte Meridas!« stöhnte er. »Wenn ich die erwische!«

Oto legte ihm, wie schon einige Minuten vorher, besänftigend den Arm auf die breiten Schultern. »Beruhige dich, Fakor. Wayn ist doch dabei. Der paßt schon auf.«

»Nein. Ich will mich nicht beruhigen. Celina ist doch leichte Beute für den Kerl. Wayn hin oder her. Ich schnappe ihn mir! Worauf du dich verlassen kannst!«

»Fakor, das kannst du nicht einfach tun. Es ist der Sohn des Gouverneurs. Den kannst du nicht ungestraft umbringen. Das ist was anderes, als ein paar Tische im *Falken* zu zertrümmern und die Stadtwache ein wenig durcheinander zu wirbeln. Wenn du seinem Sohn zu nahe kommst, läßt der Gouverneur dich blitzschnell aufhängen. Dabei kommt der nicht mal ins Grübeln.«

»Aber was soll ich denn machen?« fragte Fakor seinen Freund. »Ich kann sie doch nicht einfach so in ihr Unheil rennen lassen. Sie ist doch meine kleine Schwester.«

»Wir fragen deinen Vater. Der wird schon wissen, was zu tun ist. Gleich morgen reiten wir zurück nach Leunor und erzählen ihm die ganze Geschichte«, schlug Oto vor, froh, Fakor von der sofortigen Verfolgung seiner Schwester abgelenkt zu haben.

»Vater! Natürlich. Er muß alles erfahren. Aber nicht morgen. Wir brechen sofort auf!« Begeistert begann Fakor seinen widerstrebenden Freund in Richtung Straße zu ziehen, wo immer noch ihre Pferde standen.

»Fakor, warte doch, wir sind ja gerade erst angekommen. Wir könnten doch erstmal was essen und ein wenig schlafen.« protestierte Oto.

»Nichts da, stell dich nicht so an, wir müssen uns beeilen. Jede Minute zählt. Celina liegt womöglich schon in den Klauen dieses Schuftes.« Die letzte Äußerung unterstrich Fakor damit, daß er Oto kurzerhand auf sein Pferd hievte. Dann schlug er der gemütlichen Stute mit der flachen Hand aufs Hinterteil, so daß sie erschrocken wiehernd losrannte, sprang auf den Rücken seines eigenen Pferdes und galoppierte seinem Freund hinterher, der verzweifelte Schreie ausstieß.

Die Dienerschaft des Stadthauses trat schweigend auf die Straße und sah den beiden jungen Männern nach, die in der schlechten Beleuchtung einiger Straßenlaternen gerade um die nächste Ecke verschwanden.

KAPITEL 9

18. Sempak, 715 IZ

*Gut Ihsligano, nördlichster Besitz der Familie Fedina.
Eine Tagesreise südöstlich von der Festung Soron.
Ein kühler, nebliger Morgen.*

Ein leichter Morgennebel bedeckte die Lichtung mitten in dem ausgedehnten Fichtenwald. Wie eine trübe Suppe in einer flachen Schale hielt sich der Nebel zwischen den Waldgebieten, wo sich die offene Fläche befand. Die kleineren Tiere, die so dicht am Waldrand lebten, kauerten sich zitternd und vorsichtig in ihre Erdhöhlen und Nischen. Ein einzelner Hase streckte schnuppernd die Nase aus seinem Bau. Doch erschreckt durch eine unsichtbare Störung, zuckte er schnell wieder zurück. Das Land schien noch ein wenig Zeit zu brauchen, bevor es an diesem kalten und feuchten Morgen erwachen wollte.

Nur auf der Lichtung entfaltete sich bereits morgendliches Tun. Die Geräusche arbeitender Menschen, das Wiehern von Pferden und die Töne des Viehs, das auf seine Fütterung wartete, erfüllten die naßkalte Luft.

Gut Ihsligano war eine Anlage von einer für die Nordprovinzen ungewöhnlichen Größe. Eine zwei Schritte hohe, hölzerne Palisade, die auf einem anderthalb Schritt aufgeschütteten Erdwall errichtet war, umgab das Areal. Sie wurde von einem großflächig angelegten Haupthaus aus Stein und Fachwerk unterbrochen. Ein großer Stall mit einem steinernen Erdgeschoß war ebenfalls in die Palisade eingelassen worden. Das hölzerne, fast sechs Schritte hohe Torwerk stellte den hauptsächlichen Zugang zu der Anlage dar. Außer dem aus massiven Eichenbohlen bestehenden Haupttor gab es nur noch in der Außenwand des Stalls einen

Eingang zu dem ummauerten Gelände: eine sehr feste Tür, gerade groß genug, einen einzelnen Reiter durchzulassen.

Auf dem geräumigen Innenhof befanden sich noch ein Gesindehaus, ein Getreidesilo und ein kleiner Brunnen. Auf einer Pferdekoppel vor dem Stall tummelten sich einige Pferde. Rechts neben dem Hauptgebäude befand sich ein kleiner, von einer niedrigen Mauer abgetrennter Garten, der zur Entspannung anwesender Adliger diente. Zwischen dem Garten und dem Haupthaus war für sommerliche Feste eine überdachte Veranda errichtet worden. Links vom Haupthaus, dessen reich dekorierte Eingangstür über eine breite Treppe zu erreichen war, befand sich ein Nutzgarten mit einigen Obstbäumen und einer bescheidenen Ansammlung einheimischer Kräuter.

Zum Gut Ihsligano gehörten außerdem noch ein gutes Dutzend schlichter Bauernhäuser außerhalb der Mauer. Die ganze Siedlung war von einigen kleinen Feldern umgeben. Trotz dieser Versuche, dem kargen Boden der Nordmarken ein wenig Getreide abzuringen, wurde einem Beobachter aber sofort klar, daß die Einkünfte des Dorfes eher mit der kleinen, durch einen Bach betriebenen Sägemühle zusammenhingen, die am Rand des Dorfes errichtet worden war. Verschiedene Gestelle zum Trocknen von Tierhäuten bewiesen, daß einige der Dörfler sich wohl auch als Fallensteller und Jäger betätigten. Unbezweifelter Mittelpunkt und eigentliche Daseinsberechtigung des Dorfes blieb aber der Gutshof.

Offensichtlich war gerade eine große Reisegesellschaft zu einem Besuch auf dem entlegenen Landgut an der Nordgrenze des Imperiums eingetroffen. Einige prächtige Kutschen standen hinter der Palisade herum, und überall tummelten sich livrierte Diener und Soldaten.

Am Torhaus und an den Palisaden standen mit Armbrüsten bewaffnete, schwer gerüstete Männer, deren Uniformärmel rechts das Wappen des Kaisers und links den schwarzen Greif der Fedinas aufwiesen. Es waren Soldaten des Kaiserheeres, adlige Schützen, die sonst in gut ausgebauten Kasernen Dienst taten, und in ihren Gesichtern war deutlich zu sehen, wie sehr sie es haßten, an diesem naßkalten Morgen Wachdienst im Freien zu schieben. Besonders ernüchternd war, daß sich ihre Kameraden von der Kavallerie, eine Schwadron adliger Lanzer, die mit ihnen die Reisegesellschaft ihres Herrn zu diesem entlegenen Ort begleitet hatten, sich währenddessen im warmen Gesindehaus mit willigen Dienstmägden vergnügten.

Andron Fedina, Ni-Herkyn und designierter Anwärter auf das Amt des Provinzgouverneurs von Anxaloi, langweilte sich. Mißmutig nuckelte er an dem heißen Tee, den ihm eine der häßlichen alten Frauen gebracht hatte, die hier auf dem entlegensten Gut seiner Familie arbeiteten. In der Halle des Gutshauses war es zwar nicht kalt. Andron hatte sich aber trotzdem vorsorglich in warme Kleidung gehüllt. Die grüne, reich verzierte Jacke aus teurem Leder, die er über seinem Seidenhemd trug, war außerdem nicht nur warm, nein, sie paßte auch noch ganz hervorragend zu seiner schwarzen Lederhose. Beides zusammen ließ Andron ganz als eleganten Jäger erscheinen.

Er fand, daß er glänzend aussah, und insgesamt wunderbar mit der – für seinen verfeinerten Geschmack etwas zu rustikal eingerichteten – Halle des Gutshauses harmonierte. Wenn er wieder in Leigre war, würde er seinen Vater dazu bringen müssen, die Inneneinrichtung hier etwas moderner zu gestalten. Zwar ging der Provinzgouverneur hier nur dem Waidwerk nach – persönlich fand Andron die Jagd auf Tiere ja entsetzlich langweilig – aber das war noch lange kein Grund, auf jeden Komfort zur verzichten.

Er betrachtete die reich gedeckte Tafel vor sich und überlegte, ob er noch etwas essen sollte. Das Frühstück aus verschiedenen Brotsorten, Obst, Käse und reichlichem Aufschnitt reizte ihn nicht. Es war einfach zu schlicht. Für seinen erlesenere Speisen gewöhnten Gaumen wirkte es fast bäuerlich. Bei Merida, er sehnte sich wirklich wieder in die Reichshauptstadt Emessa zurück. Dort verstanden die Leute wenigstens zu leben. Als er seine Ausbildung am Hofe genoß, hatte er sich nie über solche Banalitäten wie die geschmackliche Qualität seiner Nahrung Gedanken zu machen brauchen. Noch ein Grund, mit seinem Vater zu reden. Möglicherweise ließ sich ja irgendeine, nicht allzu anstrengende Tätigkeit finden, der Andron in der Hauptstadt des Imperiums nachgehen konnte.

Doch wahrscheinlich würde sich sein lieber Herr Papa mal wieder mit dringenden Staatsgeschäften befassen und überhaupt kein Verständnis dafür aufbringen, daß sein Sohn hier in den Nordmarken einfach fehl am Platze war. Außerdem weilte er natürlich in Leigre, und Andron war an diesem trostlosen Ort.

Was hatte ihn nur bewogen, hier herzukommen? Die kleine Sedryn hätte er doch auch in Leigre verführen können. Er hatte es doch sonst nicht nötig, wegen einer Landpomeranze einen solchen Aufwand zu betreiben.

Nachdenklich betrachtete er seine Fingernägel. Da wäre dringend mal wieder eine Maniküre fällig, aber eine solche Dienstleistung war hier in der Gegend nicht anzutreffen. Grauenvoll! Das Schicksal bestrafte ihn wirklich hart.

Das hatte er alles nur diesem Mädchen zu verdanken. Sie hatte wochenlang einfach nicht auf seine mannigfaltigen Avancen reagieren wollen. Dabei hatte er sich wirklich Mühe gegeben. Er hatte ihr weit mehr von seiner kostbaren Zeit geschenkt als den meisten anderen der vielen jungen Damen, die er mit seinen Verführungskünsten beglückt hatte.

Die kleine Sedryn hatte sich immer wieder geziert. Wenn es nicht so ein wunderbarer Spaß gewesen wäre, gerade ihre Unschuld zu rauben, hätte er sich gar nicht weiter um sie gekümmert. Aber diese unzivilisierten Sedryns zu ärgern, war wirklich einiges an Ungemach wert. Seitdem Androns Familie in die Nordmark umgezogen war, hatte es immer wieder Schwierigkeiten mit den Sedryns gegeben. Bevor die Fedinas kamen, hatten sie die Provinz Anxaloi kontrolliert. Aber es hatte natürlich nicht lange gedauert, und Androns Vorfahren veränderten diesen untragbaren Zustand. Die Gold- und Silbervorkommen des Nordens waren beim besten Willen zu reichhaltig, um sie so phantasielosen Leuten wie den Sedryns zu überlassen. Auf jeden Fall hatten sich jetzt schon zehn Generationen von Fedinas einen Spaß daraus gemacht, ihre jeweiligen Sedryn-Zeitgenossen zu ärgern, wo es nur ging.

Die jüngste und einzige Tochter des Geschlechts der Sedryns zu entjungfern, womöglich zu schwängern, und dann in der Öffentlichkeit bloßzustellen, war eine so verlockend boshafte Tat gewesen, daß Andron einfach keine Wahl gehabt hatte.

Verträumt zwirbelte er seine schwarzen Locken, die in so prächtiger Weise an den Seiten seines Kopfes herunterhingen. Er hatte seinen Plan bis jetzt natürlich nicht mit seinem Vater geteilt. Aber das würde als erstes folgen, wenn er endlich wieder erfolgreich in Leigre eingetroffen war. Immerhin mußte sein Erzeuger dann wahrscheinlich die wütenden Mitglieder des Sedrynclans davon abhalten, seinem Sohn und Nachfolger an die Gurgel zu springen. Gewöhnlich schenkte sein Vater seinen vielen Affären und deren Folgen zwar keine große Aufmerksamkeit. Solange sich Andron nicht ernsthaft mit irgendwelchen Heiratsplänen trug, hatte er nichts dagegen, wenn sich sein Sohn ein wenig austobte. Aber gerade mit dieser Sache würde Andron seine Unterstützung leicht erringen können. Denn auch Grigor Fedina hatte in seiner Jugend mit großer Hingabe zu verschiedenen Skandalen Anlaß geboten, um die Sedryns immer wieder der Lächerlichkeit preiszugeben.

In Leigre war Andron zuerst nur schleppend vorangekommen. Dieses einfältige Mädchen hatte sich immer wieder geziert, sich in kompromittierende Situationen bringen zu lassen. Als Andron dann aber zufällig von seinen herausragenden Erfolgen bei der Jagd erzählte, und die großartigen Bedingungen auf den väterlichen Gütern im Norden beschrieb, da hatte sich endlich so etwas wie echte Begeisterung bei der Kleinen gezeigt. Die Jagd schien ihre einzige Leidenschaft zu sein. Deshalb hatte Andron die Geschichte von der Jagdgesellschaft ausgeheckt, um Celina endlich aus der Sicherheit des Stadthauses, in das sie sich in Leigre immer wieder flüchtete, zu trennen. Einige Bemerkungen zu verschiedenen ihrer neuen ›Freundinnen‹, die Androns Interesse an einem schönen Skandal teilten, hatten genügt, Celina nach Norden zu locken.

Natürlich hatte die ganze Zeit über alles so heimlich wie möglich vor sich gehen müssen, um nicht die Aufmerksamkeit der Sedryns heraufzubeschwören. Darauf hatte Celina sehr ausdauernd bestanden und Andron hatte im damaligen Stadium der Entwicklung auch nichts einzuwenden gehabt. Der Augenblick der Enthüllung ihres kleinen Geheimnisses würde schon noch kommen. Also spielte Andron bei allen Maßnahmen, die im Interesse der Geheimhaltung getroffen wurden, bereitwillig mit.

Celinas Bruder Fakor war immerhin ein ziemlich großer Kerl und neigte zu Ausbrüchen unkontrollierter Gewalt. Seinen Zorn auf sich zu ziehen, ohne auch wirklich etwas davon gehabt zu haben, wäre Andron mehr als ungeschickt vorgekommen. Nicht daß er Angst vor dem Kerl gehabt hätte. Nein, es gab durchaus Methoden, mit solchen Raufbolden fertig zu werden. Aber Andron hatte schon immer gefunden, daß die Wahl des richtigen Zeitpunkts im Verlauf einer Intrige, dieser erst die richtige Würze gab.

Unwillkürlich verzog er seine feingeschwungenen Lippen zu einem Lächeln. Kurz vor seiner Abreise nach Norden hatte er ein Gespräch mit seinem alten Günstling Lukai geführt. Lukai hatte sehr viel Spaß daran, anderen Menschen weh zu tun, und verstand sich ganz hervorragend auf den Umgang mit den dazu notwendigen Instrumenten. Sei es mit der Zunge oder der Klinge. Er würde sich inzwischen des Problems Fakor Sedryn angenommen haben.

Nach seiner Ankunft auf dem Gut hatte Andron noch einige öde Tage warten müssen. Dann aber, vor zwei Tagen, war die kleine Celina Sedryn endlich eingetroffen. Doch unter was für Umständen! Mitten in der Nacht war ein Bote aus dem Grenzfort unter dem Befehl dieses Langweilers Brendor Aslic eingetroffen. Androns Diener hatten ihn vorsichtig geweckt. Der Bote hatte dann berichtet, daß eine Patrouille des Forts zwei Personen aufgegriffen hätte, die behaupteten, Ni-Gadhira Celina Sedryn und Sedryn-Ritmar Wayn Terhuk zu sein. Sie wären angeblich überfallen worden, hätten sich aber bis zum Fort durchgeschlagen und behaupteten jetzt, daß der Ni-Herkyn sie erwartete. Unglaublich! Da tauchte dieses Mädchen endlich auf, mindestens drei oder vier Tage zu spät, und dann ausgerechnet mitten in der Nacht!

Andron war schließlich nichts anderes übrig geblieben, als eine Kutsche zum nahegelegenen Fort zu schicken und die beiden abholen zu lassen. In der Zwischenzeit hatte er sich notdürftig zurechtgemacht, um seinem Opfer einen angemessen beeindruckenden Empfang zu liefern. Er hatte sein Äußeres ganz auf ›*Harter Mann, der gerade aus dem Schlaf gerissen wurde, aber trotzdem schon hellwach ist und sehr gut aussieht*‹ abgestimmt.

Dann hatte er gewartet. Doch erst nach einer weiteren Stunde kehrte die Kutsche zurück. Und das, obwohl das Fort kaum fünf Minuten entfernt hinter dem Wald im Norden lag. Angeblich hatte der schwachsinnige Atmar des Forts die beiden aufgehalten, um sie über irgendwelche unwichtigen Tiermenschen zu befragen, die sie während ihrer Flucht gesehen hatten. Ganz unglaublich! Dieser Kerl bildete sich doch tatsächlich ein, seine einfallslosen Fragen wären wichtiger als Androns Nachtruhe. Der stumpfsinnige Schwertschwinger wollte sich doch wirklich andauernd wichtig machen. Er hatte sogar schon einige Male vorgeschlagen, daß Andron seinen Aufenthaltsort von Gut Ihsligano zur Festung Soron verlagern sollte. Die Zeit der isthakischen Raubzüge stünde mit dem Anbruch des Winters unmittelbar bevor. Lächerlich!

Ein Fedina würde doch nicht wegen ein paar Barbaren aus dem Norden auf ein amouröses Intermezzo mit so einem prickelndem Hintergrund verzichten. Außerdem war die Festung Soron im Fall aller Fälle kaum eine Tagesreise über die Grenzstraße entfernt. Andron hatte dem Atmar ins Gesicht gelacht, als er ihm vorgestern zum letzten Mal diesen unsinnigen Vorschlag unterbreitet hatte.

Als die kleine Sedryn dann endlich auftauchte, wollte der am Eingang bereitstehende Andron sie ganz heldenhaft in die Arme schließen. Nach der ewigen Warterei hatte er sich kaum noch auf den Beinen halten können. Aber was machte dieses kleine Luder! Sie lief tatsächlich einfach an ihm vorbei, praktisch ohne ihn auch nur eines Blickes zu würdigen. Ihr Zustand war geradezu unbeschreiblich gewesen. Brrr ... Andorn schauderte jetzt noch, wenn er an ihre verdreckten Kleidungsstücke, ihr verschrammtes Gesicht und ihr verfilztes Haar dachte.

Er hatte gar nicht gewußt, was er sagen sollte, so erschreckend hatte sie ausgesehen. Wenn ihm nicht sofort die Erinnerung an ihr eigentlich entzückendes Äußeres durch den Kopf gegangen wäre, dann hätte er die kleine Bettlerin stehenden Fußes wieder hinausgeschmissen. So war er ihr dann einfach hinterher gegangen, um bei dem vorbereiteten Imbiss ein wenig Konversation zu machen.

Aber sie hatte nur wortlos einige gierige Bissen verschlungen, sich nach einem Schlafplatz erkundigt, und war dann auf ihr Zimmer gegangen, ohne weiter von Androns Versuchen, sich nach ihrem Befinden zu erkundigen, Notiz zu nehmen.

Der alte Mann, wahrscheinlich der erwähnte Ritmar, hatte noch schlimmer ausgesehen. Andron hatte sich beinahe übergeben. Er hatte ihn schnell und unauffällig von Bediensteten wegführen lassen, damit sich jemand um ihn kümmerte, und er Androns Augen nicht mehr beleidigte.

Dann war er enttäuscht wieder ins Bett gegangen.

Seitdem hatte er Celina nicht mehr zu Gesicht bekommen. Sie hatte den ganzen nächsten Tag geschlafen und war nur gegen Abend kurz aufgestanden, um etwas zu essen. Jedenfalls hatte ihm das Korien, sein Leibdiener erzählt. Gesehen hatte er sie nicht, weil sie, vollkommen ihren Stand vergessend, einfach sofort in die Küche gegangen war. Als Andron verwirrt dort auftauchte, hatten ihm die Köche erzählt, daß sie schon wieder zu Bett gegangen sei.

Der Ritmar war am Abend des gestrigen Tages etwas länger wach gewesen. Natürlich hatte Andron ihn nicht mit seiner Aufmerksamkeit geehrt. Dieser wilde Kerl war jemand, den er gar nicht näher kennenlernen wollte. Aber Ledago, der Anführer von Androns Leibwache, hatte sich längere Zeit mit ihm unterhalten. Der einäugige Ledago, ein wundervoll skrupelloser Ex-Kampfsklave, seiner augenblicklichen Stellung entsprechend aber natürlich längst zum Ritmar befördert, hatte Andron dann Bericht erstattet.

Offensichtlich war Celinas Reisegruppe wirklich von Tiermenschen überfallen worden. Anschließend hatten sie und der alte Ritmar sich zwei Tage durch die Wildnis geschleppt, bevor sie von den Männern der Grenztruppen aufgesammelt worden waren. Auch Ledago hatte nach seinem Bericht, in dem zahlreiche Schilderungen von Zusammentreffen mit irgendwelchen isthakischen Truppen vorkamen, eine leichte Besorgnis geäußert und angedeutet, daß eine Abreise vielleicht nicht unklug wäre. Doch Andron hatte ihm sehr deutlich zu verstehen gegeben, daß ein solches Vorgehen nicht in Frage käme. Auf jeden Fall nicht, bevor er seine Pläne mit Celina erfolgreich in die Tat umgesetzt hätte.

Wenn diese kleine Herumtreiberin bloß endlich mal aus ihrem Zimmer herauskäme, so anstrengend konnte doch diese Wanderung durch die Nordmarken gar nicht gewesen sein. Angeblich war sie eine so erfahrene Jägerin. Eine kleine Wanderung über die Hochmoore konnte so jemanden doch nicht gleich dermaßen aus der Bahn werfen.

»Hallo Andron«, erklang hinter ihm eine helle Stimme.

Andron drehte sich um. Wie als Antwort auf seine Gedanken war sein ruhebedürftiger Gast endlich aufgetaucht. Sofort zeigte er ihr seine vollkommenen Zähne in Form eines gewinnenden Lächelns. Dann stand er auf und führte sie an seinem Arm zu einem Platz an dem großen, reichlich gedeckten Tisch in der Halle des Gutes.

»Celina, welche Freude, Euch endlich begrüßen zu dürfen. Ah, wie der junge Morgen erscheint Ihr mir. Ich hoffe, Ihr konntet Euch ein wenig von Euren unbeschreiblichen Strapazen erholen?«

»Ja, Andron.« Celina betrachtete geradezu erschüttert und mit großen Augen die Tafel, von der Andron wahrscheinlich auch noch die Bevölkerung des zum Gutshaus gehörigen Dorfes hätte verköstigen können.

Andron betrachtete inzwischen seinen Gast. Er konnte nicht sagen, daß die geplante Intrige nicht noch andere Vorteile hatte. Celina Sedryn gehörte zu den hübschesten Mädchen, mit denen er sich im letzten Jahr eingelassen hatte. Sie war zwar vielleicht eine Spur zu schlicht und unverfeinert, aber trotzdem, Andron sah dem Kommenden durchaus hoffnungsvoll entgegen.

Vor allem, wenn sie endlich nicht mehr diesen entsetzlich altmodischen Jagdrock trug. Der Fetzen war schon, als Celina ankam, kaum noch als Kleidungsstück zu erkennen gewesen. Aber die Kleine hatte sonst ja nichts mehr bei sich gehabt. Androns Dienerschaft hatte ihn so gut es ging gereinigt und geflickt. Doch das furchtbare Ding stammte wahrscheinlich aus irgendeinem Stall der Sedryns und war auch sauber und ohne Löcher kaum zu ertragen.

»Greift zu, meine Liebe. Ich hoffe, die Anstrengungen haben Euch nicht den Appetit verschlagen. Es wäre zu bedauerlich, Euch womöglich unpäßlich zu finden.« Insgeheim feixte Andron vor sich hin. Die Sedryn hatte wahrscheinlich in ihrem ganzen Leben noch keine solche Vielfalt von Delikatessen gesehen. Ihre Familie war nicht gerade für die Reichhaltigkeit ihrer Tafel bekannt. So wie sie die dampfende gaetische Schokolade anstarrte, wußte sie nicht einmal, worum es sich bei dem süßen kraftspendenden Getränk handelte.

»Ich danke Euch für Eure Besorgnis. Aber macht Euch keine Sorgen.« Celina warf Andron einen schüchternen Blick zu. »Ich bin sogar sehr hungrig.« Dann setzte sie sich, und begann zu Androns großer Verwunderung einen großen Haufen Käse und Aufschnitt auf einer dicken Scheibe Brotes aufzuschichten.

Ihr Appetit war tatsächlich ungebrochen. Eigentlich war er geradezu erschreckend. Wie brachte dieses Mädchen es fertig, eine solche Figur zu halten, wenn sie solche Mengen an Nahrung zu sich nahm? Sie schien zu befürchten, diesen Monat nichts mehr zu essen zu bekommen. Vor allem aber vergaß sie ihn über der Nahrungsaufnahme vollkommen. Seine Anwesenheit schien sie überhaupt nicht mehr zu kümmern.

»Ihr müßt mir unbedingt alles von den Abenteuern erzählen, die Ihr so tapfer überstanden habt«, begann er mit ein wenig Konversation.

Celina schaute von ihrem Teller empor. »Ach, Andron. Es war einfach furchtbar. Aber es ist vorbei, laßt uns doch von etwas anderem sprechen. Sagt, wo sind denn eigentlich die anderen Jagdgäste? Ich dachte, alle unsere Freunde aus Leigre wären inzwischen auch hier eingetroffen.«

Meine Freunde, du kleines Dummchen, dachte Andron während er antwortete: »Oh, ich fürchte, es ist noch niemand hier. Ich verstehe das auch nicht. Andererseits, wenn sich Tiermenschen in der Wildnis zwischen Soron und Leigre herumtreiben, haben sie vielleicht beschlossen, das Wagnis einer Reise doch nicht einzugehen. Ich fürchte, nicht alle sind so mutig wie Ihr und ich.«

Andron machte eine kleine Pause und setzte den von Sorge gezeichneten Gesichtsausdruck auf, den er gestern eingeübt hatte. »Ich mache mir ehrlich gesagt sogar ein wenig Gedanken, daß ihnen vielleicht ein ähnliches Schicksal wie Euch widerfuhr. Vorsichtshalber habe ich veranlaßt, daß Suchtrupps ausgesendet werden.«

Andron hatte natürlich nichts dergleichen getan, er erwartete ja auch sonst niemanden. Aber Celinas Erlebnisse, über die er von Legoda nach seinem Gespräch mit dem Ritmar unterrichtet worden war, boten einfach eine zu gute Gelegenheit, die Abwesenheit anderer Gäste zu erklären.

Sein Gegenüber erschrak. »Beim Lichte Meridas, Ihr habt recht! Hoffentlich ist ihnen nichts zugestoßen.«

»Zerbrecht Euch nicht Euren hübschen Kopf, meine Liebe. Trinkt lieber einen Schluck von dem Wein. Die Truppen meines Vaters sind ja auch nicht ganz untätig. Unsere Freunde sind bestimmt alle im sicheren Leigre und feiern rauschende Feste, bei denen sie uns vermissen.« Andron zögerte erneut ein wenig, stand dann auf und begab sich hinter den Sitz, auf dem Celina Platz genommen hatte. »Wenn wir wieder in Leigre sind, werden wir gemeinsam mit ihnen über unsere Sorgen lachen. Inzwischen müssen wir beide versuchen, uns unseren Aufenthalt hier so angenehm wie möglich zu gestalten.«

Vorsichtig beugte sich Andron über Celina, die plötzlich mit atemloser Konzentration an einem Schinkenbrot herumknabberte. Doch der Mund, den er gerade zu küssen gedachte, war plötzlich mit Brot und Schinken gefüllt. Also beschloß Andron etwas verwirrt, seinem eigenen Vorschlag zu folgen, und begann Celina aus einer vor ihr stehenden Flasche Wein einzuschenken.

Während er versuchte, gleichzeitig den Wein einzufüllen und dabei Celinas Gesicht so nah wie möglich zu sein, flüsterte er ihr ins Ohr: »Ehrlich gesagt, ich bin auch ganz froh über die Aussicht, endlich längere Zeit mit Euch zu verbringen, ohne daß uns dauernd jemand stört.«

Celina hörte auf zu kauen und schluckte den Schinken hinunter. Dann wandte sie langsam ihren Kopf. Andron stellte den Wein ab. Wenn alles gut ging, würde er in einigen Augenblicken die kleine Sedryn endlich rumkriegen. Noch ein oder zwei tiefe Blicke, etwas Zögern, das richtige Wort. Vorsichtig näherte er sein Gesicht dem ihren. Leicht geöffnete Lippen drängten ihrem Ziel entgegen.

»Ähmmm, Ni-Herkyn Fedina, Ni-Gadhira«, ertönte es plötzlich aus der Richtung des Eingangs.

»Merida!« Andron fuhr wütend herum, bereit, dem Störenfried den Kopf abzureißen.

Ritmar Ledago, der Anführer seiner Leibwache, stand unbeeindruckt im hinteren Bereich der Halle herum. Mit seinem einzigen Auge musterte er die Szene vor ihm ohne irgendeine Regung. Er trug einen Lanzerharnisch und einen schweren Reitersäbel aus den Ostmarken. Eine schwarze Augenklappe bedeckte sein linkes Auge. Zusammen mit seinen langen, schwarzen Haaren und dem ungepflegten Schnurrbart verlieh sie ihm ein ziemlich finsteres Äußeres. Andron hatte es schon häufig nützlich gefunden, wenn sein Name allein nicht ausreichte, um seine Umgebung einzuschüchtern.

Der Ni-Herkyn seufzte. Da die Halle so groß war und es keine Türen gab, hatte Ledago natürlich nicht einfach anklopfen können. Er nahm sich erneut vor, seinem Vater nahezulegen, die Segnungen der Zivilisation in diese verdammte Hütte endlich in Gestalt einer vernünftigen Wohnraumabtrennung einfließen zu lassen. Trotzdem, dieser unverschämte Kerl gehörte eigentlich ausgepeitscht. Doch so etwas wäre bei Celina sicher kaum auf Verständnis gestoßen.

Also beherrschte sich Andron und fragte in süßlichem Tonfall: »Was ist denn los?«

»Eine Botschaft von Atmar Aslik aus dem Fort. Er läßt ausrichten, daß sich Eure Herrschaft auf eine kurzfristige Abreise einstellen möchten. Seine Kundschafter haben größere Verbände der Isthakis ganz in der Nähe gesichtet. Der Weg nach Süden und Osten sei bereits versperrt. Der Atmar empfiehlt, sich auf die Festung Soron zu begeben«, erklärte Ledago in empfindungslosem Tonfall. Trotzdem sah der Mann so aus, als wäre er am liebsten schon dort.

»Was bildet sich dieser Kretin ein!« Andron dachte gar nicht daran, wegen ein paar Schweineköpfen seinen wundervollen, mit soviel Sorgfalt eingefädelten Plan aufzugeben. »Solange ich nicht einen einzigen Isthaki gesehen habe, bleiben wir hier. Wir werden uns doch nicht so leicht vertreiben lassen. Oder was meint Ihr, Celina?« Andron lachte. »Dieser Aslik langweilt sich doch bloß. Aufspielen will er sich. Starke Verbände, hah! Daß ich nicht lache! Das sind doch immer die gleichen Sprüche.«

»Aber Andron, meint Ihr nicht, daß es besser wäre, auf den Atmar zu hören. Er hat doch den Überblick über die Lage. Ich meine die Mammutjäger, die er als Kundschafter einsetzt ...«

»Mammutjäger!« unterbrach Andron sie. »Die machen sich doch schon in ihre Felle, wenn sie mal einen einzelnen Tiermenschen von jenseits der Grenze herüberwinken sehen. Deren Berichte sind vollkommen unzuverlässig. Das weiß doch jeder erfahrene Kommandant.« Andron straffte seine schlanke Gestalt und trat ans Fenster der im zweiten Stock gelegenen Halle. »Glaubt mir, Celina. Ich war bei den letzten Gesprächen anwesend, die mein Vater mit den höchsten Offizieren der Provinz führte. Die Lage hier in Anxaloi ist vollkommen ruhig. Die Grenze ist sicher, und die Verantwortlichen erwarten höchstens in den Nachbarprovinzen ernsthafte Probleme. Ich sage Euch, wenn wir hier irgendwelche Isthakis zu sehen bekommen, dann fresse ich meine Stiefel.«

Mißmutig betrachtete Andron das Treiben auf dem Innenhof des Gutshauses. Die Bewohner von Ihsligano waren gerade damit beschäftigt, Vorräte für den Winter anzulegen. Getreidesäcke wurden im Silo eingelagert, und Weinfässer wurden von einem Fuhrwerk abgeladen. Warum mußte ihm dieser verfluchte Atmar mit seiner Panikmache ausgerechnet in diesem Augenblick in die Quere kommen?

»Könnte es denn nicht sein, daß sich überraschend eine größere Bande entschlossen hat, einen Überfall durchzuführen? So etwas kann das Oberkommando der Provinz doch nicht voraussehen«, fragte hinter ihm gerade Celina.

Natürlich konnte sie nach ihren Erlebnissen die Besorgnis des Atmar nicht einfach übergehen. Frauen waren so leicht in Angst und Schrecken zu versetzen. Aber Andron war nicht bereit, Ihsligano zu verlassen. Auf der Festung Soron waren entschieden zu viele Fedina-Offiziere stationiert. Die hätten jede Gelegenheit genutzt, Andron gleichzeitig die Stiefel zu lecken, und ihn bei seinem Vater anzuschwärzen.

Und Berichte darüber, daß sein Sohn in aller Öffentlichkeit einer Sedryn den Hof machte, konnte der Alte nicht einfach beiseite schieben, wenn sie ihm von den lieben Verwandten in einer entsprechend verfärbten Version brühwarm aufgetischt wurden. Nein, auf Soron durfte erst dann etwas von der ganzen Sache bekannt werden, wenn die kleine Sedryn seinem Charme endlich erlegen war, und er sich in angemessener Form über die Unerheblichkeit der ganzen Geschichte ergehen konnte. Es kam nicht in Frage, unter den kritischen Blicken seiner in der Armee Dienst tuenden Verwandten zuerst um Celina zu werben und sie anschließend bloßzustellen. Vor allem Ghanar Bran Carrol Fedina, der alte Kommandant von Soron, hatte völlig überflüssige, aber trotzdem sehr rigide Vorstellungen von Ritterlichkeit und Tugend. Er würde ein solches Verhalten des Sohnes seines Familienoberhauptes nicht hinnehmen.

Andron spürte, daß Celina hinter ihn getreten war. Gut, sie suchte seine Nähe, also war sie ihm schon fast sicher. Er drehte sich um und setzte seinen gewissenhaftesten Ausdruck auf.

»Celina, meine Liebe.« Andron schaute ihr in die etwas ängstlich wirkenden Augen. »Ich versichere Euch, Ihr seid hier völlig sicher. Niemand kann Euch noch etwas tun. Selbst wenn ein paar Tiermenschenräuber auftauchen, werden ich und meine Leibwachen mit unserem Leben für das Eure einstehen. Und glaubt mir, wir sind darin wesentlich gewandter, als euer alter Ritmar.«

Celina schaute zu ihm auf, suchte in seinem Gesicht nach der Sicherheit, die sie ihre Besorgnis vergessen lassen würde. Dann schaute sie an ihm vorbei aus dem Fenster. Plötzlich wurden ihre Augen groß und kugelrund. Sie öffnete den Mund, brachte aber keinen Ton hervor.

»Celina, was ist mit Euch? So sprecht doch!« Andron war verwirrt. Was war denn jetzt schon wieder los? Doch die Tochter der Sedryns hob nur ihren Arm und wies nach draußen. Andron drehte sich um. Dann hörte er die ersten Schreie. Der friedliche Innenhof, auf den er eben noch hinabgeschaut hatte, war plötzlich zu einer Szenerie aus einem finsteren Alptraum geworden. Die Bewohner des Fedina-Landsitzes liefen aufgeregt hin und her. Zwischen ihnen gingen immer wieder Schauer von Pfeilen nieder. An vielen Stellen lagen bereits Verwundete und Tote.

Auf den von der Palisade gekrönten Wehrgängen rechts und links des Torhauses wurde heftig gekämpft. In Felle und Lederpanzer gehüllte Barbaren mit langen Messern rangen dort mit den Armbrustern aus Androns

Leibwache. Offensichtlich hatten sie sich irgendwie herangeschlichen und waren dann über die Palisade geklettert. Die Pfeile wurden von kleinen Gruppen ähnlich gekleideter Krieger aus dem gut einhundert Schritte entfernten Wald ins Innere der Anlage gefeuert. Auf den anderen Palisadenteilen, vom Turm und vom Torwerk aus, waren Androns Schützen damit beschäftigt, das Feuer zu erwidern.

Ledago, der ebenfalls an das Fenster getreten war, fragte Andron: »Eure Befehle, Herr?« Es war ihm nicht anzumerken, ob ihn die Lage beunruhigte oder nicht. Nur ein leichtes Grinsen lag auf seinen Lippen, während er mit gesenktem Kopf die Stiefel seines Herrn betrachtete und auf Anweisungen wartete.

Andron überlegte kurz. Die Lage erschien ihm nicht besonders bedrohlich. Bereits jetzt liefen Verstärkungen aus den Reihen der Lanzer zu den Nahkämpfen links und rechts des Tores. An Feinden waren nur die in Felle gehüllten Barbaren zu erkennen, und ihr Beschuß forderte zwar einige Tote unter den Bauern im Dorf und den Knechten auf dem Innenhof, aber der Panzerung seiner Leibwachen konnten die Kurzbögen der Angreifer nicht beikommen.

»Na, auf was wartet Ihr, schmeißt die Barbaren wieder raus, macht einen Ausfall oder so was. Ihr kennt Euch doch damit aus. Los, los, seht zu, daß ihr zu euren Männern kommt«, scheuchte er den einäugigen Leibwächter davon.

Er drehte sich zu Celina um, die immer noch gebannt nach draußen starrte. »Aber meine Liebe, macht Euch keine Sorgen. Das sind nur ein paar unwichtige Schneebarbaren. Meine Leute werden diese Bande ganz schnell vertrieben haben.«

Celina antwortete nicht, sondern schaute Andron nur an. Zweifel und Besorgnis verkrampften ihr Inneres.

Dann richtete sie ihren Blick wieder auf die Vorgänge außerhalb der Halle. Sie fühlte sich wie gelähmt. In den letzten zwei Tagen hatte sie sich gerade wieder daran gewöhnt, in Sicherheit zu sein. Viel Schlaf und ausreichendes Essen hatten ihre gewohnte, zuversichtliche Grundstimmung zurückkehren lassen. Die Ereignisse ihrer Flucht und die schrecklichen Geschehnisse während des Überfalls schlichen sich zwar immer wieder in ihre Gedanken und Träume, aber sie hatte überlebt. Irgendwann würde sie mit den Erinnerungen leben lernen.

Als sie dann heute morgen aufgewacht war, hatte sie beschlossen, sich zuerst einmal mit dem Zusammentreffen mit Andron und den anderen zu befassen. Einige Tage unter Freunden würden ihr sicher gut tun. Doch zu ihrer Überraschung hatte sie feststellen müssen, daß außer Andron niemand aus ihrem Bekanntenkreis in Leigre anwesend war. Doch Andron hatte natürlich recht. Die anderen waren sicher bereits von den Tiermenschen zwischen Leigre und Ihsligano informiert worden, und waren in der Sicherheit der Hauptstadt geblieben.

Eigentlich war das auch gar nicht so besonders schlimm. Im Gegenteil, die Aussicht, einige Tage mit dem Mann zu verbringen, der vor der schrecklichen Reise immer wieder in ihren Träumen aufgetaucht war, schien sogar sehr vielversprechend.

Doch dann waren die barbarischen Gestalten über die Palisade am Torhaus geklettert. Die Illusion von Sicherheit war sofort wie eine Seifenblase zerplatzt. Schon wieder floß Blut, Menschen starben. Wann würde dieser Alptraum endlich aufhören?

Meridas Licht sei Dank, schien die Lage diesmal ein wenig anders. Entgegen ihrer ersten Befürchtungen waren es keine Tiermenschen, die über die Palisade kletterten. Nein, es waren eindeutig Menschen. Ähnlich wie die Mammutjäger, die sie im Fort gesehen hatte, trugen sie Felle und Lederkleidung. Diese Krieger wirkten jedoch anders, ihre Kleidung war dicker, in stärkerem Maße zum Schutz gegen große Kälte gedacht. Die Angreifer wirkten auch untersetzter und massiger als die Mammutjäger, die sie vor zwei Tagen in dem Grenzfort gesehen hatte.

Während Celina aus dem Fenster starrte, waren die Angreifer am Torhaus schon beinahe besiegt. Immer mehr der alarmierten Lanzer trafen ein und begannen, die wenigen Barbaren zurückzutreiben, die über die Palisade geklettert waren. Die Lanzer waren zwar ungerüstet und nur zu Fuß, aber sie setzten sich mit ihren Langschwertern trotzdem gegen die nur mit langen Messern ausgerüsteten Barbaren durch.

»Los, Jungs, zeigt es ihnen, macht sie fertig. Ja! Genau so! Immer in den Bauch …«, begleitete neben ihr Andron das Geschehen mit anfeuernden Rufen. Er war regelrecht aus dem Häuschen. Celina fand seine Begeisterung fast ein wenig unangenehm.

Jenseits der Außenmauer waren inzwischen weitere Barbaren ins Innere des Dorfes gelaufen und begannen damit, die Häuser anzuzünden, Vieh wegzutreiben und die Dorfbewohner gnadenlos niederzumachen. Die meisten der Dörfler hatten zuerst versucht, sich ins Innere des Gutshofes zurückzuziehen. Aber am Torhaus wurde gekämpft, und die Soldaten hatten die Torflügel bereits geschlossen.

Also war ihnen nichts anderes übrig geblieben, als es im Wald zu versuchen und sich bis zum nicht weit entfernten Grenzfort durchzuschlagen. Sie waren auf den Waldrand zugelaufen. Doch dort wartete offensichtlich eine größere Gruppe der Angreifer auf sie.

Von ihrem erhöhten Beobachtungspunkt im zweiten Stock des Gutshauses aus mußte Celina ansehen, wie viele der Dorfbewohner plötzlich mitten im Lauf stoppten und mit Pfeilen im Körper zusammenbrachen. Frauen und Kinder, alte und junge Menschen fielen unterschiedslos auf dem feuchten Acker zu Boden.

Dann stürmten wild schreiende Krieger aus dem Wald, und griffen die unbewaffneten Bauern mit Speeren an. Gnadenlos machten sie jeden nieder, der sich wehrte. Auch die am Boden liegenden Verwundeten verschonten sie nicht. Nur diejenigen, die sich sofort auf die Knie warfen und sich ergaben, durften ihr Leben behalten und wurden gefangengenommen.

»Andron, seht dort!« machte Celina den Ni-Herkyn auf das Geschehen aufmerksam.

Er hüpfte immer noch wie ein kleiner Junge aufgeregt hoch und runter und kommentierte die Kämpfe am Torhaus.

Andron hielt inne, schaute Celina kurz verwirrt an, wurde sich dann seines würdelosen Verhaltens bewußt und riß sich etwas zusammen. »Was ist denn, meine Liebe?« erkundigte er sich.

»Dort, am Waldrand.« Aufgeregt wies Celina in Richtung des Geschehens. »Die Bauern! Sie werden alle getötet! Ihr müßt etwas unternehmen. Sie retten. So tut doch irgend etwas!«

»Aber Celina, das sind doch nur Bauern, wen interessieren die denn? Hauptsache, meine Männer haben den Angriff am Tor zurückgeschlagen. Verdammt feine Kerle, oder nicht?« redete Andron in beruhigendem Tonfall auf die empörte Celina ein. »Die Barbaren wollen bestimmt nur Sklaven erbeuten. Wenn sie genug Gefangene gemacht haben, werden sie wieder abziehen.«

Fassungslos starrte Celina den jungen Adligen an, der sich gerade in die Rolle des siegreichen Befehlshabers hineinsteigerte. So etwas Rücksichtsloses konnte ihr Held doch nicht ernsthaft von sich gegeben haben.

Bevor sie zu einer entrüsteten Antwort ansetzen konnte, erscholl aber von hinten aus der Halle Wayns

Stimme. »Nein, Ni-Herkyn, das glaube ich nicht! Das sind Schneebarbaren da unten. Die kommen von alleine gar nicht auf die Idee, die Grenze zu überschreiten. Irgendwer muß sie angeworben haben.«

Der alte Ritmar trat zu Celina und Andron an das Fenster. Wayn hatte sich seit vorgestern zwar ebenfalls etwas von den Strapazen der letzten Tage erholt, sah aber längst noch nicht wieder so erfrischt aus wie Celina. Die Furchen in seinem Gesicht schienen noch ein wenig tiefer geworden zu sein. Und sein Kopf war noch immer dick verbunden, wenn auch diesmal mit sauberen Bandagen. Er hatte eine Pelzmütze darüber gestülpt, so daß der weiße Stoff fast wie eine Kappe wirkte.

Er trug eine saubere Uniformhose und darüber eine lederne Weste. Irgendwo hatte er sich ein altmodisches Ringelpanzerhemd besorgt, in seinem Gürtel steckten zwei schwere Dolche, und sein großes Schwert hielt er in einer neuen Scheide in der linken Hand.

Celina war froh, ihn zu sehen. »Wayn, dort die Bauern!« rief sie. »Wir müssen etwas tun.«

Andron unterbrach sie und fauchte Wayn gereizt an: »Was fällt Euch ein, Mann! Glaubt Ihr tatsächlich, die strategische Großlage besser einschätzen zu können als der Sohn des Provinzgouverneurs.« Herausfordernd schaute Andron den Ritmar an.

Aber Wayn ließ sich nicht beirren. »Ich weiß nichts von der strategischen Situation, Ni-Herkyn. Aber ich habe lange genug an dieser Grenze gegen Schneebarbaren und noch weitaus schlimmere Gegner gekämpft, um zu wissen, daß die nicht alleine hier sind. Diese Barbaren sind meist damit zufrieden, in ihrer eisigen Heimat Wollnashörner und Rentiere zu jagen. Die kommen nicht einfach so über die Grenze.«

An Celina gewandt, erklärte er dann aber: »Es tut mir leid, Herrin, aber wir können für die Bauern nichts tun.

Der Ni-Herkyn hat zu wenig Männer hier, um einen Ausfall zu wagen, wir müssen auf Verstärkung aus dem Fort warten.«

Celina antwortete nicht, sondern starrte nur aus dem Fenster, wo die Barbaren die überlebenden Bauern inzwischen zusammentrieben und in den Wald führten.

Wayn überprüfte die Umgebung. Einige Sekunden lang ruhte sein Blick traurig auf den hilflosen Bauern. Kurz registrierte er, daß die Lage am Tor praktisch unter Kontrolle war. Der Offizier von Androns Leibwache durchbohrte gerade den letzten Barbaren, während zwei seiner Männer den verwundeten, blutüberströmten Mann festhielten.

Dann schweifte sein Blick zum Waldrand. »Ni-Herkyn, seht dort hinten, wo die Straße durch den Wald ins Dorf hinein verläuft.« Wayn wies mit ausgestrecktem Arm in die angegebene Richtung.

Dort lag die Trasse, die die Waldlichtung mit der Straße nach Soron verband, an der auch das Fort der Provinzarmee lag. Die enge Schneise im Fichtenwald war noch immer mit dichtem Nebel angefüllt. Der Nebel schien von irgend etwas aufgewühlt zu werden. Jetzt konnten Andron und Celina auch erkennen, was die Nebelschwaden zerteilte.

Eine kleine Gruppe riesiger Tiere galoppierte mitten in das Dorf hinein. Die Monstren waren mehr als drei Schritte groß, sie ließen die niedrigen Hütten der Bauern noch kleiner erscheinen. Gewaltige braune Körper, die mit einer dicken Hornpanzerung bedeckt waren, bewegten sich in rasendem Tempo mit waagerecht nach vorn gestrecktem Hals auf die Gutsanlage zu. Ein Paar muskulöser Beine trieb die Tiere mit gewaltigen Sätzen nach vorne, während sich kleinere armähnliche Gliedmaßen gierig ihrem Ziel entgegenstreckten. Ein langer Schwanz balancierte das Gewicht der Monstren nach hinten aus. Kleine, selbst auf größere Entfernung boshaft funkelnde Augen, waren hinter erregt auf- und zuschnappenden schnabelförmigen Gebissen zu erkennen, in denen riesige Reißzähne bleich schimmerten. Bläulicher Geifer flog rechts und links aus dem Rachen der Tiere.

In den Sätteln dieser Geschöpfe saßen Eishexen. Ihre blaßblaue Haut schimmerte feucht. Ihre Beine steckten in langen, mattschwarz glänzenden Lederstiefeln. Der Rest ihrer auf unheimliche Weise weiblichen Körper steckte in knappen, schwarzen Lederrüstungen, die an vielen Stellen mit Metall verstärkt waren. Sie trugen die gefürchteten Sichellanzen ihres Volkes, über drei Schritt lange Waffen, die in mondförmigen Klingen ausliefen, welche sowohl zum Stechen, als auch zum Zuschlagen benutzt werden konnten. Zusätzlich hingen noch lange Schwerter an den Sätteln ihrer Reittiere.

Ungefähr ein halbes Dutzend der Reiterinnen ritt mitten durch das inzwischen zum größten Teil brennende Dorf auf das Torhaus zu. Die Eishexen beachteten weder Leichen noch lebende Schneebarbaren, alles was nicht schnell genug auswich, wurde gnadenlos niedergeritten. Über kleinere Begrenzungszäune setzten die riesigen Reittiere mit eleganten Sprüngen einfach hinweg.

Die wenigen Armbruster der Leibwache starrten überrascht auf den neuen Gegner. Auch die Soldaten am Torhaus waren entweder vor Schreck wie erstarrt, oder bekamen gar nichts von den Neuankömmlingen mit, weil sie sich gerade damit beschäftigten, die Leichen der Schneebarbaren zu untersuchen.

»Gargylenreiterinnen!« preßte Wayn zwischen halb geschlossenen Lippen hervor. »Ni-Herkyn, ihr müßt Euren Männern den Befehl geben, eine Flucht vorzubereiten. Wenn die Hexen durch die Palisade kommen, haben wir keine Chance mehr.«

»Aber, aber … das sind doch nur sechs«, stotterte

Andron, offensichtlich durch das Auftauchen der Eishexen aus seinem Konzept gebracht. Gargylenreiterinnen gehörten zu den gefährlichsten Truppen der Eishexenkönigin Lecaja. Langsam dämmerte Andron, daß sein so sorgsam eingefädelter Plan ihn möglicherweise in eine sehr gefährliche Lage gebracht hatte.

»Das reicht vollkommen«, bestätigte Wayn Androns Befürchtungen.

Draußen begannen die Schneebarbaren im Dorf hinter den vorbeireitenden Eishexen herzulaufen. Gleichzeitig schossen sie mit ihren Kurzbögen immer wieder auf die Armbruster der Leibwache, die, inzwischen von ihrer Überraschung erholt, damit begannen, die riesigen Gargylen unter Beschuß zu nehmen.

Eilig zählte Andron seine Truppen. Insgesamt befanden sich noch ungefähr zwanzig Schützen auf den Palisaden, und beim Torhaus bereiteten sich fast ebenso viele Lanzer auf den Kampf vor. Die meisten trugen inzwischen auch Harnische, die ihnen von Knechten des Gutshofes hinterhergetragen worden waren. Die Kompanie Armbruster und die Lanzerschwadron, die ihm sein Vater zum Schutz mitgegeben hatte, waren also noch fast vollzählig. Dann waren da auch noch die fünf Kampfsklaven aus den Südmarken, die Androns ständige Leibwächter darstellten. Sie warteten im Erdgeschoß.

An Feinden hatten sich in der Mitte des Dorfes zwar inzwischen achtzig bis einhundert Schneebarbaren versammelt, alle mit Speeren und Kurzbögen bewaffnet. Aber Andron war zuversichtlich, daß diese Wilden gegen seine Männer nicht bestehen würden. Das Auftauchen der Eishexen war zwar eine Überraschung, aber insgesamt war die Lage gar nicht so schlecht. Immerhin waren seine Männer hinter der Befestigung des Gutshofes gegen die Bögen der Barbaren gut geschützt.

Celina hingegen hatte Angst. Erinnerungen zuckten

durch ihre Gedanken. Langsam wich sie einige Schritte vom Fenster zurück. Andron starrte nur nach draußen. Ein zögernder Ausdruck lag auf seinem Gesicht.

Nur Wayn wurde unvermittelt tätig. Er sprach den jungen Adligen noch einmal an. »Ni-Herkyn! Ihr müßt jetzt etwas unternehmen, befehlt Euren Lanzern, ihre Pferde vorzubereiten. Die Armbruster sollen sich auf das Torhaus zurückziehen und dabei die Hexen beschäftigen. Und wir müssen auch runter zu den Ställen, schnell!« Wayn brüllte den Adligen beinahe an.

Andron schrak durch das plötzliche Ansteigen des Geräuschpegels vor seinem Gesicht aus seinen Gedanken und warf Wayn einen bösen Blick zu.

Dann öffnete er das Fenster, vor dem er stand, lehnte sich hinaus und rief nach unten: »Ledago, laßt die Lanzer aufsitzen. Wir machen einen Ausfall. Die Schützen sollen von den Palisaden aus Feuerschutz geben.«

Wayn musterte Andron eindringlich. »Was habt Ihr vor? Wir müssen auch runter zu den Pferden.«

»Spielt Euch nicht so auf, alter Mann«, fauchte Andron. Die edlen Züge seines Gesichts verzerrten sich. »Wir bleiben schön hier im Haus. Ich werde doch nicht Celinas Leben in Gefahr bringen, indem ich versuche, mitten durch die Barbaren und Gargylen aus dem Dorf zu fliehen. Meine Lanzer werden einen Angriff reiten. Ihr werdet sehen, die Barbaren und ihre Verbündeten werden hinweggefegt.«

Wayn starrte Andron nur an, dann schüttelte er den Kopf. »Gar nichts werden Eure Lanzer tun. Die Gargylen werden sie alle töten, und dann werden sie uns holen kommen« Er drehte sich um. »Celina! Komm mit, wir gehen und besorgen uns Pferde.«

»Ihr werdet gefälligst hier bleiben!«, schrie Andron. Doch bevor er weiterschreien konnte, wurde er vom Klirren der zerberstenden Fensterscheiben unterbrochen.

Andron, Wayn und Celina wurden von einem plötzlichen, gewaltigen Windstoß zu Boden geworfen. Mit dem Wind drang eine unheimliche Kälte ins Innere der Halle. Die zerborstenen Fenster, Außenwände und der Boden ein oder zwei Schritte hinter den Fenstern, alles überzog sich in Sekundenschnelle mit einer dichten Eisschicht.

Andron, dessen Beine von Rauhreif überzogen waren, schrie schmerzerfüllt auf: »Meine Beine, ich kann nichts mehr spüren! Helft mir! Los! Macht doch irgend etwas!«

KAPITEL 10

23. Sempak, 715 IZ

Die Taiga der Provinz Anxaloi,
drei Tagesritte nördlich von Leigre. Der Himmel ist klar,
es sieht nach baldigem Frost aus.

Irgendwo mitten in der Einöde der nur dünn besiedelten Provinz Anxaloi brannte ein kleines Feuer. Zwei in Leder und Felle gehüllte Gestalten kauerten neben den wärmenden Flammen. Prall gefüllte Rucksäcke und griffbereite Waffen lagen neben dem Feuer auf dem Boden, das – in einer Grube gut verborgen – kaum Rauch entwickelte.

»So laß ich mir das Kundschafterleben gefallen«, gab einer der Männer gerade von sich.

Sein Begleiter, ein bärtiger ungepflegter Mensch, lehnte sich zurück und verschränkte die Hände hinter dem Kopf. »Ich weiß gar nicht, warum diese Kerle uns als Kundschafter bezahlen? Die scheinen schon zufrieden zu sein, wenn wir nur bestätigen, was sie schon wissen. *Ihr werdet wahrscheinlich auf eine Linie von kleineren Tiermenscheneinheiten treffen …*« ahmte der Mann, ein wettergegerbter Fallensteller, den adligen Offizier nach, der ihnen den Auftrag vermittelt hatte. »*… dort werdet Ihr anhalten und die feindlichen Bewegungen beobachten. Wir brauchen nur dann sofortige Meldung, wenn die Tiermenschen in größerer Anzahl vorrücken.*« Wieder in seinen sonstigen Ton verfallend, schloß er: »Aber gut, mir soll's egal sein. Hauptsache, ich höre Silber klingeln.«

»Die werden keine Lust haben, allzu viel Aufwand wegen der üblichen Winterraubzüge zu betreiben. Ist doch jedes Jahr das gleiche. Die Schweineköpfe kommen, plündern ein bißchen und verschwinden wieder.«

Der zweite Mann, aus dessen Fellmütze lange blonde

Haare hervorsahen, war offensichtlich nicht allzu sehr an nutzlosen Grübeleien interessiert.

»Komm schon, das ist doch nicht normal.« Der Bärtige verfiel wieder in den Tonfall des unbekannten Offiziers aus dem Kaiserheer. *»Eine Linie von Tiermenschen* ... Seit wann können die Schweineköpfe 'ne Linie bilden? Und warum bewegen sich die Kerle da hinten nicht?«

Mit einer knappen Bewegung seines Kopfes wies er in Richtung eines unweit gelegenen Fichtenwäldchens, hinter dem ein Dutzend Rauchsäulen zu sehen war.

Der Blonde schloß die Augen und blieb seinem Begleiter eine Antwort schuldig. Nach einigen Augenblicken des Schweigens zuckte dieser die Achseln und griff sich die Flasche Uisge, die der Offizier spendiert hatte. Beim Lichte Meridas, er war ja nur ein kleiner Trapper, was gingen ihn die Pläne des Gouverneurs an. Er nahm einen kräftigen Schluck, rülpste, und lehnte sich auch zurück.

Nur ein paar Wegstunden von den beiden Männern entfernt überlegte Jadhrin gerade, ob er mit seiner augenblicklichen Lage zufrieden war. Gut, sein Großonkel Dorama wäre zufrieden mit ihm, wenn er ihn jetzt sehen könnte. Andererseits, falls Jadhrin verheiratet wäre, würde sich ein entsprechendes Eheweib ganz bestimmt große Sorgen machen.

»Hetnor, ich habe kein gutes Gefühl«, machte Jadhrin seiner Beunruhigung ein wenig Luft.

Gannon, der neben Jadhrin ritt, nickte nur bedächtig.

Das aufgeregte Krächzen eines Krähenschwarms, der irgendwo vor Jadhrins Einheit aus dem Wald emporstieg, schreckte den jungen Dashino aus seinen Gedanken empor. Hier war wirklich nicht der Ort, sich über die Gefühle von Ehefrauen Gedanken zu machen, die es gar nicht gab. Entschlossen umfaßte Jadhrin den Schaft seiner Lanze ein wenig fester und heftete seinen Blick wieder auf den Waldrand, auf den er und seine Schwadron zuritten.

Die Zahl der Männer unter seinem Kommando war inzwischen noch um eine Schwadron Lanzenreiter aus dem Fünften Reiterregiment der Provinzarmee Anxaloi angewachsen. Diese leicht gepanzerten Reiter, die mit Lanze, Schwert und Schild bewaffnet waren, ritten in einer ungeordneten Reihe schräg hinter der exakten Formation der Ordensritter. Beide Einheiten hatten sich in zehn Mann breite und zwei Mann tiefe Blocks aufgegliedert und näherten sich in langsamem Schritt dem Waldrand.

Über den Ordensrittern flatterte das Banner der Flamme Meridas in dem leichten Ostwind, der über die Taiga der Provinz Anxaloi wehte. Auf der Standarte der Reiter des Provinzheeres war der Löwe der Nordmark zu sehen, unter dem drei kleine Kupferplaketten angebracht waren, auf denen sich die Erfolge der dritten Schwadron des Fünften Reiterregiments ablesen ließen.

Jadhrin und sein Hetnor bezweifelten allerdings, daß diese verlauste, schlecht ausgerüstete und lustlose Bande von Taugenichtsen, die ihnen vom Oberkommando der Provinz Anxaloi als Hilfstruppe zugeteilt worden war, in einem echten Kampf etwas nützen würde. Aber was blieb einem kleinen Dashino schon anderes übrig, als sich mit dem abzufinden, was sich die Stabsoffiziere so an Ideen über die Zusammenarbeit zwischen den verschiedenen Truppengattungen des Imperiums ausdachten. Immerhin schien der Ritmar der Lanzenreiterschwadron ein ganz vernünftiger Mann zu sein. Jamkar Attusik war ein wettergegerbter Berufsoffizier von ungefähr vierzig Jahren. Eine lange Narbe quer über seiner linken Gesichtshälfte verlieh seinem Äußeren zwar etwas Bedrohliches. Aber die humorvoll funkelnden Augen unter der Halbglatze dämpften diesen Eindruck wieder.

Gannon, dessen Bruder Rokko und Jamkar waren sich auf Anhieb sympathisch gewesen. Wenn die drei auch manchmal den Eindruck erweckten, als würden sie Jadhrin für eine Art Grünschnabel halten, auf den ein väterliches Auge geworfen werden mußte, so hatte die Zusammenarbeit mit dem Ritmar bisher keinen Grund zur Klage gegeben.

Der Ritmar, der aus einer Holzfällerfamilie stammte, hatte seine Männer günstigerweise aber gut unter Kontrolle. Es gab nämlich immer wieder Probleme, wenn schlecht bezahlte und gelangweilte Soldaten aus den Provinzarmeen auf die Elitekrieger der Ordenstruppen stießen. Doch auch nach zwei Tagen gemeinsamer Patrouille war bis jetzt alles gut gegangen.

Als Jadhrin vor ungefähr vier Tagen in Leigre, der Provinzhauptstadt Anxalois eintraf, hatte ihn die Aussicht, sofort mit Männern der Provinzarmee ins Feld ziehen zu müssen, noch viel weniger begeistert. Die Geschichten, die man sich im Kloster Andoran über die Disziplinlosigkeit und den mangelnden Kampfgeist der regulären Provinztruppen erzählte, waren wenig vertrauenerweckend. Gelegentliche Meutereien und Aufstände dieser Einheiten, wie sie sogar in der Zentralmark vorkamen, taten ein übriges. Der zu bedingungsloser Treue gegenüber dem Imperium erzogene Ordensritter in Jadhrin hatte für so etwas überhaupt kein Verständnis. Zwar lieferten die Erklärungen des Ritmars über fast nie eintreffende Soldzahlungen und die schlechte Versorgung der Truppen der Provinzarmee eine Erklärung. Jamkar hatte sogar vorsichtig angedeutet, daß die eigentlich zur Unterhaltung der Provinzarmeen gedachten Gelder eher den Haustruppen der wichtigen Adligen in der Provinz zuflossen. Aber trotzdem hätte Jadhrin in den möglicherweise bevorstehenden Kämpfen lieber loyale Ordenstruppen an seiner Seite gehabt.

Für seinen Geschmack schielten Jamkars Männer viel zu oft nach seinen teuren Mammutlederstiefeln, fast so, als würden sie sich Gedanken darüber machen, ob sie über ihre stinkenden Füße paßten.

Eigentlich hatte Jadhrin sich bei seiner Ankunft in Leigre darauf gefreut, nach der langen Anreise ein wenig im dortigen Ordenskloster zu verweilen. Die Annehmlichkeiten eines Ordensklosters waren zwar gering und ganz im Sinne der reinen Lehre eher spiritueller Natur, aber sie waren in jedem Fall vielversprechender als eine weitere Nacht unter freiem Himmel bei ständig fallenden Temperaturen.

Als er jedoch im Palast des Gouverneurs beim dortigen Oberkommando antrat, waren seine Hoffnungen schnell enttäuscht worden. Bereits kurz nach dem Passieren der Stadttore war klar, daß etwas nicht in Ordnung war. Überall auf den Straßen standen Karren und Planwagen herum, viel zu viele Menschen hielten sich scheinbar ohne Beschäftigung auf den größeren Plätzen der Stadt auf. Und neben den üblichen Stadtwachen bewachten auch reguläre Truppen der Kaiserarmee das Stadttor.

Seine unguten Gefühle bestätigten sich schnell. Als er sich bei einem Stabsoffizier von Lan-Kushakan Rakos Mariak, dem Oberbefehlshaber der Ordenstruppen in der Provinz Anxaloi, um eine Audienz bei demselben bemühte, war er umgehend mit einem Marschbefehl versehen worden.

Offensichtlich hatte vor ungefähr einer Woche eine Offensive der Isthaki begonnen. Keine große Offensive, wie ihm der Stabsoffizier beruhigend versicherte. Allen Berichten zufolge handelte es sich lediglich um einige größere Banden von Tiermenschen. Aber immerhin, man dürfe das nicht auf die leichte Schulter nehmen. Leider seien die zur Verfügung stehenden Truppen in Anxaloi im Augenblick sehr begrenzt. Die meisten Kontingente der aus Adelstruppen bestehenden Kaiserarmee wären bereits über den Winter zu ihren Gütern zurückgekehrt. Augenblicklich stünden nur wenige Ordenstruppen in Anxaloi sowie die an der Grenze verteilten Einheiten der Provinzarmee und die Haustruppen des Provinzgouverneurs Herkyn Grigor Fedina unter Waffen.

Deshalb solle Jadhrin mit seinen Reitern sofort zu einem Spähauftrag ausrücken. Als ortskundige Begleitung werde ihm eine Schwadron des Fünften Anxaloi Reiterregiments zur Verfügung gestellt. Ritmar Jamkar Attusik würde mit seinen Männern in der Kaserne am Stadtrand warten.

Dort könne sich Jadhrins Schwadron auch neu mit Proviant versehen. Schließlich reichte der Mann Jadhrin noch eine Ledermappe mit Karten und einigen rasch hingekritzelten, genaueren Befehlen. Er wünschte dem jungen Dashino viel Glück und legte ihm persönlich nahe, es mit seinem Diensteifer ruhig angehen zu lassen.

»Meridas Licht leuchtet den Besonnenen!« sagte er. Und dann, bevor Jadhrin noch irgend etwas zu dem ganzen Thema äußern konnte, war das Gespräch schon beendet gewesen.

Also klärte er Gannon und Rokko über die Lage auf und gab den Befehl zum Aufbruch. Die beiden waren ziemlich überrascht gewesen, daß einer Abteilung schwergepanzerter Reiterei ein solcher Auftrag übertragen wurde.

Rokko murmelte etwas von: »Das kann ja was werden ...« und »Da sind ja wieder geniale Feldherrn am Werk ...«

Gannon setzte nur den zweifelnden Gesichtsausdruck auf, den er immer zur Schau trug, wenn ihm einer von Jadhrins Befehlen überflüssig oder unklug erschien. Aber letztlich hatten die beiden natürlich keine andere Wahl, als sich in die Pläne des Oberkommandos zu fügen.

Noch am Nachmittag des gleichen Tages brachen sie in Begleitung der Lanzenreiter von Ritmar Jamkar auf. Wie gewöhnlich nicht ohne daß Jadhrin wieder einige Silbermünzen für kleine Geschenke an die Versorgungsoffiziere der Provinzarmee hatte springen lassen, damit seine Leute anständigen Proviant statt verschimmeltes Brot bekamen.

Drei Tage lang ritten sie in raschem Tempo nach Norden. Gannons Bruder Rokko fungierte die ganze Zeit über als Kundschafter. Der alte Viehdieb erwies sich immer mehr als echter Glücksgriff. Zwar meckerte er ständig über die Art seiner Anwerbung, doch er sorgte auch immer für gute Lagerplätze mit frischem Wasser und gab sich, soweit Jadhrin das einschätzen konnte, alle Mühe, die Reiterschwadronen auf möglichst günstigen Wegen durch die Taigawälder nach Norden zu lotsen. Jadhrin war ganz zufrieden mit sich, einen so guten und bemühten Kundschafter gefunden zu haben. Einige Tage nach seiner Anwerbung hatte er nämlich in Anwesenheit Rokkos einen Brief aufgesetzt, in dem die Folgen einer Desertion oder sonstiger Probleme mit einem gewissen Kundschafter sehr genau geregelt wurden. Seitdem verhielt Rokko sich geradezu mustergültig.

Bemerkenswerterweise schienen einige der älteren Soldaten in Jamkars Schwadron den Kundschafter zu kennen. Sie nannten ihn ›Falkenauge‹ und behandelten ihn mit großem Respekt. Ähnliche Verhaltensweisen waren Jadhrin auf dem Weg nach Leigre auch schon bei anderen Personen immer wieder aufgefallen. Rokko schien überall Freunde und Bekannte aus alten Zeiten zu haben. Meistens Leute, mit denen umzugehen sehr schlecht für den Ruf eines aufstrebenden Ordenskriegers gewesen wäre. Deshalb hatte sich Jadhrin zurückgehalten, obwohl ihm trotzdem aufgefallen war, daß all diese Fremden den Bruder seines Hetnors immer wieder mit unterschiedlichen Namen ansprachen.

Irgendwann würde Jadhrin Gannon fragen müssen, was das zu bedeuten hatte.

Jetzt galt es aber erst einmal den Wald vor ihnen zu durchkämmen. Heute morgen hatte Rokko zum ersten Mal seit dem Verlassen Leigres die Spuren einer kleinen Gruppe von Tiermenschen gefunden und sie bis an den Waldrand verfolgt. Dann war er zwischen den Bäumen verschwunden.

Die Reiterschwadronen hatten vor dem Wald gewartet. Als aber Rokko nach fünfzehn Minuten immer noch nicht wieder aufgetaucht war, hatte Jadhrin nicht mehr auf der offenen Fläche warten wollen und den Befehl zur vorsichtigen Annäherung an den Wald gegeben.

Jetzt lag der Waldrand nur noch ungefähr hundert Schritte vor ihnen. Dicht nebeneinander stehende Tannen verhinderten, daß man mehr als ein paar Schritte ins Innere des Waldes hineinschauen konnte. Plötzlich erscholl ein langgezogener Hornstoß.

Jadhrin gab das Signal zum Halten. Gannon zügelte neben ihm sein Pferd und meinte: »Das ist ein Horn der Tiermenschen, ich kenne den Klang.«

Ein weiteres Mal erscholl das gespenstische Horn und untermalte die unruhige Geräuschkulisse schnaubender Pferde und klirrender Rüstungen, die rings um Jadhrin die Luft erfüllte. Rechts und links von ihm bauten sich die Ordensritter in einer langen Reihe auf. Kleine Dampfwolken lösten sich aus den Nüstern der großen Schlachtrösser, auf denen die Ritter saßen. Niemand sagte etwas, alle fühlten die gespannte Erwartung, die in der Luft lag.

Dann kam Rokko, tief in den Sattel seines Ponies gebeugt, zwischen einigen Tannen aus dem Wald hervorgeprescht.

Als er sah, daß die beiden Schwadronen nur einige Dutzend Schritte vor ihm angehalten hatten, winkte er wild und rief. »Wir bekommen Besuch! Hinter mir sind Tiermenschen! Macht Euch bereit!«

Und tatsächlich kamen hinter ihm bestienhafte Krieger in Sicht. Jadhrin konnte fellbedeckte Körper mit Köpfen von Schweinen, Wölfen und Bären ausmachen. Die Tiermenschen waren meist unbekleidet und mit primitiven Speeren und Hiebwaffen ausgerüstet. Wilde Schreie ausstoßend liefen sie hinter Rokko aus dem Dickicht der Tannen hervor. Nach einigen Schritten bemerkten sie jedoch, daß der einzelne Mensch, den sie gerade verfolgten, gar nicht so alleine war. Sie stolperten noch einige Schritte weiter, hielten dann aber inne und betrachteten verwirrt die vierzig Reiter, die auf der Ebene vor ihnen warteten. Jadhrin wollte umgehend den Arm heben, um den Befehl zum Angriff zu geben.

Aber Gannon lehnte sich leise zu ihm herüber und raunte: »Nein, Dashino, wartet noch.«

Rokko, der inzwischen bei Jadhrin angekommen war, brachte sein Pony mit einem heftigen Zügelruck zum Stehen. »In dem Wald sind noch mehr. Kleine Gruppen, ich weiß nicht genau wie viele. Zwischen den vielen Tannen kann man kaum was erkennen.«

Inzwischen versammelten sich immer mehr Tiermenschen am Waldrand. Weitere Hornsignale klangen durch die Taiga.

KAPITEL 11

18. Sempak, 715 IZ

Gut Ihsligano, in der Halle im ersten Stockwerk des Gutshauses.

Wayn und Celina rappelten sich mühsam wieder auf. Während Celina zu Andron stürzte und fassungslos seine von glänzendem Rauhreif überzogenen Beine anstarrte, warf Wayn einen Blick aus den Überresten der Fenster, die von einer dicken Eisschicht umgeben waren. Draußen auf dem Hof herrschte vollkommenes Chaos.

Das gesamte Torhaus war mit Eis bedeckt. Überall auf dem Platz zwischen dem Gutshaus und dem Tor lagen Menschen regungslos auf dem Boden. Viele der Körper waren völlig vereist, und auf dem Boden lag überall Schnee. Insgesamt sah der Torbereich des Gutshofes aus, als wäre gerade ein Schneesturm vorübergezogen. Auf den Palisaden links und rechts der schneebedeckten Fläche standen die überlebenden Soldaten von Androns Leibwache. Sie starrten fassungslos auf ihre gefrorenen Kameraden unten im Hof.

Im Dorf jenseits der Palisade wurde der Ursprung des Schneesturms deutlich. Am Endpunkt einer keilförmigen, schneebedeckten Fläche stand eine Gargylenreiterin. Noch immer schwirrte die Luft in ihrer Nähe von Schneekristallen. Ihre Waffen hatte sie in Halterungen an ihrem Sattel befestigt. Ihre Augen leuchteten in einem tiefen Rot.

Gerade zog sie ein langes Schwert. Dann stieß sie einen spitzen Schrei aus und reckte ihren Arm empor. Mit einem heftigen Zusammenschlagen ihrer Schenkel trieb sie das monströse Reittier geradewegs auf das Tor zu. Die anderen Gargylenreiterinnen folgten ihr.

»Eine Hexe! Sie haben eine Zauberin dabei! Eismagie! Beim Lichte Meridas, wir sind geliefert.« Wayns Stimme überschlug sich fast.

Immer schneller stürmten die Gargylen auf das Tor zu. Ihre kräftigen Beine, bewehrt mit scharfen Krallen, bewegten sich auf dem gefrorenen Boden mit vollkommener Sicherheit. Kleine Schneefontänen wurden bei jedem ihrer Schritte nach hinten katapultiert. Das immer noch geschlossene Tor schien die Reiterinnen nicht zu beirren. Hinter den Eishexen brachen die Schneebarbaren in ein wildes Gebrüll aus, irgend jemand stieß in ein Horn, dann liefen auch die Barbaren los.

Die Gargylen senkten ihre mit dicken Hornplatten bewehrten Köpfe. Ihre Reiterinnen trieben sie immer schneller an, das Tor war fast erreicht.

Wayn wußte, daß er irgend etwas tun sollte. Aber das Geschehen lähmte ihn. Hinter sich hörte er Andron stöhnen.

»Hnnnh! Das tut weh, seid doch vorsichtiger.«

»Stell Euch nicht so an. Es ist doch gut, wenn Ihr wieder etwas fühlt. Kommt schon, helft mir. Ihr müßt Eure Beine bewegen«, antwortete ihm Celina. »Wayn, was ist draußen los? Warum brüllen die so, und die Hörner … Wayn?« unterbrach sie dann ihre Versuche, Androns Beine wieder in Bewegung zu bringen.

Wayn antwortete nicht. Die Gargylen prallten mit voller Wucht gegen das Tor. Für einen winzigen Augenblick passierte scheinbar gar nichts. Dann zerbarsten die durch den Eissturm geschwächten Eichenplanken wie Streichhölzer, und mitten zwischen den zur Seite fliegenden Trümmern stolperten drei benommene Gargylen in den Hof. Unsicher taumelten sie einige Sekunden lang, während ihre aus der Balance gebrachten Reiterinnen versuchten, im Sattel zu bleiben. Doch hinter den drei Monstren trabten bereits die anderen Gargylen über die Trümmer des Tores und die dort liegenden Leichen hinweg ins Innere des Hofes. Dahinter waren bereits die ersten Barbaren zu erkennen.

»Wir müssen weg!« Wayn erwachte aus seiner Erstarrung. »Schnell, sie sind drin!«

»Warum drin? Was ist los? Das ist doch unmöglich.« Andron hatte offensichtlich allmählich die Kontrolle über seine Beine wiedergewonnen. Mit schmerzverzerrtem Gesicht erhob er sich vom Boden.

Celina, die ihn während der letzten Augenblicke massiert hatte, sagte nichts. Sie stand auf und trat an das Fenster. Schweigend starrte sie auf die im Hof entbrannten Kämpfe.

Andron trat humpelnd neben sie und gab einen erschreckten Laut von sich: »Sie sind drin!« Verwirrt schaute er Wayn an. »Was ist passiert?« fragte er mit etwas schlichtem Gesichtsausdruck.

»Sie sind einfach reingeritten«, meinte Wayn und begann, die beiden jüngeren Menschen zum Ausgang der Halle zu ziehen.

Unten auf dem Hof fielen inzwischen die Barbaren über die wenigen noch lebenden Armbruster her. Diese hatten der Übermacht nichts entgegenzusetzen. Noch immer gelähmt vor Entsetzen über die furchtbare Kraft der Eismagie, fehlte ihnen sogar der Antrieb zur Flucht.

Auch die Bediensteten des Gutshofes fielen schnell den Speeren der Barbaren zum Opfer.

Die Eishexen auf ihren Gargylen beschränkten sich darauf, Kommandos zu geben. Schon strömten die ersten Barbaren wild grölend über die Treppe zum Eingang des Haupthauses. Zwei mit Schwertern bewaffnete Soldaten stellten sich ihnen in den Weg. Doch es dauerte nur Sekunden, dann sanken sie durchbohrt von mehreren Speeren zu Boden.

Die Tür des Torhauses wurde aufgerissen. Die

Kämpfe hatten sich bereits von dort weg und weiter ins Innere des Hofes verlagert. Ritmar Ledago trat mit erhobenem Schwert heraus. Als die Zauberin der Eishexen den Schneesturm beschworen hatte, war er gerade im Inneren des Torhauses gewesen, um dort nach dem Rechten zu sehen.

Da das Torhaus zur Frontseite keine Öffnung nach draußen besaß, hatte er nur den plötzlichen Temperaturabfall bemerkt. Als er die Tür öffnete, um sich draußen umzusehen, hatte er das Zerbersten des Tores gehört und die Gargylen ins Innere des Hofes stürzen sehen.

Erschrocken hatte er die Tür erst einmal wieder geschlossen und gewartet, bis der Kampflärm etwas leiser wurde, bevor er sie erneut langsam öffnete.

Der Kampf war verloren. Also galt es jetzt, seinen eigenen Rückzug zu sichern. Er mußte zu den Pferden kommen, sonst gab es kein Entkommen.

Entschlossen drehte er sich um und brüllte den beiden anderen Soldaten im Raum hinter sich zu: »Raus hier! Los, los, wir müssen zum Stall, zu den Pferden.«

Mit Nachdruck winkte er die beiden zögernden Armbruster zur Tür hinaus. Hektische Blicke nach rechts und links werfend, rannten die beiden in Richtung des Stalls über den Hof. Nach kurzem Zögern folgte Ledago ihnen.

Der erste der Armbruster fiel, als sich zwei Barbaren mit blutverschmierter Kleidung auf ihn stürzten. Den ersten konnte der junge Soldat noch mit einem Bauchschuß aufhalten, doch der zweite Barbar trieb ihm seinen Speer ins Bein. Als der Armbruster fiel, zog der Barbar einen schweren Dolch aus seinem Gürtel und stieß ihn dem verzweifelt nach seinem Schwert tastenden Mann in die Kehle.

Der zweite Armbruster kam ein wenig weiter, doch dann durchbohrte ein aus dem Nichts auftauchender Pfeil seinen Arm. Erschrocken ließ der Mann seine

Armbrust fallen, lief dann aber schnell weiter auf den Stall zu.

Ein zweiter Pfeil zischte heran und blieb im Oberschenkel des Verwundeten stecken. Doch der Mann humpelte immer weiter, die rettende Stalltür war nur noch einige Schritte entfernt. Er erreichte die Pferdekoppel. Panische Pferde liefen darin aufgeregt wiehernd hin und her. Der Verwundete kam noch am Gatter vorbei, dann ritt mit beiläufiger Leichtigkeit eine der Gargylenreiterinnen von hinten an ihm vorbei und köpfte mit einem eleganten Hieb den zweiten Teil von Ledagos Ablenkungsmanöver.

Er selber hatte sich inzwischen vorsichtig an der Palisade entlang auf eine Seitentür des Stalls zubewegt. Die beiden Toten waren ihm gleich, sie hatten ihren Zweck erfüllt. Niemand achtete in dem allgemeinen Durcheinander auf ihn, und er konnte sich schließlich gebückt durch die halb geöffnete Tür in den Stall schleichen.

Celina, Wayn und Andron rannten unterdessen durch die Halle des Gutshauses zu der nach unten führenden Treppe. Von unten tönten bereits Kampfgeräusche empor. Als sie an der Treppe ankamen, sahen sie, daß sich bereits Schneebarbaren im Erdgeschoß befanden. Wayn hielt die beiden Nachfolgenden auf.

»Hier, nehmt das«, sagte er zu Andron gewandt und reichte ihm einen der schweren Dolche, die in seinem Gürtel steckten.

»Ich auch«, sagte Celina in entschlossenem Tonfall und streckte die Hand aus.

Wayn blickte sie nur kurz an, dann gab er ihr den anderen Dolch, drehte sich um und zog sein Schwert aus der Scheide.

»Ich gehe vor, bleibt hinter mir, aber nicht zu dicht. Ich brauche Platz zum Kämpfen.«

Ohne weitere Vorbereitungen stürmte er die breite

Treppe hinunter. Die Stufen endeten in einer Art Empfangshalle, die in den Eingangsflur des Gutshauses mündete. Breite Flure führten aus dem geräumigen Gelaß kreuzförmig ins Innere des Gebäudes. Mitten in dem Raum fand ein brutaler Nahkampf statt.

Ungefähr zehn Schneebarbaren kämpften mit Androns persönlichen Leibwächtern. Ein gutes Dutzend Leichen und große Blutlachen auf dem Boden bewiesen, daß sich die Leibwächter, alles gut ausgebildete Kampfsklaven, erfolgreich gegen die Barbaren wehrten. Nur eine der Leichen trug den Wappenrock der Fedinas, alle anderen waren offensichtlich Schneebarbaren. Die Barbaren hatten wegen des engen Raumes ihre Speere fallengelassen und ihre langen Dolche ergriffen. Die Kampfsklaven benutzten Kurzschwerter, gepanzerte Handschuhe und Dolche. Ihre üblichen Einsatzgebiete lagen in den engen Straßen der großen Städte des Imperiums, wo schwere Waffen hinderlich gewesen wären.

Sie waren auf genau die Form des Nahkampfes trainiert, die sie sich jetzt mit den Barbaren lieferten, und sie ließen überhaupt keinen Zweifel daran, daß sich das Adelshaus Fedina sehr gute Ausbilder für seine Kampfsklaven leisten konnte.

Noch während der alte Ritmar und Waffenmeister des Sedryn-Clans die Szene zu überblicken versuchte, fielen drei weitere Barbaren.

Wayn zögerte mit seinem schweren Bihänder in den Kampf einzugreifen. Die vier übrigen Kampfsklaven schienen die Barbaren voll unter Kontrolle zu haben. Er befürchtete, mit dem großen Schwert höchstens einen der Sklaven zu treffen, die sich mit katzenhafter Gewandtheit zwischen den Barbaren hin und her bewegten.

Inzwischen erreichten hinter ihm auch Celina und Andron das Ende der Treppe.

Der junge Fedina fing sofort an zu brüllen: »Bauros, Hakilen, los zu mir!«

Mit einigen schnellen Hieben lösten sich die Angesprochenen aus dem Kampfgetümmel, während ihre beiden Gefährten die restlichen Barbaren in Schach zu halten versuchten.

Wayn warf Andron über seine Schulter einen wütenden Blick zu, und stellte sich den dolchschwingenden Barbaren entgegen, die an der plötzlich ausgedünnten Reihe der Kampfsklaven vorbei auf die Treppe zustürzten. Der erste wurde von einem schnellen Hieb seines Schwertes gestoppt. Den nächsten, der bereits zu nah für einen weiteren Schwertstreich herangekommen war, warf ein Tritt zurück, so daß er wieder den richtigen Abstand für einen tödlichen Schwerthieb erreichte.

Als sich Wayn umblickte, sah er, daß sich Andron mit seinen beiden Leibwächtern bereits auf dem Rückzug in einen Seitenflügel befand.

Celina stand noch immer auf der Treppe und schaute den Ritmar fragend an. Eigentlich hatte Wayn vor, zunächst den beiden Kampfsklaven zu helfen, die – inzwischen beide verwundet – immer noch gegen drei Barbaren kämpften.

Doch da kamen weitere heulende Krieger mit Blutlust im Gesicht durch den Haupteingang in den Empfangsraum gelaufen. Mit den Barbaren betrat auch eine Eishexe den Raum. Sie hielt ihr blutbeflecktes Schwert in beiden Händen und schaute sich ruhig und gelassen um.

Wayn wandte sich an Celina. »Schnell, wir müssen hier raus. Nach rechts, hinter Andron her.«

Er zog sie von der Treppe und schob sie vor sich her in den angrenzenden Flur. Eine Reihe offenstehender Türen wies ihnen den Weg. Hinter den beiden Flüchtenden brachen die Barbaren in lautes Siegesgebrüll aus. Offensichtlich hatten die Kampfsklaven ihr letztes Gefecht überstanden. Mit fliegender Hast eilten Wayn und Celina durch den Gang. Im Vorbeilaufen schlug Wayn alle Türen hinter ihnen zu.

Nach einigen Schritten erreichten sie einen größeren Raum, der mit luxuriösen Möbeln vollgestellt war. Durch eine weitere offenstehende Tür konnte man von hier aus in den Ziergarten des Gutshofes sehen.

Wayn lief zu der Tür und schaute nach draußen. Auf der anschließenden Terrasse standen weitere Sitzmöbel, und dort war alles ruhig. Nur zwei Barbaren lagen auf ihren Bäuchen in sich langsam ausbreitenden Blutlachen.

Wayn zog Celina hinter sich her nach draußen, drehte sich um und sah, daß sich die Tür des gerade durchquerten Raumes bereits wieder öffnete.

»Wir müssen zum Stall, dort sind hoffentlich noch ein paar Pferde. Vielleicht kommen wir damit über den Hof nach draußen. Schaffst du es?«

»Es geht schon, bring uns nur hier raus, Wayn«, antwortete Celina. Dann zögerte sie und murmelte: »Er hat uns einfach zurückgelassen.«

Doch Wayn konnte ihre Worte schon nicht mehr hören, er eilte durch kunstvoll geschnittene Büsche auf die niedrige Steinmauer zu, die den Garten vom Hof abtrennte. Eine Reihe kleiner Tannen versperrte die Sicht auf das restliche Anwesen. Durch ein Lücke zwischen den Bäumen sprang Wayn über die Steinmauer auf den Hof. Celina folgte ihm. Dann blieben die beiden unwillkürlich einen Augenblick lang stehen, um die Umgebung zu prüfen.

Überall lagen Leichen. Die Schneedecke im Torbereich funkelte schwächlich in der fahlen Morgensonne und bildete neben den blutroten Toten den diesiggrauen Hintergrund des Herbsttages.

An vielen Stellen wehrten sich noch einzelne Soldaten gegen die Angreifer. Doch überall hatten beschäftigungslose Schneebarbaren auch schon mit der Plünderung des Hofes begonnen. Mitten im Geschehen standen einige Gargylen. In ihren Sätteln saßen Eishexen, die regungslos betrachteten, was geschah.

Vor dem offenen Stalleingang erblickte Celina Andron. Er versuchte verzweifelt, den Stößen einer Sichellanze zu entkommen und der Gargylenreiterin auszuweichen, die sich zwischen ihm und der rettenden Öffnung befand. Einer seiner beiden Kampfsklaven rang mit zwei Schneebarbaren auf dem Boden, während der andere zusammengesunken an der Innenseite der aufstehenden Stalltür lehnte. Ein Speer ragte aus seinem Bauch und nagelte ihn an das Holz der Tür.

Celina packte Wayns Arm. »Wayn, die Eishexen!«

Wayn warf einen Blick auf die Gargylenreiterinnen. Tatsächlich, eine von ihnen hatte die neu aufgetauchten Menschen entdeckt und bewegte ihr drei Schritte großes Reittier gemächlich auf sie zu – und das Geschrei der Verfolger aus dem Garten wurde lauter. Wayn hob sein Schwert und lief auf den Stalleingang zu. Schnell überwand er die zwanzig Schritte. Celina war hinter ihm, doch die Gargyle kam von der Mitte des Platzes her immer schneller näher.

Dann explodierte das Geschehen. Wayn stieß einen lauten Schrei aus und machte die auf Andron einstechende Gargylenreiterin an der Stalltür auf sich aufmerksam. Sie wandte sich sogleich dem schwertschwingenden Krieger zu, der auf sie zugerannt kam. Andron warf sich mit einem Hechtsprung an ihr vorbei in den Stall – nur knapp entging er den zuschnappenden Kiefern der Gargyle.

Wayn erreichte das abgelenkte Monstrum und hieb ihm den Bihänder knapp über dem Boden mitten ins Bein, dabei duckte er sich unter der heransausenden Sichellanze hindurch. Mit einem schrillen Schrei begann die Gargyle zu taumeln, und ihre Reiterin mußte alle

Mühe aufwenden, um im Sattel zu bleiben. Das nutzte Wayn, richtete sich auf und führte mit beiden Händen das Schwert über dem Kopf schwingend einen mächtigen Rundhieb. Wie von der Faust eines Riesen erfaßt, wurde die leichtgepanzerte Eishexe aus dem Sattel des zu Boden gehenden Reittiers geschleudert und blieb einige Schritte weiter wie eine zerbrochene Puppe liegen.

Wayn drehte sich um und trat der zweiten Reiterin entgegen, während von allen Seiten aufmerksam gewordene Schneebarbaren herbeiliefen.

Celina versuchte inzwischen, dem letzten Kampfsklaven zu helfen. Sie hatte genug davon, immer nur herumgezogen zu werden. Sie wollte sich zur Wehr setzen. Und wenn sie einen Tiermenschen töten konnte, mußte ihr das doch auch mit so einem Schneebarbaren gelingen. Der Leibwächter lag mit zwei Barbaren auf dem schmutzigen Boden des Gutshofs. Mit vereinten Kräften war es den beiden Isthakis gelungen, den Sklaven zu überwältigen. Einer hielt ihn fest, der andere hob gerade sein Langmesser, um es dem Sklaven ins Herz zu stoßen.

Celina zögerte nicht lange, ergriff den schweren Dolch, den sie von Wayn erhalten hatte, fester und stieß ihm den Barbaren in den Hals, während sie gleichzeitig seinen Schädel an den langen Haaren nach hinten riß. In einem anderen Leben hatte sie auf diese Weise waidwunden Rehböcken den Todesstoß versetzt.

Als sie inmitten hervorspritzenden Blutes mit einem angeekelten Laut den Kopf des erschlaffenden Barbaren sinken ließ, starrten sie sowohl der zweite Barbar als auch der Kampfsklave verwundert an. Niemand erwartete von jungen Imperialen, daß sie ihren Feinden die Kehlen durchstießen.

Der Leibwächter überwand seine Überraschung als erster, rollte sich aus dem Griff seines Gegners heraus, gelangte so hinter ihn und ergriff mit einer fließenden

Bewegung den Nacken des Barbaren. Als der Isthaki nach seinem Messer tastete, richtete sich der Leibwächter auf und machte eine kurze Drehbewegung. Celina hörte ein trockenes Knacken, dann sackte auch der zweite Barbar kraftlos aus dem Griff des Kampfsklaven. Der warf Celina einen dankbaren Blick zu, sagte aber nichts. Kampfsklaven wurden dazu ausgebildet, still zu kämpfen.

Statt dessen sah Celina, wie der Mann etwas hinter ihr erblickte und gleichzeitig nach der Waffe des Barbaren griff.

Sie drehte sich um und sah, wie eine Gargylenreiterin mit gesenkter Sichellanze auf Wayn zutrabte. Die Gargyle hatte ihren Rachen, der nur aus scharfen Reißzähnen zu bestehen schien, weit geöffnet, und war bereit, sich ein zweites Frühstück zu sichern, falls die Lanze ihr Ziel verfehlte. Wayn stand einige Schritte neben der verwundeten Gargyle, die wild auf dem Boden herumstrampelte, und hatte sein Schwert mit beiden Händen zum Schlag erhoben.

Aber Celina war klar, daß er gegen die längere Reichweite der Sichellanze nichts ausrichten konnte. Sie öffnete den Mund und schloß ihn wieder, als plötzlich ein sich vielfach überschlagender Gegenstand an ihr vorbeizischte und sich treffsicher mitten in den Hals der Eishexe bohrte, die im Sattel zurückgeworfen wurde, während die tödliche Lanze ihren kraftlosen Fingern entglitt.

Die Gargyle stürmte jedoch, ohne Notiz vom Schicksal ihrer Reiterin zu nehmen, weiter auf ihr menschliches Opfer zu. Doch dieses brachte sich mit einem hastigen Sprung aus der Reichweite der auf- und zuschnappenden Kiefer. Das Tier raste vorbei und prallte, bevor der ganze Vorgang sein kleines Gehirn erreichen konnte, mitten in ihre vor Schmerz wütend um sich schnappende Artgenossin hinein. In Sekundenschnelle waren die beiden in eine wilde Beißerei verwickelt.

Celina drehte sich wieder um. Der Kampfsklave, der den rettenden Dolch geschleudert hatte, grinste sie an und lief dann in Richtung Stall los. Plötzlich blieb er stehen, das Grinsen verschwand aus seinem Gesicht und seltsam langsam ging er in die Knie. Dann fiel er einfach um, und Celina konnte sehen, daß ein Pfeil aus seinem Rücken ragte.

Doch ihr blieb keine Zeit nachzudenken. Sie spürte, wie sie von hinten ergriffen und in den Stall gezogen wurde.

Ledago betrat den Stall durch die Hintertür. Bis auf die Geräusche von draußen und das gelegentliche, nervöse Wiehern der untergebrachten Pferde war alles still. Die Luft im Inneren des großen Gebäudes war angenehm warm, es roch nach Heu und Pferd. Dämmriges Licht gab dem Stall eine fast heimelige Atmosphäre.

Der ehemalige Kampfsklave schlich an den Pferdeunterständen vorbei zur Mitte des Stalls. Dort befand sich das große Stalltor. Und dort würde wahrscheinlich auch am ehesten ein Sattel für eines der Pferde zu finden sein. Das Schwert hielt er einsatzbereit vor sich. Während er sich von rechts her langsam auf die Mitte des Stalls zubewegte, passierte er zwei kleinere Zwischentüren.

Die Kampfgeräusche vom Gutshof, die durch das offenstehende große Stalltor hereindrangen, wurden immer lauter. Jetzt kam Ledago an eine Treppe, die zum Heuboden hochführte. Die Stallmitte war fast erreicht.

Plötzlich konnte er drei Stallburschen erkennen, die sich hinter der Wand eines leeren Pferdeunterstandes versteckten. Als er den hinteren Teil des Ganges entlangblickte, stellte Ledago auch fest, wovor.

Zwei Schneebarbaren durchsuchten dort den Stall.

Sie kamen vorsichtig, aber unaufhaltsam auf das Versteck der Stallburschen zu. Ledago zögerte nicht lange, er griff sich einen an der Treppe aufgehängten Hufkratzer und warf ihn entschlossen mitten in das Versteck der Stallburschen.

Mit einem deutlichen Krachen prallte der Kratzer an den hölzernen Futtertrog im hinteren Teil des Verschlags. Die Stallburschen schauten erschrocken zu Ledago und wurden gleichzeitig von den Barbaren entdeckt. Siegessicher lachend erhoben die beiden Krieger ihre Speere und stürmten auf ihre unbewaffneten Opfer zu. Angsterfüllt wichen die Burschen in den Hintergrund des Pferdestandes zurück. Aber es gab kein Entkommen, und die Barbaren ließen sich Zeit. Höhnisch lachend betraten sie die Todesfalle, die Speere drohend ausgestreckt.

Dann erreichte Ledago den Rücken der Barbaren. Die verwirrten Blicke ihrer Opfer warnten die Isthakis zwar, aber Ledago ließ ihnen keine Zeit zu reagieren. Mit einem schnellen Hieb in den Nacken streckte er den ersten nieder, den zweiten durchbohrte er, noch während der Barbar sich zu ihm umdrehte.

»Was schaut Ihr so? Seht zu, daß Ihr ein paar Pferde sattelt. Los!« riß er die Burschen aus ihrer Erstarrung. Dann rannte er zum Haupteingang des Stalls. Falls weitere Störenfriede auftauchten, würde er versuchen müssen, sie unauffällig auszuschalten.

Andron hechtete ins Innere des Stalls. Er mußte hier raus. Alles andere zählte nicht mehr. Celina, seine Pläne, seine Garderobe waren ihm jetzt völlig egal. Das wichtigste war, von diesem Ort des Schreckens wegzukommen. Er war allein, seine Leibwächter alle tot, gefallen, um ihm die Flucht zu ermöglichen, was ja auch ihr Existenzzweck gewesen war.

Aber was sollte er jetzt nur tun? Bis auf den Dolch,

den ihm dieser alte Ritmar gegeben hatte, war er völlig unbewaffnet. Sicher, er konnte versuchen, erst mal ein Pferd zu ergattern und durch den hinteren Stallausgang zu fliehen. Aber höchstwahrscheinlich waren die umliegenden Wälder voller Schneebarbaren.

Von den Gargylenreiterinnnen ganz zu schweigen.

Vielleicht sollte er einfach hier liegen bleiben und darauf warten, daß er aufwachte.

»Herr, Ihr konntet Euch bis hierher durchschlagen? Merida sei Dank!« ertönte über ihm plötzlich eine bekannte Stimme. Vorsichtig hob Andron den Kopf vom schmutzigen Stallboden.

»Ledago«, brachte er atemlos hervor. Der Ritmar seiner Leibwache! Das gab Andron wieder ein bißchen Hoffnung. Der würde ihn hier schon rausbringen.

»Laßt mich Euch emporhelfen, Herr.« Ledago streckte seine Hand zu ihm aus. Andron ergriff sie und erhob sich.

»Ledago, bring mich hier raus. Tu irgend etwas, ganz gleich was, aber bring mich in Sicherheit. Ich werde persönlich dafür sorgen, daß du fürstlich entlohnt wirst.« Andron umklammerte den einäugigen Offizier mit beiden Händen.

»Herr, dort hinten werden bereits Pferde gesattelt.«

»Pferde! Großartig!« Andron ließ seinen Untergebenen sofort los und machte sich auf den Weg in den hinteren Teil des Stalls.

Kaum war Andron in einer Wolke aufstiebenden Strohs verschwunden, stürmten Wayn und Celina in den Stall. Wayn war klar, daß ihre einzige Chance darin bestand, sich Pferde zu besorgen und einen Ausfall über den Hof zu versuchen.

Sein Kopf dröhnte schon wieder und sein Atem ging so schwer, als läge ein riesiges Gewicht auf seiner Brust. Zum wiederholten Male in den letzten Tagen ging ihm durch den Kopf, daß er zu alt für solche Sachen wurde.

Dann orientierte er sich. Gleich vor ihm stand dieser einäugige Fedina-Offizier. Der kleine Fedina lief gerade nach hinten, wo offensichtlich einige Stallburschen damit beschäftigt waren, Pferde zu satteln.

»Helft mir, wir müssen das Tor schließen«, wandte er sich an Ledago, der ihn abwartend anstarrte. »Celina, hilf bei den Pferden.«

Ohne auf eine Entgegnung zu warten, drehte er sich um und sah, daß bereits einige Barbaren auf das große Stalltor zugerannt kamen.

»Keine Zeit mehr. Kommt mit.« Er lief an dem Einäugigen vorbei auf die nächste Verbindungspforte zu. Ledago strich sich durch sein verschwitztes dunkles Haar und folgte ihm nach einem kurzen Blick dann sehr schnell nach draußen, fast überholte er Wayn, so eilig hatte er es plötzlich, die Pforte zu erreichen.

»Diese hier. Wir machen sie zu, das hält sie ein bißchen auf.« Wayn begann die rechte Pforte zu schließen. Ledago, schon einige Schritte weiter, machte kehrt und half auf der linken Seite.

»Beeilt euch!« rief Wayn über seine Schulter hinweg, in den Stall hinein, wo die anderen Überlebenden damit beschäftigt waren, die Pferde zu satteln. Die meisten von ihnen wenigstens.

Andron Fedina saß bereits auf einem der Pferde und befahl den Stallburschen, ein für Wayn nicht erkennbares Außentor zu öffnen. Immerhin, wenn es im Stall noch einen weiteren Ausgang gab, stellte das eine brauchbare Fluchtmöglichkeit dar. Wenn dieser kleine Feigling nur nicht alles verdarb, weil er diese Tür zu schnell öffnen ließ.

»Wartet, bis wir alle zusammen sind!« Wayn ahnte allerdings, daß sich dieses Fedina-Wiesel wahrscheinlich nicht im geringsten für seine Meinung interessieren würde.

Eilig verriegelte er die Zwischenpforte und verkeilte

sie noch zusätzlich mit einigen Mistgabeln, während sich von der anderen Seite bereits die ersten Barbaren dagegen warfen.

Celina war außer sich. Andron hatte sie und Wayn im Gutshaus einfach so zurückgelassen. Er hatte die Sklaven bedenkenlos für seine Flucht geopfert, würdigte sie jetzt nicht mal eines Blickes, und anstatt sich nützlich zu machen, was tat er?

Er saß im Sattel und verlangte, daß die Außentür geöffnet wurde, die einige Schritte weiter im Halbdunkel des Stallinneren zu sehen war.

»Andron, warte!« schrie sie wütend. »Wayn und Ledago sind noch nicht bereit.«

»Ist mir doch …!« Andron trieb seinen Wallach auf die Außentür zu, gleichzeitig beugte er sich aus dem Sattel zu einem der Stallburschen herunter und schubste ihn in Richtung der Tür. »Mach jetzt endlich diese Tür auf, du blöder Kerl!« schrie er den verwirrten Mann an.

»Andron!« Celina schnallte in Windeseile ihren Sattelgurt fest.

»Ist schon gut, Celina«, hörte sie Wayn hinter sich. Er war gerade mit Ledago bei den Pferden angekommen, und begann sofort einem der Stallburschen bei den letzten Handgriffen zu helfen.

Als der Stallbursche die Außentür öffnete und Andron sein Pferd nach draußen lenkte, konnten schließlich auch die anderen Menschen im Stall aufsitzen. Nacheinander lenkten Wayn, Celina, Ledago und die drei Stallburschen ihre Pferde aus der kleinen Pforte.

Sie kamen an der östlichen Seite des Gutshauses heraus. Ein kleiner Pfad führte von hier an einigen abgeernteten Feldern vorbei auf den Wald zu. Andron war bereits zwischen den ersten Bäumen angelangt. Als Celina einige Schritte vom Gutshof entfernt war, sah sie, wie rechts von ihr einer der Stallburschen aus dem Sattel stürzte. Gleichzeitig zischte etwas knapp über ihren Kopf hinweg.

Celina schaute sich um. Hinter ihr, auf den Palisaden des Gutshofs, standen Schneebarbaren und feuerten mit ihren Bögen auf die Flüchtenden. Und rechts, an der Ecke der Anlage, kamen in diesem Augenblick weitere Barbaren auf die Reiter zugelaufen. Sie versuchten, ihnen den Weg zum Wald abzuschneiden. Dann tauchte dort auch noch eine Gargylenreiterin auf, die den Barbaren in einer unbekannten, kreischenden Sprache wilde Kommandos zurief.

Celina duckte sich tief in ihren Sattel und ermunterte ihre Stute mit einem lauten Schrei zu einem schnelleren Tempo. Sie galoppierte auf den rettenden Waldrand zu. Um sie herum zischten Pfeile durch die Luft. Celinas Stute wurde von einem Streifschuß getroffen, das verängstigte Tier rannte noch schneller.

Trotzdem, die einzige für einen Ritt in solchem Tempo geeignete Öffnung zwischen den Bäumen lag ziemlich weit rechts, die Barbaren hatten immer noch die Möglichkeit, ihnen den Weg zu versperren. Die Gargyle der Eishexe hatte den Waldrand schon fast erreicht.

Plötzlich kamen zwischen den Bäumen weitere in Felle und Leder gehüllte Gestalten hervor. Erschrocken schrie Celina auf. Die Neuankömmlinge versperrten den Fluchtweg auf jeden Fall.

Doch diese Männer gehörten nicht zum Volk der Schneebarbaren. Viele von ihnen trugen nur Fellstiefel und Lendenschurze, sie waren größer und nicht so bullig wie die Angreifer. Es waren Mammutjäger, die da mit Dolchen und Speeren bewaffnet aus dem Wald kamen. Allen voran der Mann, der vor einigen Tagen so unvermittelt aus dem Regen aufgetaucht war. Celina erinnerte sich, daß er Gord hieß. Er schleuderte gerade seinen Wurfspeer nach einem der vorderen isthakischen

Barbaren. Der Speer durchbohrte den Mann mit solcher Wucht, daß er aus dem Rücken zur Hälfte wieder austrat.

Hinter Gord kamen jetzt zwei seiner Stammesmitglieder aus dem Wald. Sie trugen einen vorn zugespitzten Baumstamm über ihren Schultern und rannten, nachdem sie sich kurz orientiert hatten, auf das Kampfgeschehen zu.

Celina und die anderen imperialen Flüchtlinge ritten indes, von den Mammutjägern abgeschirmt, weiter auf den Wald zu. Tief über den Rücken seines Pferdes gebeugt überholte Ledago gerade Celina, die ein wenig langsamer ritt und Gord dabei begeistert zusah, wie er mit Breitschwert und Dolch die Schneebarbaren angriff. Der große Barbarenkrieger wirkte, als hätte er jede Menge Spaß. Er tobte mit geradezu akrobatischer Geschicklichkeit durch die heranstürmenden Schneebarbaren und brauchte selten länger als ein oder zwei Hiebe und Stiche, bevor ein weiterer Gegner blutüberströmt zu Boden sank.

Dann war plötzlich Wayn neben ihr, und trieb sie an, schneller zu reiten.

Inzwischen hatte auch die Gargylenreiterin die Mammutjäger erreicht. Zuerst durchbohrte sie einen der Krieger mit ihrer Lanze, gleichzeitig biß ihr Reittier einem weiteren den Kopf ab. Dann begann sie mit kreisenden Hieben ihrer beidhändig geführten Sichellanze die zum größten Teil nur mit Dolchen bewaffneten Barbaren auf Distanz zu halten. Die Gargyle brachte währenddessen mit blitzartig hackenden Bewegungen ihres schlangengleichen Halses den ungerüsteten Barbaren furchtbare Bißwunden bei. Doch nachdem die Gargylenreiterin erst einmal in einen Nahkampf verwickelt war, setzten sich die beiden Mammutjäger mit dem Baumstamm in Bewegung.

Celina hatte schon von den eigentümlichen Kampftechniken gehört, die von den Männern dieses Barbarenvolkes auf den Schlachtfeldern des Nordens angewandt wurden. Aber das, was sie jetzt zu sehen bekam, war doch wesentlich seltsamer, als sie es sich vorgestellt hatte.

Während die Eishexe durch die anderen Krieger abgelenkt wurde, rannten die beiden Männer mit dem Baumstamm immer schneller auf die Gargylenreiterin zu. Der vordere hob den Baumstamm leicht an, dann traf die Spitze des Stammes mit beeindruckender Wucht auf die Gargyle. Über die Köpfe der anderen Barbaren hinweg durchbohrte der Baumstamm die Flanke des Monstrums. Obwohl das zugespitzte Holz die mit Hornplatten gepanzerte Haut des Wesens nur schwer durchdrang, wurde die Gargyle durch die Wucht des Angriffs aus dem Gleichgewicht gebracht.

Mit einem gellenden Schrei stürzte sie zu Boden und begrub ihre Reiterin dabei unter sich. Sofort stürzte ein halbes Dutzend Mammutjäger herbei, und nach wenigen Sekunden hörten die Gargyle und die Eishexe auf, sich zu bewegen.

Celina war inzwischen im Wald angekommen, wo sie von einigen Mammutjägern, von denen die meisten verwundet waren, über den kaum auszumachenden Pfad immer weiter vom Gutshaus weggeführt wurde. Bald darauf ertönten Pfiffe durch den Wald, und wenige Minuten später hatten die anderen Barbaren Celina und die restlichen Reiter eingeholt.

Gord gesellte sich zu ihnen. Er grinste über das ganze Gesicht. »Isthaki sein dabei, in falsche Richtung zu verfolgen. Männer von Gords Stamm legen falsche Spur. Pah, Fellmänner sein blöd wie Wildschweine.« Nach dieser Äußerung spuckte Gord kräftig auf den Boden, um seine Verachtung für die ›Fellmänner‹, mit denen er wohl die Schneebarbaren meinte, zu verdeutlichen.

»Danke Gord, Ihr habt uns gerettet«, meldete sich Wayn zu Wort.

Doch bevor er weiterreden konnte, unterbrach ihn Andron, der nach seiner anfänglich so eiligen Flucht auf die anderen gewartet hatte.

»Ja, das war doch auch seine Pflicht, oder nicht? Aber warum, beim Lichte Meridas, hat uns Atmar Aslic keine Truppen aus dem Fort geschickt. Was treibt der denn? Es ist doch schließlich seine Aufgabe, die Grenze gegen solche Überfälle zu verteidigen.«

»Atmar sein tot. Alle aus Holzburg sein tot«, stellte Gord in seiner eigentümlichen Art, die imperiale Sprache zu verwenden, fest. Trotz der schlechten Nachrichten schien er entschlossen, sich seine gute Laune nicht verderben zu lassen. »Bei Anbruch von Morgen gehen plötzlich überall viele Schneefrauen, Tierkrieger und Fellmänner über Grenze. Gords Männer sehen kommen und rennen zu Holzburg. Wollen Atmar und seine Krieger warnen. Aber zu spät. Holzburg sein umzingelt von ganz vielen Schneefrauen auf Panzerzweibeinen. Sie lassen Gord und seine Männer nicht zu Atmar. Dann fangen an zu schneien.«

»Zu schneien?« Celina sah sich um. »Es liegt doch noch gar kein Schnee.«

»Frau haben recht. Aber Schneefrauen können Eisgeister rufen. Wenn sie wollen, es überall schneien«, erläuterte Gord mit einem breiten Lächeln über die Unwissenheit der jungen Frau. »Nachdem zu schneien begonnen, und ganzes Fort mit Eis bedeckt, tauchen Tierkrieger mit großem Baumstamm auf. Sie rammen Tor ein. Gord und seine Männer dann gegangen. Nachschauen was bei Dorf um andere Holzburg passieren. Wir sehen auch Kampf, aber nur Fellmänner und ganz wenig Schneefrauen.« Gord spuckte wieder auf den Boden. Offensichtlich mochte er die Fellmänner wirklich nicht. »Dann Ihr reiten aus Holzburg und Fellmänner Euch verfolgen, also wir Euch helfen.« Zufrieden beendete der große Mann seinen Bericht.

Einige Augenblicke lang sprach niemand ein Wort.

Dann erkundigte sich Ledago. »Gord, bist du sicher, daß beim Fort niemand mehr am Leben ist?«

»Ganz sicher, du wollen nachsehen?«

»Nein, nein!« beeilte sich Ledago zu sagen. »Ich glaube deinem Wort. Kannst du mir sagen, wieviele Krieger du noch bei dir hast.«

Gord überlegte eine Weile. »Fünf Hände. Aber viele haben Wunden.«

»Und du bist sicher, daß überall an der Grenze isthakische Truppen aufgetaucht sind?«

»Ja, aber viel in Osten. In Westen von hier nicht so viel.« antwortete Gord.

Ledago wandte sich Andron zu. »Herr, ich sehe keine andere Möglichkeit, als zu versuchen, die Festung Soron zu erreichen. Wenn seit dem Anbruch des Morgens isthakische Truppen die Grenze überschreiten, dann befinden sie sich bereits zwischen uns und dem Süden der Provinz. Das heißt, der Weg nach Leigre dürfte längst abgeschnitten sein. Die Banden, die Ni-Gadhira Sedryn und der Ritmar gesehen haben, werden sich in diesem Bereich befinden. Ich glaube, im Bereich der Grenze ist bestenfalls die Festung Soron noch sicher. Vor allem, wenn der Hauptvorstoß eher östlich von Gut Ihsligano erfolgte.«

Andron sagte nichts, sondern starrte den Ritmar seiner Leibwache nur finster an. Als Sohn der herrschenden Familie in Anxaloi wußte er über die Fortschritte Bescheid, die beim Aufbau der im Inneren des Imperiums viel gepriesenen Grenzbefestigungen bisher erzielt worden waren. Ihm war klar, daß die Grenze durch einen entschlossenen Vorstoß leicht überrannt werden konnte. Sein Vater hatte immer gesagt, daß es zu einem solchen Angriff nicht kommen würde – und daß die zum Ausbau der Verteidigungslinie gedachten Steuereinnahmen in seinen Schatzkammern besser aufgehoben waren. Die Isthakis würden sich in Anxaloi schon zurückhalten, sie hätten in den westlichen Teilen der Nordmark genug zu tun.

Andron war das natürlich recht gewesen. Die Schatzkammern seines Vaters würden eines Tages auch ihm offenstehen. Leider bedeutete das aber im Augenblick, daß die Festung Soron wahrscheinlich wirklich weit und breit der einzig sichere Ort war.

Wayn wandte sich inzwischen an den Mammutjäger: »Gord, was hast du denn jetzt mit deinen Männern vor? Wollt Ihr zurück zu Euren Familien?«

Gords Gesicht versteifte sich. Seine Stimme wurde leiser und verlor jede Heiterkeit. Er wirkte so, als hätte ihn die Frage in eine andere Welt zurückgerissen, die er durch den Kampf verdrängt hatte. »Frauen und Kinder alle tot. Getötet von Schneefrauen. Gords Sippe keine Zukunft. Er und seine Krieger wollen kämpfen gegen Isthaki.«

»Würdest du uns bis zum Fort Soron bringen? Dort kannst du dann weiter gegen die Isthakis kämpfen«, erkundigte sich Wayn.

»Natürlich wird er uns dahin bringen!« mischte sich Andron ein. »Der Barbar untersteht meinem Befehl. Er wird von der Provinzarmee bezahlt, also von meinem Vater. Und Ihr, Ritmar Wayn, überlaßt solche Planungen gefälligst mir. Ich bin der Sohn des Gouverneurs.«

Er setzte einen arroganten Gesichtsausdruck auf und trabte an die Spitze des kleinen Zuges, der sich langsam durch den Wald auf die Grenzstraße nach Soron zubewegte.

Gord blickte ihm nach. »Häuptling, der aussieht wie Frau, führt große Rede. Ich nicht sein Diener. Aber wir Euch trotzdem zu großer Steinburg bringen. Dort Männer können Wunden pflegen. Dann wir gehen nach

Osten und suchen Feinde. Ich denken dort viele Isthakis für mein Schwert.«

Mit einer entschlossenen Bewegung steckte er sein Breitschwert, das er während des Gesprächs an seinem Lendenschurz von Blut und weit unschöneren Dingen befreit hatte, wieder in die Scheide auf seinem Rücken.

Celina trieb ihr Pferd inzwischen an die Seite des Ni-Herkyn.

»Andron«, sprach sie ihn an, »Ihr habt keinen Anlaß, Euch so aufzuführen. Wayn ist ein Ritmar, der Anführer der Wache meiner Familie, ein erfahrener Offizier und Kämpfer. Und Gord hätte sich und seine Leute genausogut in Sicherheit bringen können, ohne uns zu helfen. Sie riskieren ihr Leben dafür, uns beide hier herauszubringen. Ihr solltet auf gute Ratschläge hören, anstatt Euch so aufzuspielen. Findet Ihr nicht?«

»Laßt mich bloß in Ruhe!« fauchte Andron sie an. »Ohne Euch wäre ich doch überhaupt nicht hier. Ich wäre in Leigre und könnte an rauschenden Festen teilnehmen. Es wäre warm, gäbe guten Wein zu trinken, und niemand hätte es darauf abgesehen, mich umzubringen.«

Celina war entgeistert. »Was soll das heißen! Ich bin dafür verantwortlich, daß Ihr hier seid? Wer hat mich denn zu einer Jagdgesellschaft eingeladen? Auf wessen Gut sind wir denn hier? Und wer schlägt ständig alle Warnungen in den Wind und tut so, als hätte er den vollendeten militärischen Durchblick?« schrie sie Andron an.

»Mäßigt euren Tonfall, Ni-Gadhira«, mischte sich Ledago ein.

»Er hat recht«, ließ sich auch Wayn vernehmen. »Erstens sprecht Ihr hier mit dem Sohn des Gouverneurs, und zweitens müssen wir so leise wie möglich sein, um die Isthaki nicht wieder auf unsere Spur zu locken.«

»Genau«, schob Andron hinterher, »benehmt Euch

nicht wie eine kleine, ungezogene Göre. Schlimm genug, daß Ihr mich in diesen Schlamassel verwickelt habt, weil Ihr Euch seit Wochen ziert, endlich Eure Jungfernschaft zu verlieren. Jetzt regt Ihr Euch auch noch auf, als wärt Ihr eine gewöhnliche Bauernmagd. Aber was will man von einer Sedryn schon anderes erwarten.«

Jetzt war es an Wayn, die Hand auf sein Schwert zu legen. Er sah Andron an, als wolle er ihn sofort aufspießen. Doch nach einem Blick auf den ebenfalls kampfbereiten Ledago sog der alte Ritmar nur scharf die Luft ein und senkte seine Hand wieder.

Auch Celina war außer sich. Sie öffnete den Mund, um ihrer Empörung wider besseres Wissen lautstark Ausdruck zu verleihen. Doch eine schwielenbedeckte Hand schloß sich über ihrem Mund.

Wayn war seitlich an ihr Pferd herangeritten. Er ahnte, wie die temperamentvolle junge Frau auf diese Äußerungen reagieren würde. Also hatte er ihre Entgegnung vorsichtshalber unterbrochen. Er hatte seine Worte sehr ernst gemeint. Andron war der Sohn des Provinzgouverneurs, niemand, den eine kleine Ni-Gadhira ungestraft beleidigte, und lautes Geschrei oder ein Zweikampf zwischen ihm und Androns Leibwächtern würde wirklich die Verfolger wieder auf sie aufmerksam machen.

Also lehnte er sich im Sattel zu Celina hinüber und flüsterte: »Celina, bitte. Später ….«

Er konnte spüren, wie sie sich zuerst gegen die Hand auf ihrem Mund wehren wollte, dann aber ruhiger wurde. Schließlich bremste sie ihr Pferd und ließ sich wortlos und mit versteinertem Gesichtsausdruck ans Ende der Gruppe fallen. Wayn richtete seine Sinne wieder auf die Umgebung. Er würde sich später persönlich mit dem jungen Ni-Herkyn unterhalten. So sprach niemand mit seiner Celina, Gouverneurssohn oder nicht!

Gord, der den Wortwechsel aufmerksam beobachtet hatte, schüttelte nur den Kopf. Er würde nie verstehen, warum die Menschen aus dem Süden so verrückt waren. Vielleicht lag es daran, daß sie meistens an der gleichen Stelle und mit einem Dach über dem Kopf schliefen.

Nur jemand, der seltsam genug war, so etwas zu tun, würde auf die Idee kommen, dem süßlich riechenden Schönling an der Spitze der Kolonne zu gehorchen.

KAPITEL 12

23. Sempak, 715 IZ

Einhundert Schritt vor einem kleinen Wald inmitten der Taiga.

»Wir müssen angreifen!« Jadhrins Stimme klang gepreßt. »Das werden ja immer mehr.«

»Es hat keinen Sinn. Sie werden einfach in den Wald flüchten, und dort kommen wir mit unseren Schlachtrössern nicht rein«, gab Gannon zu bedenken, während ein weiteres Dutzend Tiermenschen aus dem Wald kam und sich den anderen anschloß. »Laßt uns zuerst abwarten, wieviele von denen sich in dem Wald verbergen.«

Also warteten sie. Immer mehr bestienhafte Krieger kamen zwischen den Tannen hervor. Die Reihe der Ordensritter hinter Jadhrin verharrte reglos in den Sätteln. Aber bei den leichten Lanzenreitern entstand Unruhe, als sich die Mengenverhältnisse rapide zu Ungunsten der Menschen verschlechterten. Ein einzelner Reiter löste sich aus der Formation des Provinzheeres und gesellte sich zu Jadhrin, Gannon und Rokko, die vor den Ordensrittern warteten.

»Ritmar Attusik läßt fragen, ob wir nicht langsam angreifen sollten, bevor uns die Isthakis überlegen sind?« erkundigte sich der Soldat.

»Bestellt dem Ritmar, daß wir auf den richtigen Zeitpunkt warten. Solange soll er Ordnung in seiner Formation halten«, entgegnete ihm Jadhrin. Dabei versuchte er, den Anschein zu erwecken, als wisse er, was er tue.

In Wirklichkeit überlegte er schon die ganze Zeit, wie er das taktische Patt lösen konnte. Gannon hatte recht. Mit einem entschlossenen Sturmangriff hätte er die Tiermenschen leicht in den Wald zurückwerfen können.

Aber damit war niemandem gedient. Eine Verfolgung in den Wald hinein war nicht möglich. Und seinem Ziel, Erkundigungen über die Truppenstärke und Zusammensetzung der isthakischen Angreifer einzuziehen, wäre er so auch keinen Schritt näher gekommen.

Inzwischen hatten sich ungefähr einhundert Krieger vor dem Wald aufgebaut. Sie schwenkten ihre Waffen in Richtung der imperialen Truppen und stießen Drohrufe aus. Einige drehten sich sogar um, bückten sich und zeigten den wartenden Reitern ihre haarlosen Hinterteile. Als ein besonders großer Tiermensch mit dem Kopf eines Berglöwen einige Schritte vortrat und begann, in das Gras vor ihm zu urinieren, konnte Jadhrin spüren, daß langsam auch unter den Ordensrittern Unruhe ausbrach. Bei aller Disziplin bestanden seine Männer doch zum größten Teil aus Adligen, die es nicht gewohnt waren, solchen Beleidigungen ungestraft ausgesetzt zu werden.

»Beim Lichte Meridas, warum greifen die nicht an. Sie sind uns inzwischen doppelt überlegen«, sprach Rokko die Gedanken der beiden Offiziere vor ihm aus.

»In einem anderen Fall würden sie schon längst losgeschlagen haben. Die warten noch auf irgend etwas.« Gannon reckte sich im Sattel empor und spähte angestrengt in Richtung des Waldrandes. »Rokko, bist du sicher, daß du nur Tiermenschen im Wald gesehen hast?«

»Hab ich das behauptet?« schnaubte Rokko seinen Bruder an. »Ich habe nur ein gutes Dutzend von den Kerlen ausmachen können. Dann habe ich zugesehen, daß ich aus dem Wald herauskomme.«

Jadhrin bemühte sich inzwischen angestrengt, sich zu erinnern, was ihm seine Ausbilder im Kloster Andoran in solchen Fällen für Verhaltensweisen vermittelt hatten. Er mußte den Kampf an eine andere Stelle verlagern und gleichzeitig erfahren, was sich im Inneren des Waldes verbarg. Gannon hatte recht. Irgend etwas hielt die Bestien davon ab, seine Schwadronen anzugreifen. Gewöhnlich bestand das tiermenschliche Verständnis von Taktik darin, blindwütig anzugreifen. Darin waren sich alle Lehrer einig, die jemals etwas zu dem Thema gesagt hatten. Andererseits lag vielleicht genau darin die Lösung für sein Problem.

Jadhrin wandte sich zu seinem Kundschafter um. »Rokko, reite zu Ritmar Attusik. Richte ihm aus, daß er mit seinen Männern einen Angriff auf die Isthaki reiten soll. Danach soll er sich aber sofort zurückziehen. Der Rückzug muß wie eine Flucht aussehen. Er soll sich nicht wundern, wenn wir uns bereits vorher zurückziehen. Er braucht uns nur hinterherzureiten.«

Rokko sah ihn verständnislos an.

Gannon sah so aus, als dächte er angestrengt nach.

»Es kommt darauf an, daß ihm die Tiermenschen folgen. Wenn sie erst mal hinter uns her sind, locken wir sie ein wenig von diesem Wald weg. Dann schwärmen wir nach rechts und links aus und nehmen sie in die Zange.«

Rokko schaute ihn nur an. »Auf was wartest du? Reite los.« fügte Jadhrin in scharfem Tonfall hinzu.

Als Rokko zu den wartenden Lanzenreitern ritt, wandte sich Gannon an Jadhrin. »Dashino, das ist ein schöner Plan, aber seid Ihr Euch darüber im klaren, daß es sich da drüben nicht um Mitglieder des Ordens handelt. Die könnten Eure Befehle auch mißverstehen. Ritmar Attusik könnte Probleme haben, Eure Vorstellungen bei seinen Männern durchzusetzen.«

Jadhrin schaute den Hetnor mißmutig an. Gannon hatte wahrscheinlich recht. Aber erstens gab es jetzt kein Zurück mehr, und zweitens hatte Jadhrin solche Probleme bei seinem Plan schlicht und einfach nicht berücksichtigt. Die Sandkastenspiele mit den kleinen Zinnfiguren berücksichtigten Hindernisse wie Befehlsverweigerung leider nicht.

Deshalb fertigte Jadhrin Gannon entschlossen ab: »Mir ist gleich, was die darüber denken. Wenn sie meinen Befehlen nicht gehorchen, werde ich ihnen eigenhändig beibringen, was Befehlsverweigerung bedeutet.«

Gannon verzog die Mundwinkel. »Warten wir's ab«, war alles, was er noch murmelte, bevor er sich wieder dem Geschehen zuwandte.

Rokko hatte inzwischen seine Botschaft überbracht und galoppierte wieder zu den wartenden Ordensrittern zurück. Die Lanzenreiter setzten sich langsam in Bewegung.

»Na also, klappt doch«, preßte Jadhrin zwischen halb geschlossenen Lippen hervor.

Neben sich hörte er Rokko zu Gannon sagen: »Jamkar war gar nicht glücklich.«

Die Lanzenreiter wurden immer schneller. In einer unregelmäßigen Linie ritten sie auf die Tiermenschen zu. Dabei stießen sie ein wildes Gebrüll aus. Neben seiner Standarte konnte Jadhrin die Gestalt von Ritmar Attusik erkennen, der seine Männer anfeuerte.

Für einen Augenblick wirkten die Tiermenschen unschlüssig, sie schauten abwechselnd zu den regungslosen Rittern und zum Waldrand. Doch dann begannen sie den Reitern ebenfalls laut brüllend entgegenzulaufen.

Gespannt erwartete Jadhrin den Aufprall der beiden Gruppen. Ohrenbetäubender Lärm erfüllte die Luft. Das dumpfe Getrampel der galoppierenden Pferde vermischte sich mit dem Angriffsgeschrei der Krieger. Die Tiermenschen erschienen Jadhrin wie eine geschlossene Masse, wie ein einzelnes, waberndes Lebewesen, das an unzähligen Armen Schwerter, Äxte und Streitkolben schwenkte. Er beneidete die Soldaten aus dem Provinzheer nicht. Aber er hätte einen solchen Angriff auch nicht mit seinen Ordensrittern reiten können. Sie waren auf ihren gepanzerten Schlachtrössern einfach nicht schnell genug, um den ungerüsteten Tiermenschen kurzfristig zu entkommen.

Dann prallten die beiden Gruppen aufeinander. Aus der Entfernung sah es so aus, als würden die Lanzenreiter einfach mitten in die Menge der anstürmenden Tiermenschen hineinreiten. Die erste Reihe der Tiermenschen ging durchbohrt von den Lanzen der Reiter in einem wüsten Chaos aus durcheinanderfallenden Körpern und trampelnden Pferden zu Boden.

Doch beängstigend schnell wandte sich das Blatt. Die häufig mit zwei schweren Handwaffen ausgerüsteten Bestien fielen wie eine reißende Urgewalt über die leichte Reiterei her. Überall in der Formation der Lanzen gingen Pferde und Reiter unter einem Ansturm fellbedeckter Körper zu Boden.

Jadhrin hob die Hand, um den Befehl zum Rückzug zu geben. Da tauchte am Waldrand die Standarte der Tiermenschen auf. Das Feldzeichen war mit einer ganzen Traube herunterhängender Köpfe behängt. Daneben konnte Jadhrin über die Köpfe der Kämpfenden hinweg ein drei Schritt großes, echsenähnliches Reittier auf zwei Beinen erkennen, auf dem eine leicht bekleidete Frau mit blaßblauer Haut saß.

»Eine Eishexe!« entfuhr es Gannon. Jadhrin zögerte noch immer, den Befehl zum Rückzug zu geben, und starrte nur gebannt zu der Frau hinüber, die aus dem Sattel ihrer Gargyle Befehle zu den Tiermenschen herunterschrie.

Inzwischen versuchten die Lanzenreiter bereits verzweifelt, sich von den hackenden und schlagenden Tiermenschen zu lösen. Schließlich setzte sich noch ungefähr ein Dutzend von der Linie der Tiermenschen ab und galoppierte auf die Ordensritter zu.

Jadhrin wollte gerade das Handzeichen zum Rückzug geben, als er hinter sich ein lautes »Für das Licht! Für den Orden! Reinigt sie!« hörte.

Dann ritten seine Männer auch schon rechts und links an ihm vorbei auf die Tiermenschen zu, die den fliehenden Lanzenreitern nachsetzten. Jadhrin konnte gerade noch erkennen, daß anscheinend auch die gegnerische Kommandantin die Kontrolle über ihre Truppen verloren hatte und den Tiermenschen wütend Befehle hinterherkreischte.

Dann setzte sich auch Habicht, Jadhrins Schlachtroß, mitgerissen von seinen Artgenossen in Bewegung. Und ehe sich der junge Ritter richtig klar darüber werden konnte, was eigentlich passierte, ritt er neben Gannon und Rokko auf die Tiermenschen zu und stieß laute Schlachtrufe aus. Wie von selbst klappte er das Visier seines Helmes herunter. Er konnte gerade noch wahrnehmen, daß die flüchtenden Lanzenreiter rechts und links an seiner Schwadron vorbeiritten, dann sah er nur noch Tiermenschen vor sich.

Einer der Tiermenschen wurde immer größer. Er kam auf Jadhrin zu. In seinen Händen befanden sich zwei riesige Äxte. Sein Kopf glich dem eines Ebers. Schaum flog ihm rechts und links aus dem geöffneten Maul. Seine kleinen, blutunterlaufenen Augen versprachen den Tod. Jadhrin senkte seine Lanze und zielte, so wie man es ihm beigebracht hatte, auf die Brust des Tiermenschen. Gleichzeitig nahm er seinen Schild hoch und lenkte sein Schlachtroß mit einem Schenkeldruck etwas zur Seite. Dann kam der Aufprall.

Wie geplant drang die schwere Lanze in den Brustkorb des Feindes ein, stieß hindurch und warf den Tiermenschen zu Boden. Nicht geplant war, daß durch den zurückfallenden Körper die Lanze fortgerissen wurde.

Gleichzeitig prallte Habicht mit voller Wucht auf einen weiteren Tiermenschen, so daß Jadhrin nur mit Mühe im Sattel blieb. Die Welt um ihn herum schien nur noch aus schreienden Tiermenschen, Blut und Metall zu bestehen. Aus den Augenwinkeln sah Jadhrin einen kopfgroßen Streitkolben auf sich zukommen. Er riß seinen Schild hoch, doch durch den Aufprall wurde er erneut beinahe aus dem Sattel geworfen.

Doch dann gelang es ihm, Habicht so herumwirbeln zu lassen, daß die Tiermenschen in seiner Nähe erschrocken auswichen. Er nutzte die kleine Atempause und riß sein Schwert aus der Scheide. Als sich der nächste Tiermensch näherte, stach Jadhrin die Klinge mitten in sein Gesicht. Der blutspritzende Wolfskopf verschwand wieder.

Dann spürte er einen wuchtigen Hieb auf seinen Rückenpanzer und wurde im Sattel nach vorne geworfen. Nur sein Helm verhinderte, daß er sich an Habichts Hals die Nase brach. Benommen hielt er sich in der Mähne des Schlachtrosses fest und hoffte, daß sein Harnisch gehalten hatte.

Wieder rettete ihn sein Pferd. Mit einem lauten Wiehern schlug Habicht nach hinten aus, und Jadhrin konnte sogar über den Lärm der Schlacht hören, wie eisenbeschlagene Hufe einen Schädel zertrümmerten.

Bei Merida! Was für ein Durcheinander! Jadhrin hatte sich bei den Übungen im Kloster schon immer mehr im ungerüsteten Schwertkampf ausgezeichnet. Das chaotische Wirrwarr schlagender und stechender Verrückter nach einem Sturmangriff der Reiterei lag ihm überhaupt nicht. Aber er hatte sich ja ausgerechnet zur schweren Reiterei melden müssen. Sicher, hier gab es die einzigen guten Aufstiegsmöglichkeiten, aber eben auch solche furchtbaren Metzeleien.

Dann erinnerte Jadhrin sich, daß er ja eigentlich Befehlshaber einer der kämpfenden Parteien in diesem furchtbaren Durcheinander war, und versuchte einen Überblick über das Geschehen zu gewinnen. Um ihn herum schlugen überall Ordensritter aus dem Sattel auf tierköpfige Gestalten ein, es gab keine Formation mehr, und jeder der Ritter schien aus einem Meer von Fell und zuschlagenden Waffen herauszuschauen.

Daß der Sturmangriff trotzdem seinen Tribut gefordert hatte, bewies der Boden, auf dem Jadhrin kämpfte. Überall lagen die durcheinandergewürfelten Körper von toten Tiermenschen. Häufig steckten noch zerbrochene Lanzen in den reglosen Körpern.

Damit war die Ruhepause auch schon wieder vorbei. Jadhrin sah drei Tiermenschen auf sich zulaufen. Mit einem aufmunternden Ruf hieb er Habicht die Schenkel in die Seiten und ritt auf die Feinde zu. Den ersten tötete er, noch während er keuchend den Hieb eines anderen mit seinem Schild parierte. Aber plötzlich fuhr eine breite Schwertklinge an seinem Schild vorbei in sein Bein. Beißender Schmerz durchflutete einen Augenblick lang sein Gehirn, bevor die anerzogene Disziplin des Ordenskriegers ihn vergessen ließ, daß die blutige Wunde an seinem Oberschenkel eigentlich weh tun müßte.

Er holte mit seinem Schwert aus und ermunterte Habicht durch einen Schenkeldruck, den einen Tiermenschen nach links abzudrängen, und so gleichzeitig die Angriffe des rechten ins Leere gehen zu lassen. Dann ließ er sein Schwert mit einem Kampfschrei hinabsausen und durchtrennte den Arm seines Gegners.

Viel Zeit, um den Krieger mit dem Wolfskopf beim Sterben zu beobachten, blieb ihm aber nicht. Mit viel Mühe gelang es ihm, die erneute Attacke des rechten Gegners zu parieren. Und als er nach links schaute, kam auch der eigentlich tödlich verwundete Wolfsköpfige schon wieder auf ihn zu. Der nasses Rot verspritzende Stumpf seines rechten Arms schien ihn nicht weiter zu beeindrucken.

Jadhrin beschloß, soviel Hartnäckigkeit aus dem Weg zu gehen, und trieb Habicht an, weiter ins Schlachtgetümmel vorzustoßen. Er erinnerte sich, daß ein Befehlshaber in der Nähe seiner Standarte bleiben sollte, und wenn er sich nicht irrte, hatte er dort auch Gannon gesehen.

Also ließ er Habicht sich einen Weg mitten durch die tobende Schlacht bahnen. Das schwere Schlachtroß drückte mit brachialer Gewalt drei oder vier Tiermenschen zur Seite und trampelte auf dem Weg zur Standarte der Ordensritter noch einige mehr nieder.

Auch Jadhrin gelang es, im Vorbeireiten ein oder zwei Tiermenschen niederzustrecken. Meridas Licht würde ihm verzeihen, daß er das Chaos der Schlacht nutzte, um unachtsame Feinde von hinten zu töten.

Schließlich kam er in die Nähe seiner Standarte. Dort kämpften auch Gannon und Rokko. Der kleine Pfadfinder hatte sein Pony irgendwo eingebüßt und wehrte sich zu Fuß mit wirbelnder Klinge gegen die Tiermenschen, die leichte Beute in ihm witterten. Daß dem nicht so war, bewies der rasch anwachsende Haufen von leblosen Körpern, den er vor seinen Füßen ansammelte.

Während er seinen Säbel aus dem Bauch eines zusammenbrechenden Tiermenschen zog, brüllte er seinem Bruder ein triumphierendes »Ha, wieder einer mehr!« entgegen.

Gannon antwortete zuerst gar nicht, sondern schlug einem Tiermenschen den Schädel ein.

»Sechs!« rief er dann.

Mit seiner schildlosen linken Faust ergriff der große Ordenskrieger den zusammenbrechenden Körper des kopflosen Tiermenschen und warf ihn seinem nächsten Gegner in den Weg, der sogleich wie zufällig in Gannons ausgestrecktes Schwert stolperte. »Sieben!«

Jadhrin kam sich vor wie in einer der schlechten Heldensagen, die in Gestalt loser Pergamente im Kloster unter den Novizen herumgegangen waren. Aber dann mußte er sich wieder darum kümmern, seine eigene

Haut einigermaßen unbeschadet aus diesem Schlamassel herauszubringen.

So ein Chaos hatte er noch nie erlebt. Es war völlig unmöglich zu sagen, wie seine Leute sich schlugen. Überall gab es nur schreiende Gestalten, die mit verzerrten Gesichtern übereinander herfielen.

Augenblickaufnahmen von zu Boden sinkenden Körpern, abgetrennten Gliedmaßen, Todesschreien und um sich tretenden, auf dem Boden liegenden Pferden wechselten sich ab. Die nächsten Augenblicke verschwammen zu einer raschen Abfolge von Angriffen und Paraden gegen Gegner, die genauso schnell auftauchten, wie sie wieder verschwanden.

Allmählich begann sich ein leichtes Gefühl in Jadhrins Kopf breit zu machen. Das mußte der zunehmende Blutverlust durch die Beinwunde sein. Aber ihm blieb keine Zeit, sich darüber Gedanken zu machen, wann er entkräftet aus dem Sattel rutschen würde.

Merida sei Dank hatte Jadhrin eine scheinbare Ewigkeit später langsam das Gefühl, als ob die Tierköpfe um ihn herum weniger wurden. Jetzt blieb ihm zwischendurch wieder Zeit sich ein wenig umzuschauen.

Neben ihm kämpften zwei abgesessene Menschen gegen einen großen bärenköpfigen Tiermenschen. Die beiden waren nur leicht gerüstet und trugen blutbeschmierte Uniformen der Provinzarmee. Offenbar war es Ritmar Attusik gelungen, seine Lanzenreiter zu sammeln und wieder in die Schlacht zu werfen.

»Dashino, paßt auf! Von links!« schrie von irgendwo her eine Stimme.

Jadhrin hatte das Gefühl, als würde er den Ruf wie durch ein Kissen, das auf seinen Ohren lag, hören.

Unendlich langsam drehte er sich um und entdeckte, daß die Eishexe auf ihrer Gargyle mit erhobenem Schwert auf ihn zuritt. Die Gargyle hatte ihren Kopf gesenkt und den Rachen weit geöffnet. Ihre – wie bei einer Schlange – gespaltene Zunge reckte sich Jadhrin aufgeregt entgegen. Der Rest des erschreckenden Gebisses erinnerte eher an eine Raubkatze.

Jadhrin wußte später nicht mehr genau, was passiert war. Er konnte sich die Vorgänge nur so erklären, daß die jahrelange Ausbildung im Kloster doch zu etwas nutze gewesen war. Die Gargyle kam mit unaufhaltsamer Geschwindigkeit auf Habicht zu, er duckte sich unter ihren zuschnappenden Kiefern hindurch. Dann prallte der massive Körper des Monsters auf sein Pferd, und es ging mit trampelnden Hufen unter den Krallen der Gargyle zu Boden. Jadhrin gelang es in letzter Sekunde, seine Füße aus dem Steigbügel zu befreien und sich zur Seite abzurollen.

Während die Eishexe versuchte, ihre Gargyle wieder unter Kontrolle zu bringen und sich gleichzeitig nach Jadhrin umzuschauen, stützte er sich auf ein Knie und schlitzte ihr den Bauch auf.

Das Tier schrie in Todesqual auf und ging dann in die Knie. Jadhrins Schlachtroß strampelte inzwischen nicht mehr, sondern versuchte gerade, behindert durch schwere Verletzungen an Bauch und Hals, wieder auf die Beine zu kommen. Auch Jadhrin erhob sich schwerfällig, seine Beinverletzung war offensichtlich ernsthaft.

Die Eishexe hatte dafür Schwierigkeiten, sich aus dem Sattel der Gargyle zu befreien. Ihr linkes Bein hatte sich im Geschirr des Sattels verfangen. Jadhrin zögerte nicht lange – er war sicher, ohnehin nicht mehr lange stehen zu können – und griff die Eishexe an.

Aus kurzer Distanz war deutlich zu erkennen, daß die Hexe alles andere als eine menschliche Frau mit blauer Haut war. Ihre Maße, ihre Muskeln, alles, was man unter der knappen Lederkleidung entdecken konnte, wirkte auf Jadhrin fremdartig. Doch ihm blieb wenig Zeit, sich mit der Anatomie seiner Gegnerin auseinanderzusetzen. Dazu war ihr Schwertkampf trotz der hinderlichen Situation viel zu beeindruckend.

Beide Kontrahenten bemühten sich, den Kampf schnell zu beenden. Die Klingen zuckten in rasendem Tempo aufeinander zu, prallten funkensprühend voneinander ab. Aber der Kampf blieb ausgeglichen. Jadhrin wurde zwar mehrere Male leicht getroffen, was die Schnelligkeit betraf, hatte er der Eishexe aber nichts entgegenzusetzen – dazu behinderte ihn seine Rüstung viel zu sehr, doch schützte sie ihn auch. Außerdem besaß er die größere Reichweite und seine Klinge war wahrscheinlich doppelt so schwer wie das Langmesser der Hexe.

Auch die Tatsache, daß die Eishexe zwar gerade noch hochgekommen war, bevor Jadhrin sie erreichte, daß aber eines ihrer Beine noch immer im Geschirr ihres Sattels feststeckte, stellte einen großen Vorteil für den Ordenskrieger dar. Ansonsten hätte sich die Eishexe, die eine vorzügliche Schwertkämpferin war, höchstwahrscheinlich gegen den jungen Ordenskrieger durchgesetzt. Aber so gewann der Mensch langsam die Oberhand. Mehrmals bemerkte Jadhrin, wie sich das Gesicht der Frau wütend oder schmerzerfüllt verzog. Dann, kurz nachdem ihre Klinge ein weiteres Mal von seinem Kettenhemd abgeprallt war, gelang es ihm, einen heftigen Schlag auszuführen, der ihren Schwertarm kurzfristig lähmte. Im nächsten Augenblick fuhr Jadhrins Schwert in ihre Brust. Ein seltsamer Laut, zerberstendem Eis nicht unähnlich, entfuhr dem halb geöffnetem Mund, dann sank sie zu Boden.

Jadhrin wollte sich gerade ebenfalls kraftlos zu Boden gleiten lassen, als er Gannon auftauchen sah.

»Gebt mir ihren Kopf, Dashino! Schnell!« schrie er Jadhrin an, das Chaos mühsam übertönend.

Der schaute ihn nur verständnislos an. »Den Kopf?«

»Ja, den Kopf! Die Tiermenschen werden fliehen,

wenn sie ihn sehen.« Der Tonfall seines Hetnors wurde immer drängender.

Tatsächlich, als Jadhrin sich umschaute, bemerkte er, daß die Bestienkrieger in der unmittelbaren Umgebung ihn und die am Boden liegende Eishexe zögernd anstarrten. Also schluckte er seine Erschöpfung herunter, stolperte über die Gargyle hinweg und durchtrennte mit einem Beidhandschlag den Hals der Hexe.

Dann hob er ihn an den langen Haaren empor, die sich wie dünnes Eis anfühlten und reichte ihn Gannon. Der ergriff ihn und begann sofort damit, ihn über seinem Kopf hin und her zu schwenken. Dabei stieß er laute Schreie aus. Dieses seltsame Verhalten, das bei allen offiziellen Ordensgremien auf heftige Abneigung gestoßen wäre, ja das sogar zu Gannons Ausschluß hätte führen können, zeigte bei den Tiermenschen eine beeindruckende Wirkung.

Jeder Tierschädel, der den Kopf sah, bekam plötzlich große Augen und begann alarmierte Schreie auszustoßen. Jadhrin war es gleich, ob die Handlungen des Hetnor, die heftigen Verluste der Isthaki oder eine günstige Fügung des Schicksals dafür verantwortlich waren, jedenfalls fingen die Tiermenschen plötzlich an, die Flucht zu ergreifen und rannten in den Wald zurück, aus dem sie gekommen waren. Keiner der menschlichen Krieger verspürte irgendeine Neigung sie zu verfolgen. Alle begannen, sich vorsichtig umzuschauen, um herauszufinden, welcher ihrer Kameraden den Kampf vielleicht nicht überlebt hatte, und wieviel von dem Blut, mit dem sie über und über bedeckt waren, aus dem eigenen Körper stammte.

Jadhrin blieb einfach stehen, wo er war, und schickte ein erschöpftes Dankgebet an das alles erleuchtende Licht Meridas. Unweigerlich mußte er daran denken, wie schnell es möglich sein würde, einen ruhigen Posten in einem abgelegenen Kloster der Zentralmark zu ergattern. Währenddessen begannen die erfahrenen Soldaten Wunden zu verbinden und die noch lebenden, aber fluchtunfähigen Tiermenschen zu töten.

Die jungen Ordensritter, die genau wie Jadhrin zum ersten Mal eine so wilde Schlacht erlebt hatten, standen, dem Dashino nicht unähnlich, etwas verwirrt herum oder krümmten sich am Boden, um sich zu übergeben, manche starrten auch nur ihre Wunden an.

Jadhrin lief eine Zeitlang einfach so herum, während er Gannon Befehle rufen hörte. Dann schubste ihn etwas im Rücken, so daß er einige Schritte voran stolperte. Als er sich entgeistert umschaute, sah er sich seinem verwundeten Schlachtross gegenüber.

Habicht wieherte aufmunternd, schüttelte seinen großen Kopf und schnaubte. Dabei bleckte er seine Zähne, als wolle er sich über seinen Reiter lustig machen, der so geistesabwesend in der Gegend herumstand. Sein Körper war mit blutigen Krallenspuren übersäht.

Jadhrin seufzte und humpelte auf den Hengst zu. Zunächst überprüfte er die Verletzungen des Tieres. Merida sei Dank schienen es aber nicht allzu tiefe Kratzer zu sein. Habicht hatte eine Menge Glück gehabt. Dankbar klopfte ihm Jadhrin auf den Hals, dann hievte er sich in den Sattel und machte sich auf die Suche nach Gannon.

Es würde sicher nicht schaden, den Eindruck zu erwecken, daß er als kommandierender Offizier zu irgend etwas nützlich war. Außerdem mußte sich jemand um seine Beinwunde kümmern.

Zwei Stunden später saß Jadhrin auf einem umgestürzten Baum am Waldrand und beobachtete seinen Kundschafter. Rokko war mit einigen der Lanzenreiter sofort nach dem Kampf in den Wald eingedrungen, der die flüchtenden Tiermenschen verschluckt hatte.

Eine halbe Stunde später war er wieder zurückgekommen. In seiner Begleitung befand sich ein kleiner Tiermensch. Ein Pfeil steckte in seinem Bein, und die Lanzenreiter schleiften ihn an einem Seil um den Oberkörper in das notdürftige Lager, das Jadhrin neben dem Schlachtfeld hatte errichten lassen.

Rokko hatte erklärt, daß er den Tiermenschen auf der Flucht überrascht und mit einem Schuß seines Bogens zur Strecke gebracht hatte.

Während der Tiermensch, dessen Kopf dem einer Ziege glich, von zwei Männern zu Jadhrins Sitzplatz gebracht wurde, erklärte Rokko: »Die Kerle wollten dem Ziegenkopf natürlich gleich den Rest geben.« Er wies mit dem Kopf in Richtung der Lanzenreiter. »Aber ich hab's ihnen verboten. Hab gesagt, daß sie Ärger mit Euch bekommen werden, Dashino. Das hat sie zwar nicht sonderlich beunruhigt, wenn ich das mal so sagen darf. Aber als ich meiner Ansicht über das Schicksal des Kleinen hier …«, er verpaßte dem neben ihm kauernden Tiermenschen einen Schlag auf den Hinterkopf, »… mit meinem Bogen Nachdruck verlieh, haben sie sich's anders überlegt.«

Jadhrin betrachtete den Tiermenschen. Unbewaffnet und verwundet wirkte er tatsächlich nicht so groß.

»Und Rokko, warum sollten sie ihn nicht töten? Ich habe eben mehr als genug von diesen Bestien gesehen. Bei Meridas Licht, ich habe eigentlich für die nächsten zehn Jahre genug von ihnen. Also, was sollen wir mit dem hier anfangen?«

»Wir verhören ihn. Ist doch klar.« Rokko schien verblüfft, daß Jadhrin diese Idee nicht in den Sinn kam.

»Rokko«, erklärte der junge Ordensritter in geduldigem Tonfall. »Ich kann mich nicht mit Ziegen unterhalten. Für einen Viehtreiber aus der Ostmark ist das vielleicht schwer verständlich. Aber alles, was mir über Tiermenschen aus Isthak beigebracht wurde, geht in die Richtung, daß nicht nur ihr Aussehen, sondern auch ihr Intellekt und ihre Sprachen denen von Tieren gleichen.«

Entnervt schaute Jadhrin zu Gannon, der sich zu ihnen gesellte.

»Ähh, Dashino«, meldete sich der Hetnor denn auch sofort zu Wort. »Ich fürchte, mein Bruder hat durchaus einen klugen Gedanken gehabt. Ihr habt natürlich recht, wenn Ihr sagt, daß solche wie Ziegenkopf hier«, auch er verpaßte dem empört meckernden Tiermenschen einen Hieb gegen den Hinterkopf, »nicht viel in ihrem häßlichen Schädel haben. Aber wenn man sich gar nicht mit ihnen verständigen könnte, dann wären sie doch auch als Truppen nutzlos. Die Eishexe, die Ihr erschlagen habt, hat keineswegs mit sich selbst geredet, als sie während des Scharmützels Befehle schrie.«

Rokko nahm den Faden auf. »Und sie hat auch nicht mit uns geredet, falls Ihr das angenommen habt. Nein, sie hat die Schneezunge benutzt. Das ist eine gemeinsame Sprache, mit der sich die verschiedenen Völker Isthaks verständigen. Die Tiermenschen sprechen sie zwar nur in den seltensten Fällen, aber sie verstehen sie. Dann braucht man nur noch ihre eigene Sprache, die wahrhaftig nicht besonders schwierig ist, zu verstehen, und schon kann man sich auch mit Tiermenschen verständigen.«

Jadhrin fand, daß der ehemalige Viehdieb und der Hetnor vom Orden des Reinigenden Lichts bemerkenswert gut miteinander harmonierten, wenn es darum ging, ihn auf die Schippe zu nehmen. Aber was die beiden da andeuteten, war viel zu reizvoll, um sich jetzt darüber aufzuregen.

Also schaute er nur streng und fragte: »Ihr erzählt mir das sicher nicht zum Spaß, oder? Ich gehe also mal davon aus, daß einer von Euch sich mit diesen beiden Sprachen auskennt. Wahrscheinlich Ihr, Rokko. Sonst würdet Ihr nicht so unverschämt grinsen.«

Der Angesprochene nickte. »Ja, ich kannte mal einen alten Fährtensucher in Leigre, der hat ....«

Jadhrin unterbrach ihn. »Ich will gar nicht so genau wissen, wie Ihr diese Schneesprache erlernt habt. Es ist ganz bestimmt nicht mit rechten Dingen zugegangen. Ich will Euch nicht wegen Kollaboration vor Gericht bringen müssen. Also erzählt mir keine Märchen! Macht Euch ans Werk!«

Gannon trat hinter den Tiermenschen: »So, Ziegenkopf.« Wieder gab es eine Kopfnuß für den Isthaki. »Nun komm mal mit.« Gannon hob den Tiermenschen unter den Achseln empor und schleifte ihn an den Rand des Lagers.

Rokko folgte ihm und zog dabei ein langes Messer aus einer Scheide an der Rückseite seines Gürtels.

Einige Augenblicke später begannen lange Schreie durch das Lager zu schallen, die an eine Ziege unter dem Schlachtermesser erinnerten. Als sich die im Norden früh einsetzende Dunkelheit über das Lager zu senken begann, wurden die Schreie langsam leiser, bis sie schließlich ganz aufhörten. Dann kamen Gannon und Rokko, der sein blutiges Messer gerade an einem Tuchfetzen reinigte, langsam zu dem in der Zwischenzeit entfachten Lagerfeuer geschlendert, an dem Jadhrin saß und versuchte, den Schmerz in seinem Bein zu vergessen.

Die Brüder aus der Ostmark waren ungewohnt still, als sie sich niederließen und zunächst einige Becher von dem Uisge leerten den Jadhrin zur Feier des Sieges hatte ausgeben lassen. Dann begannen sie Jadhrin zu berichten, was Ziegenkopf vor seinem Tode zu sagen gehabt hatte.

KAPITEL 13

24. Sempak, 715 IZ

Eine überfüllte Reichsstraße.
Kurz vor den Stadttoren von Emessa, der glorreichen Hauptstadt des Reiches.

Die beiden Männer auf dem Bock der unauffälligen Kutsche waren offensichtlich schon lange unterwegs. Ihre Reisemäntel wirkten verdreckt, ihre Stiefel krustig vom Schlamm der verregneten Straßen, die sie auf ihrem Weg überquert hatten.

Hinter der Kutsche waren drei Pferde angebunden, die dem Gefährt mit hängenden Köpfen folgten. Am großen Stadttor von Emessa wurden die Reisenden von Elitesoldaten aus den Reihen der Kaiserarmee aufgehalten, die dort Wachdienst leisteten.

»Halt!« Ein bulliger Hellebardenträger in einem Kettenhemd stellte sich ihnen in den Weg. »Wen transportiert Ihr zwei Kerle denn da in Eurer Klapperkiste?«

Die beiden Männer auf dem Kutschbock schauten sich unsicher an. In den letzten Jahren waren sie immer sorgsam darauf bedacht gewesen, jedem Treffen auf die bewaffnete Obrigkeit aus dem Weg zu gehen. Dann zuckte der eine mit den Achseln und wandte sich dem Wächter zu.

»Unser Herr ist krank. Wir wollen ihn zu einem Arzt bringen.«

»Krank? Und da wollt Ihr so einfach in die Reichshauptstadt? Möglicherweise was Ansteckendes?« erkundigte sich der Wächter. Gleichzeitig gab er zwei anderen einen Wink, die Tür der Kutsche zu öffnen.

»Nein, er ist nur einfach sehr schwach. Das Alter …« antwortete einer der Kutscher. »Es ist nicht nötig, ihn zu stören.«

Doch der Wächter ließ sich nicht abhalten. Das Fehlen jeglicher Adelswappen auf der Kutsche und das heruntergekommene Äußere des Gefährts nahmen ihm jegliche Furcht, einen möglicherweise wichtigen Mann zu verärgern. Hinzu kam, daß die beiden Kutscher wie eine Illustration aus einem Lehrbuch mit dem Untertitel: Verdächtig! aussahen.

»Macht die Tür auf und schaut mal rein!« befahl er seinen Männern.

Die beiden zögerten nicht lange und kamen dem Befehl nach. Im Inneren des Wagens sahen sie einen alten, in Decken gehüllten Mann, der offensichtlich unter starkem Schüttelfrost litt.

»Nach Norden ...« stöhnte er die beiden verblüfften Soldaten an. Dann sackte er in sich zusammen und schloß die Augen.

»Nur ein alter Mann! Scheint senil zu sein!« berichtete nach kurzem Zögern einer der Untergebenen.

Im Gegensatz zu ihrem Anführer schienen die beiden Soldaten kein Interesse daran zu haben, nähere Bekanntschaft mit einer eventuell ansteckenden Krankheit zu schließen. Und der Alte in der Kutsche sah weder nach einem Verbrecher, noch nach Schmuggel aus.

Samos und Arien wechselten einen erleichterten Blick. Dann trieben sie das Gespann an und steuerten den Wagen in Richtung des Hafenviertels, in dem sie einige Jahre lang gelebt hatten.

»Es geht ihm immer noch nicht besser«, stellte Samos niedergeschlagen fest. »Wir müssen ihn in ein Kloster bringen, da können sie ihm helfen.«

»Samos, das ist unmöglich. Und das weißt du auch ganz genau. Wir bekommen gewaltigen Ärger, wenn wir uns noch einmal in einem Kloster sehen lassen. Der Bann, dem sie uns damals ausgesetzt haben, gilt noch immer. Und vor zwei Tagen, als er mal kurz klar war, hat der Alte gesagt, wir sollen ihn unauffällig nach Emessa bringen und dort nach Hilfe suchen. Irgendein Zauberer würde ausreichen.«

»Hmmm, aber was für ein Zauberer? Ich meine, es ist ja nicht so, daß wir jeden Tag einen träfen«, entgegnete Samos seinem Freund, während er mit heftigem Zügelzerren den Wagen von der Hauptstraße in eine schmalere Seitenstraße lenkte.

»Es darf kein offizieller sein. Der würde zu viele Fragen stellen. Aber sag mal, du kennst doch auch Seiden-Luron. Läßt der sich seinen Laden nicht manchmal von so einer Kleinen aus der Hechtsenke verzaubern? Ich meine die bunten Lichter, die immer so im Rhythmus flackern. Du weißt schon.« Arien war offensichtlich von der Erinnerung an das heruntergekommene Bordell, das von Seiden-Luron, einem schmierigen, kleinen Zuhälter und Gelegenheitsgauner betrieben wurde, hellauf begeistert und rammte Samos seinen Ellenbogen in die Seite.

»Ja, das könnte gehen. Ich hab auch schon von der Frau gehört. Die soll auch schon mal mit Calono, der Brücke zusammengearbeitet haben. Sie heißt Indara oder so.«

Beide nickten zufrieden. Brücke Calono war ein angesehener Trickbetrüger, dessen Spezialität der Verkauf von Teilen der architektonischen Sehenswürdigkeiten Emessas an reiche Adlige aus den abgelegeneren Randprovinzen des Imperiums war. Wenn er diese Indara auf seiner Lohnliste hatte, mußte sie sich auf ihr Fach verstehen. Calono war dafür bekannt, nur Spitzenleute einzusetzen.

Währenddessen warf sich der zukünftige Patient der Frau aus der Hechtsenke im Inneren des Wagens unruhig hin und her. Mühsam sammelte er seine verwirrten Gedanken. Seit der Abreise aus der Provinz Pandyom wurde Dorama immer wieder von schweren Fieberanfällen heimgesucht. Nur selten hatte er seit seiner ersten Bewußtlosigkeit klare Augenblicke gehabt. Die Zaubersprüche jener Nacht, so kurz hintereinander und ohne angemessene Vorbereitung, hatten ihm das Magierfieber eingebracht.

Das Fieber war eine heimtückische Krankheit, die damit zusammenhing, daß komplizierte Energieabläufe im Körperinneren eines Zauberers durcheinandergebracht wurden. Man starb zwar nicht daran, aber das Fieber wurde ohne Behandlung immer schlimmer und konnte schließlich auch zu einer schweren Schädigung des Geistes führen. Nur ein anderer Magier konnte die Energiebahnen wieder reinigen.

So einen zu finden, war aber nicht einfach. Zumindest ohne dabei unerwünschte Aufmerksamkeit zu erregen. Ordensmagier kamen ohnehin nicht in Frage, die hätten Dorama sofort erkannt. Und er wollte noch immer unerkannt bleiben, um niemanden auf seine Spur zu locken. Also mußte er sich auf seine beiden Begleiter verlassen. Dorama hoffte wirklich, daß die beiden jemanden auftrieben, der kompetent war. Dann entglitt er wieder in einen unruhigen Fiebertraum.

KAPITEL 14

24. Sempak, 715 IZ

Vier Tagesritte nördlich von Leigre,
mitten in der Taiga von Anxaloi.
Kurz vor Einbruch der Dunkelheit.

»Nichts zu sehen.« Rokko zügelte unwirsch das Kavalleriepferd, das er gegen sein getötetes Pony eingetauscht hatte.

»Den ganzen Tag schnurstracks nach Norden ... und nicht ein Isthaki zu sehen.« Jadhrin richtete sich in Habichts Steigbügeln auf und schaute sich um.

»Ziegenkopf hatte wohl recht. Er beharrte darauf, daß nur wenige seiner Brüder den nördlichen Teil der Provinz abschirmen.« Gannon machte keinen Hehl daraus, daß er fest von der Vergeblichkeit weiterer Erkundungsritte überzeugt war.

»Aber warum?« Jadhrin konnte keinen Sinn darin sehen. In Leigre hatte man ihn davon in Kenntnis gesetzt, daß es sich bei der Invasion wie jedes Jahr um mehrere große Gruppen plündernder Tiermenschen handelte. Und so etwas hinterließ zwangsläufig Spuren. Laut Ritmar Attusik zogen praktisch jeden Winter starke Banden von Tiermenschen nach Süden und richteten dabei soviel Zerstörungen wie möglich an. Die Strategie des Provinzoberkommandos bestand dann für gewöhnlich darin, die Tiermenschen von den wirklich dicht besiedelten Gebieten im Süden der Provinz fernzuhalten. Man gestattete ihnen meistens, sich im kaum bewohnten Norden auszutoben. Wenn sie sich dann auf den Rückweg machten, setzte man ihnen ein wenig nach, um ihnen nicht das Gefühl zu geben, unbeachtet schalten und walten zu können.

Die Bewohner des Nordens zogen sich währenddessen

in die einigermaßen sicheren Grenzforts und die wenigen großen Festungen zurück. Diejenigen, die das nicht rechtzeitig schafften, hatten eben Pech gehabt. Meistens waren es ohnehin die entfernt von den Festungen herumziehenden Sippen der Mammutjägerbarbaren. Und die lagen laut Attusik dem Provinzgouverneur Herkyn Grigor Fedina nur sehr eingeschränkt am Herzen, da sie sich seiner umfassenden Nutzung der wenigen natürlichen Ressourcen in dieser Gegend widersetzten. Die Barbaren hatten aus religiösen Gründen etwas gegen Holzschlag und Torfabbau. Und das waren nördlich von Leigre außer karger Landwirtschaft die einzigen Möglichkeiten, dem Land ein paar Goldstücke abzuringen. Der durchaus ergiebige Erzabbau, für den die Provinz Anxaloi bekannt war, fand fast vollständig südlich von Leigre statt. Wie dem auch sei. Eigentlich hätte Jadhrins Einheit immer wieder auf marodierende Tiermenschen treffen müssen. Doch in dieser Hinsicht geschah einfach gar nichts.

Statt dessen waren, laut den etwas unzulänglichen Informationen, die Gannon und Rokko von dem gefangenen Ziegenkopf bekommen hatten, diesmal große Tiermenschenverbände von ihren Höhlen bei Norgal aus in einer breiten, aber nicht sehr tiefen Linie entlang der Grenze zum Imperium ins Feld geführt worden. Die ganze Sache sei durch Dämonenfrauen, wie Ziegenkopf die Eishexen titulierte, geplant worden. Und die wiederum wären unter einem roten Banner geritten. Ein rotes Banner, soviel wußte Jadhrin, deutete auf die sogenannte Südhexe hin, und die beteiligte sich ganz bestimmt nicht einfach so an den alljährlichen Plünderungsvergnügen der Horden aus Norgal. Die Südhexe war nämlich eine der wichtigsten Feldherrinnen der Königin Lecaja, der obersten Herrscherin der Eishexen. Ziegenkopf hatte berichtet, daß die Gargylenreiterinnen, die den einzelnen Abteilungen der Tiermenschen zugeteilt worden waren, sogar jede anständige Brandschatzung verhindert hätten. So waren die Tiermenschen nur einige Tagesmärsche weit vorgerückt, um sich dann in einer Reihe kleiner Lager in einer langen Linie zu verteilen. Ziegenkopf und seine Freunde erhielten von den Dämonenfrauen den Befehl, jeden Menschen daran zu hindern, in das Gebiet hinter der Linie vorzudringen. Wer versuchte, aus den Lagern zu einem kleinen Raubzug zu verschwinden, endete laut Ziegenkopf als Gargylenfutter.

Das waren natürlich sehr wichtige Neuigkeiten. Aber Jadhrin war nicht bereit, sich auf die Aussagen eines gefangenen Tiermenschen zu verlassen und sofort zurückzureiten, um Bericht zu erstatten. Er konnte sich ziemlich genau vorstellen, was seine Vorgesetzten sagen würden, wenn er ihnen vom seltsamen Vorgehen der feindlichen Kräfte erzählte und sich dabei auf Ziegenkopf und die Übersetzungskünste des bekannten Viehdiebs Rokko – alias Nordmark-Luron – berief.

Der Stabsoffizier, der ihn in Leigre mit Befehlen versah, hatte nicht den Eindruck erweckt, als ob er sich allzu viel von dem Spähtrupp versprach oder besonderen Eifer erwartete. Und obwohl Jadhrin sich für einen vernünftigen Mann hielt, der durchaus in der Lage war, überflüssigen Risiken aus dem Weg zu gehen, kitzelten die seltsamen Aussagen des Tiermenschen doch seine Neugierde. Er mußte einfach noch mehr erfahren. Also hatte er sich entschlossen, herauszufinden, was sich tatsächlich hinter den Lagern der Tiermenschen abspielte. Doch bisher hatte er auch nicht das kleinste Ergebnis vorzuweisen.

Jadhrin wandte sich zu seinen Untergebenen um. Er glaubte zwar immer noch nicht, daß ihn die alten Berufssoldaten Gannon und Attusik und der gerissene Pfadfinder wirklich anerkannten, aber nach dem gestrigen Kampf mit der Gargylenreiterin, war Jadhrin schon etwas zuversichtlicher, auf die Dauer den Respekt der Männer zu erringen. Beim Gedanken an die Schlacht dankte er im Stillen Merida noch einmal dafür, daß sein Schlachtplan sich nicht zu einer ausgewachsenen Katastrophe entwickelt hatte. Er nahm sich vor, nie wieder die Kampfmoral der ihm unterstellten Hilfstruppen mit der vollkommenen Disziplin von Ordenskriegern gleichzusetzen, die beim Taktikunterricht in Andoran erste Voraussetzung aller Überlegungen seiner Lehrmeister gewesen war. Der ungestüme Angriff der Ritter hatte ihm bewiesen, daß er auch in dieser Richtung nicht allzu sicher sein sollte.

Er straffte sich. »Wir reiten weiter, bis es dunkel wird. Morgen versuchen wir es noch einmal. Dann kehren wir um.«

Rokko räusperte sich. »Warum müssen wir denn unbedingt noch weiter vordringen? Ziegenkopf hat uns doch ganz wunderbar den Plan der Isthakis geschildert. Und jetzt sind wir schon weit hinter ihrer Linie und kein Tierkopf mit zwei Beinen hat sich blicken lassen ... Sollten wir die Sache nicht in Leigre mit einem schönen Bericht für das Oberkommando zu Ende bringen?«

Jadhrin verzog das Gesicht. Rokkos Worte hatten viel für sich. Aber er hatte von seinen älteren Kameraden im Kloster Andoran sehr einprägsame Geschichten gehört. Geschichten über die Art, in der Lan-Kushakan Rakos Mariak, der Oberbefehlshaber der Ordenstruppen in Anxaloi mit Offizieren umsprang, die seiner Meinung nach zu lasch in ihrer Pflichterfüllung gewesen waren. Und aus Ziegenkopfs Aussage ließ sich einfach kein eindeutiger Hintergrund für das Vorgehen der Eishexen erschließen.

Er schüttelte den Kopf. »Noch einen Tag.«

Dann gab er das Signal zum Aufbruch, und hinter ihm setzten sich die fünfundzwanzig Reiter in Bewegung, die ihm von seiner Truppe noch geblieben waren. Die Verluste bei dem erbitterten Gefecht am Waldrand waren schwer gewesen. Zwar hatten sie eine zahlenmäßige Übermacht in die Flucht geschlagen, aber fast die Hälfte von Jadhrins Schwadron war gefallen, bevor Attusik seine unkontrolliert fliehenden Männer zum Umkehren gebracht und wieder in den Kampf geführt hatte. Unter den verbliebenen Reitern gab es außerdem noch mehrere Verwundete. Diejenigen, die zu schwer verletzt waren, um reiten zu können, hatte Jadhrin in Begleitung von zwei Lanzern zurückgelassen. Sie hatten den Befehl, sich nach Leigre zurückzuziehen.

Auch den restlichen Männern stand der Gedanke an warme Kasernen auf die müden und erschöpften Gesichter geschrieben. Gleichzeitig hörten sie aber nie auf, sich ständig nervös umzublicken. Das Bewußtsein, hinter den feindlichen Linien zu stehen, ließ sie ihre Erschöpfung zwar nicht vergessen, aber es half dagegen anzukämpfen.

Jeder der Männer, die Elitekrieger des Ordens genauso wie die schlecht bezahlten Soldaten aus dem Provinzheer, wußte, daß es in einer weiteren Schlacht keinen erneuten Sieg geben würde. Viele von ihnen stellten sich die Frage, ob ihr recht junger und wahrscheinlich ehrgeiziger Kommandant wußte, daß niemand seinen Ruhm besingen würde, wenn keiner zurück kam, um davon zu berichten. Die Ordenskrieger beteten am Ende ihrer Überlegungen zu Merida, und die Lanzer grübelten, ob sie sich freiwillig für die Nachtwache melden sollten, um eine Gelegenheit zum Absetzen zu haben.

Hoch über den Köpfen der Reiter flog eine weiße Taube nach Süden. Keiner der Männer bemerkte sie, da ihr helles Gefieder sich kaum von dem grauen Himmel über ihnen abhob. Aber selbst wenn jemand sie gesehen hätte, wäre ihm wahrscheinlich nicht aufgefallen, daß die Taube seltsame, bläulich leuchtende Augen besaß und daß um ihr rechtes Bein eine kleine metallene Hülle gebunden war.

KAPITEL 15

24. Sempak, 715 IZ

Stadthaus der Familie Sedryn in Leigre.

»Wie ihre Mutter! Sie ist, beim Lichte Meridas, genauso verrückt wie ihre Mutter!« Die hochgewachsene Gestalt stampfte mit hinter dem Rücken verschränkten Armen durch das gemütliche Wohnzimmer. Jeder Schritt ein Ruf tiefster Empörung.

»Aber Vater!« Fakor hatte einen vorwurfsvollen Ton in seiner Stimme. »Mutter war doch nicht verrückt.« Unruhig lehnte er sich auf dem Lehnstuhl nach vorn.

»Was weißt du denn schon!« entgegnete der in einen bodenlangen Übermantel gehüllte Laird des Sedryn-Clans. Tobras Sedryn hatte schon vor dreißig Jahren, als er Celinas inzwischen verstorbene Mutter kennenlernte, beschlossen, daß alle Frauen gleich verrückt waren, liebenswert vielleicht, aber trotzdem verrückt.

»Was denkt sie sich dabei? Sich einfach Wayn zu schnappen und nach Norden aufzubrechen. Ich will gar nicht wissen, was sie ihm alles erzählt hat. Pah, Oheim Terostar besuchen! Daß ich nicht lache. Sie würde eher freiwillig im Harem eines Orkfürsten überwintern als auf Gut Jargarde.« Er sah seinen ältlichen Majordomo, der neben der Tür regungslos an der Wand stand, mit einem vernichtenden Blick an. »Und, Gotoll. Was hast du dazu zu sagen? Du kennst sie doch nun auch schon lange genug! Hättest du dir nicht denken können, daß sie etwas im Schilde führt?«

Gotoll sah so aus, als wünsche er sich in den erwähnten Harem. »Laird-Gadhir, es tut mir so unendlich leid. Natürlich hätte ich Verdacht schöpfen müssen. Aber Eure Tochter erklärte vollkommen überzeugend, daß sie Euren Vater, den Gadhir Terostar unbedingt besuchen müsse. Er sei schon in einem fortgeschrittenen Alter und man könne nie wissen, wie viele Winter er noch erleben würde.«

Tobras hatte seine Umherlauferei kurzzeitig eingestellt und sich vor Gotoll aufgebaut. Wie sein Sohn Fakor war auch das Oberhaupt des Sedryn-Clans weit über sechs Fuß groß und wog bestimmt dreimal so viel wie der schmächtige, oberste Diener seines Haushalts. Im Gegensatz zur vor allem durch Muskeln geprägten Gestalt seines Sohnes trug bei ihm allerdings ein nicht unbeträchtlicher Bauch einen großen Teil zu seiner beeindruckenden Leibesfülle bei.

»Wie viele Winter ...?« Unwillkürlich mußte er lachen. »Der alte Mann wird uns alle überleben. Er ist vielleicht manchmal ein bißchen durcheinander, aber trotzdem unverwüstlich wie ein Maulesel.«

Ein fast sentimentaler Ausdruck schlich sich in seine graublauen Augen. Sein Vater, der vor ihm die Familiengeschicke der Sedryns gelenkt hatte, konnte zwar manchmal ziemlich anstrengend sein – und wirkte auch recht ziemlich senil. Doch auf Jargarde war der alte Haudegen gut untergebracht, und mit seiner Gesundheit stand alles zum Besten. Aber eben deshalb würde seine Tochter ganz bestimmt nicht auf die Idee kommen, seinen Vater ein letztes Mal zu besuchen.

Er drehte sich um und begann wieder, durch den Raum zu marschieren. Als Fakor ihn vor einer Woche auf Gut Leunor aufgesucht hatte, um ihm vom Verschwinden seiner Tochter zu berichten, war er so schnell es ging nach Leigre gereist, um der Sache auf den Grund zu gehen. Fakor hatte erzählt, daß Celina sich angeblich heimlich mit dieser Ratte von Fedina-Sprössling traf. Aber sein Sohn konnte manchmal etwas vorschnell sein. Doch die unglaubliche Geschichte war von Oto Furyn bestätigt worden, und Oto war ein vernünftiger junger Mann. Er würde Fakors Verdacht nicht unterstützen, wenn daran nicht etwas wäre.

Der dickliche beste Freund seines Sohnes hatte sich auf einem Stuhl im Hintergrund niedergelassen und verzehrte gerade in aller Ruhe den größten Teil eines frisch gebackenen Kuchens. Der Junge mußte wirklich anfangen, sich über seine Form Gedanken zu machen.

»Oto, seid Ihr sicher, daß Andron bei all seinen Kumpanen damit angegeben hat, daß er meine Tochter entehren würde?«

Oto, der sich in den letzten zwei Tagen damit beschäftigt hatte, Genaueres über den Aufenthaltsort und die Pläne des Sohnes des Provinzgouverneurs herauszufinden, nickte.

»Er hat seinem Anhang eingeschärft, daß es sich um einen großen Spaß handelte. Sie sollten gegenüber Eurer Tochter so tun, als ob sie alle zu einer Jagdgesellschaft auf Gut Ihsligano eingeladen wären. So sollte sie dorthin gelockt werden, damit Andron ihr dann ungestört ihre Unschuld rauben könne. Das Schwein hat sogar Wetten abgeschlossen, wieviele Unterröcke er ihr abnähme.«

Ein lautes Klirren ließ die Köpfe aller Anwesenden herumfahren. Fakor, der aus einem Glas gerade etwas Wein hatte trinken wollen, betrachtete verwundert seine blutende und von Scherben gespickte Hand. Blutroter Wein tropfte in kleinen Bächen von seiner Hose.

Oto sprach weiter. »Keiner von denen kam auf die Idee, Celina etwa zu warnen. Selbst ihre sogenannten Freundinnen trauten sich nicht, etwas gegen die Machenschaften Androns zu unternehmen. Wahrscheinlich waren sie samt und sonders neidisch auf die Aufmerksamkeit, die der Ni-Herkyn Eurer Tochter widmete. Einige von denen haben wahrscheinlich auch schon ähnliche Erfahrungen gemacht und deshalb den Mund gehalten.«

Tobras schluckte. Er hatte sich seit Jahren aus den kleinlichen Intrigen der Adligen in der Provinzhauptstadt herausgehalten. Seit dem Abstieg seiner Familie zu größerer Bedeutungslosigkeit gab es auch keine Notwendigkeit mehr, sich an den zahlreichen Auseinandersetzungen zu beteiligen, die unter der Oberfläche zivilisierter Höflichkeit in der Provinzhauptstadt ausgetragen wurden. Doch er konnte sich gut vorstellen, mit welcher Begeisterung sich die Jungadligen aus der Umgebung Andron Fedinas auf die Gelegenheit gestürzt hatten, seiner so erfrischend natürlichen und vor allem unschuldigen Tochter das Herz zu brechen.

An die beunruhigenden Gerüchte über einen ernstzunehmenden Überfall der Isthakis an der Nordgrenze durfte er dabei gar nicht denken. Aus dem Palast wurden zwar immer wieder beruhigende Mitteilungen verbreitet, daß es sich nur um die üblichen frühwinterlichen Raubzüge einiger Tiermenschenstämme handelte. Aber das war auch schon schlimm genug. Hoffentlich hatte sich Celina in ihrer Unvernunft nicht von Wayn getrennt. Der würde sie, wenn schon nicht vor diesem Schuft Andron, so doch vor marodierenden Tiermenschen beschützen können. Andron! Dieser geleckte Fatzke!

Voller Wut ballte er seine massigen Fäuste und hielt auf seinem Weg durch das Wohnzimmer inne. Es gab Grenzen. Die Fedinas konnten seine Familie vielleicht politisch ausmanövrieren und jahrelang ständig demütigen, aber wenn dieser Hund Andron das Herz seiner kleinen Tochter brach und dazu noch die Unschuld raubte, dann würde er das mit seinem jämmerlichen Leben bezahlen.

»Das ist genug, Oto!« brachte er den von Schmatzgeräuschen unterbrochenen Redeschwall aus dem Hintergrund zum Stillstand.

Der Freund seines Sohnes beendete die Aufzählung

weiterer Unsittlichkeiten, die auf Androns Konto gingen.

»Wir müssen uns damit abfinden. Celina hat Wayn unter einem Vorwand zu dieser Reise überredet, und ihn dann davon überzeugt, sie nach Ihsligano zu bringen. Schlimmstenfalls ist sie allein davongelaufen. Und das alles inmitten der isthakischen Plündererbanden.« Er schüttelte den Kopf. Womit hatte ein alter Laird eine solche Tochter verdient?

Fakor, der inzwischen ein Taschentuch um seine blutende Hand gewickelt hatte, meldete sich zu Wort. »Wayn wird sie niemals nach Ihsligano gebracht haben. Er kennt deine Meinung über die Fedinas und weiß, daß du zu so etwas niemals deine Einwilligung gegeben hättest.«

»Aber Fakor! Du kennst doch Celina. Seit Eure Mutter starb, wickelt sie uns doch alle ständig um den Finger«, mischte sich Oto ein, der sich keine Illusionen über Wayns Standhaftigkeit machte, wenn es darum ging, Celina von etwas abzubringen, was sie sich in den Kopf gesetzt hatte. Er war ein langjähriger Freund der Familie und hatte schon oft genug erlebt, wie Celina ihren Bruder, ihren Vater und auch ihn selbst durch eine Mischung aus Charme, Starrsinn und vermutlich auch Zauberei von ihrem jeweiligen Standpunkt überzeugt hatte. Dafür besaß sie ein geradezu unheimliches Talent.

Celinas Bruder ließ nur ein unartikuliertes, aber durchaus zustimmendes Brummen ertönen.

Tobras, der inzwischen schweigsam ein Wandbild seines Vorfahren, des berühmten Helden Herulenar Sedryn, angestarrt hatte, drehte sich plötzlich zu den beiden jungen Männern um. Schwungvoll zog er sein Schwert. Die alte Klinge glänzte in einem matten Silber, und ein großer Rubin, der im Griff eingesetzt war, erstrahlte in einem dunkelroten Leuchten. Das gleiche Schwert war auch auf dem Bild deutlich in der Faust von Tobras Vorfahren zu erkennen. Mit dem Griff vor dem Gesicht, und während Fakor und Oto ihn erschrocken ansahen, las Tobras das Motto der Familie Sedryn vor – es war über dem Rubin in das Heft des Schwertes graviert.

»Stolz sei Sedryns Blut!« Der Edelstein blitzte auf, und ein roter Lichtschein verlieh Tobras Zügen für einen Augenblick eine fast außerweltliche Gestalt.

Dann stieß er das Schwert wieder in seine Scheide und brüllte: »Gotoll, laß unsere Pferde satteln und sag den Männern, sie sollen sich bereit machen. Wir holen unsere Lanzer aus Leunor ab, und dann .... auf nach Norden!« Leiser und mit einem gefährlich ruhigen Unterton in der Stimme schloß er: »Sohn, wie würde es dir gefallen, wenn wir dem Fedina Herzensbrecher einen kleinen Besuch abstatteten.«

Fakor seufzte zufrieden. »Ich hatte gehofft, daß du das sagen würdest.«

Oto schluckte den letzten Bissen Kuchen herunter. Diese beiden Hitzköpfe würden jemanden brauchen, der sie aus Schwierigkeiten heraushielt.

Also fragte er schicksalsergeben: »Darf ich Euch begleiten?«

Dann beeilte er sich, den beiden Rachedämonen zu folgen, die vom Hof aus bereits Befehle brüllten, die Rüstungen zu ölen und Proviant bereitzustellen. Oto versuchte unterdessen, nicht daran zu denken, was ihn im Norden erwartete. Beißende Kälte, blutrünstige Eisdämonen, und vor allem Celina, von Andron Fedina benutzt, weggeworfen, mit zerbrochenem Herzen. Celina, die mit traurigen Augen mitten im Winter der Nordmark, schutzlos und von Tiermenschen verfolgt, durch die Taiga irrte.

Das konnte er nicht ernsthaft zulassen. Es war einfach eine zu schreckliche Vorstellung. Oto war zwar nie besonders abenteuerlustig gewesen, und er hatte ganz bestimmt auch niemals vorgehabt, mitten im Winter in die Nähe der isthakischen Grenze zu reisen, um sich mit dem Sohn des Gouverneurs der Provinz Anxaloi anzulegen. Aber für Celina war er bereit, alle seine Zukunftspläne über den Haufen zu werfen. So war sie eben. Mit grimmiger Miene verlangte auch Oto eine Rüstung.

KAPITEL 16

24. Sempak, 715 IZ

Soron, Imperiale Festung am Khaiman Pass.
Ein kalter, klarer Morgen mit einem eisigen Wind aus nördlicher Richtung.

Celina trat unruhig auf dem oberen Mauerring der Festung Soron von einem Bein auf das andere. Sie wartete darauf, daß Wayn in Erfahrung brachte, wann sie nach Hause reisen konnten. Er besprach sich gerade mit einem der Offiziere der Festungsbesatzung, um etwas mehr über die Lage im Süden zu erfahren.

Unter der jungen Adligen erstreckte sich der Khaiman Paß. Am nördlichen Ende des Passes kehrte gerade eine Gruppe von Reitern von einer Patrouille zurück. Die Soldaten waren von hier oben zwar kaum zu erkennen, aber offensichtlich hatten sie es eilig, ins Innere der Festung zu gelangen.

Die Landschaft, inmitten derer Soron lag, war einfach grandios. Vor vier Tagen, als Celina und die anderen Flüchtlinge in Sichtweite der Burg gelangten, hatte sie zunächst voller Erstaunen ihr Pferd gezügelt und das Bild auf sich wirken lassen.

Die Festung lag am Khaiman Paß, der auf einige Entfernung hin die einzige Möglichkeit darstellte, die Taisak-Berge zu überqueren. Sie schmiegte sich an die hoch aufragende Flanke des Obun-Berges. Dessen riesiger, wegen seiner Höhe kaum zu erkennender Gipfel, überragte den Paß wie eine natürliche Mahnung an die Gefahr aus dem Reich der Eisdämonen. Sein schneebedecktes Haupt, fast immer von einem Kranz grauer Wolken umgeben, hatte Celina regelrecht eingeschüchtert, als sie aus der Ebene vor der Burg das erste Mal zu ihm aufgeschaut hatte. Ein Blick über die Schulter reichte jedem Bewohner der Festung, um sich daran zu erinnern, daß im Norden unheimliche Naturgewalten auf jeden Menschen warteten.

Naturgewalten, und die Bewohner des Reiches Isthak.

Der Wachsoldat, der sich zu ihr gesellt hatte, blies sich wärmend in die Hände: »Die Gipfel hinter dem Obun gehören zu den Taisak Bergen, Herrin. Sie sind zum Teil noch höher als der Obun, wirken aber durch die Entfernung weniger bedrohlich, nicht wahr, Herrin?«

Celina nickte, der Anblick war nicht bedrohlich, er war eher grandios.

»Das Taisak-Gebirge erstreckt sich entlang der gesamten Nordgrenze des Imperiums und verhindert, daß wirklich große Armeen diese natürliche Grenze unbehindert überschreiten können.« Der Soldat ließ sich durch die Schweigsamkeit seiner Zuhörerin nicht abschrecken. »Das hat allerdings kleine Gruppen von Eishexen und Tiermenschen noch nie davon abgehalten, in die Nordmarken einzufallen. Die Zentren dieser beiden Völker, Harrané, die Stadt der Eishexen und die Eishöhlen von Norgal, aus denen der größte Teil der Tiermenschen stammt, liegen nämlich mitten in den Bergen. Echte Invasionsheere müssen aber trotzdem den Paß benutzen, wenn sie nicht ganz auf einen Troß und jede Form schwerer Ausrüstung verzichten wollen.«

Offensichtlich war der Mann froh, seinen langweiligen Dienst ein wenig abwechslungsreicher gestalten zu können. »Der Khaiman-Paß führt in fast gerader Linie auf die Hauptstadt der Eishexen zu«, behauptete er gerade fachmännisch.

»Und deshalb haben bereits lange vor Gründung des Imperiums elfische Baumeister beschlossen, den Paß zu befestigen. Die elfische Festung ist aber während der Befreiungskriege durch die Truppen Berylls erobert und geschleift worden. Von den damaligen Bauwerken steht jedenfalls nur noch ein Turm, der sogenannte ›Elfenspitz‹.«

Der Soldat wies mit dem Finger auf die hohe und unfaßbar schlanke Anlage an der nordwestlichen Ecke der Festung, die alle später von Menschen errichteten Anlagen überragte. Die filigranen Verzierungen des aus weißem Marmor erbauten Turms, der von einem spitz zulaufenden Dach aus grünlich angelaufenen Kupferschindeln gekrönt wurde, ließen ihn wie einen Fremdkörper aus der grauen Felsenlandschaft emporragen.

Der Soldat erläuterte dann weiter: »Nachdem die Elfen besiegt waren und der lange Aufbau des Imperiums begann, kümmerte sich niemand um die Festung. Es gab praktisch keine Überfälle aus dem Norden und alle kriegerischen Auseinandersetzungen fanden eher im Süden und Osten des Reiches statt. So war jahrelang nur eine kleine Garnison imperialer Truppen in diesem Außenposten stationiert. Aus diesen ersten Jahrhunderten der Reichsgeschichte stammte der alte Bergfried, der die südwestliche Ecke der Festung schützt.«

Celina fragte sich langsam, ob der Mann in einem früheren Leben vielleicht Fremdenführer gewesen war, betrachtete aber folgsam das Gebäude, auf das sie der Soldat jetzt hinwies.

Der Bergfried lag fast auf der Höhe des Paßbodens, weit unterhalb der Fundamente der Elfenspitze. Seine gedrungene, fast quadratische Gestalt ließ ihn neben der schlanken Linie des elfischen Bauwerkes ein bißchen wie eine häßliche Kröte aussehen. Obwohl auch dieses Gebäude fast fünfundzwanzig Schritt über dem Boden emporragte, wirkte es doch klein, neben dem gut siebzig Schritt hohen Elfenspitz, der auch noch auf einem wesentlich höheren Niveau erbaut worden war. Eine fünffach mannshohe Mauer, die fast ebenso breit und auf beiden Seiten mit Zinnen bewehrt war, wand sich vom alten Bergfried zum Elfenspitz empor und verband die beiden ungleichen Bauwerke miteinander.

»Der alte Bergfried ist damals erbaut worden, um der menschlichen Besatzung der Festung eine Wohnstatt zu bieten. Vorher kam es immer wieder dazu, daß Soldaten, die in dem Elfenturm lebten, wahnsinnig wurden und sich von der Plattform unter dem Dach des Elfenspitzes in die Tiefe stürzten.« Die Stimme des Soldaten nahm einen verschwörerischen Tonfall an. »Die Geister alter Elfenkrieger tun im Elfenspitz noch immer ihre Pflicht und treiben ihre Feinde in den Tod.«

Celina seufzte, sie hatte solche Geschichten in den letzten Tagen schon öfter gehört. Sie glaubte zwar nicht an Geister, und sie hatte den Turm bis zu diesem Zeitpunkt auch noch nicht von innen gesehen, aber die seltsame Art, in der sich die Außenwände des Elfenspitz in die Höhe reckten, und die geisterhaft schimmernde, weiße Fassade des Gebäudes ließen auch ihr eiskalte Schauer über den Rücken laufen. Sie konnte gut verstehen, warum die Soldaten damals lieber in dem häßlichen kleinen Bergfried leben wollten, obwohl dessen Räume alle kleiner, feuchter und dunkler waren.

Celina und Wayn hatten sich in der Herberge einquartiert, die sich unterhalb der Befestigungsanlagen befand. Schon vor langer Zeit war neben den beiden Türmen ein winziges Dorf entstanden. Eine Herberge, drei Kneipen, ein Gemischtwarenhändler, eine Schmiede und ein Bordell versorgten die Bedürfnisse der örtlichen Garnison und der wenigen Fallensteller und Reisenden, die sich soweit nach Norden verirrten. Neben diesen Gebäuden gab es noch einige Lagerhäuser und Privatgebäude von Offizieren der Festung und auch ein ständiges Lager einiger Sippen von Mammutjägern, in das sich Gord und seine Männer einquartiert hatten.

Andron und sein Leibwächter, der einäugige Ritmar

Ledago, wohnten natürlich im Inneren der Festung. Eigentlich hätte Celina, die ja immerhin eine Ni-Laird Gadhira war, auch einen Anspruch auf Unterkunft in den bequemen, offiziellen Gästezimmern gehabt. Eine entsprechende Einladung war vom Festungskommandanten, dem Ghanar Bran Carrol Fedina kurz nach ihrem Eintreffen ausgesprochen worden. Aber Celina hatte dankend abgelehnt. Der Bran war Celina trotz seiner Abstammung zwar nicht unsympathisch gewesen, aber er war nun mal ein Fedina, genauso wie viele andere der Offiziere in Soron. Außerdem hätte sie in der Festung jeden Tag damit rechnen müssen, Andron über den Weg zu laufen. Celinas ehemaliger Schwarm spielte dort im Augenblick den großen Kriegshelden, der auf dem Weg nach Soron Dutzende von Feinden niedergestreckt und die Überlebenden des Überfalls auf Gut Ihsligano praktisch eigenhändig durch die Horden der Feinde hierher gebracht hatte.

Celina schaute zusammen mit dem Wachsoldaten, der regelrecht einen Narren an ihr gefressen zu haben schien, von ihrem Beobachtungsposten aus nach unten, wo die Patrouille inzwischen unmittelbar unter ihrem Standort angelangt war. Einige der Männer schienen verwundet oder tot zu sein, denn sie lagen quer über den Sätteln ihrer Pferde.

Im Dorf und dem Barbarenlager waren überall Menschen zu sehen, die in ihren morgendlichen Tätigkeiten innehielten, als die Patrouille vorbeiritt. Die Soldaten hielten jedoch in raschem Tempo durch die Menschengasse, die sich rasch gebildet hatte, weiter auf die Neue Festung zu.

»Dürfen wahrscheinlich nicht anhalten, die Jungs. Soll keine Gerüchte geben, die Unruhe verbreiten könnten«, kommentierte Celinas Begleiter die Vorgänge.

Die Anzahl der Zivilisten in der Festung war in den letzten Tagen stark angewachsen. Als entlang der gesamten Grenze östlich der Festung die Invasion der Isthakis begonnen hatte, waren von überall her kleine Gruppen von Flüchtlingen eingetroffen. Soron war eine der größten Festungen an der Nordgrenze und galt als uneinnehmbar. Doch die Flüchtlinge waren beunruhigt und die Festungskommandantur versuchte natürlich alles zu tun, um eine Panik zu verhindern. Die Stimmung unten im Dorf, wo sich Celinas und Wayns Herberge befand, schien eigentlich auch gar nicht schlecht. Man würde einfach abwarten, bis sich die Plünderer wieder über die Grenze zurückzogen, so wie man es jedes Jahr tat. Niemand machte sich große Sorgen. Die Tiermenschen kamen, und sie gingen auch wieder. Das hier waren nun mal die Nordmarken.

Celina versuchte die Tiermenschen und nebenbei auch gleich die beißende Kälte um sie herum aus ihren Gedanken zu verdrängen und wandte sich erneut dem Ausblick auf die Festung zu.

Auch der Soldat legte wieder los. »Bis zur Mitte des Siebten Jahrhunderts lagen die zumeist aus aufgeschichteten Feldsteinen bestehenden Gebäude, auf die ihr gerade herunterschaut, Herrin, recht schutzlos an dem Hang über dem Khaiman Paß. Dann begannen die ersten größeren Überfälle aus dem Norden. Es dauerte nicht lange, und die Festung Soron wurde belagert. Natürlich zerstörten die Angreifer das ungeschützte kleine Dorf als erstes. Sie machten sich einen Spaß daraus, die Bewohner vor den Augen der Festungsbesatzung zu foltern.« Der Soldat, der sich immer mehr als eine Art verkappter Historiker entpuppte, schwieg einen Augenblick. Dann fuhr er fort. »Das Denkmal dort in der Mitte des Dorfes erinnert noch immer an diese Geschehnisse. Die Belagerung wurde zwar letztlich zurückgeschlagen, aber von den Häusern und ihren Bewohnern fand man nur noch qualmende Überreste.

Danach begann die eigentliche Blütezeit der Festung.

Als der Khaibar Frodaru im Jahre Sechshundertzweiundsechzig zu seinem katastrophalen Feldzug aufbrach, um im Auftrag des Kaisers Ondra VII. nach den Einwohnern des Imperiums zu forschen, die aus den Nordprovinzen verschleppt worden waren, errichtete er in Soron sein letztes Feldlager auf Reichsgebiet. Er war es auch, der damals den Ausbau der Festung Soron in Auftrag gab.

Als der Khaibar ein Jahr später mit den kümmerlichen Resten seiner geschlagenen Armee zurückkehrte, machte er Soron für einige Zeit zu seinem Hauptquartier, um den versprengten Nachzüglern eine Sammelmöglichkeit zu geben. Gleichzeitig trieb er den Ausbau der Festung voran, um isthakische Gegenangriffe abwehren zu können. Damals quartierte sich auch eine Abteilung des Ordens des Reinigenden Lichtes und eine Gruppe von Meistern der Magiergilde in der Festung ein. Der Orden zog in diese Bastion dort.«

Celina schaute geflissentlich in die angegebene Richtung.

»Sie sollte den südlichsten Teil des entstehenden Festungsrings schützen. Diese kleine in sich abgeschlossene Befestigung wurde damals durch ein weiteres Mauerstück mit dem alten Bergfried verbunden. Die gleichzeitig eingetroffenen Mitglieder der Magiergilde beanspruchten den Elfenspitz für sich. Niemand widersprach ihrem Anführer, dem schon damals berühmten Gildenmeister der Nordmark – Algrim dem Weißen.« Der Soldat setzte einen wissenden Gesichtsausdruck auf. »Nur Zauberer können sich mit ihren Kräften gegen die Geister der Elfen zur Wehr setzen. Ich glaube ja, daß sie sie manchmal sogar beschwören und dazu zwingen, in ihren Ritualen mitzuwirken.«

»Wahrscheinlich.« Celina fand den Mann langsam wirklich ein wenig seltsam. Vielleicht wurde er in seinem Mitteilungsdrang irgendwie gefährlich. Sicher war es besser, ihm einfach zuzustimmen. Sie glaubte ihm seine Geschichten über imperiale Zauberer, die sich mit der Beschwörung von toten Elfen beschäftigten, zwar nicht, aber allein die Anwesenheit der Gildenmagier im Elfenspitz tat wahrscheinlich ein übriges, um in den Augen der abergläubischen Burgbesatzung die Spukgeschichten über den Turm zu ergänzen.

Begeistert nickte der Wachsoldat und erzählte unaufhaltsam weiter. »Am nördlichen Hang des Obun entstand indessen die Neue Festung, auf deren südlicher Mauer wir gerade stehen. Die Neue Festung wurde nach den modernsten Methoden der imperialen Festungsbaukunst errichtet. Der Bau verschlang Unmengen von Geld, aber Kaiser Ondra VII. war wegen des fehlgeschlagenen Feldzugs besorgt und unterstützte die Anlage mit großzügigen finanziellen Zuwendungen, so daß sich die Baumeister nicht zurückhalten mußten.«

Der verhinderte Fremdenführer drehte sich um und zeigte Celina das Zentrum von Soron, den Neuen Bergfried.

Seine Stimme nahm einen fast ehrfürchtigen Tonfall an. »Dort, einhundertfünzig Schritt über dem Paßniveau, an der östlichen Seite der Festungsanlage, wurde der Neue Bergfried errichtet. An seine Basis schmiegen sich Vorbauten, Ställe und kleinere Türme. Das Ganze ist zu einem massivem Block von Einzelteilen aus Granit verschmolzen, die kunstfertig miteinander verbunden sind.« Der Wachsoldat klang jetzt, als beschreibe er seine Liebste. »Überall gibt es Schießscharten und mit Zinnen geschützte Plattformen, von denen Verteidiger eine freie Sicht auf Angreifer aus allen erdenklichen Richtungen haben. Schließlich errichtete man jene Mauer dort hinten, sie verbindet die Anlage nach Westen hin mit dem Turm dort.« Ausladende Gesten unterstrichen die Beschreibung. »Seht Ihr ihn?« Der Mann war jetzt komplett aus dem Häuschen.

Celina wußte gar nicht mehr, was sie sagen sollte. »Klar, natürlich sehe ich ihn, er ist ja groß genug!« Ihr Begleiter war jedoch auch durch den schärferen Tonfall nicht mehr zu bremsen. Offensichtlich war er wirklich stolz darauf, ein echter Soron-Soldat zu sein.

»Die Baumeister schwenkten dann nach Süden auf das massive Torwerk zu. Von dort zogen sie die Mauer in südlicher Richtung weiter auf den nächsten Turm zu, der dann wiederum durch eine nach Osten verlaufende Mauer mit der Neuen Festung verbunden wurde. Das dadurch entstandene Areal ist schließlich noch mit Verbindungsmauern zum Elfenspitz im Norden und der Ordensbastion im Süden versehen worden.« Der Soldat schnappte kurz nach Luft. »Auf diese Weise ist auch unterhalb der Neuen Festung ein recht großes, wenn auch abschüssiges Gebiet von Mauern umschlossen worden, in dem sich die zivilen Bewohner der Festung endlich sicher fühlen können. Und wir Soldaten haben genügend Platz zum Exerzieren und für eine großzügige Pferdekoppel. Überall auf den Verteidigungsplattformen der Neuen Festung und der Ordensbastion sind große Katapulte und Pfeilgeschütze stationiert, die den gesamten Paß mit einem tödlichen Kreuzfeuer belegen können. Unser ganzer Stolz, Herrin, ist allerdings eine Batterie Khybors Schrecken, das sind Mörser, die auf der Neuen Feste eingerichtet sind. Diese Geschütze konnten Stein- und Brandgeschosse auf jeden Angreifer niederhageln lassen, der einen Angriff vom Paß her versucht.«

Von Celinas Standort aus waren noch drei weitere Geschütze zu erkennen, deren lange Rohre über die Zinnen einer Plattform zu sehen waren, die aus dem Hauptwerk der Neuen Feste hervorragten. Das waren Falkaunen. Wayn hatte ihr erzählt, daß es sich um neuartige Geräte handelte, die über eine besonders hohe Reichweite und Durchschlagskraft verfügten.

»Abschließend, meine Dame, kann ich nur bekräftigen, daß Ihr Euch hier auf einem hervorragenden und gänzlich uneinnehmbaren Militärstützpunkt des Imperiums befindet.« Der Soldat schaute sie abwartend an, er schien seine Rede beendet zu haben.

Sie blickte ihn ebenfalls an.

»Habt Ihr noch Fragen, Herrin? Ich müßte jetzt wieder meine Runden aufnehmen.« Die Stimme des Soldaten nahm einen drängelnden Tonfall an.

Celina fragte sich, was er wohl von ihr wollte. Dann dämmerte es ihr.

»Ach so, ja natürlich! Ich will Euch nicht aufhalten.« Sie kramte einige Bronzemünzen aus ihrem Beutel hervor und gab sie dem Mann. »Vielen Dank für Eure Mühe.«

»War mir eine Freude, Herrin«, verabschiedete sich der Soldat mit einer Verbeugung.

Celina schüttelte den Kopf. Offensichtlich verdiente ein einfacher Wachsoldat wirklich ziemlich wenig.

Aber allmählich wurde ihr kalt. Sie hauchte in ihre kalten Hände und ging ein wenig auf dem Wehrgang umher, während sie überlegte, ob sie nicht doch in die Neue Festung gehen und etwas Warmes trinken sollte. Doch bei dem Gedanken an die Blicke der jungen Festungsoffiziere verwarf sie die Idee schnell wieder.

Andron hatte sofort nach seiner Ankunft begonnen, allen Adligen auf der Burg zu erzählen, daß er von Celina verfolgt würde. Sie sei ihm bis Ihsligano nachgelaufen, obwohl er doch, gerade wegen ihrer ständigen Versuche, seine Aufmerksamkeit zu erregen, Leigre mitten in der vorwinterlichen Ballsaison verlassen habe.

Nachdem sie ihn dann auf dem Landgut eingeholt hatte, habe sie sich ihm sofort an den Hals geworfen und in ganz unschicklicher Weise begonnen, ihn, den alle ja als einen Ausbund an Tugend kannten, mit ihren nicht unbeträchtlichen Reizen zu umgarnen. Die jungen

Offiziere aus dem Kaiserheer, die oft mehrere Jahre auf der abgelegenen Festung Dienst taten, sogen solche Geschichten natürlich begierig auf und begannen, Celina als eine Art fleischgewordene Sünde zu betrachten.

Inzwischen fragte sich die Verkörperung der Unzucht, wie sie jemals auf Andron hatte hereinfallen können. Der Sohn des Provinzgouverneurs kam ihr wie ein giftiger Schleimmolch vor, den sie am liebsten unter dem Absatz ihres Stiefels zertreten hätte.

Als er vor einigen Wochen in Leigre das erste Mal von Liebe gesprochen hatte, war sie natürlich zuerst mißtrauisch gewesen. Er war schließlich der Sproß einer Adelsfamilie, die mit der ihren bestenfalls gegenseitige Abneigung verband. Doch mit schönen und gefühlvollen Worten hatte er ihre Zurückhaltung schnell abgebaut. Er schien so liebenswürdig, großzügig und ehrlich zu sein. Sein Leben war genau das, was Celina sich immer unter echtem Adel vorgestellt hatte. Sie war nicht wirklich arm, sie hatte auch nie hungern müssen, aber irgendwie schien sich ihr Zuhause auf Gut Leunor kaum von dem einer reichen Bauernfamilie zu unterscheiden. Andron hingegen lebte in einem solchen Luxus, daß er sich gar nicht vorstellen konnte, wenn jemand es nicht selbstverständlich fand, mehr oder weniger jeden Tag ein neues Hemd zu tragen und Ringe an den Fingern zu haben, deren Gesamtwert den einer gesamten Ernte ihres Familienbesitzes überstieg.

Gerade wegen dieses Lebens erschien Celina die lockere und freundliche Umgangsweise, die Andron ihr gegenüber an den Tag legte, um so bemerkenswerter. Der junge Fedina war offensichtlich gar nicht so gemein und hinterhältig, wie es Celinas Vater immer von allen Mitgliedern der Fedina-Familie behauptete. Nein, Andron Fedina war Celina eher wie ein strahlender Held aus einer anderen, schöneren Welt erschienen, der gekommen war, um sie in dieses Paradies zu entführen.

Das Schaudern, das sie durchschüttelte, hatte nichts mit dem kalten Wind zu tun. Ihr wurde fast schlecht, wenn sie daran dachte, wie diese Schlange sie getäuscht hatte. Warum hatte sie nichts von seinen wahren Absichten bemerkt?

Oto Furyn, der dickliche Gefährte ihres Bruders, hatte einmal kurz versucht, sie vor Andron zu warnen. Er hatte ansatzweise Gerüchte gehört, daß Celina sich heimlich mit dem herausragendsten Mitglied der feinen Gesellschaft Leigres traf. Sie hatte natürlich alles abgestritten. Nicht auszudenken, wenn Oto auf die Idee kam, ihrem Bruder von Andron zu erzählen. Fakor hätte Andron sofort zum Duell herausgefordert.

Unwillkürlich mußte Celina lächeln. Fakor hätte dem zierlichen Andron wahrscheinlich Arme und Beine ausgerissen. Ihr Bruder vergaß bei Duellen immer irgendwann, sein Schwert zu benutzen. Er war ein Mann, der seine Auseinandersetzungen lieber mit den Fäusten regelte. Aber jetzt war es zu spät, sich solch belustigenden Gedanken hinzugeben. Das Kind war im Brunnen, wie ihr Vater gesagt hätte.

Der nachdenkliche Blick, den ihr der junge, dick vermummte Wachsoldat zuwarf, an dem sie gerade vorüberging, riß sie wieder aus ihren Träumereien heraus. Sofort versuchte sie erneut, einen zielstrebigen Gesichtsausdruck aufzusetzen. Noch einen verhinderten Fremdenführer konnte sie nicht gebrauchen.

Celina fühlte sich vollkommen allein. Irgendwie wünschte sie sich ihren großen Bruder Fakor herbei, doch was sollte er tun? Vor den Ishtaktis drohte im Augenblick keine Gefahr, und vor den Fedina-Offizieren, die praktisch alle dachten, sie hätte sich Andron auf höchst skandalöse Weise an den Hals geworfen, konnte auch ihr starker Bruder sie nicht beschützen. Daß – Wayn zufolge – die Hälfte dieser Offiziere Andron für einen eingebildeten Fatzke hielten, machte die Sache auch nicht besser. Denn um so mehr Grund hatten die auf der Festung versammelten Ehrenmänner – und welcher der jungen Helden hielt sich nicht für einen solchen – Celina mit Verachtung zu strafen. Schließlich hatte noch keiner der Adligen, die auf Soron lebten, ein freundliches Wort mit ihr gewechselt. Doch warum wunderte sie sich?

Androns Darstellung war eine so hinterhältig erdachte Verdrehung der wahren Vorgänge, daß sogar Wayn ein ernsthaftes und sehr lautes Gespräch mit Celina geführt hatte, bei dem er ihr nahelegte, ihn bitte nie wieder so hinters Licht zu führen, und sich auch niemals wieder dermaßen naiv auf einen Mann wie Andron Fedina einzulassen.

Celina hatte ihm vollkommen zugestimmt. Sie würde sich überhaupt nie wieder auf irgendeinen Mann einlassen. Nachdem Wayn aufhörte sie anzuschreien, hatte sie ihm dann die ganze Entwicklung ihres Verhältnisses zu Andron erzählt, ihm jedes geheime Treffen gebeichtet, und sich anschließend schluchzend an seine Brust geworfen.

Nach einer Weile hatte er nicht mehr ganz so streng geschaut und begonnen, ihr sanft über das Haar zu streicheln, wie er es früher getan hatte, wenn sie vom Pferd gefallen war. Sie hatte es in den letzten Tagen ja auch wirklich nicht leicht gehabt. Wie hätte sie ahnen sollen, daß ausgerechnet jetzt die Isthakis einen ihrer Raubzüge starteten, woher hätte sie etwas von Androns Boshaftigkeit wissen sollen? Niemand hatte sie gewarnt, im Gegenteil, alle ihre neuen Freunde in Leigre hatte sie um Androns Interesse beneidet. Oto zählte nicht, er war schon lange ein wenig in sie verliebt und hatte nur seiner Eifersucht nachgegeben, als er sie vorsichtig auf die Charakterfehler des jungen Fedina hinwies.

Nach einer Stunde hatte Celina den Eindruck, daß

Wayn sie ein bißchen verstehen konnte und nicht mehr allzu böse auf sie war. Er war dann aufgebrochen und hatte unter den jungen Adligen der Garnison sehr deutlich zum Ausdruck gebracht, daß er Celinas offizieller Beschützer war. Und daß es eine Forderung zum Duell nach sich ziehen würde, wenn noch einmal jemand der Ni-Laird Gadhira zu nahe trat. Danach bekam Celina wenigstens keine spitzfindigen Bemerkungen zu hören. Denn gerade die älteren Offiziere und Berufssoldaten auf der Burg erinnerten sich noch sehr genau daran, wozu Wayn Terhuk in der Lage gewesen war, bevor er sich im Dienste der Sedryns zur Ruhe setzte. Und es gab kaum eine Beschäftigung, der alte Soldaten lieber nachhingen, als Geschichten über vergangene Zeiten auszutauschen. In einigen dieser Geschichten, die natürlich am allerliebsten jüngeren Kameraden erzählt wurden, mußte Wayn eine ziemlich gewalttätige Rolle spielen. Denn seit zwei Tagen beeilten sich einige der besonders Vorlauten, schnell außer Sichtweite zu gelangen, wenn sie den grauhaarigen Ritmar auch nur von Weitem sahen.

Inzwischen war Celina, die inzwischen am ganzen Leib zitterte, am Torwerk unter der Neuen Festung angekommen und klopfte an die Tür, die den Wehrgang mit der Bastion verband. Die Wache ließ sie ein, und sie begann, die enge Wendeltreppe im Inneren des Gebäudes hinabzusteigen. Es war einfach zu kalt, um schutzlos dem Wind ausgesetzt auf der Mauer auf Wayn zu warten. Fedina-Offiziere hin oder her.

Während sie durch die Stockwerke des Torwerkes auf das Niveau des Innenhofs vor der Festung herabstieg, spürte sie die Blicke der diensttuenden Soldaten in ihrem Rücken. Die Männer aus der Provinzarmee stammten zumeist aus ärmlichen Verhältnissen und wußten nichts von ihren Problemen. Für diese Männer war sie einfach eine weitere Adlige, die sich einen kleinen Spaziergang auf dem kalten Wehrgang gegönnt hatte. Eine Gelegenheit, sich durch eine kurze Geschichte ein Trinkgeld zu verdienen. Manchmal wünschte sich Celina, daß die Welt auch für sie so einfach sein könnte. Hier gab es keine Intrigen, Familienfehden und ähnliche Dinge.

Andererseits, wenn sie es sich recht überlegte, das Leben als junge Adlige hatte auch seine Vorteile. Ohne ihren Titel wäre sie bestimmt nicht im besten Zimmer der Herberge einquartiert worden – und das auch noch, ohne zu bezahlen. Niemals hätte sie die Gelegenheit wahrnehmen können, sich die Umgebung Sorons vom Wehrgang der Neuen Festung aus anzuschauen. Die junge Frau konnte einen tiefen Seufzer nicht unterdrücken. Das Leben war schwierig.

Sie verließ das Torwerk durch eine kleine Seitentür und stieg den steil ansteigenden Innenhof zum Bergfried empor. Der Boden bestand zum größten Teil aus nacktem Fels. Dieser Teil der Festung Soron war in einen abschüssigen Hang hineingebaut worden. Das starke Gefälle bedingte, daß der Hof im wesentlichen von Gebäuden oder ähnlichem frei blieb. Nur ein breites Band niedriger Treppenstufen zog sich vom Torwerk zur Neuen Festung empor. Am oberen Ende des Hofes war eine kleine Fläche begradigt worden, die freien Zugang zum Haupttor des Neuen Bergfried und einigen kleineren Seitenpforten ermöglichte.

Als Celina den Weg zum Haupttor emporschritt, konnte sie gerade noch die berittene Patrouille erkennen, die vor einigen Minuten angekommen war. Die letzten Pferde verschwanden gerade in dem dunklen Tunnel hinter dem großen Eingangstor des Neuen Bergfriedes. Celina folgte den Reitern, sie wußte, daß man vom großen Eingangstunnel aus nicht nur zu den Ställen, sondern auch zur großen Musterungshalle gelangte. In dieser riesigen künstlichen Höhle konnten sich im Falle einer Belagerung ganze Hundertschaften zu Ausfällen sammeln. Hier war sie mit Wayn verabredet.

Keine der überall herumstehenden, schwer bewaffneten Wachen hielt sie auf oder warf ihr mehr als einen kurzen Blick zu. Diese Männer waren erfahrene Veteranen, die aus den Haustruppen der Fedinas stammten. Sie waren es gewohnt, Adlige zu sehen. Ihre Fedina-Offiziere waren zwar die gleichen Männer, die sich über Celinas angeblich so skandalöses Verhalten empörten, aber die Mannschaften wurden natürlich aus solchen Adelsangelegenheiten vollständig herausgehalten. Celina suchte sich einen ungestörten Platz am Rande der großen Musterungshalle, um weiter auf Wayn zu warten, während Männer der unterschiedlichen Truppengattungen, die in Soron stationiert waren, an ihr vorbeieilten.

Immer wieder war der Schwarze Greif der Fedinas auf den unterschiedlichen Wappenröcken zu sehen. Die herrschende Familie der Provinz Anxaloi ließ es sich nicht nehmen, ihre Mitglieder und deren Haustruppen in der prestigereichen Festung zu stationieren. Neben den Wachen aus dem Fußvolk der Fedinas waren auch Mitglieder der berühmten Greifen zu sehen. Dies waren die Lanzenreiter der Fedinas, deren Mut selbst von den Sedryns nie angezweifelt wurde. Einige junge Männer trugen die rote Uniform mit dem Einhornwappen der Familie Lodruny. Dies waren Unteroffiziere der ebenfalls in Soron stationierten, adligen Langbogenschützen.

Die meist in unauffälliges Braun gekleideten Männer, die zu den Abteilungen des Provinzheeres gehörten, fielen zwischen den bunten Uniformen der adligen Soldaten zuerst kaum auf. Doch Celina konnte unter anderem Mitglieder des Zweiten Infanterieregimentes und des Ersten Armbrusterregimentes Anxaloi ausmachen. Die mehr als fünfhundert Soldaten aus Abteilungen des

Kaiser- und Provinzheeres in Soron machten es allerdings nicht einfacher, die ganzen Abzeichen, die in der großen Halle versammelt waren, im einzelnen auseinanderzuhalten. Ohne Regimentsfahnen, die an den Wänden der Halle angebracht waren, hätte Celina sich nie zurechtgefunden.

Eine seltsame Unruhe schien im Inneren der Halle zu herrschen. Heute morgen, als sie sich hier von Wayn verabschiedet hatte, war alles wesentlich ruhiger zugegangen. Jetzt sah sie auch noch zwei Männer in den schlichten schwarzweißen Uniformen der Ordenstruppen die Halle durchqueren und auf die Treppe zu den oberen Stockwerken zustreben. Meist blieben die Ordenskrieger lieber in ihrer eigenen Bastion, um sich nicht mit dem liederlichen Leben der anderen Soldaten auseinandersetzen zu müssen. Wenn doch nur Wayn endlich wieder auftauchen würde. Der hätte bestimmt gewußt, was die ganze Aufregung zu bedeuten hatte. Celina überlegte, ob sie doch weiter im Inneren der Neuen Festung nach dem Ritmar suchen sollte. Die vorbeilaufenden Offiziere sahen so aus, als ob sie anderes zu tun hätten, als sich über eine einzelne Frau Gedanken zu machen, und Andron war bestimmt noch gar nicht wach. Immerhin war es noch vor der Mittagszeit.

Eine schwere Hand auf ihrer Schulter und der ranzige Gestank zu lange getragenen Leders schreckten sie aus ihren Gedanken.

»Frau, was du machen hier? Suchen nach gutem Mann?« Gord der Mammutjäger war wie immer lautlos und überraschend neben Celina aufgetaucht. Er schien sich prächtig über seinen Scherz zu amüsieren, blieb aber neben Celina stehen und schaute sie fragend an.

»Gord?« Celina war verwirrt. Eigentlich hatten Mammutjäger im Inneren des Bergfrieds nichts zu suchen.

»Großer Häuptling von Burg sagen, Gord soll kommen zu Rat mit anderen Häuptlingen. Er sagen Gefahr kommen näher und Gord und seine Männer sollen kämpfen.«

Celina wußte, daß Gord mit seinen Leuten eigentlich schon längst wieder weg sein wollte. Nachdem er Celina und die anderen Überlebenden von Ihsligano bis Soron begleitet hatte, hatte er umgehend wieder aufbrechen wollen, als er feststellen mußte, daß es in Soron keine Isthakis umzubringen gab. Der Barbar brannte darauf, für seine von den Isthakis ermordete Sippe Rache zu nehmen. Seine unbekümmerten Witzeleien verbargen eine blutige Wut auf alles, was sich aus dem Norden ins Imperium hinuntertraute. Doch der Festungskommandant, Ghanar Bran Carrol Fedina, hatte Geschenke in Form von Winterkleidung und Waffen ins Spiel gebracht. So waren Gord und seine Männer geblieben. Jetzt bekamen sie offensichtlich endlich etwas zu tun.

»Was für eine Gefahr, Gord? Hat der Ghanar Genaueres gesagt?« fragte Celina.

Der hochgewachsene Barbar und die junge Adlige hatten sich auf dem Weg nach Soron ein wenig angefreundet. Gords ständiges ›Frau, hier und Frau, da …‹ ging Celina zwar auf die Nerven. Aber sie mochte die Geradlinigkeit des Kriegers – und sich mit ihm zu beschäftigen, stellte eine wunderbare Möglichkeit dar, Andron zu ärgern. Gord schien sich in der Gesellschaft der Sedryn-Adligen ebenfalls wohl zu fühlen. Obwohl die Gründe dafür Celina nicht ganz klar waren, hatte sie bemerkt, daß ihr Gord einige Male anerkennende Blicke zugeworfen hatte.

Der Barbar antwortete nicht sofort. Er schien nach den richtigen Worten zu suchen. »Bote von Häuptling hat gesagt, Eisleute kommen nach Soron. Aber hier kein Platz für Reden. Du kommen mit zu Rat. Du sein doch Häuptlingstochter, oder?«

Celina wußte zwar, daß die Mammutjäger auch ihre

Frauen an wichtigen Entscheidungen beteiligten. Das Leben in der Wildnis war zu hart, um sich Gedanken über Anstand und Sitte zu machen. Doch sie zögerte, Gord einfach so zu begleiten. Wenn sie ihn richtig verstanden hatte, war er gerade zu einer Stabssitzung unterwegs. Bei solchen Gelegenheiten wurden keine Frauen geduldet.

Andererseits, sie war schließlich eine Sedryn, und auf dem Weg hierher hatte sie schon mehrfach den Feinden aus dem Norden gegenübergestanden. Obwohl sie versuchte, es zu vergessen, hatte sie auch schon zweimal getötet. Das unterschied sie wohl eindeutig von einer gewöhnlichen jungen Dame ihres Alters, die zu einer solchen Sitzung wenig mehr als ein gelegentliches »Oh!« hätte beitragen können.

Außerdem konnte sie bei der Gelegenheit nach Wayn Ausschau halten. Sie hatte wirklich keine Lust mehr, hier unten auf ihn zu warten. Zwar bestand eine hohe Wahrscheinlichkeit, daß sie bei einer Stabssitzung Andron träfe, aber während einer solchen Gelegenheit würde er sich zurückhalten müssen. Womöglich stellte diese Konferenz sogar eine Gelegenheit dar, diesen eingebildeten Intriganten ein wenig bloßzustellen. Ihre Rechnung mit diesem Wiesel war noch lange nicht beglichen.

Also nickte sie. »Gehen wir.«

KAPITEL 17

30. Sempak, 715 IZ, Leigre

Provinzhauptstadt von Anxaloi. Früher Morgen.
Ein leichter Schneefall hat eingesetzt.

Hoch über den Straßen der Provinzhauptstadt, die sich langsam mit einem weißen Teppich überzogen, befand sich ein Taubenschlag. Er lag unter dem Spitzdach eines hohen Turms. Die Tauben saßen in kleinen, mit Stroh gefüllten Käfigen und gurrten leise und eingeschüchtert vor sich hin. In dem Taubenschlag herrschte trotz des beständigen Gurrens eine seltsam stille Atmosphäre. Hier oben war nichts vom Lärm der erwachenden Stadt zu hören. Die klare Morgenluft über der Stadt war vom scharfen Geruch des Taubenkots erfüllt.

Doch noch ein weiterer Geruch schlug dem Mann entgegen, der den kleinen Raum durch eine Bodenluke betrat. Gegen die Kälte war der Mann in einen schweren Mantel gehüllt, über seinen Kopf hatte er eine Kapuze gezogen. Der metallische Gestank frischen Blutes entlockte ihm einen scharfen Fluch, als er sich vom Eingangsbereich des Taubenschlages aus nach Neuankömmlingen umschaute.

Der Taubenschlag war so geheim, daß nur er den Schlüssel besaß, und die Ereignisse der letzten zwei Tage hatten ihm keine Gelegenheit gelassen, hier oben nach dem Rechten zu sehen. Doch er hatte sich keine großen Sorgen gemacht, Futter war genug da, und er erwartete im Augenblick keine wichtigen Nachrichten. Alle anstehenden Pläne waren im Gang und nahmen im jetzigen Stadium einen ruhigen Verlauf.

Die Tauben in diesem Verschlag stellten seine Verbindung mit Geschäftspartnern und anderen Leuten dar, zu denen er nur in sehr seltenen Ausnahmefällen Kontakt pflegte. Doch es mußte eine wichtige Nachricht angekommen sein, und für den Überbringer dieser Nachricht waren die Körner, von denen sich die Rassebrieftauben ernährten, als Nahrung vollkommen ungeeignet. Der Bote ernährte sich von Blut. Und er hatte keine Hemmungen gehabt, sich an den hilflosen Tauben gütlich zu tun.

Inmitten eines blutigen Flecks aus zerfetzten Taubenkörpern und Federn hockte ein großer schwarzer Kater und fauchte den Mann an. Seltsam leuchtende, blaue Augen blitzten bösartig auf. Kurze Zeit schauten sich Mann und Kater in die Augen – das hier war nicht irgendein Straßenkater, der den unmöglichen Aufstieg in den Turm geschafft hatte.

Vorsichtig beugte sich der Mann hinunter. Der Kater richtete sich fauchend auf und machte einen Buckel, doch einige leise Worte in einer unverständlichen, kaum menschlich klingenden Sprache beruhigten das Tier. Mit langsamen und vorsichtigen Bewegungen entfernte der Kapuzenträger ein unauffälliges, kleines Metallröhrchen von der Hinterpfote des Tieres.

Er öffnete den Verschluß und holte ein winziges Stück Pergament heraus. In hellblauer Farbe standen einige seltsame Zeichen darauf, die der Mann aber offensichtlich problemlos lesen konnte, denn nach wenigen Sekunden richtete er sich wieder auf. Wütend starrte er auf den Kater hinab, der ihn von seinem blutbesudelten Lager vor der Einflugöffnung des Taubenschlags lauernd anstarrte. Dann holte der Mann blitzartig aus und beförderte den überrascht aufkreischenden Boten mit einem heftigen Tritt aus dem Turm.

Der Raum im Inneren des Palastes von Leigre war hell erleuchtet. Es gab zwar keine Fenster, aber dafür waren an den Wänden in regelmäßigen Abständen Laternen angebracht. Die Wände bestanden aus rohen Steinen, massiven Felsblöcken, deren wuchtiges Aussehen eine kühle, kompromißlose Atmosphäre schuf. Vor den Steinen war ein engmaschiges Metallgitter angebracht, das an mehreren Stellen mit Siegelplatten der Magiergilde des Imperiums versehen war. Einige an den Wänden hängende Wappenschilde und Waffengehänge waren die einzigen Zugeständnisse an Aspekte der Wohnlichkeit in dem ansonsten schmucklosen Raum.

Zwei schwerbewaffnete Wachen mit sehr abweisendem Gesichtsausdruck standen vor der Tür aus schweren Eichenbohlen, die auf der Innenseite des Raumes ebenfalls mit einem Gitter versehen war.

»Ich stimme Euch vollkommen zu, Herkyn. Wir dürfen auf keinen Fall etwas übereilen.« Die hagere Gestalt von Rakos Mariak, dem Oberbefehlshaber der Ordenstruppen in Anxaloi beugte sich über den Tisch in der Mitte des Raumes.

Das mehr als vier Meter lange Ungetüm aus schwerem Holz war über und über mit Karten und Schriftstücken bedeckt. Vor dem Ordensoffizier im Range eines Lan-Kushakan lag eine große, farbig verzierte Karte der Nordmarken. Neben Rakos standen noch ein gutes Dutzend weiterer Offiziere aus dem Provinz- und Kaiserheer um den Tisch herum.

An den Wänden warteten mitgebrachte Ordonnanzen, unter ihnen, neben einem ihm unbekannten Stabsoffizier, auch Jadhrin. Sein kürzlich zu Ende gebrachter Spähauftrag hatte ihm die Gelegenheit verschafft, an dieser Konferenz des Oberkommandos der Provinz Anxaloi teilzunehmen.

»Genau, Rakos, hier ist auf jeden Fall Vorsicht geboten. Wenn ich mir die Lage so betrachte, scheint der Vormarsch der Tiermenschen auf breiter Front zum Stehen gekommen zu sein. Alles was aus dem Norden nach Leigre dringt, weist darauf hin, daß jenseits der isthakischen Linie bestenfalls die üblichen Plünderungen stattfinden.« Der Sprecher war Herkyn Grigor Fedina, Gouverneur der Provinz Anxaloi.

Er stand in einer kostbaren Uniform voller blinkender Orden auf der anderen Seite des Tisches gegenüber dem Lan-Kushakan und betrachtete ebenfalls die Karte, auf der eine Vielzahl kleiner Figürchen aus Zinn die Stellungen der verschiedenen Einheiten des imperialen Heeres und der Invasoren aus dem Norden darstellte. Während er die meisten der Figuren einsammelte, die imperiale Kavallerieverbände darstellten, sprach er weiter. »Wenn ich gleichzeitig an die Nachrichten denke, die aus Thordam zu uns dringen, komme ich immer mehr zu der Überzeugung, daß es sich um ein Ablenkungsmanöver handelt, um unsere Kräfte in Anxaloi zu binden. Ich schlage vor, wir verlegen die Fedina-Haustruppen und die besseren Einheiten des Provinzheeres nach Thordam, um Herkyn Henron zu entlasten. Was sagt Ihr, Rakos?«

Mit einer lockeren Geste plazierte er die eingesammelten Figürchen in der westlich von Anxaloi gelegenen Provinz Thordam. Dort stand bereits eine große Menge von Figuren, die offensichtlich Eishexen darstellten, wenigen Figuren aus dem Provinzheer und Ordenstruppen gegenüber.

Jadhrin war von dem Herkyn angenehm überrascht. Gut, die tiefliegenden Augen und die langen, ölig glänzenden Haare des Adligen schrien nicht gerade nach Sympathie, zusammen mit dem fein gestutzten Kinnbart und der schon recht fortgeschrittenen Stirnglatze erweckten sie, selbst bei freundlicher Betrachtung, einen berechnenden Eindruck. Doch die Stimme des Herkyn machte das alles wieder wett. Es war eine geradezu hypnotische Wirkung, die von dem Provinzgouverneur ausging, sobald er den Mund öffnete – ihm zuzuhören, bedeutete ihm zuzustimmen.

Was er sagte, klang ja auch ziemlich vernünftig. Nur

wegen der Ergebnisse des Spähunternehmens konnte Jadhrin ihm nicht ganz beipflichten. So viele Truppen abzuziehen, war im Augenblick strategisch einfach unklug. Zwar konnte die Provinz Anxaloi durchaus gegen die eingedrungenen Tiermenschen verteidigt werden, aber das Kräfteverhältnis würde sich unnötig zu Gunsten der Isthakis verschieben.

Jadhrin glaubte zwar nicht, daß ein Angriff drohte, denn hinter der dünnen Linie der Tiermenschen schien es überhaupt keine isthakischen Truppen mehr zu geben. Aber eben deshalb war es doch viel sinnvoller, die jetzige imperiale Überlegenheit auszunutzen, die Tiermenschenlinie von Osten her aufzurollen und nach Westen zu treiben. Durch ihre fliehenden Verbündeten würden die Isthakis in Thordam durcheinandergebracht werden, das wiederum konnte dann von den Anxaloiern ausgenutzt werden, um den Feinden in Thordam in die Flanke zu fallen.

Jadhrin lehnte sich zufrieden an das Metallgitter in seinem Rücken. Dieses Vorgehen würde sein Vorgesetzter, der Lan-Kushakan jetzt vorschlagen. Und Jadhrin Thusmar, ein unbedeutender kleiner Dashino, war derjenige, der die entscheidenden Informationen erbracht hatte. Nach kaum zwei Wochen in der Provinz würde seine Karriere bereits einen gewaltigen Sprung nach vorne tun! Sein Großonkel Dorama wäre stolz auf ihn.

Unterdessen rieb sich das Instrument des geplanten Karriereschubs nachdenklich das Kinn, schien angestrengt nachzudenken. Jadhrin war verwirrt, warum erklärte der Lan-Kushakan nicht, was sein Dashino herausgefunden hatte. Natürlich hatte Jadhrin sich nicht angemaßt, seinem Vorgesetzten seine Einschätzung des günstigsten Vorgehens zu erläutern, aber die beste Strategie lag doch ganz klar auf der Hand.

»Ich glaube, Ihr habt recht, Herkyn.« Rakos zwirbelte den Schnurrbart, der wegen seiner Vollglatze sein ganzer Stolz war. »Die Lage im Norden ist zwar nicht ganz eindeutig, doch höchstwahrscheinlich sind es wirklich nur die üblichen Plünderungen. Diese Tiermenschenlinie soll nur von der wirklichen Bedrohung ablenken. Der Großangriff in Thordam ist es, worum es hier in Wirklichkeit geht.

Hinzu kommt noch, daß wir es uns auf keinen Fall leisten können, Herkyn Henron das Gefühl zu geben, jede Provinz der Nordmarken müßte allein und ohne Unterstützung des restlichen Reiches mit ihren Schwierigkeiten fertig werden. Ihr wißt, alle einschlägigen Spionageberichte durch die Streiter in der Finsternis gehen davon aus, daß sich der Gouverneur von Thordam seiner Treue zu Kaiser und Reich nicht mehr völlig sicher ist.«

Er begann, wie zuvor der Herkyn, in der Provinz Anxaloi stehende Figuren einzusammeln. »Wenn wir also davon ausgehen können, daß die Tiermenschen nicht weiter vorrücken, was auch die Berichte meiner Späher bestätigen«, er wies mit dem Kopf in Jadhrins Richtung, »genügen nur wenige Einheiten, um nach ihrem Abzug die übliche Verfolgung zu gewährleisten. Deshalb«, er stellte die eingesammelten Figuren zu dem inzwischen beachtlichen Haufen in Thordam, »werde ich Euren Einheiten noch einige Ordensschwadronen hinzufügen. Wir werden die Eishexen aus Thordam so nachdrücklich wieder hinauswerfen, daß sie sich ein paar Jahre nicht zurücktrauen. Und die militärische Stärke, die uns dann in der Provinz zur Verfügung steht, wird Gouverneur Henron von allen Separationsgedanken heilen.«

Die anderen anwesenden Offiziere brachen, nachdem die beiden Heerführer auf diese Weise ihre einhellige Meinung dokumentiert hatten, in zustimmendes Gemurmel aus.

Jadhrin war fassungslos. Warum erwähnte Rakos nicht die Informationen, die er von ihm erhalten hatte?

Warum hatte ihn der Lan-Kushakan zu dieser Besprechung mitgenommen, wenn er die von Jadhrin beschafften Informationen einfach überging? Auch der Gouverneur von Anxaloi wirkte nicht so, als ob die Zustimmung und das Verstärkungsangebot des Ordensoffiziers ihn sonderlich erfreuten. Er verzog die Stirn und strich sich nachdenklich über den Spitzbart.

»Ich weiß nicht, Rakos. Findet Ihr nicht, daß wir auf diese Weise Anxaloi etwas zu sehr schwächen? Was ist, wenn die Tiermenschen von unseren Plänen Wind bekommen und beschließen, noch weiter im Süden Beute zu machen? Ich glaube wirklich, Eure tapferen Ritter sollten in Anxaloi bleiben, um mögliche Übergriffe der Isthaki zu verhindern.«

Jadhrin nickte unwillkürlich. Das war das mindeste.

Doch sein Vorgesetzter schüttelte entschieden das haarlose Haupt. »Nein, nein, glaubt mir, Grigor. Das ist überhaupt nicht nötig. Durch die leuchtende Hand Meridas ist es einer Schwadron meiner Ordensritter gelungen, bis tief hinter die Linie der Tiermenschen in den Norden vorzustoßen.« Er drehte sich zu Jadhrin um. »Dashino, wir erwarten Euren Bericht.«

Jadhrin nahm Haltung an. Dann trat er vor und schaute seinen Vorgesetzten fragend an. »Eine Zusammenfassung oder die ausführliche Version, Lan-Kushakan?« Jadhrin konnte sich nicht vorstellen, daß er wirklich vor den versammelten Offizieren der Provinz- und Kaiserarmee erzählen sollte, daß er einen Teil seiner Informationen durch die ›intensive‹ Befragung eines gefangenen Tiermenschen erhalten hatte. Die meisten der Anwesenden hätten wahrscheinlich wenig Probleme damit gehabt, daß ein feindlicher Krieger gefoltert worden war. Aber auch ein gefolterter Tiermensch war in keinem Fall jemand, auf den man sich verlassen wollte.

Dementsprechend fiel auch die Antwort des Lan-Kushakans aus: »Nein, die kurze Version genügt.«

Also gab Jadhrin in knappen Worten seine Einschätzung der feindlichen Truppenstärke hinter der abschirmenden Linie der Tiermenschen wieder. Das Gefühl, daß der versammelte Offiziersstab der Provinz Anxaloi seinen Worten lauschte, beflügelte den jungen Dashino dermaßen, daß er nicht darauf verzichten konnte, auch noch eine Einschätzung der notwendigen Strategie hinzuzufügen. Er hatte das Gefühl, daß seine Formulierungen so einwandfrei, seine Zusammenfassung so präzise gewesen waren, daß der versammelte Stab ihm quasi zwingend zustimmen mußte. Die Tatsachen lagen einfach zu offensichtlich auf der Hand.

»Abschließend muß ich dringend empfehlen, durch einen sofortigen Vorstoß zunächst nach Norden die Linie der Tiermenschen zu zerschmettern, und sie dann nach Westen hin aufzurollen. So kann jedes Risiko eines überraschenden Angriffes ausgeschlossen werden. Dessen müssen wir sicher sein, bevor wir die an dem Unternehmen beteiligten Einheiten von Westen her in die gegnerische Flanke in Thordam vorstoßen lassen. So kann das feindliche Heer, durch die geschlagenen Tiermenschen bereits in Unordnung gebracht, mit Unterstützung der Thordamer in die Zange genommen und besiegt werden.«

Jadhrin, der während seines Vortrags stur geradeaus geblickt hatte, bemerkte plötzlich, daß atemlose Stille im Raum herrschte. Dann fiel ihm auf, daß er gerade der Meinung der beiden erfahrensten und vor allem mächtigsten Heerführer in Anxaloi widersprochen hatte.

Als er vorsichtig begann, seinen Blick in die Runde schweifen zu lassen, sah er, daß sowohl Rakos Mariak als auch Grigor Fedina ihn wütend anstarrten. Dann tauschten die beiden einen kurzen Blick. Jadhrin hatte fast das Gefühl, als würden sie sich darüber austauschen, wer den unverschämten Dashino fressen durfte.

Der Gouverneur öffnete seinen Mund, zweifellos um sich bei dem Lan-Kushakan über seine vorlauten Untergebenen zu beschweren. Jadhrin konnte spüren, wie die anderen Offiziere unwillkürlich von ihm wegrückten.

Da klopfte es an der Tür.

»Was ist?« Die beeindruckende Lautstärke der Stimme des Herkyn sollte wahrscheinlich eher den vorlauten Jungoffizier vor ihm treffen.

Ein junger Ritter aus der Leibgarde des Herkyn betrat den Konferenzraum, er hielt ein kleines Metallröhrchen in seiner gepanzerten Faust. Jadhrin atmete leise aus. Vielleicht hatte er Glück und irgend etwas lenkte von ihm selbst ab.

»Eine dringende Botschaft, Herkyn.« Der Leibgardist baute sich mit einem zackigem Zusammenschlagen seiner sporenbewehrten Stiefel vor Grigor Fedina auf. »Kam gerade mit einer Brieftaube aus Soron und trägt das Sigel Eures Sohnes. Der wachhabende Offizier dachte, Ihr würdet sie sicher gleich lesen wollen.« Eilig übergab er dem Gouverneur die kleine Röhre. Der warf Jadhrin noch einen wütenden Blick zu, nahm die Botschaft dann aber entgegen.

Gleichzeitig trat Rakos Mariak neben seinen Untergebenen und zischte: »Wir sprechen uns noch.«

Der Herkyn hatte inzwischen die Metallhülse geöffnet und ein eng aufgerolltes Pergament entnommen. Angestrengt las er die winzigen Buchstaben. Der geringe Platz auf dem Blatt war so eng ausgefüllt, daß der Herkyn neben einen Kerzenständer treten mußte, um mehr Licht zu haben.

»Diese Handschrift ...«, murmelte er leise vor sich hin. Dann, nach einigen gespannten Augenblicken, richtete sich der Herkyn auf und schaute in die Runde. »Das ist eine Nachricht von meinem Sohn Andron. Der Junge war zu einem Jagdausflug auf meinem Landgut Ihsligano in der Nähe der Festung Soron. Offensichtlich ist der durch die mangelnde Aufmerksamkeit der Grenztruppen...« Er hielt inne und musterte einen plötzlich betreten zu Boden schauenden Offizier der Provinzarmee scharf: »...vom Angriff der Tiermenschen überrascht worden und konnte sich gerade noch zur Festung Soron durchschlagen. Dabei büßte er seine gesamte Leibwache ein und sitzt jetzt dort oben fest. Der Festungskommandant kann offensichtlich keine Männer entbehren, um Andron sicher nach Leigre zu bringen. Mein Sohn bittet darum, abgeholt zu werden. Er will die winterliche Ballsaison nicht verpassen.«

Er blickte sich herausfordernd um, als wollte er überprüfen, ob etwa einer der anwesenden Offiziere es wagte, sich über das Anliegen seines Sprößlings lustig zu machen.

Der Herkyn wußte genau, daß sein Sohn unter den Berufssoldaten im Konferenzzimmer nicht den besten Ruf genoß. Als er seinen Blick durch die Runde schweifen ließ, stellte er aber fest, daß seine Autorität ausreichte, um sämtliche Anwesenden vorsichtig ins Nichts starren zu lassen. In keinem der Gesichter zeigte sich auch nur die Andeutung eines Lächelns, lediglich der neue Dashino fiel aus der Reihe. Ein breites Grinsen überzog sein ganzes Gesicht, während er an die gegenüberliegende Wand blickte.

Mit einem schnellen Schritt nach vorn stellte sich der Herkyn ins Blickfeld des jungen Mannes. Dieser Kerl war zwar nicht unmittelbar seinem Kommando unterstellt, aber niemand durfte es wagen, sich über ein Mitglied seiner Familie lustig zu machen.

»Äh, Grigor«, meldete sich Rakos Mariak neben dem Provinzgouverneur zu Wort. Der Herkyn fuhr herum und starrte dem Lan-Kushakan ins Gesicht. Der sollte bloß nicht versuchen, seinen Mann in Schutz zu nehmen. Orden hin, Orden her, es gab Grenzen dafür, was sich ein Herkyn des Imperiums gefallen lassen mußte.

»Ja?« Bewußt verzichtete der Gouverneur auf das freundschaftliche ›Rakos‹, mit dem er sonst seine innige Verbundenheit mit dem Kommandeur der Ordenstruppen zum Ausdruck brachte.

Doch der Ordensoffizier ließ sich nicht einschüchtern. Im Gegenteil, auch er begann seinen Dashino auf eindringliche Weise zu mustern.

»Ich glaube«, sagte er nach kurzem Zögern, »mir ist gerade eine Möglichkeit eingefallen, wie sich unser junger Freund auf sinnvollere Weise nützlich machen könnte, als hier unsere Zeit mit seinen Ratschlägen zu vergeuden.«

Der Provinzgouverneur schaute dem Lan-Kushakan ins Gesicht, dann richtete er seinen Blick wieder auf Jadhrin. Sein Mund verzog sich zu einem Lächeln.

Jadhrin fühlte sich erneut wie ein Kaninchen, das von zwei Wölfen gemustert wurde, die sich gerade überlegten, welcher von beiden es zuerst verspeisen durfte, die sich dann aber doch dazu entschlossen, sich den Spaß für später aufzuheben und das Kaninchen zuerst mal in eine Schlangengrube zu hetzen. Er hatte solche Blicke schon häufig bei den Ausbildern im Kloster Andoran gesehen, wenn sie einen Novizen zu einer besonders unangenehmen Aufgabe abstellen wollten. Seine Erwartungen wurden auch tatsächlich nicht enttäuscht.

»Ich glaube, unser guter Dashino sollte Gelegenheit bekommen, seine so erfolgreich unter Beweis gestellten Fähigkeiten als Kundschafter noch einmal einzusetzen. Er und seine tapfere Schwadron dürften ausreichen, um erneut durch die dünne Linie der Tiermenschen nach Soron vorzustoßen. Da, seinen eigenen Aussagen zufolge, im Hinterland keine Gefahr besteht, auf andere Isthaki-Verbände zu treffen, braucht er dann nur noch euren Sohn in der Festung abzuholen, und sich auf den Rückweg zu machen. Für einen Mann mit soviel Ideen und taktischem Überblick kann das ja wohl kein Problem sein. Oder was meint ihr, Dashino?« Die Stimme des Lan-Kushakan triefte geradezu vor Zufriedenheit. »Wir anderen werden inzwischen ein wenig Krieg führen und die Hexen aus Thordam herauswerfen.« Erneut brach der restliche Stab in zustimmendes Gemurmel aus.

Jadhrin, der die ganze Zeit über reglos dagestanden hatte, fand, daß die versammelten Offiziere sich in ganz unangebrachter Weise darauf beschränkten, den Meinungen ihrer Vorgesetzten zuzustimmen. Hatte denn keiner von denen genügend Mumm, um den unbedachten Überlegungen der beiden Heerführer zu widersprechen? Jadhrin beantwortete sich seine unausgesprochene Frage selber.

Die anderen Offiziere waren einfach nicht so dumm wie er und hielten sich auf diese Weise ganz wunderbar aus den Schwierigkeiten raus, in denen er jetzt steckte. Da fand schon mal ein größeres Unternehmen statt, eine wunderbare Gelegenheit, sich ein wenig mit Ruhm zu bedecken, die eigene Karriere in der Sicherheit einer großen Armee zu fördern – und womit beschäftigte sich Jadhrin Thusmar?

Er holte den Sohn des Provinzgouverneurs mitten aus einem Gebiet ab, das zumindest theoretisch in Feindeshand war. Und zu allem anderen war dieser Sohn noch dazu auch nicht ganz klar im Kopf.

Die Ballsaison nicht verpassen! Der hatte Sorgen.

Seltsamerweise schien der Gouverneur dem Vorschlag des Lan-Kushakan nicht vorbehaltlos zuzustimmen. Zuerst hatte er Jadhrin in wohliger Erwartung der kommenden Bestrafung des frechen Dashino zufrieden angegrinst. Unter diesem Blick vergaß Jadhrin jede anfänglich empfundene Sympathie für den Mann schnell wieder. Doch während Rakos Mariak seine Pläne für Jadhrin erläuterte, legte sich der Schatten einer Ablenkung über die Züge des Gouverneurs. Irgend etwas paßte ihm nicht.

»Rakos, seid Ihr sicher, daß der junge Mann hier ausreicht, um sich mit nur einer Schwadron bis Soron durchzuschlagen. Ich meine, es könnte doch möglich sein, daß sich dort noch andere Isthakis herumtreiben. Ihr wißt ja, Soron liegt gleich unter den Taisak-Bergen, in der Nähe der von Eishexen kontrollierten Gebiete in Thordam.« Der Herkyn starrte den Lan-Kushakan an.

Rakos schien zu überlegen. »Ihr habt natürlich recht, Grigor. Zur Sicherheit werde ich die Schwadron des Dashino wieder auf Sollstärke bringen. Das wird bestimmt ausreichen.«

Beruhigend legte er dem Herkyn seinen Arm auf die Schulter. »Ich werde außerdem meine Kontaktleute in der Gegend um Soron rufen, damit sie ihn auf jede Weise unterstützen. Ihr wißt ja, ich verfüge an der Grenze über ein gut funktionierendes Netz von Mittelsmännern. Die werden sich schon in angemessener Weise um den Dashino und Euren Sohn kümmern.« Jetzt begann auch er, den Provinzgouverneur eindringlich anzuschauen.

Jadhrin, der noch immer vor den beiden stand, ließ seine Augen verwirrt zwischen ihnen hin- und herwandern. Sie schienen ihn vergessen zu haben. Einen kurzen Augenblick lang herrschte Stille.

Bevor das Schweigen zu laut wurde, meldete sich der Herkyn wieder zu Wort. »Na gut, Rakos. Wahrscheinlich habt Ihr Recht. Wenn Ihr Eure Leute verständigt, wird es schon gut gehen. Ihr müßt nur dafür sorgen, daß sie sich auch um den Dashino und seine Männer kümmern. Ich glaube, ich werde am besten auch die Lanzerschwadron abstellen, die unseren jungen Strategen schon bei seinem letzten Auftrag begleitete. Was denkt Ihr, Dashino, werdet Ihr meinen Sohn aus Soron rausbringen können? Oder denkt Ihr, Euer überlegener militärischer Verstand sei bei dem anstehenden Feldzug in Thordam so dringend notwendig, daß Ihr diesen Auftrag einfach nicht annehmen könnt?«

Jadhrin brauchte einige Augenblicke, um sich darüber klar zu werden, daß er jetzt auch etwas zu seinem weiteren Schicksal sagen durfte. Allerdings war es wahrscheinlich das beste, wenn er einfach allem zustimmte. Vor allem der Lan-Kushakan sah so aus, als würde er ihn ein für alle Mal aus dem Lichte Meridas tilgen, sollte er es wagen, erneut irgendwelche Schwierigkeiten zu machen.

Deshalb antwortete er in seinem eifrigsten Tonfall: »Ich stehe zu Diensten, Herkyn. Es wird keine Probleme geben. Das Licht Meridas wird mir ermöglichen, Euren Sohn sicher nach Leigre zurückzubringen.«

Jadhrin wollte gerade mit einer wohlformulierten kleinen Ansprache beginnen, um seinen Fehler von vorhin wenigstens zum Teil wieder gut zu machen, als er von Rakos Mariak unterbrochen wurde: »Ihr habt dann ja sicher noch einiges zu tun, oder?«

Als der Dashino Luft holen wollte, um erneut zu einer Antwort anzusetzen, brüllte ihm der Lan-Kushakan ein sehr endgültiges »Wegtreten!« ins Gesicht.

Daraufhin beeilte er sich, den Konferenzraum so schnell wie möglich zu verlassen. Als sich die Tür hinter ihm schloß, konnte er gerade noch den Provinzgouverneur sagen hören: »So, meine Herren, jetzt wollen wir mal unseren Einmarsch in Thordam vorbereiten.«

Zustimmendes Gelächter folgte Jadhrin.

KAPITEL 18

30.Sempak, 715 IZ

Ein kleines Dorf mit einem großen Gasthaus an der Straße nach Norden ...
Ein kalter Morgen, die Landschaft ist schneebedeckt.

»Diese Sedryns sind doch allesamt nicht ganz bei Trost.« Der Unteroffizier spuckte in den Schnee und schaute den Reitern hinterher, die am nördlichen Horizont verschwanden. Dann seufzte er und machte sich kopfschüttelnd daran, wieder Ordnung in seine Abteilung zu bringen.

Gestern mittag waren die drei Reiter im Dorf angekommen. Zwei riesige Kerle auf ebenso großen Pferden und ein kleiner Dicker, alle in bauschige Pelze gehüllt, schwer bewaffnet und mit einem beladenen Packpferd. Am Abend war der Unteroffizier dann im Gasthaus mit dem Dicken ins Gespräch gekommen. Die anderen beiden hatten sich nur in eine dunkle Ecke gesetzt und Gesichter gemacht, als wollten sie jeden auffressen, der ihnen zu nahe kam.

Der Dicke machte jedoch einen recht freundlichen Eindruck. Der Unteroffizier der seit dem Vormarsch der Tiermenschen im Dorf stationierten Fußsoldaten der Provinzarmee gönnte sich gerade sein abendliches Bier an der Theke des Schankraumes, als der Dicke, offenbar ein junger Adliger aus Leigre, sich beim Wirt nach einer jungen Dame namens Celina erkundigte, die vor ungefähr zwei Wochen durch das Dorf gekommen sein sollte. Sie reiste mit einer Kutsche, einigen Waffenknechten und einem berittenen älteren Krieger.

Nach der Übergabe eines großzügigen Trinkgeldes gab der Wirt bereitwillig Auskunft. Ja, so eine Dame hätte vor zwei Wochen in seinem Haus übernachtet, einige Tage bevor die Nachrichten über die vordringenden Tiermenschen eingetroffen seien. Der Adlige wurde sofort ganz nervös und erkundigte sich sehr genau nach Einzelheiten der Reisegruppe.

Der Wirt meinte, sie sei wohl eine verarmte Adlige aus dem Hause Sedryn gewesen, lachte dann aber erst einmal ausgiebig über seinen eigenen Witz. Natürlich war sie verarmt. Welcher Sedryn sei dies nicht? Als der Wirt dann auch noch damit begann, näher auf die heruntergekommene Kutsche der Dame einzugehen, schielte sein Zuhörer zunächst unauffällig nach seinen bärbeißigen Begleitern, hörte sich die Ausführungen des Wirtes dann aber doch bis zum Ende an. Offensichtlich hatte sich die Dame während des Aufenthalts im Dorf bezüglich ihres Reiseziels umentschieden. Der Ritter in ihrer Begleitung war dazu zunächst nicht bereit gewesen, hatte am Ende aber nachgegeben. Die ganze Gesellschaft sei dann auf der Straße nach Soron weitergezogen.

Während der teilweise recht lautstarken Auseinandersetzung zwischen der Dame und dem Ritter sei dem Wirt, obwohl er sich alle Mühe gegeben habe, nicht zu lauschen, doch mehrmals das Wort Ihsligano – an dieser Stelle verzog der Dicke das Gesicht – zu Ohren gekommen. Dorthin hatte die junge Dame wohl reisen wollen.

Während der Geschichte war dem Dicken dann irgendwann aufgefallen, daß der Unteroffizier interessiert zuhörte und er erkundigte sich, ob er einen alten Soldaten auf ein Bier einladen dürfte.

»Ein Bierchen am Abend hat noch nie geschadet.« Der Unteroffizier ließ sich nicht lange bitten. »Mit wem habe ich die Ehre, Herr?«

»Oto Furyn ist mein Name«, antwortete der Dicke. »Wirt! Stellt uns mal einen ordentlichen Humpen von Eurem Besten her.«

Im Verlauf des Abends kamen dann noch mehrere

Humpen dazu. Der Junge gab sich alle Mühe, den Unteroffizier unauffällig betrunken zu machen und über die Lage im Norden auszufragen. Doch der ließ sich natürlich zu nichts hinreißen. Von so einem jungen Spund aus der Hauptstadt ließ sich doch ein gestandener Soldat nicht aufs Kreuz legen. Im Gegenteil, er stellte für jede Frage eine Gegenfrage.

So erfuhr er nach und nach, daß sein Saufkumpan und seine beiden Begleiter auf der Suche nach Celina Sedryn, der Tochter des Älteren, immerhin des Laird Gadhir Sedryn selber, waren. Bei dem jüngeren Griesgram handelte es sich um ihren Bruder. Diese Celina sei ohne Erlaubnis ihres Vaters von zu Hause weggelaufen. Oto begleitete die beiden, weil er ein alter Freund der Familie war.

Während er verständnisvoll nickte, ließ sich der Unteroffizier erklären, daß die Drei der Spur der Entflohenen bis hierher gefolgt seien – ohne Pause, wie Oto seufzend bemerkte – und am nächsten Morgen wohl in Richtung Ihsligano aufbrechen würden. Als der Soldat seinen Gesprächspartner warnte, daß es im Norden jetzt vor Schweineköpfen nur so wimmelte, wies der Adlige nur mit einem Kopfnicken in Richtung seiner Begleiter und antwortete: »Mir ist das ja klar. Aber versucht mal, es auch denen begreiflich zu machen.«

Die beiden Sedryns blickten, als ob sie ein Stichwort erhalten hätten, von ihrem Ecktisch aus so finster um sich, daß der Unteroffizier den gemütlichen Oto fast bedauerte. So wie die aussahen, würden sie sich auch nicht davon abhalten lassen, ihre Verwandte zu suchen, wenn sie gegen die Eishexenkönigin persönlich ins Feld ziehen müßten.

»Sicher«, meinte Oto, wegen des Biers leicht stockend. »Ursprünglich wollten wir die Haustruppen der Sedryns mitnehmen.«

Der Unteroffizier lächelte wissend. In der Provinz

Anxaloi wußte jeder, daß die Sedryns so arm waren, daß ihre Haustruppen kaum ausreichten, um ihre Verpflichtungen dem Kaiser gegenüber zu erfüllen. Die wenigen vorhandenen Männer waren kaum besser ausgerüstet als die Soldaten des Unteroffiziers. Und die Fußsoldaten der Provinzarmee rangierten qualitätsmäßig nur noch über dem Mob, der in Notzeiten aus Verbrechern zwangsrekrutiert wurde.

»Doch leider mußten wir sie zurücklassen, weil urplötzlich eine Anforderung des Provinzgouverneurs eintraf. Es hätte einen überraschenden Einfall von Tiermenschen im Norden gegeben. Gleichzeitig würde die Provinz Thordam Hilfe benötigen, deshalb müßten die letzten Reserven mobilisiert werden. Und da die Familie Sedryn gerade ein wenig knapp an Soldaten ist, blieb uns also nichts anderes übrig, als alleine aufzubrechen.« Oto plapperte unverdrossen weiter.

Als der dickliche Junge ziemlich angetrunken zum Tisch seiner Begleiter zurückwankte, erstattete der Unteroffizier sofort seinem Atmar Bericht.

Deshalb wartete am nächsten Morgen, als die drei Reisenden gerüstet und in dicke Pelzmäntel gehüllt auf der Straße nach Soron weiterziehen wollten, auch eine kleine Gruppe von Soldaten, kommandiert von dem Atmar höchstpersönlich, auf sie. Der ebenfalls anwesende Unteroffizier konnte gerade noch Oto, dessen Gesicht noch ziemlich grün aussah, einen Gruß zunicken, als der Streit auch schon losging.

Die beiden Sedryns, der eine immerhin Laird-Gadhir Tobras Sedryn, Oberhaupt dieser alten Adelsfamilie, hatten natürlich überhaupt kein Verständnis dafür, daß der Atmar, Sohn eines Schmiedes aus Leigre, sich anmaßte, ihnen die Weiterreise zu verbieten.

Der hingegen hatte strikte Befehle, keine Bewaffneten nach Norden durchzulassen. Befehle, die, wie er seinem

Unteroffizier noch vor einigen Tagen bedeutungsschwanger versichert hatte, unmittelbar vom Gouverneur stammten.

Der Unteroffizier bezweifelte zwar, daß sich Gouverneur Herkyn Grigor Fedina mit einem unbedeutendem Atmar des Fußvolks der Provinzarmee abgab, aber Befehl war Befehl. Und so waren er und seine Männer seit einer Woche damit beschäftigt gewesen, adlige Heißsporne, die sich durch das Töten einiger Tiermenschen Ruhm verschaffen wollten, davon abzuhalten, nach Norden vorzudringen.

Tiermenschen hatten die Soldaten des Provinzheeres allerdings noch keine gesehen. Einzig am Packpferd eines Kopfgeldjägers, der vor zwei Tagen auf seinem Weg nach Leigre durch das Dorf gekommen war, baumelten einige Tierköpfe. Er erzählte seltsamerweise, daß die Lage im Norden eigentlich halb so schlimm sei. Der Mann wollte schon bald zurückkehren, um sich noch weitere Kopfprämien zu verdienen.

Der Atmar tat das natürlich als unzuverlässiges Gewäsch eines Aufschneiders ab. Der Vorgesetzte des Unteroffiziers war manchmal wirklich sehr anstrengend. So auch jetzt. In Windeseile hatte er es geschafft, die zwar armen, aber umso stolzeren Sedryns so sehr zu verärgern, daß sie wütend herumschrien und drohten, sich ihren Weg freizuhauen, wenn der Atmar nicht sofort Platz machte. Der jüngere legte seine Hand bereits auf den riesigen Streitkolben, der an seinem Sattel baumelte.

Es kam, wie es kommen mußte. Nur Augenblicke später gab der Atmar den Befehl, die drei Reiter zu verhaften. Daraufhin stürzten von allen Seiten geflissentlich Soldaten herbei, um die Männer aus dem Sattel zu ziehen.

Nur um im nächsten Augenblick wieder zur Seite geschleudert zu werden, als die Angegriffenen die gut ausgebildeten Schlachtrösser herumwirbeln ließen.

Der junge Sedryn rief aus vollem Herzen: »Stolz sei Sedryns Blut!« Und gab anschließend seinem Pferd die Sporen. Die anderen folgten seinem Beispiel, auch wenn der Dicke, der offensichtlich noch unter den Folgen des vorherigen Abends litt, schmerzhaft sein Gesicht verzog und offensichtlich Mühe hatte, im Sattel zu bleiben.

Die drei ritten in vollem Galopp auf den Atmar zu, der einige Meter vor ihnen auf der Straße stand. Der Offizier erbleichte, versuchte kurz sein Schwert aus der Scheide zu ziehen, besann sich dann aber schnell eines Besseren und warf sich mit einem Hechtsprung in einen Misthaufen am rechten Straßenrand.

Als der Unteroffizier bei seinen Männern ankam, rappelten sich die ersten gerade fluchend wieder auf und begannen, den Schnee aus ihrer Kleidung zu klopfen. Der Atmar versuchte noch immer vergeblich, auf dem ziemlich glitschigen und äußerst dreckigen Stroh des Misthaufens auf die Füße zu kommen.

Nachdem der Atmar mit Hilfe des Unteroffiziers endlich wieder auf den Beinen stand und dieser wortlos damit begann, ihm den Unrat von der Uniform zu wischen, riß sich der Offizier wütend los, lief einige Schritte hinter den Flüchtenden her und brüllte aus vollem Herzen wüste Beleidigungen und Drohungen. Natürlich beachteten die Reiter ihn gar nicht, dafür aber ein guter Teil der Dorfbevölkerung, der sich über das Spektakel offensichtlich großartig amüsierte.

Seufzend machte sich der Unteroffizier daran, seinen Vorgesetzten, der inzwischen mit hängenden Schultern schluchzend auf der Straße stand, einzusammeln, und ihn im Gasthaus auf sein Zimmer zu bringen, damit er sich ein wenig wiederherstellen konnte.

KAPITEL 19

30. Sempak, 715 IZ

Die Festung Soron. Es ist sehr kalt und starker Schneefall hat eingesetzt.

Die aufgehende Sonne über den Taisak-Bergen tauchte den Burghof von Soron in gleißendes Licht. Geschrei erfüllte die Luft. Abgetrennte Gliedmaßen, Körper im Todeskampf, Blutfontänen und blitzende Klingen waren alles, was in dem Durcheinander des Nahkampfes auszumachen war. Der schneebedeckte Boden färbte sich gierig mit dem rotem Blut sterbender und verwundeter menschlicher Kämpfer. Doch auch das Blau aus den Körpern getroffener Eishexen bedeckte den Schnee, gefror und befleckte die ehemals unschuldig weiße Oberfläche. Das Chaos des Schlachtfeldes wurde von den eigentümlichen Farbkombinationen noch unterstrichen. Wo heißes Rot mit lautem Zischen auf kaltes Blau traf, entstanden kleine Dampfwölkchen, die in der kalten Luft sofort wieder gefroren und sich – einem glitzernden weißen Schleier gleich – über die am Boden ausgestreckten Leichen legten. Ein Kaleidoskop aus Weiß, Rot und Blau umrahmte die im kalten, klaren Licht der Morgendämmerung des winterlichen Tages Kämpfenden.

In den Augen der Kämpfenden war nur Platz für bestialische Wut und nackten Überlebenswillen. Die Eishexen hatten längst ihre kühle Präzision eingebüßt. Sie hackten und schlugen ohne jede Überlegung wild um sich und bewiesen, warum diese Geschöpfe des kalten Eises mit den heißblütigen Furien der Legende verglichen wurden. Auch die menschlichen Kämpfer, zum größten Teil junge Soldaten aus dem zweiten Infanterieregiment der Provinzarmee Anxaloi, wußten längst nichts mehr von dem bißchen Disziplin, das ihre Offiziere ihnen auf dem Exerzierplatz mühsam eingebleut hatten. Und mit dem militärischen Drill gingen auch die letzten Reste ihrer Menschlichkeit verloren, nur der Tod, der eigene und der der Feinde, zählte noch für diese Männer.

Keiner der Akteure des grausigen Schauspiels dachte an Flucht oder Aufgabe. Die Hexen wußten, daß sie nicht lebend aus dem unteren Innenhof von Soron herauskämen. Und den Soldaten des Provinzheeres war klar, daß ihre Offiziere die Durchgänge ins Innere der Festung so lange verschlossen halten würden, bis keine der Hexen mehr lebte, daß sie vorsichtshalber alle Möglichkeiten ausgeschlossen hatten, um vom Hof aus ins Innere der Befestigungen zu gelangen. Der Kampf inmitten von Schneematsch, gefrorenem Eishexenblut und mit Frostreif überzogenen Leichen würde solange weiter gehen, bis eine der Parteien vollständig ausgelöscht war.

»Bereitet alles vor! Wenn die Eishexen gewinnen, sollen die Lanzer einen Angriff reiten!« Die befehlsgewohnte Stimme von Ghanar Bran Carrol Fedina beherrschte den Raum.

Seit den überraschend aufgeflammten Kampfhandlungen stand der Ghanar auf der Aussichtsebene und gab seinen Untergebenen mit kühler Präzision einen Befehl nach dem anderen. Das Fehlen jeden Gefühles ließ den Kommandanten der Festung Soron für seine Offiziere geradezu unheimlich erscheinen. Ohne Zögern kalkulierte er mit dem sicheren Tod seiner Soldaten. Vor allem die jüngeren Offiziere, noch nicht an die gnadenlose Art gewöhnt, in der imperiale Strategen Einheiten der Provinzheere opferten, überlegten, ob auch ihre Einheiten in einer ähnlichen Lage sich selbst überlassen blieben.

Strondor Olek Anbarra, der Kommandeur des Infanterieregiments, dessen eine Hälfte gerade unten auf dem Hof verblutete, fühlte sich wider besseres Wissen verpflichtet, wenigstens ansatzweise zu versuchen, etwas für seine Männer zu tun.

»Ghanar, mit allem gebührendem Respekt. Wäre es nicht sinnvoll, die Reiter jetzt schon angreifen zu lassen?« Die Stimme des Strondor klang gedrückt und unsicher. Er wußte, daß sein Vorschlag keinen Sinn hatte.

Im Augenblick war ein geschlossener Angriff der Lanzer, die in den Hallen unter der Neuen Festung warteten, nicht angebracht. Die Kavallerie konnte sich auf dem Burghof kaum entfalten und ein geschlossener Sturmangriff würde bestenfalls über die hinteren Reihen seiner eigenen Männer hinweg möglich sein. Truppen von den Außenmauern abzuziehen, kam ebenfalls nicht in Frage.

Und zuletzt war der Strondor froh, nicht selbst unten im Hof zu sein. Also hielt er sich mit seinen Bedenken zurück. Wenn er zu viel Druck machte, würde der Ghanar womöglich auf die Idee kommen, ihn selbst als Verstärkung für seine Männer in den Kampf zu schicken. Deshalb senkte er nach seinem Vorschlag auch schnell den Kopf und versuchte möglichst unauffällig im Hintergrund zu verschwinden.

Der Ghanar würdigte den Strondor aber ohnehin keines Blickes, er starrte weiter aus der großen Maueröffnung vor ihm. Der Kommandoposten der Festung befand sich mehr als zweihundert Meter über dem Paßende in einem Aussichtsraum, der mit großen Schießscharten versehen war, um einen freien Blick in alle Himmelsrichtungen zu ermöglichen.

»Olek, Ihr wißt, daß das nicht möglich ist. Macht Euch also keine unnützen Gedanken.« Der Ghanar hob das Fernrohr, das er in der rechten Hand hielt, an seine Augen und konzentrierte sich auf die nördliche Paßregion. Dort schien sich in einiger Entfernung eine größere Menge von Truppen zu bewegen.

Das Teleskop war von der Magiergilde im Elfenspitz eigens mit einem Fernsichtzauber belegt worden und erlaubte auch auf große Entfernung einen genauen Ausblick auf die schnee- und eisbedeckte Paßregion. Sorgenfalten begannen sich auf dem narbigen Gesicht des Festungskommandanten abzuzeichnen. Sorgenfalten, von denen die anderen Offiziere allerdings nichts zu sehen bekamen. Im Gegenteil, der Rücken des Ghanar wirkte wie eine Bastion der Zuversicht, wie eine lebendige Verkörperung der Unüberwindlichkeit der Festung, die er kommandierte.

Mit ruhiger Stimme gab er weitere Befehle. »Schickt Brieftauben nach Leigre. Große feindliche Einheiten überqueren den Khaiman Paß. Wir werden sie auf keinen Fall aufhalten können, wenn sie an uns vorbei nach Süden ziehen. Sollten sie uns belagern, können wir uns allerdings halten. Trotzdem empfehle ich, dringend größere Verbände zu unserem Entsatz bereitzustellen und nach Norden in Marsch zu setzen.« Ein Kadett lief eilig davon, um die Nachricht zu den Taubenschlägen zu bringen.

Das wüste Gemetzel auf dem Platz unter dem alten Bergfried tobte schon seit einer halben Stunde. Kurz nach dem Aufeinanderprallen der Kämpfer hatten die Offiziere der beiden Hundertschaften des Provinzheeres noch einmal versucht, ihre Männer aus dem Kampf zurückzunehmen. Doch die Furienkriegerinnen aus Harrané waren bereits viel zu sehr in die menschlichen Soldaten verkeilt, um die beiden Parteien noch trennen zu können. Nach einigen vergeblichen Hornstößen hatten sich die Atmars zurückgezogen. Die Verbindungswege zwischen dem Innenhofbereich unter dem Alten Bergfried waren geschlossen worden, alles was die restliche Festungsbesatzung jetzt noch tun konnte, war, den Verlauf des Kampfes abzuwarten.

Immer wieder schauten Bogenschützen von den Festungsmauern herunter und umklammerten ernüchtert die Schäfte ihrer Pfeile. Es war einfach nicht möglich, einen sicheren Schuß anzubringen. Viele ihrer Kameraden waren dazu übergegangen, den Paß vor der Festung zu beobachten, um dem Tod der menschlichen Kämpfer im Burghof nicht zusehen zu müssen.

Doch auch für die Soldaten auf der tiefergelegenen Mauerkrone war bereits etwas von dem zu erkennen, was der Festungskommandant von seinem hohen Ausguck aus durch das Teleskop betrachtete. Nichts genaues, aber genug, um die Männer abzulenken. Vereinzelt waren bereits Hörner zu vernehmen, auch wenn der Kampflärm aus dem Burghof es noch unmöglich machte, etwas genaueres zu sagen.

Die Bogenschützen konnten nur abwarten. Mit Sicherheit näherte sich eine feindliche Armee von der Paßhöhe, doch sie konnten nichts dagegen tun, genausowenig wie sie in den Kampf unter ihnen eingreifen konnten, der nur der Höhepunkt einer mörderischen Kette von Ereignissen war, die in der letzten Nacht begonnen hatten.

In der Stille ihrer erzwungenen Untätigkeit schweiften die Gedanken der Männer zurück zu den Ereignissen der letzten Nacht. Zu den Stunden, als der Schnee kam.

In der Nacht vor dem Angriff war aus heiterem Himmel ein heftiger Schneesturm über die Festung hereingebrochen und hatte alles mit einer dichten weißen Schicht bedeckt. Der Sturm schien in seiner Heftigkeit selbst für die fortgeschrittene Jahreszeit ungewöhnlich.

Eisige Winde fauchten über die Zinnen und Türme von Soron hinweg und vertrieben die Wache schiebenden Soldaten in die windgeschützten Ecken auf den Wehrmauern. Nach kurzer Zeit war die gesamte Festung unter dem Schnee begraben.

Der Wind gab sich wirklich alle Mühe, jeden Winkel der umfangreichen Anlage zu erreichen. Nur die Außenwand des Elfenspitz verschonte er, als müsse er vor der Macht dieses uralten Bauwerks weichen, ganz so, als ob der Turm etwas sei, was außerhalb der natürlichen Ordnung der Dinge stünde, etwas, das sich einem Schneesturm nicht zu beugen habe.

Voller Verwunderung schauten die Menschen immer wieder zu dem schlanken Turm empor, während sie sich hinter alles duckten, was Schutz vor der Kraft des Windes versprach.

Der Sturm erweckte fast den Eindruck, als sei er – wie ein lebendiges Wesen – wütend darüber, daß ihm ein Teil der Festung widerstand. Seltsame Erscheinungen, Schneewolken, die an verzerrte Gesichter erinnerten und ein fast menschliches Wutgeheul in der Luft erschreckten die Wachsoldaten. Mehr als einer machte verstohlen mit dick behandschuhten Händen das Zeichen gegen das Böse. Etwas Unheimliches lag in der Luft.

»Mindestens zweitausend Tiermenschen. Genauso viele Furien, dann zwei Hundertschaften Gargylenreiterinnen. Kampfschlitten, ungefähr zwanzig.« Monoton zählte die Stimme des Ghanar die Art und Anzahl der isthakischen Truppentypen auf, die er mit seinem Fernrohr auf der Paßhöhe ausmachen konnte.

Die Offiziere der Besatzung blieben still. Neben dem Ghanar und dem Heulen des Windes war nur noch das Kratzen der Feder eines Schreibers zu hören, unpassend im Zusammenspiel der ruhigen Kraft des Ghanar und dem chaotischen Wüten des Sturms. Außer dem Kommandanten der Festung konnte niemand die Isthakis genauer erkennen. Aber die Zahlen, die der Ghanar durchgab, reichten den Männern. Soron war zum Ziel eines Großangriffs geworden. Die Ahnungen der durchwachten Nacht bewahrheiteten sich, alles was bisher passiert war, alles was zu dem Blutbad im Burghof geführt hatte, war nur ein Abtasten der Entschlossenheit der Verteidiger, nicht mehr als eine kleine Kostprobe des Kommenden gewesen. Und auch hier erinnerten sich die anwesenden Offiziere – genauso wie die Mannschaften – an die letzte Nacht.

Als der Sturm vor einigen Stunden immer heftiger wurde und die Leuchterscheinungen um den Elfenspitz langsam immer weniger nach einem gewöhnlichen Sturm aussahen, begannen die erfahrenen Veteranen der Burgbesatzung wortlos damit, unter den verständnislosen Blicken ihrer jüngeren Kameraden Waffen und Rüstungen zu überprüfen. Diese Männer hatten ihr ganzes Leben an der Grenze der Nordmarken verbracht. Sie wußten, was ein solcher Sturm zu bedeuten hatte.

Irgendwann kamen dann auch konkrete Befehle auf den Mauern an. Die Veteranen nickten den jüngeren Kriegern bedeutungsvoll zu, als die Atmare die Befehle in den üblichen, von jungen Botenläufern überbrachten Metallhüllen zugestellt bekamen – jetzt wurde es ernst.

Die Wachtposten wurden verstärkt und alle Einheiten in Alarmbereitschaft versetzt. Die Kessel für das Pech sollten angeheizt und unter Feuer gehalten werden. Magier aus dem Elfenspitz verteilten sich an den wichtigsten Punkten der Verteidigungsanlagen.

Das waren junge Männer, die – in einfarbige Roben gekleidet – wortlos neben den Offizieren auftauchten. Trotz der furchtbaren Kälte froren sie nicht. Der Schnee schien immer kurz bevor er ihre dünnen Mäntel traf, zu schmelzen.

Das Auftauchen der Magier zog auch schnell die ersten beunruhigenden Gerüchte nach sich. Der Schneesturm war böse Magie, Hexerei aus dem Norden! Die eisige Zauberkunst der Hexen aus Isthak war am Werk. Die Seelen der in Harrané geopferten Männer trugen den Sturm nach Süden, um furchtbare Rache an allen Lebenden zu nehmen. Einige besonders Abergläubische waren sogar der Meinung, daß der große Herrscher des Nordens erwacht sei, der Eisdämon, dessen Namen man besser nicht aussprach, es sei denn man wollte, daß einem das Blut in den Adern gefror. Und der Eisdämon eilte jetzt nach Süden, um alles Leben auszulöschen.

»Einhundert Tierberserker und fünf, nein, sechs Eisriesen. Vielleicht dreihundert Schneebarbaren.« Die hochgewachsene Gestalt des Ghanar ließ keine Anzeichen erkennen, daß ein Ende der feindlichen Kolonne abzusehen war.

Der Ausgang des Gefechts auf dem Burghof schien ihn schon nicht mehr zu kümmern.

Trotz einer inmitten von Schnee und Kälte durchwachten Nacht ließ der Festungskommandant keine Anzeichen von Erschöpfung erkennen. Ungebrochen strahlte er noch immer die bullige Stärke und Kraft aus, die wohl auch dem vorherigen Träger seines schlohweißen Bärenfellmantels zu eigen gewesen waren. Mit verbissener Konzentration starrte der Ghanar durch das Fernrohr, um sich ein Bild von der Armee zu machen, die aus dem Norden über den Paß kam.

Mißtrauisch geworden durch den so plötzlich aufgekommenen Sturm, hatte er sofort seine Offiziere zusammengerufen, als er die Nachricht aus dem Elfenspitz erhielt, daß der Sturm magischer Natur sei. Von den wilden Gerüchten, die in der Nacht auf den Spuren des Sturms durch die Festung gegeistert waren, hatten die

Offiziere, die jetzt hinter dem Ghanar standen kaum etwas mitbekommen.

Für sie gab es auch keinen Grund, sich Erklärungen für das seltsame Wetter zurechtzulegen, sie wurden von Anfang an ziemlich genau darüber aufgeklärt, was in der windumtosten Dunkelheit außerhalb der Mauern vor sich ging. Einerseits blieben sie deshalb recht gefaßt, während ihr Befehlshaber die anrückenden Truppen des Feindes betrachtete. Andererseits konnten sie sich aber auch nicht einreden, daß der Sturm vielleicht doch natürliche Ursachen gehabt hatte, daß die in der Nacht ausgebrochenen Kämpfe mit dem Gefecht im Burghof enden würden oder daß die Geschichten, die sich in der Nacht von Ohr zu Ohr gestohlen hatten, in Wirklichkeit nur Ausgeburten der Phantasie frierender Soldaten waren. Sie wußten, daß der anbrechende Tag keine Beruhigung mit sich bringen würde.

Die meisten der Offiziere hatten den Wetterumschwung in warmen Betten und windgeschützten Zimmern verschlafen. Als sie vor drei oder vier Stunden geweckt und zu einer Stabsbesprechung zitiert worden waren, hatten sie sich deshalb erst nach geraumer Zeit im Kommandoposten eingefunden – verschlafen und sehr ungehalten über die Notwendigkeit, mitten in der eisigen Nacht durch die ungeheizten Korridore der Festung eilen zu müssen.

Der Ghanar hatte sie bereits ungeduldig erwartet. Neben dem Festungskommandanten, der mit dem Gouverneur der Provinz Anxaloi verwandt war, stand ein Magier aus dem Elfenspitz. Überall liefen Kadetten herum, die mit Botschaften zu den Atmars der Wacheinheiten unterwegs waren. Die ganze Stimmung roch nach Großalarm. Der Ghanar trug seine vollständige Rüstung und war mit einem Schwert und seiner großen Axt ›Beißer‹, bewaffnet. Zuerst schrie er, wenn auch kurz für seine Verhältnisse, die Offiziere wegen ihrer mangelhaften äußeren Erscheinung, ihres schneckenähnlichen Tempos bei der Ausführung seiner Befehle und noch einiger anderer Dinge zusammen. Dann klärte er sie aber umgehend über den Grund des Alarms und der nächtlichen Stabssitzung auf.

Offenbar waren mehrere Mitglieder der Magiergilde aus dem Elfenspitz kurz nach Einsetzen des Schneesturms durch dunkle, bedrohliche Träume aus dem Schlaf gerissen worden. Schnell hatten ihre prüfenden Sinne die unheilvollen Vorahnungen bestätigt. Der Sturm kam aus dem Norden, er wurde durch die Magie der Eishexen gelenkt, und er kündigte das Kommen des Feindes an.

Seitdem die Nachricht bei ihm eingetroffen war, beschäftigte sich der Ghanar damit, alle vorbereiteten Notfallpläne in die Tat umzusetzen. Die Festung Soron war unter seinem Kommando noch nie unvorbereitet gewesen.

Der Angriff kam ja auch nicht gänzlich unerwartet. Späher und Patrouillen meldeten schon seit einigen Tagen, daß sich im Norden etwas tat. Leider waren die Kundschafter aber nie so nahe an den Feind herangekommen, daß sie etwas Genaueres hätten sagen können.

Nach ihrer Einweisung hatten die Offiziere deshalb auch so gut wie nichts mehr tun müssen, der Ghanar hatte alles bereits im Alleingang erledigt. Sie waren also einfach in ihre Quartiere zurückgeeilt, um Rüstungen und Waffen anzulegen, hatten dann ihre Adjutanten eingesammelt und den Meldeläuferverkehr zu ihren Einheiten organisiert und waren schließlich zu ihrem Befehlshaber in die hochgelegenen Kommandoposten zurückgekehrt.

Dank der unermüdlichen Arbeit des Ghanars waren zwei Stunden nach Mitternacht alle Menschen in der

Festung darüber im Bilde, daß ein Angriff der Ihstaki unmittelbar bevorstand. Die Zivilisten und die ebenfalls im unteren Freigelände lagernden Mammutjäger wurden in die Kasematten und Keller des Neuen Bergfriedes gebracht. Obwohl die Barbaren sich in den dunklen Kellern der Festung gar nicht wohl fühlten, äußerten sie keine Einwände. Ihre noch nicht von der Zivilisation abgestumpften Sinne und ihre Furcht vor jedweder Zauberei hatten längst dafür gesorgt, daß ihnen das Widernatürliche des immer heftiger tobenden Schneesturms längst klar war. Die weisen Frauen der Sippen lasen schon seit Tagen nur Unheil aus den Gedärmen der Opfertiere, also verschwanden sie klaglos in der Dunkelheit unter der Burg.

Eine gespannte Erwartung legte sich über die Festung. Die Menschen warteten voller Ungewißheit auf das Kommende. Schon seit sehr langer Zeit hatten die Ihstaki die Mauern der Festung nicht mehr angegriffen, so war es zu einer allgemein anerkannten Tatsache geworden, daß die Heerführer des Nordreichs die Festung Soron für uneinnehmbar hielten. Die Isthakis schienen mit ihren winterlichen Plünderungen zufrieden zu sein, warum sollten sie also das stark befestigte Soron angreifen?

Doch jetzt kamen die Isthakis. Und wenn sie sich an Soron herantrauten, dann mußten sie ihrer Sache schon sehr sicher sein. In dunklen Räumen, nur notdürftig von plötzlich rationiertem Feuerholz erwärmt, erzählten sich deshalb frierende Soldaten in leisem Flüstern Geschichten über die Macht der Eishexen. Dunkle Erzählungen über Untote und Dämonen, die der Königin der Hexen in ihrer Hauptstadt Harrané dienten. Geschichten von Menschenopfern und rotem Blut, das über kalte Altäre aus reinem Eis floß. So verstärkte das lange Warten der Nacht die dunkle Macht der Feinde, in den Köpfen der Verteidiger nisteten sich Unsicherheit und Zweifel ein. Wie sollte eine doch nur von Menschenhand erbaute Festung ihnen Schutz gewähren vor den uralten Mächten des Eises und der finsteren Magie?

Als einige Stunden vor dem Morgengrauen der Schneesturm abklang und dichter Schneefall einsetzte, erschien er den Menschen hinter den steinernen Mauern eher wie eine leise Melodie, ein ironisches Zwischenspiel, das in seiner unschuldigen Schlichtheit die Nerven bis zum Äußersten strapazierte. Das natürliche Einsetzen des Winters hatte in den Köpfen der Burgbesatzung nichts mit diesen kleinen, weißen Punkten zu tun, die so langsam vom Himmel herabfielen.

Gegen Anbruch der Dämmerung begann die ängstlich durchwachte Nacht dann ihren Tribut zu fordern. Augen, die stundenlang in das Schneetreiben jenseits der Festungsmauern gestarrt hatten, wurden schwer. Und wenn der Unteroffizier gerade wegschaute, wurden Waffen zur Seite gestellt, um ein kleines Nickerchen zu machen. Posten wurden verlassen, wenn das wärmende Feuer allzu verlockend erschien.

»Untote – Skelette, vielleicht fünfhundert, angeführt von einem halben Dutzend Schwarzmagiern.« Als er bei der Aufzählung der wandelnden Leichen angelangt war, begann sich ein Anflug von Unsicherheit in die Stimme des Ghanar zu schleichen.

Die Offiziere hinter ihm tauschten bange Blicke aus. Mit klammen Fingern hielten sie sich an den wärmenden Getränken fest, die nur wenig dazu beitrugen, die Kälte der Nacht zu vertreiben. Wärmespendende Kohlebecken waren aufgestellt worden, denn um eine gute Fernsicht zu ermöglichen, befanden sich viele große Öffnungen in den Wänden des Kommandopostens.

Immer wieder verschwanden einzelne Offiziere unter einem Vorwand in die Zimmer unter dem Aussichtsraum. Hier gab es neben Kartentischen, Unmengen von Unterlagen und Listen über die Verteidigungsbereitschaft der Festung auch ein prasselndes Kaminfeuer und heiße Suppe. Gerade die Jüngeren, die den Dienst auf Soron im wesentlichen als recht sicheres Sprungbrett für ihre Karriere betrachteten, empfanden es als unangebracht, die Nacht aus falsch verstandenem Pflichtbewußtsein frierend im Freien zu verbringen. Dafür gab es schließlich gemeine Soldaten. Vor allem diese Karriereoffiziere, zumeist junge Adlige aus dem Hause Fedina, wurden jetzt sehr blaß, als sie ihren Kommandanten von Skeletten und Schwarzmagiern reden hörten. Vielen stand die Frage, auf welchem Posten sie die Belagerung am ehesten überleben würden, deutlich ins Gesicht geschrieben.

Ein Blick nach unten auf die Toten im Burghof, reichte diesen Männern, um sich davon zu überzeugen, daß bei diesem Blutbad nur die Raben und die Nekromanten etwas gewinnen konnten. Jede Leiche dort unten war ein möglicher Kämpfer der Isthakis. Wie alle imperialen Offiziere in den Nordmarken, wußten auch diese Männer trotz ihres jungen Alters ganz genau, daß nur eine großangelegte Verbrennung der Gefallenen verhindern konnte, daß sie durch schwarze Magie wiederbelebt und gegen ihre ehemaligen Kameraden eingesetzt wurden.

Das Gefecht war zwar nur der Abschluß des ersten, probenden Angriffs der Feinde, aber die jungen Offiziere brauchten nur in die grimmigen Gesichter ihrer älteren Kameraden zu sehen, um zu ahnen, daß auch ein Sieg der imperialen Infanterie kein Grund zum Feiern sein würde.

Der Angriff der Isthakis begann ungefähr eine Stunde vor Anbruch der Morgendämmerung. Die Wachsamkeit der Verteidiger war auf einem Tiefpunkt angelangt, die

Zermürbung durch die lange, kalte und bis auf den Sturm vollkommen friedliche Nacht forderte ihren Tribut.

Doch das Warten wurde schließlich doch noch gerechtfertigt. Wo stundenlang nur dichtes Schneetreiben zu sehen war, zeichneten sich von einer Sekunde auf die andere laufende Gestalten ab. Ohne Vorwarnung stürmten aus den Schneeverwehungen vor der südlichen Seite der Burg plötzlich ein- oder zweihundert Tiermenschen hervor. Die Bestienkrieger mußten im Schutze des Schneesturms die Wachtposten am Alten Bergfried und der Ordensbastion umgangen haben.

Schreckliche Hörner und wildes Geschrei begleiteten den Angriff auf die Verbindungsmauer zwischen der Ordensbastion und der Neuen Festung. Sturmleitern schälten sich aus der Dunkelheit hervor, jeweils von zehn Tiermenschen gehalten. Hinter den Tiermenschen befanden sich berittene Eishexen, die den Angriff vorantrieben.

Die Südseite der Festung gehörte zwar zu den am schwächsten gesicherten Teilen der gesamten Konstruktion, aber die Tiermenschen hatten trotzdem nie eine Chance. Kurz nachdem ihr Angriff entdeckt wurde, wirkte ein Magier von der Mauer aus einen Lichtzauber. Das Gebiet auf einhundert Schritte vor ihm wurde plötzlich durch trübes Licht erhellt. Die auf der Mauer stationierten Armbrustern schossen sich rasch auf die Tiermenschen ein, die sich mühsam den abfälligen und mit tiefem Schnee bedeckten Hang hochquälten. Dutzende der massiven Körper fielen, von Bolzen durchbohrt, schreiend wieder den Hang hinunter. Der Schnee unter der Festungsanlage färbte sich mit dunklen Flecken.

Nur wenig später waren einige der Katapulte, die auf der Ordensbastion stationiert waren, umjustiert worden. Als die bereits durch den Beschuß der Armbruster angeschlagenen Tiermenschen dann nur noch ein paar

Dutzend Schritte von der Mauer entfernt waren, traf sie plötzlich ein tödlicher Hagel aus Schrapnelladungen. Die Bestienkrieger wurden von herumfliegenden Gesteinsbrocken durch die Gegend geschleudert, einige regelrecht zerrissen. Ihre Leitern verwandelten sich in hölzernen Abfall und nach kürzester Zeit lief kaum noch die Hälfte der Angreifer den Hang wieder herunter. Tote und Verwundete blieben im zerwühlten Schnee vor der Südmauer zurück.

Die Eishexen versuchten zwar, die Tiermenschen mit Hieben ihrer Sichellanzen von einem weiteren Angriff zu überzeugen, gaben dies aber schnell wieder auf, als die erste der Gargylen durch wütende Hiebe der Flüchtenden umgeworfen wurde und ihre Reiterin unter sich zerquetschte. Danach blieb von der ersten Angriffswelle der Isthakis nur noch ein schreiend davonlaufender Mob übrig.

Doch den Verteidigern blieb keine Zeit, sich über den Erfolg zu freuen. Noch während sich die Tiermenschen im Süden zurückzogen, näherte sich aus dem Norden die nächste Gefahr. Zuerst war nur eine Wolke aus glitzernden Eiskristallen zu sehen, die im dichten Schneefall kaum auffiel. Als die Soldaten des Adligen Langbogenschützenregiments die sich lautlos nähernde Wolke endlich bemerkten, war diese schon bis auf knapp einhundert Schritt an die nördliche Verbindungsmauer zwischen Altem Bergfried und Elfenspitz herangekommen.

Wieder tauchten Gildenmagier das Gebiet vor der Mauer in die Helligkeit ihrer Lichtzauber. Doch dieses Mal konnten die Schützen, gleichgültig wie angestrengt sie in die Dunkelheit starrten, kaum ein Ziel ausmachen. Alles was sie sahen, waren glitzernde Eiskristalle und herumgewirbelte Schneeflocken. Der zweite Teil des Angriffs hatte begonnen, die erste, erfolgreich abgewehrte Welle war jetzt bedeutungslos.

Das Ergebnis dieses zweiten Angriffs konnten die Offiziere unter sich betrachten. Das Gemetzel auf dem Burghof ging mit blutiger Unausweichlichkeit langsam seinem Ende entgegen. Immer weniger der Kämpfer hatten noch die Kraft, ihre Waffen zu heben, kaum einen gab es, der nicht schon aus einer Verletzung blutete. Aber seit dem Beginn des Angriffs auf die Nordmauer hatten die Männer des Offiziersstabs schon zu viele solcher Szenen gesehen, um sich noch betroffen zu fühlen.

Alarmrufe waren durch die Nacht geklungen. Die seltsame Wolke roch geradezu nach der frostigen Zauberei der Eishexen. Schon war sie nur noch fünfzig Meter entfernt. Erste undeutliche Umrisse waren in ihrem Inneren zu sehen. Schlanke Gestalten bewegten sich inmitten der Wolke auf die Mauern zu.

Vom Elfenspitz her rief die Stimme eines Magiers seltsame Formeln. Die unverständlichen Worte der Zauberei und das Siegesgeschrei von der Südseite der Festung waren das einzige, was die bedrohliche Stille unterbrach, mit der sich die wabernde Eiswolke näherte.

Die Temperatur auf den Wehrgängen sank plötzlich stark ab, die dichte Schneedecke unter den Füßen der Verteidiger gefror zu hartem, schorfigem Eis. Dann, ungefähr dreißig Meter vor der Mauer, gelang es offensichtlich einem der Magier auf den oberen Stockwerken des Elfenspitz, einen Bannzauber gegen die aus isthakischer Magie geborene Wolke zu vollenden.

Mit einem lauten Zischen löste sich ein unsichtbarer Windstrom aus einem der Fenster des Elfenspitz und traf auf die Wolke. Der Wind bündelte die durcheinanderwirbelnden Kristalle und lenkte sie nach oben hin ab. In Sekundenschnelle waren die letzten Kristalle verschwunden und die Schützen, die mit gespannten Bögen auf der Mauer warteten, hatten einen freien Ausblick auf das Innere der Wolke. Entsetzte Aufschreie waren zu hören. Denn obwohl sich die Sonne im Osten gerade erst ansatzweise zwischen den Berggipfeln der Taisak-Berge zeigte, ermöglichten die Lichtzauber der Magiergilde doch einen ungehinderten Ausblick auf die Angreifer, die sich in Windeseile der Mauer näherten.

Scheinbar hatte sich eine Abteilung Eishexen, von der Wolke geschützt, bis auf wenige Meter der Mauer genähert. Doch bei genauerem Hinsehen wurde schnell klar, daß es sich bei diesen Angreifern um etwas anderes handelte.

Die Wesen trugen keine Waffen, aber ihre Hände endeten in langen, spitzen Krallen. Sie trugen zwar die typischen, schwarzen Schaftstiefel der Eishexen, waren aber sonst vollkommen nackt. Ihre Haut wies das charakteristische Blau der Eishexen auf, aber sie schienen kristallen zu glänzen. Ihre Maße und Größe erinnerten an Eishexen, aber ihre Gliedmaßen waren doch zu dünn, ihre Bewegungen zu abgehakt und die Unbeweglichkeit ihrer großen Brüste erinnerte eher an Statuen als an lebendige Wesen. Am erschreckendsten aber war, daß die Angreiferinnen durch den steilen Abhang, der die Mauern Sorons vor einem gezielten Sturmangriff schützen sollte, nicht im mindesten aufgehalten wurden. Sie eilten ihn mit leichtfüßigen Sprüngen in unvermindertem Tempo empor, als handele es sich um ebenes Terrain.

Hinter den Reihen der so plötzlich sichtbar gewordenen Angreiferinnen, tauchte noch eine weitere Angriffswelle auf. Diese bestand allerdings eindeutig aus Eishexen. Jede der Furienkriegerinnen trug zwei lange gebogene Messer in ihren Händen und hatte sich ein langes Seil mit einem seltsam geschlungenen, scheinbar aus Eis bestehenden Wurfanker um die Schultern gewunden. Im Gegensatz zu den vor ihnen laufenden Wesen hatten die Eishexen jedoch große Mühe, den steilen Hang unter der Mauer zu erklimmen.

Oben auf der Kommandoplattform herrschte zu diesem Zeitpunkt hektische Betriebsamkeit. Niemand hatte damit gerechnet, daß die Mauern Sorons so schnell hintereinander zwei solchen Angriffen ausgesetzt sein würden.

»Dreimal vom Lichte Meridas verwunschene Dunkelheit!« Der Gahnar fuhr herum. »Töchter des Xeribulos! Was lauert denn noch alles in dieser unheiligen Finsternis? Anbarra!« Der Strondor des in Soron stationierten Infanterieregiments nahm Haltung an. »Sagt Euren Atmars Bescheid! Sie sollen sich für einen möglichen Gegenangriff bereitmachen.« Dann drehte er sich wieder um und suchte in der dunklen Nacht nach weiteren Feinden, die sich im Schutze des Schneesturms nahe an seine Festung angeschlichen haben könnten.

Inzwischen eröffneten die Langbogenschützen aus den Haustruppen der Lodruny, erkenntlich an ihren roten Uniformen mit dem weißen Einhornsymbol, endlich das Feuer auf die erste Welle der Angreifer. Mit zitternden Fingern ließen sie eine Salve auf die unheimlichen Wesen niederregnen. Obwohl einige der Angreiferinnen von Pfeilen durchbohrt liegenblieben, verlangsamte sich der rasende Angriff um keinen Meter. Viele der Wesen liefen trotz mehrerer Pfeile in Armen und Beinen einfach weiter. Während diejenigen, die starben, sich einfach zu Wasserdampf verflüchtigten und so die hinter ihnen Hochstürmenden kaum behinderten.

So gelangte die erste Welle der Ishtakis fast ungebrochen und in völliger Stille an den Fuß der Festungsmauern. Die Lodruny-Schützen legten verunsichert neue Pfeile auf ihre Bögen und spannten die Sehnen für eine weitere Salve. Doch als sie sich über die Brüstung lehnten, um besser auf die Angreiferinnen zielen zu können, zuckten sie erschrocken zurück. Die seltsamen

Wesen wurden auch durch die meterhohe Mauer vor ihnen nicht aufgehalten.

Sie liefen einfach weiter, sprangen dann meterhoch in die Luft und begannen, bereits auf halber Höhe angekommen, sich an der vereisten Oberfläche der Festungsmauer weiter emporzuziehen. Um Halt zu finden, schlugen sie dabei einfach ihre scharfen Krallen in die dicke Eisschicht, als wäre sie aus Butter. Rasend schnell kletterten die ersten Angreiferinnen auf die Mauerkrone zu, die hilflosen, vor ungläubigem Entsetzen erstarrten Bogenschützen konnten nur zusehen.

»Dämonen!« Der Ruf kam von irgendwo her, wurde von den Männern auf der Mauer aufgenommen, wie ein Fanal entlang der Mauer weitergetragen und verwandelte sich schließlich in das Signal für eine panische Flucht der Adelstruppen.

Die Offiziere der Lodruny-Schützen versuchten verzweifelt, ihre Männer zu beruhigen, aber die Soldaten in den roten Uniformen mit dem Einhornwappen waren nicht mehr zu bremsen. Vorbei an ihren Atmars liefen die Schützen auf die Treppen und Seitentore zu, die in die Innenwerke der Mauer und die angrenzenden Bastionen des Elfenspitz und des Alten Bergfrieds führten.

Als die Töchter des Xeribulos die Wehrgänge erreichten, stellten sich ihnen nur noch ganz wenige Männer entgegen, die ihre Bögen fallenließen und die Dämonen mit blanken Schwertern angriffen. Es dauerte nicht lange, und der letzte Verteidiger wurde von scharfen Krallen zerfetzt und als blutüberströmte Leiche in den Burghof geworfen.

Währenddessen verschlossen die fliehenden Lodruny-Truppen alle Zugänge zu dem eroberten Wehrgang, und erste Verstärkungen liefen von der Ordensbastion zum Alten Bergfried hinüber, um von dort einen Gegenangriff vorzubereiten. Gleichzeitig begann die Hälfte der Dämonen, sich auf die Verbindungspforte zum Elfenspitz zuzubewegen.

In den Schießscharten und auf den Verteidigungsplattformen, die in unregelmäßigen Abständen an der seltsam verdrehten Außenfläche des Bauwerks angebracht waren, bezogen inzwischen versprengte Langbogenschützen und die Söldner der Magiergilde Stellung und begannen, die Dämonen auf dem Wehrgang mit Pfeilen und Armbrustbolzen zu beschießen.

Auch drei oder vier Magier waren zu sehen. Sie standen umgeben von Leibwächtern auf der obersten Plattform des Elfenspitz und rezitierten lauthals Beschwörungsformeln in der arkanen Sprache, die sie für ihre Magie benutzten.

Aber auch die Isthakis blieben nicht untätig. Mehrere Töchter des Xeribulos bemühten sich, die Verteidigungspforte des Elfenspitz mit ihren Krallen einzuschlagen, andere versuchten vergeblich, an dem eisfreien, glatten Stein der Außenwand des Turms hochzuklettern, während der Rest den Furien, die inzwischen am unteren Ende der Mauer angekommen waren, dabei half, ihre Wurfanker an der Zinnenkrone der Mauer zu befestigen.

Das seltsame, eisähnliche Material der Wurfanker war offensichtlich magischer Natur, die gebogenen Enden schienen auch ohne die Hilfe der Dämonen wie von selbst am Stein der Mauer zu kleben. Kaum zwei Minuten, nachdem die letzten Verteidiger gestorben waren, kletterten bereits die ersten Furien über den Mauerrand. Mit unheimlicher Geschwindigkeit versammelten sich zwei Hundertschaften der Eishexen-Kriegerinnen auf der Mauerkrone. Eine besonders hochgewachsene Hexe dirigierte in ihrer Mitte den Angriff.

Ein blauer Umhang bedeckte ihre schlanke Gestalt in einem für Eishexen fast unüblichem Ausmaß und kennzeichnete sie als Magierin. Neben ihr wehte die Standarte der Einheit, an der auch ein weißes Tuch mit einer roten, nach unten wehenden Wolke zu sehen war. Das Banner symbolisierte, wie bei den Eishexen üblich, daß die Einheit der Südhexe, einer der drei obersten Heerführerinnen der Eishexenkönigin Lecaja, unterstellt war.

Die Anführerin der Furien versuchte mit aller Kraft, ihre Kämpferinnen davon abzuhalten, die Seile auf der anderen Seite der Mauer gleich wieder nach unten zu werfen, um so in den Burghof zu gelangen. Aber die Eishexen beachteten die kreischende Magierin gar nicht.

Diesem Ungehorsam war sicher auch die Tatsache zuträglich, daß inzwischen von den beiden Festungsbastionen nördlich und südlich der Mauer ein steter Beschuß durch die Lodruny-Schützen erfolgte, die sich für ihre Flucht blutig entschädigen wollten. Gleichzeitig begannen die am nördlichen Ende der Mauer dicht zusammengedrängten Dämonen auf höchst seltsame Weise, immer langsamer zu werden. Ihre Beine schienen geradezu auf dem schneebedeckten Boden der Mauerkrone festzukleben, während sie vergeblich mit ihren starren Oberkörpern hin und her ruckten.

Die Eishexen, selber Geschöpfe der Magie, spürten, dies konnte nur bedeuten, daß die menschlichen Magier auf dem nördlich gelegenen Turm ihre Beschwörungsformeln erfolgreich beendet hatten und jetzt ein Lähmungszauber seine Wirkung entfaltete. Auch der Beschuß seitens der Verteidiger des Elfenspitz zeigte jetzt plötzlich Wirkung, immer mehr der Töchter des Xeribulos verwandelten sich in neblige Wolken aus bläulichem Dampf, die sich langsam aber sicher auf dem gesamten nördlichen Teil der Mauer ausbreiteten. Die noch stofflichen Dämonen versuchten zwar weiterhin in den Elfenspitz einzudringen, machten an der starken und magisch geschützten Zugangspforte aber kaum Fortschritte.

Also versuchten die Furien dem Beschuß, dem sie auf der Mauerkrone schutzlos ausgesetzt waren, so schnell wie möglich aus dem Weg zu gehen. Die Aussicht, ins Innere der Festung vorzudringen und das Blut menschlicher Opfer zu vergießen, war außerdem wahrscheinlich wesentlich angenehmer, als unter feindlichem Feuer auszuharren, bis die nächste Angriffswelle die eroberte Stellung sicherte. Also kletterten die Furien, nachdem die Seile in den Burghof hinabreichten, ohne weiter zu zögern in denselben hinunter und begannen, sich nahe des alten Bergfrieds zu einem Vorstoß zu formieren.

Unterdessen versammelten sich am Torwerk der Neuen Festung bereits drei Kompanien des Zweiten Infanterieregiments der Provinz Anxaloi, und gleichzeitig ging eine kleine Abteilung schwergepanzerter Ordensritter des Reinigenden Lichtes im Alten Bergfried auf Mauerniveau in Stellung.

Ständig variierende Flaggensymbole von den Kommandoräumen hoch über der Neuen Festung sorgten mit den Kadetten, die in Windeseile durch den tiefen Schnee und die unterirdischen Gänge der Festung liefen dafür, daß trotz des Erfolgs der Isthakis auf der Mauer alle notwendigen Gegenmaßnahmen in Ruhe in die Wege geleitet wurden.

Als dann der größte Teil der Furien unterhalb der Mauer im Innenhof von Soron angelangt war, erscholl ein lautes Fanfarensignal von der Neuen Festung. Daraufhin öffneten die Männer im Alten Bergfried, die nach der Flucht der Lodruny-Schützen geschlossenen Verbindungspforten, und kampfbereite Ordenskrieger stürmten mit lauten Schlachtrufen heraus. Sie trafen wie eine gepanzerte Faust auf das nackte Fleisch der wenigen, noch auf der Mauerkrone verbliebenen Eishexen. Die

Ritter kämpften zwar lieber vom Rücken gepanzerter Schlachtrösser aus, aber auch ohne das Gewicht ihrer Pferde schoben die ganz in Metall gehüllten Männer die Eishexen einfach vor sich her. Praktisch ohne anzuhalten, schienen die Ordensritter über die gesamte Länge der Mauerkrone zum Elfenspitz vorzudringen, während sie die ungepanzerten Eishexen mit mächtigen Hieben ihrer langen Schwerter mühelos niederstreckten.

Nur für kurze Zeit kam der Angriff zum Stehen, als die Ordenskrieger sich der Eishexenmagierin näherten. Diese sammelte, wild mit den Armen rudernd, Schnee und Eiskristalle zwischen ihren geballten Fäusten, und als die ersten Ordensritter kurz vor ihr auftauchten, streckte sie plötzlich beide Arme mit einer ruckartigen Bewegung den Feinden entgegen und öffnete die Fäuste.

Eine kegelförmige Wolke aus Schnee und Eis löste sich aus ihren gespreizten Fingern, breitete sich rasend schnell aus und verhüllte die gesamte Mauerkrone. Sekundenlang war nichts zu erkennen, einzig Schreckensschreie und triumphierendes Geheul drangen aus der Wolke, die sich aber ebenso schnell wie sie entstanden war, auch wieder auflöste. Auf der jetzt wieder sichtbaren Mauerkrone kämpften nur noch wenige Ordensritter gegen eine plötzliche Übermacht der Eishexen. Der größte Teil der Menschen lag reglos am Boden, überzogen von einer fingerdicken Schicht glänzenden Eises. Doch das Blatt wendete sich rasch wieder, als weitere Ordenskrieger ihre Kameraden verstärkten, die trotz der Verluste unbeeindruckt weiterkämpften. Und die Magierin ähnelte nur wenige Augenblicke, nachdem sie den Zauber eingesetzt hatte, plötzlich einem Nadelkissen, als sie von einem Dutzend Pfeile getroffen, zu Boden sank.

Gleichzeitig prallte das Fußvolk der Provinzarmee im

Burghof auf die Eishexen. Die schlecht ausgebildeten Soldaten des Infanterieregiments hatten allerdings nicht so viel Erfolg wie die Ordenskrieger. Nur die zahlenmäßige Überlegenheit der Menschen verhinderte, daß ihr Sturmlauf sich bereits in den ersten Minuten in einen Rückzug verwandelte. Statt dessen verkeilten sich die beiden Formationen tief ineinander, und ein blutiger Nahkampf begann.

Den Eishexen war klar, daß die Mauer hinter ihnen wieder von den Verteidigern kontrolliert wurde, sie würden den Innenhof kaum noch lebend verlassen können. Aber statt sich zu ergeben, wie es menschliche Soldaten getan hätten, kannte ihre Wildheit keine Grenzen mehr. Selbst schwer verwundete Kriegerinnen schleppten sich zum nächsten Feind, und Eishexen, die bewegungsunfähig auf dem Boden lagen, stachen noch mit letzter Kraft auf die Beine der über ihnen kämpfenden Feinde ein.

Jenseits der Festungsmauer war die zweite Welle der Eishexen jetzt kaum noch hundert Schritte entfernt. Zwei weitere Hundertschaften der isthakischen Kriegerinnen machten sich daran, den Hang vor der Mauer zu erklimmen. Doch die Sonne stand jetzt bereits recht hoch zwischen den östlichen Berggipfeln, hoch genug, um den Geschützmannschaften auf der Festung ein vernünftiges Zielen zu ermöglichen. Deren Offiziere zögerten nicht mehr und gaben den Befehl, das Feuer zu eröffnen.

Glimmende Holzscheite wurden an vorbereitete Lunten gehalten, dann rollte ein dumpfes Grollen über den Innenhof hinweg, erreichte die Mauerkrone, wo die Ordensritter inzwischen auf die fast bewegungslosen Töchter des Xeribulos einschlugen, und drang dann an die Ohren der emporkletternden Eishexen.

Dem Grollen folgte ein schrilles Pfeifen, und nur Sekunden später schlugen mit lautem Krachen die ersten

Mörsergeschosse zwischen ihnen ein. Schnee und Gesteinssplitter zischten durch die Luft, als die tödliche Munition den Hang aufwühlte. Schreiende Eishexen wurden durcheinandergewirbelt und purzelten wie weggeworfene Puppen den Hang wieder hinunter. Und schon donnerte es ein zweites Mal. Den verwirrten Eishexen blieb kaum Zeit, um zu begreifen, was mit ihnen geschah, als die Welt um sie herum erneut explodierte. Die zweite Salve reichte dann aus.

Massives Geschützfeuer war in der eisigen Heimat der Eishexenkriegerinnen vollkommen unbekannt. Im Troß einer Armee aus Harrané wurden bestenfalls Schneekanonen mitgeführt, die zersplitternde Eisbälle verschossen. Ohne Zweifel gefährliche Waffen, aber in ihrem Vernichtungspotential keinesfalls mit einer gut trainierten und eingeschossenen Batterie kaiserlicher Mörser zu vergleichen. Ohne zu zögern wandten sich die überlebenden Kriegerinnen zur Flucht.

Einige Minuten später wehrten sich ihre Kameradinnen im Innenhof der Festung nur noch mit letzter Kraft gegen die menschlichen Kämpfer, die jetzt eindeutig die Oberhand gewannen.

Obwohl die einzelnen Furien es häufig mit zwei oder sogar drei Gegnern aufnahmen und auch siegreich blieben, machte sich die zahlenmäßige Überlegenheit der Infanteristen in den grünen Uniformen der Provinzarmee immer mehr bemerkbar. Nur noch wenige der kaum noch einhundert Kämpfenden auf dem Burghof wiesen die bläuliche Hautfarbe der Isthakis auf. Gleichzeitig betrachtete hoch über dem Geschehen der Festungskommandant Bran Caroll Fedina durch sein Fernrohr die Kommandantin der gegnerischen Streitkräfte. Sie war inzwischen auf eintausend Meter an die Burg herangekommen, viel zu weit für eine gewöhnliche Sicht, aber irgendwie wußte der Bran, daß die hochgewachsene Frau auf dem großen, von acht riesigen Norgal-Eisbären gezogenen Kampfschlitten sich vollkommen der Tatsache bewußt war, daß er sie ansah.

Die Eishexe, deren eisigblaue Haut nur von einem Geflecht aus Lederriemen verhüllt wurde, an dem kleine Beutel und andere Gegenstände hingen, hatte ihren Blick auf die Festung gerichtet. Ein goldener Helm hüllte ihren Kopf fast völlig ein, nur ihre schlohweißen Haare ragten, zu einem seltsamen Turm aufgerichtet, aus dem oberen Teil des Helms hervor. Durch das T-förmige Visier des Helms leuchteten die roten Augen der Hexe, die ihn gezielt anzusehen schienen.

Jetzt zog die Eishexe ein Schwert aus der Scheide auf ihrem Rücken, hielt es, ohne den Blick abzuwenden, genau vor ihr Gesicht und leckte mit ihrer langen, violetten Zunge über die Klinge, ohne ihren Zuschauer auch nur für einen Augenblick aus den Augen zu lassen. Dann nickte sie, reckte das Schwert in die Luft und steckte es in einer fließenden Bewegung wieder in die Scheide auf ihrem Rücken. Zum Abschluß der kleinen Begrüßungszeremonie warf sie ihren Kopf in den Nacken und öffnete den Mund zu einem lautlosen Lachen.

Die Gegenspielerin des Ghanar schien sich offenbar sehr auf die anstehende Belagerung zu freuen.

Mit einem unguten Gefühl schwenkte der Festungskommandant sein Fernrohr auf die Begleiter der Eishexe. Drei Anführerinnen und eine Zauberin der Eishexen auf Gargylen ritten unmittelbar hinter dem Schlitten. Eine hielt das Banner der gegnerischen Kommandantin in den Händen. Es handelte sich um den abwärts blasenden roten Wind auf weißem Feld. Das Banner der Südhexe.

Da es alleine an der Stange der Standartenträgerin angebracht war, konnte es sich bei der Heerführerin nur um die Südhexe persönlich handeln. Die Eishexenkönigin Lecaja, die für sich den Titel der Nordhexe beanspruchte, hatte eine ihrer drei besten Heerführerinnen vor die Tore von Soron geschickt.

Also wollte Lecaja Soron endgültig einnehmen und Caroll Fedina würde die Pläne dieses uralten und unfaßbar mächtigen Wesens durchkreuzen müssen. Obwohl er eine der stärksten Festungen der Nordmarken kommandierte, war der Ghanar beunruhigt ... Diese Frau dort unten, oder was immer sie war, hatte schon Truppen befehligt, als Carolls Urgroßeltern noch lebten.

Hinter dem Führungsstab der Eishexen befanden sich noch ein halbes Dutzend besonders großer Tiermenschen. Wahrscheinlich bedeutende Häuptlinge, die ihre Stämme dem Befehl der Eishexen unterstellt hatten.

Als die Botin wieder davongeritten war, drehte die Südhexe sich um und richtete einige – von scharfen Gesten begleitete – Worte an den kleinsten der Tiermenschenhäuptlinge. Der wich stolpernd zurück und warf sich auf die Knie. Noch während er mit erhobenen Armen und in den Schnee gesenktem Widderkopf um sein Leben bettelte, zog die Südhexe mit einer eleganten Bewegung einen kleinen Stab aus ihrem Gürtel und richtete ihn auf den Tiermenschen.

Sekunden später befand sich an Stelle des Tiermenschen nur noch eine Eisstatue. Daraufhin warfen sich die anderen Häuptlinge ebenfalls in den Schnee und zeigten ehrfürchtige Gesten der Anbetung in Richtung der Südhexe.

Unterdessen löste sich aus dem restlichen Gefolge ein Mann, der ganz in schwarze Roben gekleidet war. Er ritt langsam und mit tief befriedigtem Gesichtsausdruck auf die Eisstatue zu, holte dann wie ein Polospieler aus den Ostmarken mit dem langen Stab in seinen Händen aus und schlug auf den gefrorenen Widderkopf ein, der sich sofort mit Rissen überzog und in Tausende von Einzelteilen zersplitterte.

Ein muskulöser, glatzköpfiger Schneebarbarenhäuptling eilte an die Seite des schwarzen Reiters und knöpfte seine Lederhose auf. Er stellte sich über die umgefallene, kopflose Statue. Als der Glatzkopf die Hand zu seinem Schritt führte, nahm Caroll Fedina das Fernrohr vom Gesicht und drehte sich zu seinen Offizieren um. Wortlos ging er in den Planungsraum unter der Aussichtsebene. Zumindest eins war klar. Die einzelnen Kontingente der Armee seiner Gegnerin waren einander offensichtlich nicht besonders zugetan.

Auf dem Burghof standen sich nur noch fünf Eishexen und zwanzig Menschen gegenüber. Die Eishexen standen mit dem Rücken zur inneren Seite der Festungsmauer und die Infanteristen bildeten einen Halbkreis um sie herum, beide Seiten schienen für einen kurzen Augenblick zu verschnaufen.

Schon wollten die Atmars der Infanteristen ihre Männer zurückrufen, um die restlichen Eishexen durch Fernkämpfer oder wartende Lanzer niedermachen zu lassen. Doch noch bevor die blutvernebelten Gehirne der Männer, die aus sicherer Entfernung gerufenen Befehle verstanden hatten, schauten sich die Furienkriegerinnen ein letztes Mal an, dann liefen sie wild schreiend auf ihre Gegner zu.

Eine Minute später sank die letzte Hexe, von drei Schwertern durchbohrt, zu Boden. Doch auch die Zahl der Menschen war auf fünfzehn gesunken.

Einige Sekunden lang herrschte Schweigen über der Festung. Dann löste sich gedämpftes Jubelgeschrei aus den Kehlen der Zuschauer und die ersten Sanitäter rannten auf den Kampfplatz. Der erste Angriff der Isthaki war abgeschlagen. Aber so wie es aussah, hatte es sich nur um einen – vielleicht nicht einmal ganz ernst gemeinten – Versuch gehandelt, die Möglichkeiten der

Verteidiger auszuloten. Die toten Eishexen stellten nur einen kleinen Teil des Heeres der Südhexe dar, Dämonen wie die Töchter des Xeribulos konnten wieder beschworen werden. Aber die reglos oder schwer verwundet im Schnee des Innenhofs liegenden Menschen machten bereits die Hälfte eines der wenigen in Soron stationierten Regimenter aus.

KAPITEL 20

6. Oktum, 715 IZ

Ein kleines Zimmer in einem heruntergekommenen Haus mitten im Elendsviertel ›Hechtsenke‹ der Reichshauptstadt Emessa.

»Du schleimiger Auswurf eines kranken Fisches! Sieh zu, daß du deinen gichtigen Hintern von meinem Platz herunterbewegst!« Die kreischende Stimme unter dem kleinen Fenster gab noch weitere Einblicke in die wenig gepflegten Umgangsformen der Hechtsenke Emessas zum Besten.

»Sieh doch selber zu, daß du mir nicht in die Quere kommst! Schau dich doch an! Du interessierst doch nicht mal 'nen Blinden ohne Tastsinn!« Auch der ›schleimige Auswurf‹, zu dem ebenfalls eine weibliche Stimme gehörte, ließ sich nicht lumpen, was den Einfallsreichtum seines Repertoires an Beschimpfungen betraf.

Dorama seufzte. Solche und ähnliche Auseinandersetzungen zwischen den Damen, deren Arbeitsplatz sich unmittelbar auf der Gasse unter seinem Zimmer befand, hatte er sich in den letzten zwei Wochen häufiger anhören dürfen, wenn er bei Bewußtsein gewesen war. In seinen Fieberträumen hatte er nicht bemerkt, wie seine beiden Helfer ihn hierher geschafft hatten. Er war davon ausgegangen, in seinem gewohnten Bett im Kloster Andoran aufzuwachen. Solche Gespräche hörte man dort auf gar keinen Fall, deswegen war er zunächst ziemlich verwirrt gewesen.

Doch nach und nach hatte das Fieber nachgelassen, und schließlich bemerkte er auch das erste Mal die gutaussehende Mittdreißigerin. Sie fütterte ihn mit einer Suppe, in der sich angeblich Kräuter befanden, die sein Fieber lindern sollten.

Die Frau, die ihn mit sanfter Bestimmtheit dazu brachte, seine Suppe immer bis zum letzten Tropfen aufzulöffeln, sprach nicht viel mit ihm.

Er wußte nur, daß Samos und Arien ihn hierher gebracht hatten. Sie waren der Frau, die sich Indara nannte, offensichtlich nur flüchtig bekannt, hatten sie aber großzügig bezahlt. Indara war es offensichtlich gewohnt, sich nicht in die Angelegenheiten ihrer Klienten einzumischen. Daher wußte sie auch nichts über ihren Patienten oder die Hintergründe seines Aufenthalts im Elendsviertel von Emessa.

Sie wußte jedoch, daß ihr Patient sich die Magierkrankheit zugezogen hatte und dringend ihrer Hilfe bedurfte. Also hatte sie ihm in den letzten Tagen immer wieder ihre Hände an die Schläfen gelegt, und die überflüssige magische Energie, die unbändig durch seine Adern tobte, ein wenig abgelenkt. Dabei war sie einige Male beinahe selber überlastet worden, woraus sie schloß, daß es sich bei dem alten Mann in ihrem Obergeschoß um einen sehr mächtigen Zauberer handeln mußte.

Das konnte sie vorsichtig gestimmt haben. Magier mit einem solchen Machtpotential gab es nämlich nicht allzu viele im Imperium, und auf keinen Fall tauchten sie einfach so in der Hechtsenke auf, um dort ihre energetischen Probleme regeln zu lassen.

Seit einiger Zeit befanden sich jedenfalls einige magische Schutzvorrichtungen an der Tür zu seinem Zimmer. Sie sollten die Umgebung vor unkontrollierter Energie schützen, die er in einem Fieberanfall vielleicht freisetzte. Natürlich hätte Dorama sie in Windeseile ausschalten können, wenn er bei Kräften gewesen wäre, aber in seinem jetzigen Zustand stellten sie ein ernstzunehmendes Hindernis dar.

Obwohl sie gegen ihn gerichtet war, hatte ihn die unaufdringliche Vorsicht seiner Gastgeberin beeindruckt.

Auch die Tatsache, daß sich zumindest die erste Woche seines Aufenthalts über einige schwache Reliquien und Symbole des Merida-Glaubens um sein Bett herum gruppierten, hatte Dorama mit Wohlwollen gegenüber der jungen Frau erfüllt.

Woher sollte sie auch wissen, ob ihr Patient nicht irgendein finsterer Schwarzmagier war. Den Schutz des heiligen Lichtes der Kirche Meridas heranzuziehen, war da nur angebracht.

Aus diesem Wohlwollen heraus hatte sich Dorama, der es sonst weder schätzte, noch duldete, wie ein kleines Kind behandelt zu werden, auch sehr damit zurückgehalten, seinen Unmut an Indara auszulassen. Seine Gereiztheit wurde dabei noch durch seine Ungeduld gesteigert, denn natürlich empfand er die unfreiwillige Rast als viel zu lang.

Dorama war sich vollkommen sicher, daß er seit Tagen dazu in der Lage gewesen wäre, wieder aufzubrechen. Schließlich war er in Angelegenheiten von solcher Bedeutung unterwegs, daß jede Verzögerung schwere Folgen nach sich ziehen konnte. Aber andererseits hatten ihm seine Beine bisher jedes Mal den Dienst versagt, wenn er aufstehen wollte, er mußte sich damit abfinden, noch nicht wieder auf dem Damm zu sein.

Doch er war selbst an seiner Krankheit Schuld. Soviel spontane, nicht-rituelle Magie hätte er nicht anwenden dürfen. Die Fähigkeit seiner Synapsen, die magischen Energien zu leiten, war überlastet worden, ungehindert waren gewaltige Kräfte durch seinen Körper geflossen. Jüngere Männer als er hätten daran sterben können, dementsprechend war das Magierfieber wohl die bessere Alternative.

Tatsache war jedenfalls, daß er seit drei Wochen von schweren Fieberanfällen ans Bett gefesselt wurde, obwohl er längst in die Nordprovinzen hätte aufgebrochen sein wollen.

Es klopfte an seiner Tür. Wahrscheinlich Samos und Arien, die zu einem ihrer täglichen Besuche kamen.

»Kommt schon rein.« Dorama versuchte belästigt zu klingen. »Ich bin wach.«

Die Tür ging auf und die beiden ehemaligen Ordenskämpfer kamen herein. »Guten Morgen, Herr. Habt Ihr gut geschlafen? Wie geht es Euch?« Samos trat schüchtern vor das Bett, in dem Dorama halb aufgerichtet vor seinem Frühstück saß. Nur kurz streifte sein Blick die etwas albern aussehende Schlafmütze auf dem Kopf des Magiers.

»Mmmh ...«, brummelte dieser. »Geht so. Was gibt's Neues?«

Samos und Arien wechselten einen kurzen Blick. Dann schüttelten beide den Kopf und starrten angestrengt aus dem Fenster. »Nichts, Herr. Das Übliche. Nichts von Bedeutung.«

Dorama nahm einen Schluck von seinem Kräutertee und versuchte sich nicht aufzuregen. Was glaubten die zwei, wen sie vor sich hatten? Er war doch nicht senil. Denen stand doch ins Gesicht geschrieben, daß sie ihm etwas verheimlichten. Dorama setzte seinen strengsten Studierzimmer-Ausdruck auf. Was naseweise Magierschüler vor Schreck beinahe ohnmächtig werden ließ, würde diese beiden Halunken zumindest einschüchtern.

Er fragte noch einmal. »Was gibt es Neues?« Dabei fixierte er seine Gegenüber mit einem vernichtenden Blick.

Sichtliche Nervosität brach aus. Samos blickte zu Arien, dann zu Dorama, dann wieder zu Arien.

Der trat endlich einen Schritt vor. »Im Norden, Herr. In der Provinz Anxaloi. Es gibt Gerüchte über einen großen Angriff der Isthakis. Die Königin Lecaja persönlich hätte die Grenze überschritten. Aber Genaueres weiß niemand.«

Dorama fuhr hoch und stellte sein Frühstückstablett auf den kleinen Tisch neben sich. Dann schwang er sich aus dem Bett und ging etwas unsicher zu dem Stuhl, auf dem seine Kleidung und die sonstige Ausrüstung lagen.

»Was ist mit Soron? Gibt es Nachrichten aus der Festung?«

»Nein Herr, zumindest nichts Eindeutiges. Man erzählt sich, daß der Kontakt zum nördlichen Teil der Provinz zusammengebrochen sei.«

Dorama schlüpfte in sein Hemd.

»Herr, solltet Ihr nicht im Bett bleiben?« Samos klang beunruhigt.

Dorama zog seine Robe über den Kopf.

»Herr …«, Arien fehlten offensichtlich die Worte. Er trat einige Schritte zurück und rief: »Indara, komm schnell her!«

Dorama, der inzwischen versuchte seine Stiefel anzuziehen, begann ebenfalls zu schreien: »Jetzt reicht es! Wir werden noch heute in den Norden aufbrechen. Ich fühle mich längst wieder gut genug. Beim Lichte Meridas. Ihr wißt ja gar nicht, was auf dem Spiel steht.« Zu Indara, die inzwischen in der Tür aufgetaucht war, sagte er: »Euch Mädchen schulde ich Dank für Eure Hilfe. Guckt nicht so streng, mir geht es wieder gut, es hat keinen Sinn, mir was anderes einreden zu wollen.« Er griff nach seinem Gepäck. »Samos, besorg Pferde. Arien, kauf Proviant und Sonstiges. Wir reisen ab.« Bereits kurz vor der Treppe fügte er hinzu: »Indara, wenn Ihr Euch noch mal nützlich machen wollt, könntet Ihr so freundlich sein und mir etwas Handfestes für meinen Magen besorgen. Ich glaube, ich brauche noch etwas mehr Stehvermögen, um diese abbruchreife Treppe heil hinunter zu kommen. Außerdem packt bitte einen großen Vorrat dieser Kräuter ein. Macht Euch über die Bezahlung keine Sorgen.«

KAPITEL 21

7. Oktum, 715 IZ

Khaiman Paß, hinter einer Schnee-verwehung auf einem kleinen Hügel in Sichtweite der Festung Soron. Wenige Stunden nach Sonnenaufgang.

»Na, da haben wir ja 'ne schöne Bescherung!« Rokko hielt mit seinem Unmut nicht hinter dem Berg. »Ich meine, Dashino, es ist ja gut und schön, daß Ihr mich aus diesem Loch gerettet habt. Und ich bin ja auch gerne bereit, mich dafür ein wenig nützlich zu machen. Aber so langsam beginne ich darüber nachzudenken, daß es sechs Fuß unter der Erde, allein mit den Würmern, vielleicht auch ganz gemütlich geworden wäre.« Er spuckte ein Stück Kautabak aus.

»Nicht nur, daß Ihr es fertigbringt, Eure Schwadron ständig im Einsatz zu halten. Nein, Ihr scheint Euch auch noch geradezu um gefährliche Aufträge zu reißen.«

Jadhrin wußte nicht, was er dem Ex-Viehdieb entgegnen sollte. Auch er wünschte sich, beim Lichte Meridas, wahrhaftig irgendwo anders hin. Deshalb schwieg er und warf erneut einen Blick über die Schneeverwehung, hinter der er, Rokko und dessen Bruder Gannon die Umgebung der Festung Soron auskundschafteten.

Gannon wandte sich an seinen Bruder und brummte: »Beruhige dich, Rokko. Der Dashino kann doch auch nichts dafür, wenn ihm das Oberkommando einen Auftrag nach dem anderen gibt. Wenn du wirklich soviel Sehnsucht nach dem Galgen hast, brauchst du es nur zu sagen. Ich bin davon überzeugt, daß wir schon irgendwo einen hübschen, kleinen Baum finden werden. Von der Größe her dürften sogar die Krüppelkiefern ausreichen, die dort hinten im Wäldchen herumstehen.« Der Hetnor musterte seinen älteren Bruder, der ihm gegenüber, was Größe und Gewicht betraf, wirklich benachteiligt aussah.

»Pah, Bruderherz!« Rokko nahm Gannons drohende Blicke offenbar nicht sehr ernst. »Spar dir doch diese leeren Versprechungen. Wer hat uns denn hierher gebracht? Ich meine, ohne daß ich tagaus, tagein und manchmal auch noch nachts einen sicheren Weg hierher ausgekundschaftet hätte, während du dir am Lagerfeuer deinen dicken Bauch gefüllt hast, wären wir doch noch gar nicht hier. Wir würden immer noch in der Taiga mit den Tierköpfen Verstecken spielen.« Herausfordernd schaute Rokko seinen Bruder und den Dashino an.

Gannon rümpfte nur die Nase und wandte sich an Jadhrin: »Achtet nicht auf ihn, er beklagt sich, seitdem ich ihn kenne. Unsere Mutter sagt, er hätte sich schon in ihrem Bauch beschwert. Außerdem ist er größenwahnsinnig.«

Jadhrin seufzte. Die beiden Brüder begannen ihm auf die Nerven zu gehen. Sie schienen die anfängliche Freude über ihr Wiedersehen längst überwunden zu haben und gifteten sich seit einigen Tagen eigentlich ununterborchen an. Vielleicht sollte er einmal ein Machtwort sprechen, aber jetzt war dafür nicht der richtige Zeitpunkt.

»Ist ja gut. Hört auf, Euch zu streiten«, versuchte er, die beiden zu beruhigen. »Rokko, Ihr habt uns wirklich ganz wunderbar an den Tiermenschen vorbeigelotst. Aber Ihr seid trotzdem noch immer ein dienstverpflichteter Kundschafter des Ordens, und damit geht nun mal kein risikoloses Leben einher. Auch wenn wir bisher mit Eurer Hilfe um einen Kampf herumgekommen sind, haben wir einen Auftrag zu erfüllen. Und wenn der erfordert, daß wir uns in Gefahr begeben, werden wir das eben tun.«

Er begann, die Schneeverwehung rückwärts hinunter zu robben. »Irgendwie müssen wir Andron Fedina da unten rausholen. Wenn Euch etwas einfällt, wie wir das ohne Kampf tun können, dann laßt es mich wissen. Mitten durch die Isthakis zu reiten, wäre zwar auch eine Möglichkeit, aber sie erscheint mir eher als eine Art allerletzter Ausweg.«

Auf dem Weg zu den beiden Schwadronen unter seinem Kommando hatte Jadhrin genug Zeit, ebenfalls über die wenig vielversprechende Lage nachzudenken. Wegen seiner unüberlegten Äußerungen auf der Stabsbesprechung vor einer Woche steckten er und seine Männer, nach kaum zwei Tagen in Leigre, schon wieder in ihrem nächsten Einsatz.

Unter den jetzigen Bedingungen, durch die Linie der Ishtakis nach Soron vorzudringen und den Sohn des Provinzgouverneurs nach Leigre zurückzubringen, und das alles ausgerechnet mit einer Abteilung aus schwergepanzerten Rittern, das war wirklich eine Strafe, die einem Selbstmord gleichkam.

Erwartungsgemäß hatten Jadhrins Männer den Auftrag von Anfang an nicht besonders geliebt. Vor allem die Lanzer aus der Provinzarmee warfen dem jungen Dashino ständig Blicke zu, als wäre er allein für alles Unglück auf der Welt verantwortlich.

Nur Meridas Licht und der wirklich unermüdlichen Arbeit Rokkos war es zu verdanken, daß bisher alles gut gegangen war. Immer wieder hatte er es geschafft, die beiden Kavallerieschwadronen an allen Wachtposten der Tiermenschen vorbeizubringen, so daß Jadhrin und seine Männer bis jetzt unentdeckt geblieben waren. Die beeindruckende Leistung des Pfadfinders wurde höchstens dadurch geschmälert, daß Rokko nach dem Passieren der ersten dünnen Linie aus Tiermenschenbanden kaum noch Spuren feindlicher Einheiten entdeckt hatte.

Offensichtlich war den Isthakis wirklich nur daran gelegen, den nördlichen Teil der Provinz abzuriegeln. Sie plünderten nicht einmal. Einige Male waren die imperialen Reiter an verlassenen Dörfern und Gehöften vorbeigekommen, die aber auch nicht zum kleinsten Teil in Unordnung gebracht worden waren. Das alles war sehr ungewöhnlich, und Jadhrin konnte überhaupt nicht nachvollziehen, wie seine Vorgesetzten diese seltsame Lage, die ihnen im wesentlichen ja vertraut war, einfach ignorieren konnten.

Als Jadhrin heute morgen mit seinen Leuten in Sichtweite der Festung ankam, hatte er sich aber trotzdem mit aller meridagefälligen inneren Bescheidenheit doch insgeheim beglückwünscht. Der erste Teil seines gefährlichen Auftrags war erfüllt, jetzt brauchte er nur noch Andron Fedina abzuholen, und sich auf den Rückweg zu machen. Wieder in Leigre angekommen, würde er sich eingehend damit beschäftigen, die Beziehungen zu seinen Vorgesetzten wieder zu verbessern. Soweit lief eigentlich alles wie geschmiert, und es konnte einem karrierebewußten, jungen Offizier bestimmt auch nicht schaden, sich im Verlauf einer längeren Reise durch gefährliches Terrain mit dem Sohn des Herkyn und Gouverneurs Grigor Fedina anzufreunden. Insgesamt war Jadhrin heute morgen wirklich allerbester Laune gewesen.

Doch sobald er einen Blick auf das diesseitige Ende des Khaiman Passes und die Festung Soron geworfen hatte, war ihm aber klar geworden, daß seine Lage noch bedeutend unangenehmer war, als er sich in seinen schlimmsten Vorstellungen ausgemalt hatte.

Soron war von einem ausgedehnten Belagerungsring aus Lagerfeuern und Zelten umgeben. Die gesamte Umgebung der Festung lag unter einer dichten Schneeschicht, es sah fast so aus, als hätte es hier tagelange schwere Schneestürme gegeben, während es im Rest der Nordmarken in den letzten Tagen nur zögernd geschneit hatte und der eigentliche Wintereinbruch noch auf sich warten ließ.

Jadhrin hatte Tiermenschen, Eishexen, ja sogar einige Eisriesen erkennen können. Das dumpfe Grollen gerade abgefeuerter Falkaunen war, durch die Entfernung seltsam gestreckt, an seine Ohren gedrungen. Daß es in der sonst stillen Bergwelt nicht schon viel früher zu hören gewesen war, bewies, daß die Verteidiger bereits mit der Munition für ihre weitreichendsten und effektivsten Fernwaffen sparen mußten.

Schanzen waren an einigen Stellen des Feldlagers der Isthakis errichtet worden, in denen Jadhrin seltsame Geschütze gesehen hatte. Sie schossen in schnellem Takt Schneebälle auf die Wehrgänge der Festung. Beim Einschlag zerplatzten die Bälle wie Katapultgeschosse und wirbelten die Körper der Verteidiger durcheinander. Diese Geschütze feuerten ihre beständigen Salven in völliger Stille ab, die verschneite Landschaft rund um die Festung garantierte ihnen einen unendlichen Munitionsvorrat.

An der Seite der Festung, die dem Khaiman Paß zugewandt war, beschäftigten sich zahllose Arbeiter damit, eine Rampe aus Schnee- oder Eisblöcken an einer der Mauern Sorons zu errichten, deren Spitze schon fast das Niveau der Mauern erreicht hatte.

Es gab kaum einen Zweifel daran, was geschähe, sobald die Rampe fertig war. Die Menge der Zelte im Feldlager der Angreifer war beträchtlich, und viele der Tiermenschen im isthakischen Heer übernachteten wahrscheinlich sogar im Freien. Rokko machte Jadhrin außerdem noch auf kleine Gruppen von Schneebarbaren aufmerksam, die überall in der näheren Umgebung unterwegs waren. Sie stellten Fallen auf und bewachten gleichzeitig die Straße, die von Süden her zum Paß und der Festung hochführte.

Merida sei Dank hatte Rokkos Weg sie nicht über die reguläre Straße, sondern durch ein kleines Kiefernwäldchen hergebracht, so konnten die imperialen Krieger unentdeckt wieder in der Deckung des Waldes verschwinden und sich zunächst außer Sicht zurückziehen.

Jadhrin mußte sich damit abfinden, daß Soron von einem dichten Kordon aus feindlichen Truppen umgeben war, der die Verwirklichung seines Auftrags erheblich erschwerte. Es gab keinen Weg zu den Toren, den die Reiter nicht Meter für Meter mühsam hätten freikämpfen müssen. Und die Verteidiger hatten wahrscheinlich auch andere Sorgen, als wertvolle Kämpfer dafür zu riskieren, die Laufbahn eines jungen Ordensritters nicht ein vorzeitiges Ende finden zu lassen. Wie sollte er also mit seinen knapp dreißig Mann in die Festung hinein und wieder hinaus kommen? Meridas Leuchten stellte einem jungen Offizier wahrhaft schwere Aufgaben.

Im Augenblick hätte Jadhrin einiges darum gegeben, niemals von seiner Familie in den kämpfenden Teil der Merida-Kirche gesteckt worden zu sein. Hätte es nicht auch eine bescheidene Priesterpfründe in irgendeiner Verwaltungsstelle nahe der Hauptstadt getan?

Aber jetzt war es nun mal zu spät für solche Wünsche. Als er und seine beiden Begleiter wieder bei den wartenden Reitern angekommen waren und auf den Pferden saßen, winkte er den Ritmar der Lanzenreiter zu sich, um ihm die Lage zu schildern.

»Irgendwelche Vorschläge?« Erwartungsvoll schaute Jadhrin einige Augenblicke später Gannon, Rokko und Jamkar Attusik an.

»Wir können auf keinen Fall versuchen, uns da durchzukämpfen«, stellte Gannon in sehr bestimmtem

Tonfall fest. Dabei schaute er Jadhrin prüfend an, so als traue er Jadhrin zu, doch auf eine solche Idee zu verfallen. »Wir haben nur dreißig Mann, wahrscheinlich käme nicht einer von uns auch nur bei der Festungsmauer an. Diese Schneebarbaren haben alle Bögen und können auch damit umgehen.«

Jadhrin teilte die Bedenken seines Hetnors vollständig, aber er sah auch keine andere Möglichkeit, den Auftrag zu erfüllen. Vielleicht würde es ihnen ja gelingen, die Isthakis zu überraschen und in einem schnellen Ritt eines der Tore zu erreichen. Dann wären sie immerhin schon mal innerhalb der Festung. Vielleicht würde kaum einer seiner Männer diesen Ritt überleben, aber die einzige Alternative wäre gewesen, sich unverrichteter Dinge wieder nach Leigre zurückzuziehen. Und das wiederum würde Jadhrin höchstwahrscheinlich nicht überleben, der Gouverneur und sein Busenfreund, Lan-Kushakan Mariak, würden ihm den Hals umdrehen.

Was aber immer noch besser wäre, als in der näheren Zukunft als Hauptgericht auf dem Bratspieß eines Tiermenschenfeuers zu enden. Vielleicht konnte er seinen Vorgesetzten ja einreden, daß es für den Sohn des Gouverneurs im Inneren der Festung einfach sicherer gewesen wäre, als mit so schwacher Begleitung durch den Belagerungsring zu brechen. Doch was geschah, wenn die Festung fiel, bevor eine Entsatztruppe sich nach Leigre durchkämpfen konnte?

»Wer sagt denn, daß wir da rein müssen? Ich meine, wir alle! Es genügt doch eigentlich, wenn wir diesen Fedina-Mann da rausbringen, oder irre ich mich?« Rokkos Stimme riß Jadhrin aus seinen unheilschwangeren Überlegungen.

»Was meinst du?« Jadhrin hatte keine Ahnung, worauf Rokko hinaus wollte, erinnerte sich dann aber an den Wortlaut der Frage. »Nein, Rokko. Das ist schon ganz richtig. Aber wie kriegen wir den Ni-Herkyn aus der Festung raus, ohne daß wir vorher reingehen, um ihn rauszuholen. Ich meine, von ganz alleine wird er kaum auf die Idee kommen, sich durch die Isthakis hindurch auf den Heimweg zu machen, oder nicht?«

Jadhrin breitete die Hände aus, überzeugt einen vollkommen logischen Einwand gemacht zu haben. Rokko schien manchmal einfach nicht richtig nachzudenken. Jadhrin schaute Gannon an und dachte dabei wieder über den Strick in Leigre oder den Bratspieß vor Soron nach.

Aber Gannon beachtete Jadhrin gar nicht, sondern schaute seinen Bruder an. Jadhrin kannte diesen Blick inzwischen. So sah sein Hetnor immer aus, wenn sein Bruder mal wieder eine Idee gehabt hatte, die den Methoden des Viehdiebs entsprach, der er einmal gewesen war. So etwas widersprach dann meist allen Ordensregeln über meridagefälliges Vorgehen, die Jadhrin bekannt waren.

Aber zugegebenermaßen hatten eben diese seltsamen Methoden ihn und seine Leute ohne nennenswerte Probleme hierher gebracht. Schon als sie vor einer Woche aus Leigre aufgebrochen waren, hatte Rokko es irgendwie geschafft, daß die Lanzer von Attusiks Schwadron plötzlich ihre müden Klepper gegen gute Pferde aus den Beständen der Adelsreiterei der Fedinas austauschen konnten.

Jadhrin hatte sich bewußt nicht nach den näheren Umständen erkundigt, er war froh darüber, auf diese Weise ein ordentliches Tempo vorlegen zu können. Dementsprechend konnte es eigentlich nicht schaden, sich Rokkos Gedanken noch einmal genauer anzuhören. Vielleicht war dem Mann ja eine Möglichkeit eingefallen, den vergnügungssüchtigen Fedina-Sproß heil zu Pappi zu bringen, ohne dabei entweder Leben oder Karriere zu verlieren.

Unwillkürlich mußte er an Großonkel Dorama denken. Dann nickte er. Es entsprach eigentlich einer alten Familientradition, auch unübliche Methoden auszuprobieren, und Jadhrin hatte sich schon immer für einen Pragmatiker gehalten.

KAPITEL 22

7. Oktum, 715 IZ

In den Gästeräumen der Neuen Festung auf Burg Soron. Gegen Mittag.

Celina haßte es, untätig herumzusitzen und zu warten. Sie wußte ja nicht einmal worauf. Seitdem sich der Belagerungsring um die Festung Soron geschlossen hatte, wartete sie. Die Ni-Gadhira und der alte Ritmar waren nach dem ersten Gefecht im Innenhof nicht wieder in das verwüstete Gasthaus zurückgegangen, sondern hatten sich in zwei Zimmern im Inneren der Neuen Festung einquartiert, die ihnen vom Festungskommandanten aufgedrängt worden waren. Ghanar Caroll Fedina schien sich alle Mühe zu geben, als einziger Fedina auf Soron Celina halbwegs anständig zu behandeln.

Sie seufzte. Die Festung Soron war urplötzlich von Tausenden von Isthakis eingeschlossen worden. Die Belagerer hatten zwar bis jetzt nicht allzu viel ausrichten können, aber das war auch nicht ungewöhnlich, jedenfalls nach Einschätzung der Soldaten, mit denen Celina darüber geredet hatte. Belagerungen waren eine langwierige Sache. Und was die Fortschritte der Isthakis betraf, machten sich die Soldaten scheinbar vor allem Sorgen über diese Rampe, die von den wandelnden Toten vor der Mauer errichtet wurde.

Brrrr ...! Celina schauderte, wenn sie daran dachte. Dabei waren die Skelette und Zombies noch nicht einmal die schrecklichsten Dinge, die im Heer der Belagerer zu finden waren. Sie hatte auch Geschichten über Tierberserker und die gefühllose Grausamkeit der Eisriesen gehört, die sie fast noch mehr beunruhigten. Und jetzt dauerte diese furchtbare Lage schon eine Woche an, und ein glückliches Ende war nicht in Sicht. Celina haderte wirklich mit ihrem Schicksal. Warum mußte sich ausgerechnet in dem Augenblick, in dem sie das erste Mal in ihrem Leben aus der Obhut ihrer Familie ausbrach, scheinbar die ganze Welt zum Ausbruch eines Krieges verabreden?

Wayn hatte versucht sie zu beruhigen. Eine Eroberung Sorons sei mehr als unwahrscheinlich, die Lage im wesentlichen unter Kontrolle. Es bliebe ihnen aber leider nichts anderes übrig, als abzuwarten, bis sich Verstärkungen zum Khaiman Paß durchschlugen und die Angreifer vertrieben. An eine Heimreise nach Leigre war im Augenblick überhaupt nicht zu denken. Celina hatte den alten Ritmar nur traurig angeschaut. Gut, sie waren hier wirklich in der stärksten Festung der Nordgrenze, und der Fall der äußeren Mauer würde wahrscheinlich nur einen Rückzug auf die ohnehin stärkere Neue Festung erfordern, aber sie hatte trotzdem ein sehr ungutes Gefühl.

Und jetzt saß sie hier an der schmalen, in einer Wandnische angebrachten Schießscharte, die ihr Zimmer mit der Außenwelt verband und starrte in den leeren, grauen Himmel. Sie hatte die Holzklappe, mit der die Schießscharte gewöhnlich abgedeckt war, hochgeklappt, was eigentlich aber auch nichts nützte. Die Öffnung ließ, außer einem Blick auf den trostlosen Himmel, nur die Aussicht auf die noch bedeutend langweiligere Mauer eines gegenüber liegenden Bollwerks zu. Die Gästeräume der Festung waren absichtlich so angelegt, daß sie weder durch Angriffe von außen gefährdet werden konnten, noch neugierige Blicke auf wichtige Vorgänge im Inneren der Neuen Festung zuließen.

Also wartete Celina. Auf Verstärkung aus Leigre, auf Neuigkeiten, auf weitere Fortschritte des Feindes, weitere abgeschlagene Angriffe. Es war furchtbar. Sie konnte sich ja noch nicht einmal nützlich machen. Eine

Zeitlang hatte sie versucht, in den Lazaretten unter der Neuen Festung Verwundeten zu helfen. Eine Aufgabe, die einer jungen Adligen würdig war, zumindest hatte Wayn ihr das versichert.

Doch wahrscheinlich war er einfach froh gewesen, Celina auf diese Weise von ihren Erkundungstouren in der Festung abzuhalten. Er begleitete sie zwar ständig, wie es sich für einen pflichtbewußten Leibwächter auch gehörte, aber er langweilte sich dabei wahrscheinlich genauso sehr, wie Celina es in ihrem Zimmer tat. Außerdem wurde er bei ihren Spaziergängen ständig mit den Soldaten konfrontiert, die die Burg verteidigten, und Celina konnte in den Augen ihres alten Freundes erkennen, wie sehr es ihn schmerzte, sich nicht selber an den täglichen Kämpfen beteiligen zu können.

Also hatte sie versucht, sich in den Lazaretten zu beschäftigen, um Wayn die Gelegenheit zur aktiven Teilnahme an der Verteidigung zu geben. Sie hatte beim Amputieren von Gliedmaßen geholfen, schwerste Wunden verbunden, jungen Männern beim Sterben zugesehen und zwei Tage lang bis zum Umfallen geschuftet. Wayn sah sie immer nur nachts, wenn er sie aus dem Lazarett abholte und zu ihrem gemeinsamen Zimmertrakt begleitete. Häufig war seine Rüstung mit Blut bedeckt.

Am Abend des zweiten Tages war Celina weinend in seinen Armen zusammengebrochen. Sie hatte den ganzen Nachmittag über jungen Barbaren aus Gords Stamm beim Sterben zugesehen. Die Krieger hatten an einem schweren Gefecht auf der südlichen Mauer des Innenhofs teilgenommen. Es waren die gleichen jungen Männer, die – vor Lebensfreude und Kraft nur so strotzend – sie und die anderen Überlebenden des Angriffs auf Ihsligano nach Soron gebracht hatten. Sie kannte zwar keinen von ihnen persönlich, aber sie alle mit abgetrennten Gliedmaßen und bereits halb im Reich der

Dunkelheit Meridas vor sich liegen zu sehen, hatte ihr das Herz gebrochen. Am schlimmsten war, daß die Krieger dem Tod mit der gleichen, gelassenen Ruhe entgegenblickten, mit der sie auch gelebt hatten. Am nächsten Morgen verbot ihr Wayn, wieder hinunter in das Lazarett zu gehen.

Sie hatte ihm versprochen, in ihren Räumen zu bleiben. Dann war er wieder zu der Abteilung von Freiwilligen aus der Zivilbevölkerung der Festung gegangen, die seinem Kommando unterstellt worden waren. Eigentlich hätte Wayn Terhuk, der immerhin einmal ein hoch angesehener Ritmar gewesen war, es verdient, den Befehl über eine richtige Kampfeinheit zu erhalten. Gefallene Offiziere, die ersetzt werden mußten, gab es genug.

Aber Wayn hatte erzählt, daß Andron Fedina seinen Einfluß geltend gemacht hatte, um dies zu verhindern. Soviel Celina wußte, ging Andron dem gesamten Offizierschor in der Festung ständig auf die Nerven. Er gab scheinbar zu jeder Kleinigkeit seine Meinung zum Besten, hielt sich persönlich aber aus allen unmittelbaren Kampfhandlungen heraus. Meist saß er zusammen mit seinem einäugigen Leibwächter in der Offiziersmesse herum, trank zuviel Wein und hielt junge Offiziere von ihren Pflichten ab.

Und wenn er nicht in der Offiziersmesse herumsaß, dann beschäftigte sich Andron damit …

»Aber hallo! Wen haben wir denn da?« hörte sie hinter sich eine vor Spott triefende Stimme.

… Celina auf die Nerven zu gehen.

»Na, wie habt Ihr geschlafen, meine Teuerste? Ich hoffe, nicht allzu schlecht. Den Barbaren beim Verrecken zuzusehen, soll Euch ja ganz schön erschüttert haben. Dabei hatte ich Euch immer für unglaublich hart im Nehmen gehalten. Nie hätte ich erwartet, daß Euch so ein bißchen Blut schon von Euren hehren Idealen abbringen würde.« Celina drehte sich um, hinter ihr stand Andron, er roch nach zuviel Wein und schwankte leicht hin und her.

Er hatte sich von irgendwoher eine prunkvolle Uniform und die Rüstung eines hohen Offiziers besorgt. Offensichtlich wollte er einen angemessen martialischen Eindruck erwecken. Vielleicht hatte er auch nur Angst um seine nichtsnutzige Haut. Um die Hüften trug er ein verziertes Schwert und in seinen – wie immer sorgsam manikürten – Fingern hielt er einen Weinkelch und ein parfümiertes Taschentuch. Sein einäugiger Leibwächter Ledago stand mit ausdrucksloser Miene hinter ihm.

Celina schaute den jungen Ni-Herkyn wütend an und trat aus der Wandnische heraus, in der sie gesessen hatte. Sie haßte den Gedanken, von dem Mann, den sie noch vor so kurzer Zeit bewundert, fast geliebt hatte, auch nur andeutungsweise in die Enge getrieben zu werden.

»Was fällt Euch ein! Wie kommt Ihr dazu, Euch einfach so in meine Räume zu schleichen?«

»Oh!« Andron versuchte einen zerknirschten Gesichtsausdruck aufzusetzen und drehte sich zu seinem Begleiter um. »Ledago, sie glaubt, wir hätten uns ungehörigerweise in Ihre Zimmer geschlichen. Dabei haben wir doch in aller Form angeklopft und um Einlaß gebeten. Erst als sich niemand meldete, sind wir voller Sorge um Ihr Schicksal eingetreten.«

Der dunkelhaarige Kämpfer ließ sich nicht anmerken, ob er die Äußerung seines Herrn verstanden hatte oder nicht. Andron drehte sich mit einem Schulterzucken wieder zu Celina um und schaute sie breit grinsend an.

»Na also. Wie Ihr seht, geht es mir gut, dann könnt Ihr ja jetzt wieder gehen.«

»Aber Celina, warum so unfreundlich? Denkt ihr denn gar nicht mehr an die mondbeschienenen Nächte in Leigre, das Liebesgeflüster und die Träume von Zweisamkeit, die uns verbanden.« Andron beendete seine Ausführungen mit einem leisen Kichern und nahm einen Schluck aus seinem Kelch.

»Andron …« Celina versagte die Stimme, sie spürte, wie der ausgeprägte Stolz ihrer Familie sie nahe daran brachte, diesem eingebildeten, besoffenen Wurm an die Gurgel zu gehen. Aber den Ni-Herkyn in Beisein eines ihm ergebenen Zeugen anzugreifen, würde wahrscheinlich nur dazu führen, daß Wayn ihre Ehre in irgendeinem Duell mit einem von Andron gedungenen Schwertkämpfer würde reinwaschen müssen.

Sie setzte erneut an. »Andron, noch einmal, ich bitte Euch in aller Förmlichkeit, meine Räume zu verlassen. Mir geht es gut, und ich möchte allein sein. Wenn Ihr Euch zusammen mit Eurem Schergen nicht sofort entfernt, werde ich dafür sorgen, daß all Eure Bewunderer erfahren, wie es um Eure Männlichkeit in Wirklichkeit bestellt ist.«

»Um meine Männlichkeit?« Andron war offensichtlich verblüfft. »Aber wie, ich meine, wie wollt Ihr wissen, was mit meiner Männlichkeit …«

»Wenn man das bißchen überhaupt Männlichkeit nennen kann, ich glaube es erinnerte mich eher an einen toten Regenwurm«, unterbrach ihn Celina und blickte ihm dabei fest in die Augen.

Sie staunte ein wenig über sich selbst. Doch während sie sich im Lazarett um die Verletzten bemühte, hatte sie einmal zwei Bauersfrauen belauscht, die sich in Spekulationen über den Sohn des Provinzgouverneurs ergingen. Sie hatten von einer Zofe erzählt, der der Ni-Herkyn unsittliche Angebote unterbreitet haben sollte. Egal, woher die Frauen es hatten, aber diese Form über ihn zu reden, schien Andron wunderbar zu verunsichern. Celina war verblüfft. Er wurde richtig rot, und dieser Leibwächter hinter ihm hatte offensichtlich auch alle Mühe, sich um einen Lachanfall herumzudrücken.

Er biß sich gerade voller Inbrunst in seinen Schnurrbart.

»Seid gefälligst still!« Andron war dermaßen in Rage, daß er alle Formen vergaß und regelrecht herumschrie. »Was fällt Euch ein! Eine unglaubliche Unverschämtheit! Das ist doch alles frei erfunden, so wie Ihr Euch ständig geziert habt, ist ja gar nichts passiert!« Die letztere Äußerung wurde von einem überraschten Blick seines Leibwächters quittiert.

»Aber Andron, ich denke, Ihr habt jedem in dieser Festung erzählt, wie Ihr mir auf dem Schlachtfeld der Liebe bravourös meine Unschuld geraubt habt, wie ich Euren Künsten vollständig erlag und Euch sogar in den gefährlichen Norden folgte, ein orientierungsloses Opfer Eurer Liebhaberqualitäten.« Celina fühlte sich großartig.

»Ihr, Ihr ...« Jetzt fehlten Andron die Worte. Heftig atmend hielt er sich sein Taschentuch vor die Nase. Nach einigen Sekunden schien er sich wieder ein wenig beruhigt zu haben. Er ließ das Taschentuch sinken und funkelte Celina böse an. »Nehmt Euch in Acht, Fräulein. Ihr seid hier ganz allein. Niemand weiß, wie lange die Festung sich noch halten wird. Verstärkung wird ganz bestimmt nicht kommen. Und wenn die Isthakis erst mal da sind, wird mir ganz bestimmt nichts passieren. Ich bin der Sohn des Gouverneurs, meine Stellung wird mein Überleben garantieren.« Er trat vor und stellte sich ganz nah neben Celina, dabei klopfte er nervös auf seinem Brustpanzer herum.

Dann hauchte er in ihr Ohr: »Sie wird nicht nur mein Überleben garantieren, sie wird mir auch die Möglichkeit verschaffen, Euch ein sehr unerfreuliches Schicksal zu ermöglichen. Ihr solltet also besser vorsichtig sein.«

Celina versuchte mühsam, nicht eingeschüchtert zu wirken. Doch noch bevor sie Andron angemessen antworten konnte, drehte sich der junge Adlige um und rauschte an seinem Leibwächter vorbei wortlos nach draußen. Ledago folgte ihm nach kurzem Zögern stillschweigend. Celina blieb allein und ein wenig verwirrt zurück.

Hoffentlich würde diese furchtbare Belagerung ein gutes Ende nehmen.

KAPITEL 23

7. Oktum. 715 IZ

Gegen Mitternacht. Kurz vor dem Belagerungsring der isthakischen Armee.

Jadhrin hob so vorsichtig wie möglich den Kopf und schaute sich um. Neben ihm robbte Rokko langsam durch den Schnee nach vorn. Die hagere Gestalt des Kundschafters war in der dunklen Nacht praktisch unsichtbar. Rokko trug nur seine übliche Lederkleidung und seine Waffen. Auch Jadhrin und die anderen hatten alles zurückgelassen, was in einem unpassenden Augenblick möglicherweise ein Geräusch von sich gegeben hätte.

Rokko ahmte irgendwo in der Dunkelheit vor Jadhrin den Ruf einer Eiskatze nach. Das war das ausgemachte Signal. Er gab den drei Männern hinter ihm das Zeichen, weiter vorzurücken.

Vor ungefähr einer Stunde war die kleine Gruppe aufgebrochen. Jadhrin, Rokko und drei Veteranen aus der Ordenskriegerschwadron. Seitdem schlichen sie sich durch die Dunkelheit immer näher an die isthakischen Lagerfeuer heran. Rokko blieb stets einige Schritte vor Jadhrin und den anderen und kundschaftete den Weg aus. Jadhrin kam sich währenddessen immer ungeschickter vor. Seine Begleiter bewegten sich alle vollkommen lautlos, einzig er schien ständig einen Riesenlärm zu veranstalten. Er hatte mit solchen Sachen einfach zu wenig Erfahrung. Natürlich, bei seiner Ausbildung im Ordenskloster hatte er auch geübt, allein in der Wildnis zu überleben, unauffällig durch feindliches Gebiet zu schleichen und ähnliches. Prinzipiell wußte er, wie man mitten in der Nacht eine Wache lautlos ausschaltete. Und natürlich wußte er auch, welche Gebete nach solchen Nächten an das Licht Meridas zu richten waren, um für solch unehrenhafte Schandtaten Buße zu tun.

Doch ehrlich gesagt, Jadhrin hatte es nie gemocht, notdürftig ausgerüstet durch den Schmutz zu kriechen, Insekten und unbekannte Waldpflanzen zu verzehren und Männer hinterrücks niederzustechen.

Er hatte sich immer mehr als strahlenden Ritter auf edlem Roß gesehen, der seine Feinde mit der Lanzenspitze mitten ins Herz traf. Eine komplette Rüstung war beim Fechten – seinen Ausbildern zufolge seine Glanzdisziplin – zwar eher hinderlich, aber mit einer Lanze durchbohrte Gegner standen ganz bestimmt nie wieder auf, und man mußte sich auch nicht allzu nah in die Reichweite gegnerischer Waffen begeben. Außerdem galt es schließlich, gewisse Ordenstraditionen von Ritterlichkeit und Heldentum zu wahren.

Aber diese Einschätzung hatte Jadhrin natürlich immer für sich behalten. Im Orden wurde in zunehmender Weise Wert auf unkonventionellere Arten der Kriegführung gelegt. Neue Ideen setzten sich, eingeführt aus den abtrünnigen Südprovinzen, in der Militärwissenschaft zunehmend durch.

Als Ritter des Ordens des Reinigenden Lichts mußte Jadhrin deshalb bereit sein, das Imperium auf jede notwendige Weise zu verteidigen. Auch wenn das bedeutete, sich mitten in der Nacht durch Hunderte von Tiermenschen zu schleichen. Jadhrin atmete tief durch. Mit seinem Schicksal zu hadern und unaufmerksam zu sein, würde ihn höchstens in einen Kochtopf bringen. Also bemühte er sich, seine Konzentration wieder ganz auf die augenblickliche Lage zu richten. Bisher war ja, dem Lichte Meridas sei Dank, alles gut gegangen.

Rokkos Plan sah vor, anstatt mit allen Männern in selbstmörderischer Manier durch die feindlichen Linien zu brechen, sich einfach im Schutze der Dunkelheit durchzumogeln und bis zu den Festungsmauern vorzudringen, um anschließend so unauffällig wie möglich hinüber zu gelangen. Sobald Jadhrin erst in der Festung war, konnte er den Sohn des Provinzgouverneurs über seinen Auftrag in Kenntnis setzen und zusammen mit dem Festungskommandanten einen Weg suchen, den jungen Mann aus der belagerten Festung herauszubringen.

Jadhrin hatte kurz überlegt, aber es gab wenig gegen Rokkos Vorschlag einzuwenden. Die Art des Vorgehens behagte ihm zwar nicht, aber es schien wirklich die einzige Möglichkeit zu sein, seine Männer nicht sinnlos zu opfern. Dann kam ihm aber doch noch ein problematischer Punkt in den Sinn.

Falls eine kleine Gruppe von Männern, ›eine sehr kleine‹, hatte Rokko eingewendet, es tatsächlich schaffte, bis zur Mauer der Festung vorzudringen, wie sollte sie dann schnellen Zugang ins Innere finden, wenn ihr mögliche Verfolger bereits dicht auf den Fersen waren? Die Verteidiger der Festung würden bestimmt zögern, mitten in der Nacht und ohne guten Grund Unbekannte in die Festung zu lassen.

Rokko antwortete nur in verschwörerischem Tonfall: »Vertraut mir, Dashino. Ich war schon mal in Soron, und ich kenne einen Weg in die Festung, der wahrscheinlich nicht mal den Verteidigern bekannt ist. Wir werden hinter den Mauern sein, bevor die Verteidiger uns überhaupt bemerken. Dann braucht Ihr nur noch zu verhindern, daß sie uns für Spione halten.«

Jadhrin schaute zweifelnd zu Gannon. Doch der nickte beruhigend.

»Glaubt ihm, Dashino. Rokko war schon einmal für längere Zeit in der Festung.« Dabei sah er seinen Bruder auf beunruhigende Weise an.

Also stimmte Jadhrin schließlich zu. Er war inzwischen daran gewöhnt, sich auf die Ratschläge der beiden Brüder zu verlassen. Er befahl Gannon, drei erfahrene Männer auszuwählen, die ihn und Rokko begleiten sollten. Der Hetnor sollte sich unterdessen zusammen mit Ritmar Attusik und den übrigen Männern ein wenig zurückziehen, die Lage aber im Auge behalten, um Jadhrins Gruppe abzupassen, wenn er mit Andron die Festung wieder verließ.

Einige Meter vor Jadhrin waren jetzt die massigen Rücken zweier Tiermenschen vor einem kleinen Lagerfeuer auszumachen. Sie hatten die äußere Postenkette erreicht. Jadhrin wunderte sich ein wenig. Der isthakische Befehlshaber mußte sich sehr sicher fühlen, denn bis auf die nur tagsüber ausschwärmenden Schneebarbaren, hatte er es sträflich vernachlässigt, seine Linie gegen einen überraschenden Entsatzangriff aus dem Süden zu sichern.

Rokko gab ein kaum zu erkennendes Zeichen und wies mit kurzen Handbewegungen einen der Ordenskrieger an, sich in eine Stellung rechts von den Tiermenschen zu begeben. Jadhrin sah, wie der Mann, dessen Gesicht genau wie sein eigenes ausgiebig mit Streifen aus Kohlenstaub verziert war, langsam einen langen Dolch zog. Die Klinge war ebenfalls mit Holzkohle bedeckt, um zu verhindern, daß eine plötzliche Spiegelung den Träger verriete.

Diese Kohlesache war wieder so eine Idee von Rokko, die ganz bestimmt nicht im Ordensreglement vorgesehen war. Solche Dinge sollte ein anständiger Ordensritter wie Jadhrin eigentlich nicht nötig haben. Er war schließlich kein Spion aus den Reihen der ›Streiter in der Finsternis‹, gezwungen im Dienste der Kirche vom erleuchteten Pfad Meridas abzuweichen, und ganz bestimmt war er niemand, der zu den Methoden eines Viehdiebs greifen wollte, um seine Pflicht zu tun. Aber er schien mit seiner Meinung allein zu stehen, seine Männer begannen auf Rokkos Vorschlag hin seelenruhig, ihre Gesichter und Hände mit Holzkohle einzuschmieren. Jadhrin hatte geschwiegen und mitgemacht.

Ob es am Segen Meridas oder an Rokkos Tricks lag, Jadhrin und seine Männer waren bis jetzt ohne Schwierigkeiten in ihre augenblickliche Stellung südlich der unteren Festung gelangt. Vor ihnen lag nur noch das Lager einer Abteilung von Tiermenschen und der schräg ansteigende Hang, der in die Festungsmauer mündete.

Rokko und der Ordenskrieger, ein Veteran namens Astron, waren inzwischen von der Dunkelheit verschluckt worden. Nur wenige Augenblicke später wuchsen zwei dunkle Schatten aus dem Boden neben den Tiermenschen empor. Jadhrin hörte so etwas wie ein unterdrücktes Wiehern, dann sanken die beiden Bestienkrieger in den Schnee. Rokko tauchte ganz kurz im Schein des Lagerfeuers auf und zeigte an, daß alles klar war.

Der Pfadfinder hatte Jadhrin und den drei Ordenskriegern erklärt, daß er von Süden her in die Festung eindringen wolle. Es gäbe eine kleine, schwer zu entdeckende Öffnung, dort wo der noch immer begehbare Abhang unter der südlichen Festung einen scharfen Knick machte und zu einer steil ansteigenden Wand wurde, die zu dem Berggipfel emporführte, der die Festung überragte.

Unterhalb dieser Wand wollte Rokko sich mit den Ordenskriegern hindurchschleichen. Hier lagerten zwar nicht allzu viele Feinde, aber es galt trotzdem, in kaum vierzig Schritt Entfernung an mindestens einem Dutzend dicht von Tiermenschen umringten Lagerfeuern vorbeizukommen. Dabei konnte man nie wissen, ob sich unter den Bestien solche befanden, deren Köpfe ihnen erlaubten, im Dunkeln zu sehen. Doch erneut war alles gut gegangen. Das äußerste Wachfeuer war erfolgreich gesichert.

Jadhrin schob sich durch den Schnee weiter voran. Seine beiden Männer folgten ihm. Kurz darauf kamen sie beim Lagerfeuer an. Rokko und Astron lagen dort neben den zwei reglosen Tiermenschen im Schnee. Jadhrin schluckte, als er unter sich etwas Warmes, Klebriges spürte. Merida sei Dank war es dunkel genug, so daß er nicht genau sah, in was er da hineingefaßt hatte. Dann ging es auch schon wieder weiter auf den ungefähr dreihundert Schritt vor ihnen aufragenden Seitenhang zu.

Die Schatten hier unten wurden Schritt für Schritt tiefer und bedrohlicher. Rechts neben ihnen erhob sich die Wand des Obun Berges, und vor ihnen wurde der Abhang an der Südmauer Sorons immer dunkler. Auf diese Weise schien das ohnehin geringe Licht des Mondes noch schwächer zu werden.

Es war, als ob Jadhrin und seine Begleiter in eine riesige Höhle bedrohlicher Dunkelheit hineinkrochen. Selbst der reflektierende Schnee, durch den sie robbten, schien hier dunkler zu werden, seinen Glanz zu verlieren.

Den Worten seiner Ausbilder zufolge sollte diese Dunkelheit hier draußen ein Freund sein. Doch bei aller Freundschaft spürte Jadhrin ein bedrückendes Gefühl, das sich immer fester um sein Herz legte, je näher er ihrem Ziel kam. Der gutturale Gesang aus den Lagern der Tiermenschen half auch nicht gerade.

In einigen Metern Abstand voneinander – genug, um sich gerade noch als dunkle Schatten zu erkennen – bewegten die Ordenskrieger sich auf den Knick in der Felswand zu, dorthin wo die Finsternis am tiefsten war. Langsam wurde der Schnee unter ihren Händen und Füßen weniger, wurde immer wieder von offenliegendem, rohem Felsen unterbrochen. Ein unangenehmer Geruch lag in der Luft. Jadhrin begann sich gerade nach der Ursache zu fragen, als Rokko das Zeichen gab, in

Deckung zu gehen. Ohne weiter nachzudenken, hechtete Jadhrin so schnell es ging nach rechts hinter einen Felsbrocken, traf auf etwas Hartes und spürte, wie Blut aus einer Schürfwunde zu quellen begann. Natürlich! Er war wirklich vom Pech verfolgt. Vorsichtig tastete er nach dem Gegenstand, auf den er gesprungen war.

Und konnte nur knapp einen überraschten Aufschrei unterdrücken. Hinter seiner Deckung lag schon jemand, und zwar ganz bestimmt kein Mensch. Viel zu haarig. Jadhrin fuhr zurück, zog mit einer schnellen Bewegung seinen Dolch und stieß ihn dem – was auch immer es war – in den Hals. Jedenfalls hoffte Jadhrin, daß es ein Hals war. Der Stahl drang mit einem knirschenden Geräusch mühsam und nicht besonders tief in das Fleisch des Wesens. Zur Sicherheit stieß Jadhrin gleich noch mal zu. Dann spürte er eine Hand auf seiner Schulter, wollte herumwirbeln und sich auf seinen neuen Angreifer stürzen, als er bemerkte, daß es Rokko war, der gerade seine Hand über Jadhrins Mund legte, um einen weiteren Beinahe-Aufschrei zu verhindern.

Rokko wartete, bis Jadhrin seinen Dolch wieder gesenkt hatte. Dann drehte er ihn langsam um und schob ihn vorsichtig näher an das von Jadhrin erdolchte Wesen heran.

Rokko bewegte seinen Kopf unmittelbar neben Jadhrins Ohr und flüsterte sehr leise und sehr langsam: »Ein Tiermensch. Hinten sind noch mehr.«

Jadhrin nickte. Dann führte Rokko seine Hand dahin, wo sich wohl der Kopf des Tiermenschen befunden hatte. Der Krieger war offensichtlich schon seit einiger Zeit tot. Seine Leiche war steifgefroren, dort wo sich einst das Maul des Schweinekopfes befunden hatte, waren nur noch undeutliche Trümmer zu ertasten. Jadhrins Dolchstöße waren nicht mehr notwendig gewesen.

»Steinschleudertreffer«, beendete Rokko seine knappen Erläuterungen und zog Jadhrin von der Leiche weg. Dann winkte er den hinter ihnen wartenden Männern zu, daß alles in Ordnung sei.

Während sie weiterschlichen, kamen die Männer an immer neuen Leichen vorbei. Offensichtlich bewegten sie sich mitten durch eine Art Leichensammelstelle der Angreifer. Jadhrin wußte, daß die Bestien aus Isthak ihre Toten und auch die Leichen gefallener Feinde verzehrten. Bei den herrschenden Temperaturen konnten sie die ganze Gegend als einen einzigen eisgefüllten Vorratskeller nutzen.

In manchen der Leichen steckten noch abgebrochene Pfeilschäfte, und überall lagen Waffen herum. Die fünf Menschen bewegten sich, inzwischen nur noch fünfzig Meter von ihrem Ziel entfernt, mehr laufend als schleichend zwischen den Leichen hindurch. Trotz aller gebotenen Vorsicht hatte keiner der Männer Lust, den toten Tiermenschen auf dem Boden allzu nahe zu kommen. Jadhrin war sich nicht sicher, ob der unerträgliche Gestank, den er auch vorher schon bemerkt hatte, noch angemessen war. Eigentlich sollte die Kälte doch eine Verwesung der Leichen weitestgehend verhindern. Hoffentlich waren sie bald hier durch. Diese meridaverlassene Dunkelheit forderte es geradezu heraus, auf eine alte Waffe zu treten oder sonstwie Lärm zu verursachen. Kaum gedacht, schlug Jadhrins Pech erneut zu. Er setzte seinen Fuß genau auf ein im Dunkeln verborgenes Hindernis. Bei Merida, mußte er eigentlich jede Gelegenheit wahrnehmen, sich ungeschickt anzustellen?

Immerhin schien es nur eine Leiche gewesen zu sein. Weich und ohne allzu großen Lärm gab sie unter Jadhrins Stiefeln nach, kaum ein Laut drang an das Ohr des jungen Dashino.

Weich?

Die Leichen waren doch alle steifgefroren. Jadhrin schüttelte sich angewidert. Am Boden war undeutlich, halb unter dem Schnee begraben, ein widderhörniger Kopf mit einem Pfeil in der Stirn zu erkennen. Er hatte wohl ein frisches Exemplar erwischt.

Plötzlich hörte Jadhrin hinter sich einen unterdrückten Aufschrei. Dann nahm er das dumpfe Klatschen von Stahl auf Fleisch wahr. Als er sich umdrehte, sah er, daß hinter ihm Astron von drei Gegnern angegriffen wurde, die regelrecht aus dem Nichts aufgetaucht waren.

Der Ordenskrieger wehrte sich verzweifelt, doch einer der Angreifer hatte sich regelrecht an seinem Rücken festgekrallt und zog ihn unaufhaltsam zu Boden. Alles ging seltsam leise vor sich. Die Angreifer blieben still, sie schienen kein Interesse daran zu haben, Alarm zu geben. Noch während Jadhrin versuchte, die Lage zu überblicken, sah er hinter Astron einen weiteren Ordenskrieger auftauchen und den Angreifer auf dem Rücken seines Kameraden durchbohren. Doch die Attacke zeigte keinerlei Wirkung.

Astron ging jetzt in die Knie, der Axthieb eines der Angreifer schmetterte ihm sein Schwert aus der Hand. Hinter den Kämpfenden waren rechts und links weitere Gestalten zu erkennen. Tiermenschen, die sich mit ungeschickter Langsamkeit fortbewegten und seltsamerweise keinen Laut von sich gaben. Jadhrin dämmerte gerade, wer seinen Leute so unaufhaltsam zu Leibe rückte, da fühlte er, wie sich etwas Stück für Stück an seinen Beinen emporzog.

Er starrte an sich herunter, mitten in das Gesicht des Widderköpfigen, in den er gerade hineingetreten war: Leere Augenhöhlen und tiefe Wunden auf der Stirn entlockten Jadhrin ein Keuchen. Einen Augenblick lang drohte panische Angst, den jungen Dashino zu überwältigen. Ein Zombie! Belebt durch die schwarze Magie isthakischer Zauberer.

Für eine Sekunde schloß Jadhrin die Augen, um das Innere Leuchten Meridas zu sehen, ganz wie es ihm seine Ausbilder in ziemlich schmerzhaften Lektionen beigebracht hatten, aber auch, um den Anblick des Untoten zu überwinden. Dann überwand er seine Furcht. Der Widderköpfige kam noch zur Hüfte des Ritters, dann traf ihn ein imperialer Schwertknauf und schleuderte ihn wieder hinunter.

Links taumelte eine weitere untote Gestalt heran. Jadhrin holte aus und köpfte den Angreifer. Dann drehte er sich zu dem Widderkopf um, der inzwischen wieder aufgestanden war und sich von irgendwoher eine Axt besorgt hatte.

Jadhrin trat einen Schritt auf den Zombie zu, wich einem ungeschickten Hieb aus und trennte den Arm mit der Axt ab, während er gleichzeitig seinen Dolch in den Hals des Gegners stieß. Der jetzt waffenlose Angreifer ließ sich aber nicht so einfach aufhalten. Seine Zähne schnappten nach Jadhrins Dolcharm, und er hieb mit dem verbliebenen Arm ungestüm nach seinem Peiniger. Der ließ seinen Dolch im Hals des Zombies stecken, duckte sich, wirbelte in einer Linksdrehung herum, wechselte dabei zum Zweihandschlag und trennte den Widderkopf vom Hals. Jadhrin erinnerte sich von ungefähr daran, daß eine solche Behandlung isthakische Untote endgültig beerdigte.

Er blickte sich um. Rokkos kleine, grauhaarige Gestalt kam auf ihn zugelaufen, allerdings gefolgt von Dutzenden dunkler Umrisse, die unsicher auf die Menschen zutaumelten. Dann spuckte die Nacht noch Astron aus, der mit kraftlos herabhängendem linken Arm heranstolperte.

»Loniron und Oskil sind tot, Dashino.« Astron flüsterte noch immer, so als wolle er ihre Anwesenheit weiter vor den Isthakis verbergen. Dann drehte er sich um und wartete mit erhobenem Schwert auf weitere Angreifer.

Als Rokko nahe genug herangekommen war, fragte Jadhrin: »Rokko, was ist hier los, wie kommen wir hier raus?«

Rokko, der zusammen mit Astron und Jadhrin einen Kreis gebildet hatte, antwortete: »Ehrlich gesagt, habe ich keine Ahnung. Wir müssen wohl über so 'ne Art Nachschublager der isthakischen Nekromanten gestolpert sein. Vielleicht haben sie das Gebiet hier auch mit einem Zauber belegt, um genau das zu verhindern, was wir gerade vorhaben.«

»Na, das ist ihnen ja gelungen.« Jadhrin schaute sich um. Die drei Menschen waren inzwischen von einem dichten Ring aus Tiermenschen-Zombies umgeben, die langsam näher kamen.

»Noch nicht, Dashino!« Der Kundschafter schien anderer Meinung zu sein. »Rokko Falkenauge wird sich doch nicht von ein paar herumlaufenden Haufen toten Fleisches aufhalten lassen.«

Jadhrin hoffte, daß es sich nicht nur um Galgenhumor handelte, die Zombies waren kaum noch fünf Schritte entfernt. Urplötzlich erschüttere eine laute Stimme die tödliche Stille, die den Kampf bisher umgeben hatte.

»Hallo! Hallo, Ihr da oben! Soron! Hört Ihr mich! Hier ist Falkenauge!« Rokko begann ohne Vorwarnung, wie am Spieß zu brüllen.

Astron und Jadhrin schauten sich verblüfft um: War der Mann verrückt geworden? Hatte ihn die Todesangst zusammenbrechen lassen?

»Hier! Hier unten! Na, was ist denn los mit Euch!« Die verwirrten Blicke seiner Begleiter konnten den Pfadfinder nicht davon abhalten, weiterhin einen unheimlichen Lärm zu verursachen.

Inzwischen hatten die drei auch genug damit zu tun, die Zombies auf Abstand zu halten, die sich, Merida sei Dank, gegenseitig so behinderten, daß sie ihre Übermacht nicht ausspielen konnten.

»Macht mit!« rief Rokko. »Ist doch egal, ob uns die Tiermenschen hören!«

Im nahegelegenen Lager war inzwischen natürlich Alarm gegeben worden. Überall wurden Fackeln aufgenommen und verwirrte Häuptlinge schrien in ihrer gutturalen Sprache herum.

Aber auch auf den Mauern hoch über den drei Männern war das Geschrei nicht unbemerkt geblieben. Plötzlich wurde die Dunkelheit unter dem Abhang in trübes Licht gehüllt. Das war auch gut so, denn so konnten Jadhrin, Rokko und Astron sich ein wenig besser gegen die Zombies zur Wehr setzen, die immer heftiger auf sie einschlugen.

Rokko blutete bereits aus einer leichten Kopfwunde, und an Jadhrins Bein hatte sich ein widerlicher Schweineschädel festgebissen, der auch nicht von ihm abließ, als Astron längst den dazugehörigen Körper, nur knapp an Jadhrins Knie vorbei, abgetrennt hatte. Die beiden Ordenskrieger hieben nur noch wild um sich, damit die häufig unbewaffneten Zombies nicht zu nahe an sie herankamen. An einen vernünftigen Kampf war in dem Durcheinander gar nicht zu denken.

Rokko hatte es noch schwerer. Er konnte sich nur immer wieder unter den Hieben der Untoten hinwegducken. Sein Säbel steckte irgendwo zwischen den Rippen eines der Untoten. Und die Stichverletzungen seines Dolches hielten die Angreifer nicht auf.

Jadhrin wußte, daß er sich nicht mehr lange auf den Beinen halten konnte. Dieser Schweinekopf hatte sich genau in die Stelle verbissen, an der er auch schon bei dem Kampf am Waldrand verwundet worden war.

Auch Astrons Bewegungen wurden zusehends langsamer, der Blutverlust durch seinen verwundeten Arm schwächte ihn.

Plötzlich fühlte Jadhrin ein Kribbeln am ganzen Körper, verwirrt sah er bläuliche Entladungen über seinen

Arm huschen. Dann wurde er von irgend etwas herumgewirbelt und gleichzeitig in alle Richtungen auseinandergezogen. Alles war zugleich schwarz und voller verwirrender Farben. Dann war das seltsame Gefühl wieder vorbei.

Jadhrin blinzelte ein paarmal und blickte sich um. Er schaute genau in ein Dutzend auf ihn gerichteter Armbrüste. Die Männer hinter den Armbrüsten steckten in den Uniformen der Provinzarmee Anxalois, ein junger Mann in den Roben der Magiergilde des Nordens war ebenfalls anwesend.

»Laßt Eure Waffen fallen und macht keine unnötigen Bewegungen.« Die Stimme des Kordors der Armbruster klang sehr ruhig und sehr bereit, seinen Männern jederzeit den Befehl zum Abdrücken zu geben.

Jadhrin ließ sein Schwert fallen. Es klirrte zusammen mit dem von Astron und dem Dolch Rokkos auf einen von einer dünnen Schneeschicht bedeckten Wehrgang. Rechts und links befanden sich Zinnen, und Jadhrin konnte dreißig Schritte vor sich einen Turm erkennen. Er und seine Männer befanden sich auf der Mauer Sorons.

Er mußte wirklich einen sehr fragenden Gesichtsausdruck aufgesetzt haben, denn der Magier hinter den Armbrustern räusperte sich und sagte: »Franier Sputor, zu Euren Diensten, Dashino. Ich habe mir erlaubt, Euch mit einem Dimensionstor aus Eurer etwas prekären Lage zu befreien. Ich hoffe, Ihr hattet keine Unannehmlichkeiten deswegen.« Er lächelte gewinnend. »Wenn ich Euch jetzt bitten dürfte, mir zu folgen. Ich glaube, der Ghanar wird mit Euch reden wollen.«

Seine Worte wurden von einer unwirschen Bewegung des Kordors unterstützt. »Vorwärts, wollen wir doch mal sehen, was Ihr für Vögel seid. Und du, Falkenauge«, sprach er Rokko an, »bist noch verrückter, als ich dachte. Einfach hierher zurückzukommen.« Der Kordor schüttelte den Kopf.

Rokko grinste nur.

Jadhrin schaute ihn scharf an. »Rokko, habt Ihr vergessen, mir etwas mitzuteilen?«

»Das werdet Ihr schon noch früh genug erfahren. Vorwärts, jetzt!« Die scharfe Anweisung des Kordors verhinderte jedes weitere Eingehen auf Rokkos Unverfrorenheit.

Mit einem schmerzhaften Ruck riß sich Jadhrin den Schweinekopf vom Bein und setzte sich in Bewegung.

KAPITEL 24

8. Oktum, 715 IZ

Festung Soron. Erneuter Schneefall.

Jadhrin war froh, sich ein wenig ausruhen zu können. Die ganze Nacht über hatte er dem Kommandanten Rede und Antwort gestanden, während er gleichzeitig den kritischen Blicken von Uteros Mandrani, dem Oberbefehlshaber der hiesigen Ordenstruppen im Range eines Lankor, standhalten mußte. Der Lankor, ein wortkarger Südländer, schien von Jadhrins Vorgehen wenig begeistert zu sein. Hauptsächlich war er aber, genau wie der Festungskommandant, an Neuigkeiten aus dem Süden und natürlich der möglichen Ankunft von Entsatztruppen interessiert. Jadhrin Antworten hatten naturgemäß niemanden glücklich gemacht.

Das Gespräch war außerdem zunächst noch zusätzlich dadurch belastet worden, daß Jadhrin den erbosten Ghanar aus dem Hause Fedina nur mit Mühe davon abhalten konnte, Rokko sofort aufzuknüpfen. Offenbar war der Pfadfinder vor vielen Jahren aus Soron geflohen, als ihm der Prozeß als Verräter gemacht werden sollte. Die Anschuldigungen waren damals zwar nicht wirklich eindeutig gewesen, aber durch seine Flucht hatte Rokko, zumindest in den Augen des Ghanar seine Schuld deutlich unter Beweis gestellt. Caroll Fedina war durch Rokkos Verhalten persönlich beleidigt, weil er scheinbar Rokko, der für ihn damals als Kundschafter arbeitete, trotz gegenteiliger Indizien immer unterstützt hatte. Schließlich hatte sich der Ghanar beruhigt, als Jadhrin mit seinem persönlichen Schicksal für den alten Kundschafter bürgte, der inzwischen natürlich in einen Kerker gebracht worden war.

Als Stunden später die Morgendämmerung Schneefall und einen weiteren Angriff der Isthakis über die inzwischen fertiggestellte Eisrampe mit sich brachte, war er entlassen worden.

Der Ghanar hatte zugesagt, den Ni-Herkyn Andron Fedina so schnell wie möglich von seiner Anwesenheit zu unterrichten und ihm die Wünsche seines Vaters betreffend seiner baldigen Abreise mitzuteilen. Der Ghanar hatte fast erleichtert gewirkt.

Jetzt schlenderte Jadhrin über freiliegende Wehrgänge im oberen Teil der Festungsanlage – er wollte Rokko aus dem Gefängnis holen. Der Lankor wollte ihn zwar zunächst in die Ordensbastion begleiten, um dort in der Kapelle Meridas über die Erlebnisse der letzten Tage zu meditieren, aber Jadhrin hatte sich damit entschuldigt, zuerst seinen Kundschafter befreien zu wollen. Außerdem lag die Ordensbastion für seinen Geschmack auch ziemlich nah am Zentrum des gegnerischen Angriffs.

Von hier oben konnte er zwar erkennen, daß die Ordenskrieger, die im Bereich ihrer Bastion gegen die Tiermenschen auf der Rampe kämpften, die Lage im Augenblick ganz gut unter Kontrolle hatten, ein Besuch in der Kapelle also wahrscheinlich eher ungefährlich gewesen wäre. Doch dort unten versuchten auch Zombies und Skelette die Mauern zu überwinden. Und den Untoten wollte Jadhrin in nächster Zeit wirklich nicht mehr zu nahe kommen. Die Wunde an seinem Bein war zwar behandelt worden, aber er konnte doch noch immer die Zähne des Schweinekopfs in seinem Fleisch fühlen.

Also hatte er sich nach dem Weg zum Gefängnistrakt erkundigt, um Rokko die gute Nachricht seiner wiedergewonnenen Freiheit persönlich mitzuteilen.

Der Weg war aber offensichtlich doch schwerer zu finden, als Jadhrin es vermutet hatte. Seit einer Viertelstunde war er ziemlich sicher, sich verlaufen zu haben.

Im Augenblick befand er sich gerade auf einer ehemaligen Geschützbastion. Eine Batterie von Mörsern mußte hier gestanden haben. Von den Geschützen, die die ›Khybors‹ Schrecken nannten, waren aber nur zerbrochene Einzelteile übrig. Sie lagen herum, wie die Scherben einer zu Boden gefallenen Flasche. Ein halbes Dutzend teilweise leicht verwundeter Kanoniere war damit beschäftigt, auf der Bastion Ordnung zu schaffen.

Jadhrin blieb stehen und erkundigte sich, was hier oben weit entfernt von der eigentlichen Kampfzone vorgefallen war. Die Männer schauten ihn zunächst nur traurig an.

»Das war die Südhexe selbst!« sagte schließlich einer der Männer.

»Nun übertreib mal nicht, Edok«, beschwichtigte ein anderer. »Wenn die Südhexe hier oben gewesen wäre, würden wir jetzt alle nicht mehr leben.«

»Vorgestern war es, Bruder«, meldete sich ein Dritter zu Wort, der offensichtlich Schwierigkeiten hatte, unter Jadhrins unstandesgemäßer Kleidung seinen Rang auszumachen. »Mitten in der Nacht wurde es plötzlich irre kalt. Ich hatte Wachdienst. Zusammen mit den beiden da.« Er wies mit dem Kopf auf seine Kameraden.

»Wir wollten natürlich sofort Alarm geben. Da tobte auch schon ein Eissturm über die Batterie hinweg. Hat uns glatt von den Beinen gefegt. Dabei haben wir noch regelrecht Glück gehabt, die anderen waren sofort tot. Einfach eingefroren. Jedenfalls, kurz nach dem Sturm tauchten schon die ersten Wachen mit Fackeln auf, um nach dem Rechten zu sehen. War ja stockdunkel. Aber mit den Fackeln, da haben wir sie dann gesehen, Bruder. War nicht die Südhexe, aber trotzdem 'ne verdammt beeindruckende Erscheinung. Ganz in Weiß und halbnackt. Jedenfalls, die Wachen gleich auf sie zu, und was macht sie? Hebt einfach die Arme und schleudert noch so einen eisigen Sturmwind, der wirft die Wachen einfach über die Brüstung. Die Jungs«, er wies wieder mit dem Kopf auf die anderen Männer, »sind natürlich gleich in Deckung gegangen. Jedenfalls, wir haben dann erst mal nach einem Sprücheschleuderer, äh, ich meine nach einem von der Magiergilde gerufen. Aber bis der kam, hatte die Hexe schon einen ganzen Haufen glitzernder Steine ....«

»Diamanten waren das!« warf einer der anderen von hinten ein, was ihm einen bösen Blick des Sprechers einbrachte.

»Ist ja auch egal, was es war. Jedenfalls warf sie die Dinger auf den Boden und goß dann noch Wasser oder so was drüber. Am Ende wuchs dann ein Riese, ganz aus Eis, aus dem Wasser und den Steinen empor. Ein unglaubliches Ding war das, wie 'n Mensch, aber groß wie ne Scheune! Tja, der begann dann jedenfalls mit seinen Fäusten auf die Geschütze einzuschlagen. Und unsere schönen Mörser, die zerbrachen einfach, als wären sie Tonkrüge. Muß die Kälte gewesen sein. Die Hexe jedenfalls, die schaute noch ein bißchen zu, aber kurz bevor der erste von unseren Magiern auftauchte, schwang sie sich einfach über die Brüstung. Wir dachten schon, die hätte ein Selbstmordkommando übernommen. Weil wir mit unseren Schätzchen den Eishuren ja ganz schön zugesetzt hatten.« Er grinste ein wenig. »Aber nichts da. Plötzlich wuchsen Skier aus ihre Stiefeln, ganz unglaublich, aus Eis oder so. Jedenfalls, auf denen flog sie einfach davon, als wäre sie auf irgendeinem Gletscherhang unterwegs. Einfach so.« Der Mann war offenbar noch immer durcheinander. »Der Magier hat ihr dann noch was hinterher gerufen. Aber passiert ist nichts. War ja auch schon wieder in der Nacht verschwunden, die Hexe, genau wie sie gekommen war. Und dann mußten wir uns zusammen mit dem Magier ja auch um diesen riesigen Kerl ganz aus Eis kümmern. Was, bei Merida noch mal, ein verdammt hartes Stück Arbeit war. Kossi und Lamer hat's dabei erwischt.«

Zufrieden, seine Geschichte zu Ende erzählt zu haben, schaute der Mann Jadhrin erwartungsvoll an.

Jadhrin drückte erst einmal sein Mitgefühl für die Verluste der Kanoniere aus, wobei er sorgsam darauf achtete, die Geschütze genauso zu erwähnen wie die gefallenen Kameraden. Dann fügte er noch einige passende religiöse Ermunterungen hinzu, wie es von einem gläubigen Ordensritter erwartet wurde. Anschließend befahl er einem der Männer, ihn gleich zu den Arreststuben zu führen. Er hatte keine Lust, weiter durch die verwirrende Architektonik dieses riesigen Gebäudes zu irren und sich vielleicht noch weitere, ähnlich verwirrende und vor allem erschütternde Geschichten anhören zu müssen.

Einige Minuten später, er durchquerte mit dem Kanonier gerade einen langen Gang, kamen ihm einige Personen entgegen. Eine junge Frau fiel Jadhrin zuerst auf, sie war offensichtlich in Eile, rannte fast. Doch irgend etwas an ihr ließ für Jadhrin plötzlich die Zeit still stehen. Zwar trug sie ein Adelswappen, ihre Kleidung wirkte jedoch fast ärmlich: Ein Kleid aus schwerer Wolle, unter dem feste Schuhe hervorschauten, darüber ein ledernes Wams, und der lange Mantel mit dem aufgenähten Wappen, der am Kragen mit einfachem Schafspelz abgesetzt war. Sie schien aus dem Freien zu kommen, denn an ihren Schuhen und dem Saum ihres Kleides waren noch Schneeränder zu sehen, die beim Gehen schmolzen und langsam herunterbröckelten. Die junge Frau hatte schwarzes Haar, das ungebändigt und leicht durchnäßt auf ihre Schultern fiel.

Jadhrin hatte in seinem Leben bisher nur wenig mit Frauen zu tun gehabt, er fand sie immer irgendwie seltsam und unverständlich, und in einem Kloster des Ordens gab es einfach auch keine Gelegenheiten, sich ein größeres Verständnis für das weibliche Geschlecht zu verschaffen. Dementsprechend seltsam fand er das Gefühl, das sich plötzlich in seinem Bauch breit machte. Weshalb ließ auf einmal alles so langsam ab? Und warum klopfte sein Herz dermaßen? Wer war diese Frau?

Das Wappen auf ihrer Schulter war ihm völlig unbekannt. Wahrscheinlich irgendeine unbedeutende Familie aus dem Norden. Doch wie gleichgültig war das im Vergleich zu ihrem Gesicht. Darin lag keine Bedeutungslosigkeit, sondern etwas, was ihn völlig aus dem Konzept brachte. Er fühlte, wie sich sein Kopf leerte und er in diesen Augen versank, darin verweilte, einfach vergaß, wer er war. Diese Augen waren so grün ... aber auch wütend, und sie verdrehten sich entnervt!

Gedankenverloren wurde der junge Krieger unmerklich langsamer und blieb schließlich mitten auf dem Gang stehen.

»Andron, wann werdet Ihr endlich genug haben. So langsam ist das doch wirklich lächerlich.« Celina schaute verzweifelt zur Decke. Womit hatte sie diese Kröte von einem Jungadligen verdient?

Und jetzt hatte er auch noch seine Speichellecker dabei. Sie war gerade von einem Morgenspaziergang gekommen, als sie Andron und seine beiden Schergen sah. Natürlich versuchte sie, ihnen aus dem Weg zu gehen, aber der Schneefall und der beginnende Überfall der Isthakis schränkten ihre Ausweichmöglichkeiten stark ein. Auf diese Weise erwischten Andron und seine Beifallspender Celina kurz vor der Kantine, in der sie sich ihr Frühstück abholen wollte.

So wie die drei Kerle rochen, hatten sie die Nacht damit verbracht, sich ihren Kummer darüber, nicht in Leigre zu sein, wegzutrinken. Da kam ihnen Celina natürlich gerade recht. Sie stellte wie immer ein geeignetes Ventil dar, um ein wenig Dampf abzulassen.

»So früh schon unterwegs, und so allein, vielleicht mal wieder auf der Suche nach einem neuen Helden zum Verführen?« Die Eröffnungsbeleidigung war die übliche gewesen.

Sie antwortete erst gar nicht, das nutzte aber natürlich auch nichts. Wie konnten diese Kerle nur so betrunken sein und trotzdem immer noch so viel gemeines Zeug daherreden? Wahrscheinlich deshalb, beantwortete sie sich ihre Frage selbst, weil sie ihr ganzes vergeudetes Leben in den verschiedensten Salons und auf unzähligen Bällen und Festen nichts anderes taten.

Langsam drohte Celina wirklich der Kragen zu platzen. Wenn sie ein Mann wäre, würde sie diese niederträchtige Kröte einfach zu einem Duell fordern, Ni-Herkyn hin oder her!

Celina versuchte, den nächsten Schwall höhnischer Bemerkungen zu übergehen. Aber sie konnte nicht anders, sie mußte sich einfach umdrehen, um den Kerlen wenigstens einen verächtlichen Blick zuzuwerfen.

Und lief plötzlich in vollem Lauf in irgend jemanden hinein.

»Was!« fauchte sie die Gestalt in der schmutzigen Uniform vom Orden des Reinigenden Lichtes an. Zuerst erblickte sie nur eine Brust, der Kerl war ganz schön groß, dann sah sie hoch. Vor ihr stand ein junger Mann, der sie verwirrt anstarrte. Neben ihm stand noch ein älterer Kerl in der Uniform eines Artilleristen der Provinzarmee.

»Was!«

Sie konnte jetzt nicht noch so einen Beschränkten gebrauchen, der sie daran hinderte, Distanz zwischen sich und Andron zu bringen. Hinter ihr ging es natürlich auch schon los. So eine Gelegenheit konnten sich die Witzbolde nicht entgehen lassen.

»Na, wen haben wir denn hier? Wenn das nicht ein möglicher Held ist? Schaut ihn Euch an, er ist sogar schon passend angezogen, um von einer Sedryn bewundert zu werden. Was für ein wunderbares Paar sie abgeben werden«, hörte sie einen der jungen Offiziere lallen.

Jadhrin wußte gar nicht, wie ihm geschah. Mußten seine Ungeschicklichkeiten denn ewig weitergehen? In ihren Anblick versunken, hatte er vollkommen vergessen, der jungen Dame aus dem Weg zu gehen. Und weil sie sich nach irgendwem umgedreht hatte, war sie in ihn hineingelaufen. Was sie offenbar ziemlich wütend machte, so wie sie ihn angiftete. Dabei hatte er doch gar nichts getan. Was sollte er jetzt tun? Vielleicht etwas Galantes sagen?

»Nein, ich glaube, unser Freund hier ist einfach nicht männlich genug, um einen echten Helden abzugeben. Schaut Euch seinen Gesichtsausdruck an. Er ähnelt eher einem Schaf als einem möglichen Ehemann für unsere Celina.«

Jadhrin blieb reglos stehen, überprüfte dann aber die Umgebung mit einem kurzen Umherhuschen seiner Augen. Da waren ja auch noch andere Leute auf dem Gang. Und er war sich nicht völlig, aber doch ziemlich sicher, daß dieser schwarzhaarige Kerl vor ihm ihn mit seiner letzten Bemerkung gemeint hatte. Bei dem Sprecher und seinen Begleitern schien es sich um junge Offiziere zu handeln, sämtlich von hohem Stand, wenn man der Qualität ihrer Uniformen trauen durfte. Und alle aus dem Hause Fedina. Wahrscheinlich gehörten sie zu den Offizieren der hier stationierten Einheiten des kaiserlichen Heeres. Sie waren offensichtlich betrunken, konnten sich kaum gerade halten, rochen unangenehm nach Wein und hatten stark gerötete Augen.

Jadhrin war entsetzt über das Betragen, dem er sich hier gegenübersah. Die Männer trugen zwar alle Schwerter und Dolche, der letzte sogar noch einen Brustharnisch, der mit goldenen Verzierungen versehen war. Aber während draußen in der Kälte Männer ihr Leben ließen, hatten diese Männer scheinbar die ganze Nacht über gezecht. Jadhrin beschloß, das Adelshaus Fedina in zunehmendem Maße nicht leiden zu können.

Und dann war da ja noch diese Beleidigung! Jadhrin trat erst mal einen Schritt zurück. Der Kanonier von der Mörserstellung hatte sich in weiser Vorraussicht des kommenden Ärgers verdrückt. Auch die junge Frau war verschwunden. Wohin sie wohl gegangen war? Er mußte sie wiedersehen.

Aber zuerst würde er sich diesen Kerlen widmen. Sie versuchten gerade an Jadhrin vorbeizutorkeln, wahrscheinlich hatten sie beschlossen, sein Schweigen als langweilig einzustufen und wollten jetzt ihren Spaß wieder bei der entschwundenen Dame suchen.

»Einen Augenblick, meine Herren.« Jadhrin versperrte dem vordersten den Weg. »Ich glaube, ich kann Euch nicht einfach so gehen lassen. Ich bin ein Dashino des Ordens des Reinigenden Lichts, und Eure Äußerungen lassen in höchstem Maße den angemessenen Respekt vermissen.«

Diesen wunderbaren Spruch hatte Jadhrin von einem seiner Ausbilder mit auf den Weg bekommen. Auf diese Weise sollte er sich verhalten, wenn er von einem der hitzköpfigen Adligen beleidigt wurde, die sich außerhalb der abgeschiedenen Klosterwelt damit beschäftigten, in wenig meridagefälligen Duellen übereinander herzufallen. Der Spruch sollte dem Adligen die Möglichkeit geben, sich zu entschuldigen, denn natürlich war ein Ordensritter einem gewöhnlichen Adligen weit überlegen.

»Häh?« der Mann vor Jadhrin, ein gepflegter, vielleicht zwanzig Jahre alter Schönling, blickte verwirrt zu dem größeren Ordenskrieger empor.

Auf jeden Fall war das die falsche Antwort, außerdem versuchte der Schönling auch noch, sich unsanft an Jadhrin vorbeizudrängeln. Doch damit war er bei dem Ordensritter an der falschen Adresse. Trotz seiner Vorliebe für das Schwert war Jadhrin beim Training im waffenlosen Kampf nicht unaufmerksam gewesen. Und er hatte immer einen Lieblingstrick gehabt, der diese Lage schnell bereinigen sollte.

Mit einer ansatzlosen Handbewegung, um einiges zu schnell für die alkoholisierten Jungadligen, krachte Jadhrins Rechte in den Nacken des Mannes. Sanft fing er anschließend die zusammensackende Gestalt auf und schob sie einem der beiden anderen Männer in die Arme, der den Ordenskrieger nur verständnislos anglotzte. Er sah fast so aus, als hätte er gerade einem Wunder beigewohnt.

»Ich fürchte, Euer Freund hatte einen Schwächeanfall«, erklärte Jadhrin mit gewinnendem Lächeln. »Es ist sicher besser, wenn Ihr ihn in sein Quartier bringt. Auch Euch könnte ein wenig Schlaf gewiß nicht schaden.« Mit diesen Worten ließ er die beiden Männer stehen, die verzweifelt versuchten, ihren Begleiter festzuhalten, dessen schlaffe Gestalt auf dem Boden zu landen drohte.

KAPITEL 25

9. Oktum, 715 IZ

Kurz nach Mitternacht. Im Kommandozentrum der Festung Soron.

Jadhrin sah dem Treffen mit dem Sohn des Provinzgouverneurs mit etwas zwiespältigen Gefühlen entgegen. Einerseits war er sehr gespannt, andererseits ziemlich beunruhigt. Während er am Rand des großen Raumes, der wie alle Kommandoräume im Imperium von einem riesigen Kartentisch beherrscht wurde, auf den Ni-Herkyn wartete, gingen ihm noch einmal die Ereignisse des gestrigen Tages durch den Kopf.

Nach dem morgendlichen Zwischenspiel hatte er sich zu Rokkos Zelle durchgefragt. Der Kundschafter schlief seelenruhig, als ein Wächter Jadhrin die Tür zu seiner Zelle öffnete. Jadhrin klärte ihn kurz über die Lage auf. Obwohl Jadhrin schon wieder für ihn gebürgt hatte, entlockte er Rokko nur ein kurzes Brummen, das bestenfalls entfernt an ein ›Danke‹ erinnerte. Zu den Vorwürfen betreffend des Verrats sagte er gar nichts, außer daß ein Mann in seinem Leben in die seltsamsten Situationen geraten konnte. Jadhrin schwieg daraufhin und nickte nur wissend. Ihn beschäftigte ohnehin mehr die Frage, wo er die junge Frau wiedersehen konnte. Wenn er sich richtig erinnerte, hatten die Trunkenbolde sie Celina genannt.

Rokko, der sich in Soron gut auskannte, führte Jadhrin anschließend tief ins Innere der Festung. Angeblich mußte er einige alte Freunde besuchen, die Jadhrin ruhig auch kennenlernen könnte. Es täte ihm angeblich gut, mal ein paar vernünftige Leute zu treffen, hatte Rokko erklärt, als Jadhrin seine Müdigkeit ins

Feld führte. Außerdem habe sein Besuch auch etwas mit ihrer hoffentlich baldigen Abreise zu tun.

Also war Jadhrin Rokko in jene abgelegene Kantine gefolgt. Sie war nur über einen für Jadhrin später nicht mehr nachvollziehbaren Weg durch Dutzende von Kellerräumen zu erreichen gewesen. Unterwegs erzählte der Kundschafter, daß die Keller unterhalb des Neuen Bergfrieds im Vergleich zu dem, was man unter dem Elfenspitz erleben könne, noch harmlos waren. Das sei der schlanke, hohe Turm an der nördlichsten Stelle der Festung. Dort unten kenne sich eigentlich niemand mehr richtig aus, die meisten Keller und Gänge wären noch von Elfen erbaut worden. Man erzähle sich sogar, daß dort noch immer die Geister verstorbener Elfen umgingen.

Jadhrin hätte sonst über solche Gruselgeschichten gelacht, aber er befand sich bereits in unbekannter Tiefe unter der Erde, und seine Umgebung wurde nur von einer ganz und gar nicht ausreichenden Anzahl von Fackeln erleuchtet. Also hatte er es vorgezogen, über Rokkos Erzählungen Stillschweigen zu bewahren.

Schließlich kamen sie in der angekündigten Kantine an, die allerdings eher die Bezeichnung ›heruntergekomme Hafenkneipe‹ verdient hätte. Jadhrin war noch nie in einer Hafenkneipe gewesen. Aber dieses winzige, stinkende Loch mit der aus rohen Brettern zusammengezimmerten Innenarchitektur und dem Boden, der aus festgetretenem Erbrochenem zu bestehen schien, sah genauso aus, wie er sich eine richtig üble Spelunke vorstellte. Auf keinen Fall hatte das hier etwas mit einer offiziellen, militärischen Einrichtung zu tun. Auch die wenigen, zumeist stark verschmutzten und übelriechenden Gäste schienen allen möglichen Tätigkeiten nachzugehen, Soldaten waren sie jedenfalls nicht.

Trotzdem, Rokko wurde mit großem Hallo begrüßt. Offensichtlich wußten schon alle, daß er wieder in der

Festung war. Jadhrin kam es so vor, als wäre Rokko für diese Leute höchstens einen Monat lang weg gewesen.

Ihn selbst begutachteten die Anwesenden zunächst nur sehr zurückhaltend. Doch dann erklärte Rokko, daß er in Ordnung sei. Das half ein bißchen. Doch das Eis brach, als er genötigt wurde, eine Runde des übelriechenden Getränks zu bezahlen, das das gesamte Getränkeangebot der ›Kantine‹ umfaßte. Die Frage, weshalb er in einer militärischen Kantine etwas bezahlen sollte, verdrängte Jadhrin. Danach wurde er jedenfalls zunehmend freundlicher behandelt, obwohl immer wieder fragende Blicke seine Ordensuniform streiften. Wahrscheinlich dachten die Leute, er hätte sie irgendwo gestohlen.

Das anschließende Saufgelage wurde nur einmal unterbrochen, als ein Mann wütend in die Kantine gestürmt kam. Es handelte sich wohl um einen Schmied oder etwas ähnliches, denn der Mann trug eine Lederschürze und hatte sehr viel Ruß und einen großen Hammer mitgebracht, den er, kaum durch die Tür gekommen, sofort nach Rokko warf. Der Pfadfinder wich dem schlecht gezielten Wurf aus, und dann zog auch schon ein großer, haariger Freund des Kantinenwirts dem Ankömmling einen Totschläger über. Anschließend wurde der Bewußtlose einfach hinausgeschleift. Als Jadhrin die Kantine später wieder verließ, lag er noch immer in der Nähe herum. Rokko hatte auch hier offenbar eine bewegte Vergangenheit hinter sich. Aber Jadhrin beschloß zunächst, sich einfach keine Gedanken mehr darüber zu machen.

Nach zwei Stunden stiegen Rokko und Jadhrin dann wieder in die oberen Bereiche der Neuen Festung hinauf. Rokko hüllte sich über den Erfolg seiner Erkundigungen zwar in Stillschweigen, hatte aber etwas wie ›Wird schon werden‹ gemurmelt. Oben angekommen, wartete bereits eine Ordonnanz auf den Dashino: Andron Fedina sei im Augenblick unpäßlich, würde ihn aber so schnell wie möglich treffen. Der Dashino möge sich doch inzwischen ein wenig ausruhen. Ein Gästezimmer stünde bereit. Rokko hatte sich daraufhin verabschiedet, er müsse noch einiges erledigen, versprach aber, sich gegen Abend bei Jadhrin zu melden. Dann wurde Jadhrin in den Gästebereich des Hauptturmes der Neuen Festung gebracht. Unterwegs unterhielt er sich mit der Ordonnanz, einem jungen Offizier aus der Familie der Lodruny, und versuchte unauffällig etwas über die junge Frau zu erfahren.

Trotz der spontanen Wiedersehensfeier in der seltsamen Kantine, in der er in den letzten Stunden gesessen und Dinge abgeschlagen hatte, deren Zusammensetzung ihm einfach zu fragwürdig erschienen war und von denen einige ganz bestimmt illegal waren, konnte er nämlich immer noch nur an Celina denken.

Er mußte sie wiedersehen. Und wer sollte wohl eher über eine junge adlige Dame in heiratsfähigem Alter Bescheid wissen als ein junger Adliger im gleichen Alter. Der Lodruny konnte ihm auch durchaus weiterhelfen.

Es müsse sich um Celina Sedryn handeln, meinte er bereitwillig. Sie sei in Begleitung von Andron Fedina auf die Festung gekommen. Jadhrin hatte insgeheim seine Antipathie gegen die Fedinas noch verstärkt. Beide seien nur knapp einem Überfall auf ein nahegelegenes Landgut der Fedinas entkommen. Die Dame wäre dem jungen Erben der Fedinas aus der Hauptstadt auf das Landgut an der Nordgrenze gefolgt, um ihn dort zu verführen, obwohl der Ni-Herkyn mitten in der Ballsaison gerade wegen ihrer Avancen die Hauptstadt verlassen habe. So erzählten es jedenfalls die Fedinas. Seltsam sei nur, meinte der junge Lodruny, daß die junge Frau, seitdem sie auf der Festung war, alles mögliche tat, um dem Ni-Herkyn aus dem Weg zu gehen. Er hingegen lauerte ihr ständig auf, um sich in wirklich unmöglicher Weise über sie lustig zu machen.

An diesem Punkt der Geschichte wurde Jadhrin plötzlich schwindlig. Schnell ließ er sich eine möglichst genaue Beschreibung des Ni-Herkyn geben.

Als der Ordonnanzoffizier seine Beschreibung beendet hatte, verebbte das Gespräch mit dem sympathischen Ordensritter zu seiner Verwunderung plötzlich ganz. Der Dashino wurde blaß, sagte keinen Ton mehr und schloß die Tür seines Zimmers in geradezu rüder Weise. Etwas pikiert verzichtete der junge Lodruny dann auch darauf, dem Dashino mitzuteilen, daß sein Zimmer genau neben dem der jungen Dame lag, nach der er sich so neugierig erkundigt hatte. Aber wahrscheinlich war der Ordensritter von den hinter ihm liegenden Strapazen ohnehin ermattet, und wollte sich sofort schlafen legen. Seltsam war nur, daß es sich so anhörte, als poche der Dashino mit aller Gewalt von innen gegen die Tür und fluche dabei laut vor sich hin.

Nachdem sein Kopf zu sehr schmerzte, um ihn weiter gegen die Tür zu hämmern, legte Jadhrin sich zwar wirklich hin, konnte aber nicht einschlafen. Er machte sich Gedanken über sein nächstes Zusammentreffen mit Andron Fedina. Hoffentlich war der so betrunken gewesen, daß er sich nicht mehr erinnerte, wer für den schmerzenden Nacken verantwortlich war, den er nach dem Aufwachen spüren würde.

Irgendwie war Jadhrin überrascht, als einige Stunden später jemand an seine Tür klopfte. Rokko wollte erst gegen Abend zurück sein, und der Fedina-Sproß würde dank Jadhrins besonders karrierefördernder Sonderbehandlung für aufmüpfige Erben eines Gouverneurstitels ganz bestimmt noch einige Stunden schlafen.

Als er die Tür öffnete und sich einem älteren Mann in

der Uniform eines Ritmars gegenübersah, war Jadhrin restlos verwirrt. Die Überraschungen dieses Tages schienen kein Ende zu nehmen. Der Mann vor Jadhrin hatte einen grauen Bart, hellblaue Augen und eine rötliche Nase. Eine frische Narbe verzierte seine Stirn und er sah so aus, als habe er die letzten Stunden im Freien verbracht.

Bevor der Mann etwas sagen konnte, schlurfte Jadhrin wieder in sein kleines Zimmer zurück. Daß er nicht schlafen konnte, bedeutete nicht, daß er nicht vollkommen zerschlagen war.

»Kommt rein. Nehmt Platz. Wenn Ihr was zu trinken wollt, ich glaube dort hinten steht noch ein wenig Ale. Ihr könnt es Euch über dem Kamin warm machen.« Jadhrin wies den Neuankömmling auf das kleine Kohlebecken unter dem Luftschacht hin, das sein Zimmer dürftig erwärmte.

Der alte Mann trat wortlos ein, musterte kurz Jadhrin, der es sich inzwischen wieder auf dem Bett bequem gemacht hatte, und folgte dann zunächst einmal Jadhrins Vorschlägen. Als er sich endlich gesetzt hatte und auf sein Ale wartete, wurde Jadhrin doch langsam neugierig.

»Gut«, fragte er. »Was führt Euch zu mir?«

»Mein Name, Dashino, ist Wayn Terhuk. Ich befehlige im Augenblick eine Einheit von Freiwilligen. Eigentlich bin ich aber für den Schutz der Ni-Gadhira Celina Sedryn zuständig.«

Jadhrin versuchte, sich sein plötzlich lebhaft gestiegenes Interesse nicht anmerken zu lassen. Selbst designierte Beschützer konnten so etwas leicht mißverstehen, und wenn man den Ruf der jungen Dame betrachtete, war Ritmar Wayn Terhuk in dieser Beziehung möglicherweise ganz besonders nervös. Plötzlich sah Jadhrin das große Schwert auf dem Rücken seines Besuchers mit ganz anderen Augen.

»In diesem Zusammenhang bin ich auch hier«, fuhr der Sprecher inzwischen fort. »Ich habe gehört, daß Ihr gekommen seid, um den Ni-Herkyn hier rauszuholen. Das erschwert meine Bitte zwar, aber trotzdem muß ich dafür sorgen, daß die Ni-Gadhira heil wieder nach Hause kommt, und Ihr stellt die beste Möglichkeit dazu dar, gleichgültig ob Andron Fedina dabei ist oder nicht.«

Jadhrin nickte. Soviel zur Geheimhaltung im Inneren der Festung.

Wayn sprach unbeirrt weiter: »Während Ihr in den letzten Stunden auf der faulen Haut gelegen habt, ist es den Isthakis überraschend gelungen, den Innenhof und den Alten Bergfried zu nehmen. Die Ordensbastion wurde vom Rest der Festung abgetrennt und der Elfenspitz steht unter schwerem Druck.«

Jadhrin sprang aus seinem Bett. Wie konnte der Mann so ruhig herumsitzen, während die Festung erobert wurde? Und warum sagte ihm niemand Bescheid?

»Beruhigt Euch, Dashino«, beschwichtigte ihn der Ritmar. »Die Lage ist erst mal unter Kontrolle. An der Mauer der Neuen Festung haben wir die Ishtakis aufgehalten. Der Angriff ist zum Stehen gekommen. Aber niemand weiß wie lange das so bleibt.« Er lehnte sich zurück und trank einen Schluck heißes Ale. Dann wiederholte er sein Anliegen. »Also noch einmal, ich möchte Euch bitten, Celina Sedryn und mich mitzunehmen, wenn ihr den Ni-Herkyn rausbringt. Ich muß Euch allerdings warnen, der wird deswegen wahrscheinlich im Dreieck springen, wenn Ihr mir den Ausdruck verzeihen wollt.«

Irgendwie war Jadhrin deswegen nicht überrascht, er war sich ja nicht einmal sicher, daß der Ni-Herkyn sich besonders freuen würde, ihn selbst zu sehen.

»Ich habe mit dem Ghanar gesprochen«, führte sein Besucher inzwischen weiter aus. »Von ihm aus gibt es keine Einwände. Aber er sagt, die Entscheidung läge bei Euch. Er wußte nicht so genau, was Ihr überhaupt geplant habt, um Soron wieder zu verlassen. Auf jeden Fall liegt es an Euch. Ich kann nur an die Ritterlichkeit eines Ordenskriegers appellieren. Nehmt wenigstens Celina mit. Falls Ihr nur eine zahlenmäßig begrenzte Gruppe herausbringen könnt, bleibe ich notfalls auch hier.«

Jadhrin überlegte kurz. Eigentlich hatte er keine Vorstellung davon, wie er aus Soron herauskommen sollte. Eine Frau mitzunehmen, würde ein zusätzliches Risiko bedeuten. Aber diese Celina wiederzusehen, war Jadhrin ein solches Risiko wert. Es würde keine Gelegenheit mehr geben sie kennenzulernen, wenn sie in einer dem Untergang geweihten Festung zurückblieb.

Wegen des Problems mit dem Ni-Herkyn beschloß Jadhrin, sich keine großen Gedanken zu machen. Wenn Andron Fedina schlucken mußte, zusammen mit dem Mann eine Flucht zu wagen, der ihn niedergeschlagen hatte, würde er auch die Anwesenheit dieser Celina tolerieren können.

Jetzt, einige Stunden später, war es draußen bereits wieder Nacht geworden und Jadhrin wartete darauf, die Frau wiederzutreffen, die ihm nicht mehr aus dem Kopf ging, und dem Mann zum zweiten Mal gegenüberzutreten, dessen sichere Rückkehr in die liebenden Arme seines Vaters Jadhrins Zukunft sichern sollte.

Immerhin war inzwischen klar, daß Rokko einen Fluchtweg eingeplant hatte. Er war, wie versprochen, kurz vor Einbruch der Dunkelheit wieder aufgetaucht und hatte Jadhrin versichert, daß ihrer Abreise nichts mehr im Wege stand. Auf dem Rücken trug er drei prall gefüllte Rucksäcke, aus denen Fackeln hervorragten. Und nach kurzem Zögern hatte er auch keine Einwände, als Jadhrin ihm eröffnete, daß sie noch zwei weitere Personen mitnähmen.

Als dann die Nachricht kam, daß Andron Fedina bereit sei, sich mit Jadhrin zu treffen, beauftragte er eine Ordonnanz Ritmar Terhuk und der Ni-Gadhira die Nachricht zu übermitteln, daß sie sich zur Abreise bereit machen sollten.

Anschließend eilte er zusammen mit Rokko zur Kommandozentrale der Festung, um dort auf den Ni-Herkyn zu warten.

Rokko blieb allerdings vor der Tür des Kommandoraums stehen. Jadhrin wollte nicht riskieren, daß der Ghanar, der in der Mitte des Raumes Befehle erteilte, beim Anblick Rokkos seine Meinung über den geflohenen angeblichen Verräter änderte. Bran Carrol Fedina hatte im Augenblick mehr als genug damit zu tun, seine Festung zu retten. Jadhrin wollte ihm jede unnötige Aufregung ersparen.

Wie er in den letzten Minuten aus den Gesprächen entnommen hatte, war inzwischen auch die Ordensbastion gefallen, und die Eishexen hatten begonnen, auf dem durch große Feuer erhellten Innenhof Gefangene in grausamen Ritualen zu opfern, während die Verteidiger nur zusehen konnten. Die Magier im Elfenspitz meldeten kurz darauf, daß für den kommenden Morgen mit einem weiteren Angriff zu rechnen sei.

Jadhrin hoffte unterdessen, daß dieser Fedina endlich auftauchte. Gleichzeitig mußte er an Bruder Astron denken. Er hatte sich in der Ordensbastion aufgehalten. Und das bedeutete, daß er inzwischen tot war – oder ebenfalls wartete, allerdings wahrscheinlich auf das Opfermesser einer Eishexe.

Nach einer weiteren Viertelstunde tauchte der Ni-Herkyn endlich auf. Jadhrin entdeckte ihn vom anderen Ende des Raumes aus. Obwohl der Mann diesmal in eine vollständige Rüstung und einen Mantel gekleidet war, und statt von den beiden Jungoffizieren nur von einem gefährlich aussehenden Einäugigen begleitet wurde, war Jadhrin sich ganz sicher, daß das der Mann war, den er heute morgen ins Reich der Träume geschickt hatte. Die auffällig glänzenden, schwarzen Locken und das schmale, edel geschnittene Gesicht waren unverwechselbar. Immerhin schien er jetzt recht nüchtern zu sein.

Jadhrin machte sich auf den Weg, um die Begegnung hinter sich zu bringen. Der Gouverneurssohn war unterdessen bei dem Ghanar angekommen und verlangte, den Mann zu sehen, der ihn aus Soron herausbringen sollte. Jadhrin trat zu der kleinen Gruppe und grüßte den Ni-Herkyn mit gebührendem Respekt.

Der schaute ihn an, überlegte kurz und begann dann mit einer wilden Schimpftirade, die darauf hinauslief, daß Jadhrin ihn vollkommen grundlos mit gemeinen Ordenstricks angegriffen habe, daß er niemals mit einem solchen Rüpel irgendwohin gehen würde, und daß man Jadhrin ohnehin vor ein Kriegsgericht stellen müsse.

Der Ghanar Bran Caroll Fedina brachte seinen tobenden Verwandten aber schnell zur Ruhe und erklärte ihm in sehr eindringlichen Worten, daß er keine Wahl habe. Er würde den Dashino Thusmar begleiten, gleichgültig was zwischen ihnen vorgefallen sei. Die Festung sei ernsthaft bedroht und er könne hier einfach nicht mehr für Androns Sicherheit garantieren. Die Männer, um einen Ausfall zu machen, habe er auch nicht mehr und der Dashino wäre immerhin in die Festung gelangt. Bestimmt hätte er auch einen Plan, wie er wieder hinauskommen könne.

Die Anwesenden schauten Jadhrin daraufhin erwartungsvoll an.

Er beschloß, einfach mal beruhigend zu nicken und darauf zu hoffen, daß Rokko wirklich wußte, was er tat.

Die Unterhaltung wurde plötzlich unterbrochen, als einige Meldeläufer eintrafen. Offenbar hatte die Südhexe beschlossen, daß genug arme Seelen geopfert worden waren und sie nicht mehr bis zum Morgen zu warten brauchte, um den nächsten Angriff zu befehlen.

Die Melder berichteten, daß auf dem Burghof ungefähr sechzig Eishexen damit begonnen hätten, einen seltsamen Gesang anzustimmen. Außerdem würde es auch wieder heftig schneien – und soweit das in der herrschenden Dunkelheit zu erkennen war, beschäftigten sich einige frische Einheiten des Feindes damit, vor den Toren der Neuen Festung Angriffsstellungen zu beziehen. Der Ghanar eilte daraufhin zunächst auf die ein Stockwerk höher gelegene Aussichtsplattform und nahm die Lage persönlich in Augenschein. Als er wiederkam, war sein Gesicht von Sorgen gezeichnet. Offenbar war die Lage ernst.

Er musterte mit grimmiger Miene Andron, der während der Abwesenheit des Ghanar Jadhrin giftige Blicke zugeworfen und seiner militärischen Laufbahn ein trauriges Ende prophezeit hatte.

Jadhrin ließ sich nichts anmerken, dachte aber im Stillen darüber nach, was passieren mochte, wenn Andron zum Gouverneur der Provinz werden sollte. Man bedrohte doch nicht den Mann, von dessen Einsatz es abhing, ob man die nächsten Tage überlebte. Nicht daß Jadhrin etwas anderes vorgehabt hätte, als den Ni-Herkyn sicher wieder bei seinem Vater abzuliefern. Aber beim Lichte Meridas, auch der Integrität eines Ordensmannes waren Grenzen gesetzt.

»Andron!« meldete sich der Ghanar in eindringlichem Tonfall zu Wort. »Ihr werdet jetzt sofort mit dem Dashino aufbrechen. Wie ich sehe, habt Ihr meinem Wunsch Folge geleistet und bereits alles Notwendige mitgebracht.« Der Ghanar wies mit dem Kopf auf den einäugigen Leibwächter, der mit zwei prall gefüllten Bündeln und einem ebenso prallen Weinschlauch schweigend im Hintergrund wartete. »Dashino, ist von

Euch aus alles klar?« wandte er sich dann an Jahdrin. »Oder benötigt ihr noch irgend etwas?«

»Nein, Ghanar. Ich bin so weit. Mein Begleiter wartet auf dem Flur und wir müssen nur noch die Ni-Gadhira Sedryn abholen. Dann kann es losgehen.«

»Das kann ja wohl nicht wahr sein!« platzte es aus Andron heraus. »Die Sedryn soll mit? Vergeßt es, die hält uns doch nur auf, außerdem kann ich diese ständigen Annäherungsversuche nicht mehr ertragen.«

Carrol Fedina schloß seine Augen und atmete tief durch. Dann trat er vor seinen jüngeren Verwandten und blickte ihm offen ins Gesicht.

In sehr leisem Tonfall sagte er: »Andron, ich habe jetzt langsam genug. Du weißt, ich bin ein treuer Gefolgsmann deines Vaters. Aber ich bin auch ein Adliger und Offizier des Imperiums. Und als solcher werde ich es nicht dulden, daß eine junge Dame wie Celina Sedryn einer unnötigen Gefahr ausgesetzt wird. Und ich werde es auch nicht mehr zulassen, daß du sie mit deinen offensichtlich völlig aus der Luft gegriffenen Äußerungen beleidigst. Das ist ein Verhalten, das weder deiner Stellung, noch deinem Vater oder der Familie Fedina würdig ist. Wenn du jetzt nicht sofort deinen verzogenen Mund hältst, werde ich dich und den Dashino mit dem Kommando einer Einheit hier am Torwerk betrauen. Ihr dürft dann einen glorreichen Ausfall machen und Euch geradewegs durch die Hauptmacht des Feindes schlagen. Deinem Vater, dem ich wahrscheinlich sowieso nicht lebend wiedersehen werde, erkläre ich einfach, daß du zusammen mit dem Dashino bei einem heldenhaften, aber mißglückten Ausbruchsversuch ums Leben gekommen bist. Vielleicht wird dann in Leigre zur Erinnerung eine Statue aufgestellt.

Aber deine Vergnügungstouren werden unwiderruflich zu Ende sein. Und weil du das vermeiden willst, wirst du jetzt keinen Ton mehr sagen und einfach allen

Anweisungen des Dashino wortlos Folge leisten. Haben wir uns verstanden?«

Andron warf ihm einen giftigen Blick zu, sagte aber nichts. Dann drehte er sich um, blickte Jadhrin voller Haß an und zischte: »Es kann losgehen, Dashino, bringen wir das so schnell wie möglich hinter uns. Ich freue mich darauf, aus dieser Todesfalle herauszukommen.« Er warf einen schnellen Seitenblick zu dem wartenden Ghanar. »Und besonders freue ich mich darauf, meinen Vater wiederzusehen. Ich habe ihm viel zu erzählen.«

Jadhrin grüßte den Ghanar noch einmal förmlich, drehte sich dann wortlos um und eilte, gefolgt von Andron und dessen Leibwächter, zum Ausgang.

Als er den Raum verließ, hörte er den Ghanar noch rufen: »Gebt Großalarm! Bewaffnet alles, was laufen kann. Die Mammutjäger sollen sich hinter dem Tor sammeln, ihre Berserker können schon mal damit anfangen, sich in die richtige Stimmung für einen schönen Kampf zu saufen.

Und sagt der Magiergilde Bescheid, sie soll sich bereithalten, jeden magischen Trick sofort zu entkräften, den die Südhexe da unten vorbereitet.«

Draußen vor der Tür wartete Rokko. Wortlos musterte er Andron und den Leibwächter, während er die Spitze übernahm und den Weg zu den Gästequartieren einschlug, um ihre noch fehlenden Begleiter abzuholen.

Andron würdigte ihn keines Blickes, aber Ledago sagte: »Rokko, lange nicht gesehen, ich habe gehört, du wärst tot.«

»Tut mir leid, Einauge, ich lebe noch. Enttäuscht?« antwortete Rokko, ohne sich nach hinten umzudrehen.

»Was nicht ist, kann ja noch werden!« Ledago war auch nicht auf den Mund gefallen.

Jadhrin fragte sich, wer in der ganzen Festung eigentlich nicht schon mal etwas mit Rokko zu tun gehabt hatte? Er hoffte, daß die Bekanntschaft der beiden ihr

Unternehmen nicht behinderte. Ihrer Begrüßung nach waren sie nicht gerade gute Freunde.

Als sie den Turm verließen, drang als allererstes ein hoher, fast kreischender Gesang an ihre Ohren. Heftiger Schneefall erfüllte die Luft und ließ jede Szene, die Jadhrin während ihres raschen Laufs über die hochgelegenen Wehrgänge erhaschen konnte, zu einer verzerrten Augenblickaufnahme werden. Scheinbar brannte die gesamte Ordensbastion, überall waren große Feuer entzündet worden, Tiermenschen liefen umher und warfen brennbares Material in die lodernden Flammen.

Unterhalb der Bastion im eroberten Festungshof tanzten einige Dutzend singende Eishexen auf dem schneebedeckten Boden um eine Art Altar herum, der komplett aus Eis zu bestehen schien. Im Lichtschein der brennenden Bastion konnte Jadhrin erkennen, daß der Altar fast fünf Schritte hoch war und in seiner Form an einen langgezogenen Totenschädel erinnerte. Auf dem abgeflachten Oberteil des Schädels stand eine einzelne Eishexe mit emporgereckten Armen. Die geöffnete Mundhöhle des Totenkopfs pulsierte in einem tiefblauen Leuchten. Überall um den Altar lagen Leichen im blutroten Schnee.

Das Leuchten dehnte sich in vielen kleinen Linien über den Boden hin, in Richtung des Elfenspitz aus. Ungefähr fünfzig Schritte vor dem Turm verebbten die meisten der Linien, aber einzelne reichten auch weiter und schlängelten sich auf den Sockel des Turms zu. Dort wo sie den Boden des Elfenspitz berührten, kam es zu kleinen Entladungen aus grünen und blauen Funken. Alles sah sehr magisch und sehr rätselhaft aus.

Unbeeindruckt von den Lichterscheinungen hatten sich auf dem freien Gelände vor dem Torwerk der Neuen Festung ungefähr tausend fackeltragende Tiermenschen versammelt, die offensichtlich auf den Befehl zum Angriff warteten. In ihrer Mitte befand sich ein halbes Dutzend sechs Schritt großer Eisriesen, die zwischen sich einen riesigen frostüberzogenen Baumstamm trugen, den sie wahrscheinlich als Rammbock benutzen wollten. Lichtzauber der Magiergilde erhellten die Mauern rechts und links des Torwerks. Eine große Menge von Zombies und Skeletten war mit Leitern und Wurfankern damit beschäftigt, die Mauerkronen zu stürmen. Die Untoten, von wild gestikulierenden Schwarzmagiern gelenkt, erlitten furchtbare Verluste und schienen kaum Fortschritte zu erzielen. Aber in wie üblich lebloser Gleichgültigkeit scherten sie sich nicht darum, sondern verhinderten einfach weiter, daß die Tiermenschen vor dem Tor von den Mauern aus beschossen werden konnten.

Auch am Elfenspitz wurde gekämpft. An mehreren kleineren Eingangspforten und am großen Haupttor des schlanken Turms versuchten Furienkriegerinnen der Eishexen sich Einlaß zu verschaffen. Sie wurden dabei von rotäugigen Magierinnen aus ihrem Volk unterstützt. Hinzu kam noch, daß auch die Anführerinnen der einzelnen Einheiten Magie einsetzten.

Jadhrin konnte sehen, wie einige von ihnen große Kristalle auf die Fensteröffnungen des Elfenspitz richteten. Aus den Kristallen löste sich dann jeweils ein eisiger Windstrahl wirbelnden Schnees, der dort, wo er auf die Verteidiger traf, diese in Eisstatuen verwandelte, die sich kurz darauf mit Rissen überzogen und einfach auseinanderbrachen.

Zwei Eisriesen stützten sich an der Außenwand des Turms ab und balancierten einen Dritten auf ihren Schultern, der gerade die Verteidiger von einer hochgelegenen Plattform herunterwischte, als wären die gerüsteten Krieger kleine Spielzeugpuppen. Dabei hielt er sich mit einer Hand an einem kleinen Nebenturm fest, aus dem bereits vereinzelt Mauerwerk herabbröckelte. Furienkriegerinnen kletterten unterdessen an Netzen empor, die an der Fellkleidung der Riesen festgenäht waren.

Die Verbindungsmauer zwischen dem Elfenspitz und der Neuen Festung wurde ebenfalls schwer attackiert. Eine Einheit der Eishexen hatte Leitern an die Mauerbrüstung gelehnt, wurde von den Verteidigern aber noch erfolgreich in Schach gehalten.

Die Bewohner des Elfenspitz wehrten sich unterdessen auf ihre Art sehr erfolgreich gegen die Isthakis. Überall um das Gebäude zuckten magische Entladungen in den unterschiedlichsten Farben durch die Luft, Blitze lösten sich aus Zauberstäben, gelähmte Furien erstarrten mitten in ihren Bewegungen und wurden zu leichten Zielen für die überall postierten Bogenschützen. Vereinzelte Feuerbälle huschten pfeifend durch die Luft und explodierten todbringend zwischen den Angreiferinnen. Offenbar hatten auch einige Kampfmagier des Ordens die Erstürmung der Bastion überlebt und unterstützen ihre Gildenkollegen jetzt tatkräftig.

Als Rokko, Jadhrin und die anderen wieder ins Innere der verwinkelten Festungsanlage des oberen Soron liefen, konnte der Dashino gerade mitansehen, wie aus heiterem Himmel ein Flammenschlag herabfuhr und die Pyramide der Eisriesen einhüllte.

Jadhrin konnte sich nicht vorstellen, daß eine der Kreaturen dieses Inferno überleben würde, nur noch die brennenden Körper schreiender Eishexen, die seitlich aus der Flammensäule herausfielen, waren zu erkennen, bevor ihn wieder das Halbdunkel der Gänge und Hallen im Inneren der Neuen Festung verschluckte.

Einige Minuten später erreichten sie den Gästetrakt. Gleichzeitig wurde die gesamte Festung einige Male von gewaltigen Erschütterungen heimgesucht. Staub rieselte aus den Fugen der Decke und Jadhrin hatte

Mühe, sich auf den Beinen zu halten. Es wurde wirklich Zeit, Soron zu verlassen!

Er war froh, daß Wayn und die Ni-Gadhira bereits aufbruchsbereit waren. Der Ritmar trug einen prall gefüllten Schulterbeutel. Celina war in eine dunkle Lederhose und eine entsprechende Jacke gehüllt. Sie trug sogar ein Schwert. Beide wirkten, als blickten sie allen möglichen Gefahren gefaßt ins Auge.

Natürlich schienen sich Rokko und der alte Ritmar von irgendwoher zu kennen. Sie begrüßten sich, Merida sei Dank, diesmal aber recht herzlich. Wayn nannte den Pfadfinder seltsamerweise Kovnor, was Jadhrin nach kurzem Zögern aber nur noch mit einem kurzen Kopfschütteln kommentierte.

Ledago quittierte es mit einem verächtlichen Schnauben, und Andron und Celina waren viel zu beschäftigt, sich gegenseitig niederzustarren, als daß sie Zeit für etwas anderes gehabt hätten. Trotzdem, irgendwann würde sich Jadhrin sehr lange mit Rokko unterhalten müssen.

»Dashino, warum habt Ihr mir denn nicht gleich gesagt, daß es Ritmar Terhuk ist, der uns begleiten wird?« beklagte sich Rokko unterdessen. Seinen neuen Namen beachtete er gar nicht weiter.

»Genau Dashino, da hätte ich mir doch gar nicht solche Sorgen machen müssen, ob Ihr wirklich einen Plan für unsere Flucht hättet. Wenn Kovnor Falkenauge dabei ist, kann uns doch gar nichts passieren.« Wayn klopfte Rokko begeistert auf die Schulter. »Damals Siebenundneunzig, hat er uns auch ohne Probleme aus dem belagerten Markhelm herausgebracht.«

Jadhrin hörte nicht mehr zu, weitere Einzelheiten aus Rokkos bewegtem Leben interessierten ihn gerade nicht. Celina Sedryn war im Augenblick alles, was in seinem Kopf Platz hatte.

Sie wirkte jetzt fast noch verwirrender, als bei ihrer

ersten Begegnung. Das Schwert an ihrem Gürtel und ihre Lederbekleidung erhöhten den Kontrast zu den wenigen adligen Damen, die der Dashino bisher gesehen hatte, nur noch mehr. Aus seiner Kindheit konnte er sich an blasse Gesichter und riesige, unförmige Kleider erinnern, die an allen möglichen Stellen kratzten, wenn er sich auf den Schoß seiner Mutter setzte. Die paar Begegnungen mit Mädchen seines Alters, die es vor dem Ordenskloster gegeben hatte, waren zu unbedeutend, als daß er sich an sie erinnern konnte.

Celina Sedryn war anders. Da stand sie vor ihm, mitten in einer belagerten Festung, sah vielleicht etwas bedrückt aus, ein wenig verängstigt möglicherweise, aber trotzdem bereit, sich jeder Gefahr zu stellen.

Er wollte irgend etwas Kluges sagen. Aber mit welchen Worten? Er öffnete nur still den Mund und fragte sich, warum die jungen Novizen des Ordens so vollkommen getrennt vom seiner Meinung nach wesentlich bedeutenderen Teil der Menschheit aufwachsen mußten?

Auch Celina war verwirrt. Warum starrte dieser junge Mann sie so an? Er sah aus, als habe ihn der Schlag getroffen. Sie kannte ihn von irgendwoher. Aber erst der Blick, mit dem Andron den Mann strafte, half ihrer Erinnerung auf die Sprünge. Gestern morgen war sie mit ihm zusammengeprallt. Andron und seine Freunde hatten sich sofort auf ihn konzentriert, so daß sie diese Schmeißfliegen abhängen konnte. Sie schuldete dem Fremden etwas. Aber deswegen mußte er sie doch nicht so anstarren.

Wayn hatte ihr erklärt, daß es sich bei dem Krieger um einen Dashino des Ordens des Reinigenden Lichtes handelte, der mit dem Auftrag nach Soron gekommen war, den Sohn des Provinzgouverneurs nach Leigre zu bringen. Der Ritmar war sehr besorgt deswegen, denn das konnte nur zwei Dinge bedeuten.

Zum einen war man in Leigre offenbar der Meinung, Soron sei so gefährdet, daß Andron Fedina hier nicht mehr sicher war. Und zum anderen würden auf absehbare Zeit keine nennenswerten Verstärkungen eintreffen, sonst hätte der Ni-Herkyn auch in der Festung warten können.

Der Dashino befehligte zwei Schwadronen von Reitern, die vor der Festung in einem Versteck auf seine Rückkehr warteten – und er hatte einen erfahrenen Kundschafter, der ihn und seine Begleiter sicher nach Leigre zurückbringen würde. Wayn und der Kundschafter schienen sich überraschenderweise sogar zu kennen. Auf jeden Fall hatte Wayn ihr vor einigen Stunden erläutert, daß auch Celina und ihm selbst keine Wahl bliebe, als die Gelegenheit beim Schopfe zu packen und Soron mit dem Dashino zu verlassen.

Celina hatte sich mit Händen und Füßen dagegen gewehrt. Sie wollte lieber eigenhändig den Kampf gegen die Südhexe aufnehmen als Andron begleiten.

Doch Wayn blieb unerbittlich. Er machte Celina klar, daß sie für ihre jetzige Lage verantwortlich war, und die Suppe, die sie sich eingebrockt hatte, nun auch auslöffeln mußte.

Um sie ein wenig zu versöhnen, hatte Wayn dann ein Schwert unter seinem Bett hervorgezogen und es ihr in die Hand gedrückt. Er erklärte ihr, daß er lange überlegt hätte, ob er es ihr wirklich geben sollte. Aber die bevorstehende Flucht konnte gefährlich werden, und sie habe bereits bewiesen, daß in ihr eine Kämpferin stecke.

Celina war zuerst etwas unsicher gewesen. Obwohl sie schon getötet hatte, kam sie sich deshalb nicht wie eine Kriegerin vor. Kriegerinnen hatten deshalb keine Alpträume. Doch nach und nach gewöhnte sie sich an den Gedanken und nahm die Waffe schließlich an.

Den Rest des Abends über versuchte Wayn dann, ihr die Grundbegriffe des Schwertkampfes beizubringen.

Natürlich war das eine viel zu kurze Zeit, um nennenswerte Fortschritte zu machen, aber Celina wußte jetzt immerhin, wie sie das Schwert richtig halten mußte. Außerdem taten ihre Arme so weh, als hätte sie tagelang riesige Gewichte geschleppt, und sie war sich sehr sicher, daß sie im Augenblick jedem Kampf aus dem Weg gehen sollte. Das Wichtigste aber war, daß sie sich mit dem Schwert an ihrer Seite wohl fühlte, und daß sie sicher war, den Umgang mit der Waffe auf jeden Fall erlernen zu wollen.

»Dashino, was ist los? Können wir weiter?« Der kleine Pfadfinder in der Begleitung des Ordensritters rüttelte an dessen Arm.

Eine weitere Erschütterung ließ die fünf Menschen kurz nach einem festen Stand suchen. Auch der junge Träumer wurde aus seiner Trance gerissen. Was war nur da draußen los?

»Ja, natürlich. Rokko, du übernimmst die Führung«, sagte der Dashino jetzt mit belegter Stimme und drehte sich rasch von Celina weg. Ein seltsamer Kerl!

Wayn fragte: »Rokko? Ich dachte, Ihr heißt Kovnor.«

Celina wandte sich dem älteren Mann neben dem Dashino zu. Er wirkte durch Wayns Frage nach seinem Namen nicht im mindesten verunsichert. Der Dashino blickte seinen Mann nur kritisch an, Ledago ließ lediglich ein leises Lachen vernehmen.

Der Angesprochene setzte kurz zu einer Antwort an, winkte dann aber ab. »Das ist 'ne lange Geschichte. Folgt mir jetzt erst einmal. Ich fürchte, unser Weg wird mit jeder Minute schwieriger.«

Der Pfadfinder eilte über den Gang in Richtung des Innenhofs der Neuen Festung davon und legte dabei einen so schnellen Dauerlauf hin, daß Celina sich bald nur noch darauf konzentrieren konnte, das Tempo zu halten. Immerhin schien auch Andron, der, Merida sei Dank, bisher nicht versucht hatte, seine giftige Zunge unter Beweis zu stellen, große Schwierigkeiten zu haben. Er keuchte und schnaufte, als wäre er schon ewig unterwegs, und Celina konnte sich nicht verkneifen, ihm noch viel mehr Atemnot zu wünschen. Nach einigen Minuten kamen sie schließlich an einer Außenpforte an.

»Also gut. Wir müssen jetzt über den Hof, zu dem Eckturm bei der Verbindungsmauer, dort hinein und sofort hinunter in den Keller. Dashino, Ihr geht voran, dann der Ni-Herkyn und die Ni-Gadhira mit Ledago und Wayn. Ich komme zum Schluß.« Rokko blickte alle der Reihe nach an. Dann verschwand er durch die von zwei Infanteristen bewachte Tür auf den Innenhof, der von unzähligen Fackeln erleuchtet wurde.

Im Freien blickte sich Jadhrin rasch um. Die steil abfallende Fläche war von tiefem Schnee bedeckt. Der gut ausgebaute Weg, der einige Meter vor ihnen zum heftig umkämpften Torhaus der Neuen Festung hinunterführte, war kaum noch zu erkennen, und der kleine Pfad, der am Hauptteil der Neuen Festung entlang zu dem Eckturm führte, war praktisch verschwunden.

Als er von Rokko einen heftigen Schlag auf den Rücken erhielt, lief Jadhrin, gefolgt von Celina und Andron, stolpernd los. Er versuchte, auf dem halbwegs ebenen Bereich zu bleiben, der knapp neben den rechts aufragenden Vorwerken des riesigen Hauptturmes der Neuen Festung lag. Der Schnee war hier durch den Wind hoch aufgetürmt worden, so erinnerte Jadhrins Vorankommen mehr an ein mühseliges Warten als an den eiligen Lauf, den es eigentlich darstellen sollte.

Doch die Ereignisse im Innenhof der Neuen Festung trieben ihn zu größter Eile an. Jadhrin konnte im Schein der Fackeln und der Lichtzauber erkennen, daß das Innentor bereits stark beschädigt war. Die mächtigen Rammstöße der Eisriesen, die einen angespitzten Baumstamm mühelos hin und zurück schwangen, zeigten bereits Wirkung. Deutlich sichtbar ragten geborstene Planken und verbogene Eisenverstrebungen aus dem einst so massiven Tor in den Innenhof.

Die Verteidiger auf den nahegelegenen Mauern wehrten sich immer noch verzweifelt gegen die rücksichtslos angreifenden Untoten. Langsam aber sicher schienen sich die Truppen der Schwarzmagier durchzusetzen, denn auf der Festung befanden sich keine der zauberkräftigen Priester der Kirche Meridas, die wirkungsvolle Zaubersprüche gegen die Untoten zur Verfügung gehabt hätten.

Hinter dem Torwerk standen mehrere Hundert halbnackter Barbaren aus dem Volk der Mammutjäger. Die Kälte schien ihnen nichts auszumachen, sie schwenkten Dutzende von halbleeren Ziegenfellschläuchen umher, die wahrscheinlich mit dem hochprozentigen Schnaps gefüllt waren, den diese Krieger so sehr liebten. Jadhrin hatte noch nie mit Mammutjägern zu tun gehabt, doch er wußte, daß die langen angespitzten Baumstämme, die je zwei bis vier der Männer über ihren Köpfen emporreckten, sehr wirkungsvolle Waffen gegen übergroße Gegner darstellten. Die Eisriesen, die gerade das Tor zertrümmerten, würden wahrscheinlich eine böse Überraschung erleben. Der Rest der Krieger schwenkte Äxte und Speere und stieß ein ohrenbetäubendes Gebrüll aus, das den restlichen Schlachtenlärm mühelos übertönte.

Endlich war Jadhrin aus der Schneeverwehung heraus, und lief, so schnell er konnte, weiter auf den Turm zu, der sich an der nordwestlichen Ecke des Hofs befand. Dabei passierte er einen besonders großen Barbarenkrieger, der hoch über den anderen, auf ein uraltes Schwert gestützt, die Ereignisse am Tor beobachtete. Wahrscheinlich eine Art Häuptling, dachte Jadhrin, als er an dem Mann vorbeilief, der ihm belustigt zusah.

Während er sich weiter durch den Schnee mühte, hörte er hinter sich den Krieger rufen: »He, Frau! Was du machen hier? Lieber verstecken in Loch, wie andere Frauen. Und warum du immer noch mit Schwarzlocke unterwegs. Du haben dich in süßen Geruch verliebt.«

Jadhrin drehte sich um. Celina war langsamer geworden und entgegnete dem Barbarenhäuptling: »Hallo Gord, mach dir keine Sorgen. Ich werde gerade in Sicherheit gebracht. Und mach dir keine Gedanken über Schwarzlocke.«

Jadhrin verstand die Welt nicht mehr. Diese junge Adlige war wirklich bemerkenswert. Woher kannte sie nun wieder diesen Barbaren? Er wollte sich dem Gespräch nähern, aber da wurde Celina auch schon von Wayn eingeholt und weitergezogen. Also sah Jadhrin auch zu, daß er weiterkam. Andron, der sich durch Celinas kleines Gespräch nicht hatte aufhalten lassen, war längst an ihm vorbei und schon beinahe beim Turm angekommen.

Hinter ihm rief Wayn: »Paß auf dich auf, Gord, das wird hart!«

»Pah, heute guter Tag für Kampf!« brüllte der Barbar zurück und stieß ein bekräftigendes Heulen aus.

In diesem Augenblick brach das Tor zum Innenhof endgültig in zwei Teile, und riesige Tiermenschen begannen sich durch die Lücke zu drängen. Mit wildem Geschrei stürzten sie sich auf die ebenfalls wild schreienden Mammutjäger. Diese Bestien waren gut zweimal so groß wie gewöhnliche Tiermenschen, unbewaffnet und wirkten noch wilder als ihre kleineren Artgenossen. Das mußten die Tierberserker sein, vor denen man Jadhrin im Kloster Andoran so gewarnt hatte.

Mit schier unbeschreiblicher Wut fielen sie über die Barbaren her. Die ungepanzerten Krieger wurden von den riesigen Klauen einfach zerfetzt und fielen zu Dutzenden. Doch dann bohrten sich die ersten Baumstämme in die Leiber der Monstren. Offensichtlich hatten die Barbaren beschlossen, ihre Waffen nicht für die Riesen aufzusparen, die noch immer nicht in den Innenhof gekommen waren. Hinter der ersten Welle stürmten bereits Haufen von kleineren Tiermenschen in den Hof. Die Fläche hinter dem Tor versank in einem einzigen Chaos.

Gord rannte schwertschwingend auf die ersten Tierberserker zu, die die Reihen seiner Männer zu durchbrechen drohten.

Jadhrin gab sich Mühe, noch ein wenig schneller zu laufen, und kam schließlich an seinem Ziel an. Er lief an den kampfbereiten Wachen vorbei in den Innenraum und beeilte sich, den nervösen Soldaten zu befehlen, die Tür zu offen zu lassen, bis die anderen angekommen waren. Andron, der vor ihm in den Turm gelaufen war, war nirgends zu sehen.

Endlich durchquerte auch Rokko als letzter die Tür. Er rannte an Jadhrin vorbei, griff sich eine der geladenen Armbrüste, die an der Wand bereit standen, trat wieder in die Tür und feuerte. Nachdem ein Todesschrei erklungen war, nickte er zufrieden, warf die Armbrust zur Seite und zog zu Jadhrins Verwunderung einen neuen Säbel. Wo hatte er den nun wieder her? Die Ostmarken waren weit weg, und hier im Norden waren gerade Schwerter üblicher. Doch ihm blieb keine Zeit, lange darüber nachzudenken. Rokko rannte bereits auf die Treppe zu, die in den Keller des Turms führte.

»Wo ist Andron?« rief irgend jemand.

»Runtergelaufen«, antwortete eine der Wachen, die beunruhigt auf die Tür sahen, die gerade unter einem schweren Aufprall erzittert war.

»Worauf wartet Ihr?« rief Rokko etwas außer Atem. »Ich sagte: in den Keller!«

Diesmal übernahm Jadhrin den Schluß, er ließ Ledago, der sich nervös nach seinem Herrn umblickte, Celina und Wayn vorbei, und folgte dann dem Pfadfinder. Rokko führte sie über mehrere Treppen und Gänge drei Stockwerke tief in die Keller unter dem Turm. Andron hatte ungeduldig an der ersten Kreuzung gewartet, es war ihm zu dunkel geworden, um allein weiterzugehen. Jetzt lief er dicht neben dem Pfadfinder.

Rokko rannte durch einige hintereinander liegende Vorratsräume, die nur schwach von kleinen Öllampen erleuchtet wurden und bis auf wenige Fässer leer waren. Dann blieb er vor einer kleinen Pforte stehen. Neben der unbenutzt aussehenden Tür lagen einige Bretter und ein Schild auf dem Boden. Auf dem Schild stand deutlich lesbar: »Nicht betreten! Einsturzgefahr!«. Die Botschaft wurde durch einen aufgemalten Totenkopf unterstrichen.

»Äh, Rokko …« Jadhrin wies mit einer Hand auf die am Boden liegende Hinweistafel.

Rokko schüttelte nur mit dem Kopf und klemmte seinen Säbel neben dem verzogenen hölzernen Riegelschloß zwischen die Tür und den Rahmen. Er bog ein wenig an der Waffe herum, bis der Säbel einigermaßen tief in dem Schlitz steckte, dann riß er ihn mit einem Ruck von links nach rechts. Der verzogene Riegel zerbrach, und die Tür öffnete sich mit einem lauten Quietschen lange nicht geölter Scharniere. Jadhrin zog die Augenbrauen empor, Rokko besaß nicht nur einen neuen Säbel, nein, seine neue Waffe war auch noch von hervorragender Qualität.

Rokko holte eine Fackel aus dem Sack, der auf seinem Rücken hing und entzündete sie. »Hier geht es durch lange nicht mehr benutzte Tunnel in Richtung der Keller unter dem Elfenspitz. Von dort gelangen wir über einen alten Gang ungefähr zweitausend Schritt westlich der Festung nach draußen. Dann brauchen wir nur noch Gannon und die anderen zu suchen und können uns auf den Rückweg machen.«

Andron meldete sich zu Wort: »Alter Mann, Ihr seid nicht nur ein Analphabet, sondern auch noch vollkommen verrückt. Dieser Gang ist wegen Einsturzgefahr gesperrt. Und selbst wenn entgegen aller Gerüchte unter dem Elfenspitz keine Geister herumspuken und darauf warten, uns den Kopf zu verwirren, wimmelt es da unten von alten Fallen. Ganz zu schweigen davon, daß man sich sehr schnell verirren kann. Ihr seid nicht ganz bei Trost, wenn Ihr glaubt, daß ich da hineingehen werde.«

»Junger Mann«, entgegnete Rokko in einem dermaßen respektlosen Ton, daß Ledago die Hand an die Klinge legte und sich versteifte.

Was aber weder Jadhrin, noch, wie er beruhigenderweise feststellte, dem nach Luft schnappenden Wayn entging. Denn genau wie der Ordenskrieger, trat auch der Ritmar unauffällig näher heran, um möglicherweise eingreifen zu können.

Rokko schien ebenfalls etwas bemerkt zu haben. Er räusperte sich und begann von vorne: »Ni-Herkyn, Euch bleibt keine Wahl. Entweder die Tunnel oder die Tierberserker. Glaubt mir, ich kann zwar nicht lesen, aber der Tunnel ist schon ganz in Ordnung. Ein Freund von mir hat das Schild vor langer Zeit angebracht, sagen wir mal: für Notfälle. Und ja, die Tunnel unter dem Elfenspitz sind gefährlich, das stimmt. Aber ich kenne den Weg genau. Ich habe ihn vor längerer Zeit schon einmal benutzt.«

Celina drängte sich zwischen die beiden und warf Andron einen abfälligen Blick zu. Dann betrat sie den Tunnel. Wayn folgte ihr und warf im Vorbeigehen Rokko einen prüfenden Blick zu. Rokko nickte und setzte sich dann, die Fackel vor sich haltend, an die Spitze der Gruppe. Seinen Säbel hatte er wieder weggesteckt. Andron warf Jadhrin einen bösen Blick zu.

Aber der hatte langsam den Überblick verloren, wofür ihn der Ni-Herkyn inzwischen wohl zur Rechenschaft ziehen wollte, sobald er wieder in Leigre war. Schicksalsergeben zuckte er nur die Achseln und folgte Ledago, nachdem auch der endlich in dem Gang verschwunden war.

Sie brauchten ungefähr zehn Minuten, dann gelangten sie an das Ende des Tunnels. Das Vorankommen war mehr als mühsam, da der Gang offensichtlich nur sehr selten benutzt wurde und tatsächlich einsturzgefährdet erschien. An einigen Stellen war die Decke heruntergebrochen und blockierte in großen Schutthaufen das Durchkommen. Die Flüchtenden mußten sich sehr vorsichtig hindurchzwängen, um keinen weiteren Einsturz auszulösen.

»Die sind frisch«, kommentierte Rokko die Einstürze. »Müssen von den Erschütterungen kommen, die wir eben auch bemerkt haben.«

»Ob die Isthakis dafür verantwortlich sind?« wunderte sich Celina.

»Genaueres weiß ich auch nicht, junge Dame«, antwortete Rokko. »Aber ein Bekannter erzählte mir gestern, er habe von einem jungen Magier aus dem Elfenspitz gehört, daß die Gilde einen ernsthaften Angriff auf die Schutzzone um ihren Turm herum befürchtete. Die magieabwehrende Zone stamme noch von den alten Elfen und sei so mächtig, daß die Südhexe sie erst ausschalten müsse, bevor sie ihre volle Macht gegen Soron einsetzen könne.«

Nach einiger Zeit konnten sie das Ende des von Menschen erbauten Tunnels und den Beginn der elfischen Konstruktion erkennen. Also mußten sie jetzt unter dem Elfenspitz angelangt sein. Der Gang mündete vor ihnen in einen geschwungenen Torbogen, unter dem die Reste einer Tür lagen, seine Oberfläche war mit seltsamen, aber wunderschönen Reliefs verziert, die fremdartige Wesen darstellten.

Rokko trat wortlos über die Trümmer der Tür hinweg in den Gang und wandte sich zielstrebig nach rechts. Die anderen folgten ihm zögernd.

Die nächsten Minuten kamen Jadhrin wie ein seltsamer Traum vor. Die kleine Gruppe der Menschen bewegte sich, einem unpassenden Fremdkörper gleich, durch eine verwirrende Abfolge von Gängen, an deren Wänden wundervoll detaillierte Reliefs zu sehen waren. Die Gänge verbanden Räume miteinander, deren hochgeschwungene Decken von menschlicher Baukunst nicht hätten getragen werden können. Es gab Treppen, die beinahe ohne jede Stütze frei im Raum zu schweben schienen.

»Hier unten trauen sich nicht mal die Magier hin. Das alles ist seit Jahrhunderten unbenutzt. Ich weiß nicht, ob es wirklich spukt, aber mir ist hier noch nie ein Geist begegnet. Ein Freund benutzt diese Gänge hin und wieder, um seine Geschäfte zu erledigen.« Rokkos leise Stimme besaß in der Finsternis, die nur von einer flackernden Fackel erhellt wurde, einen seltsamen Klang.

»Ihr meint, er schmuggelt.« Andron hatte offensichtlich beschlossen, auch Rokko auf seine Liste nicht gemochter Personen zu setzen.

Doch der Pfadfinder antwortete nicht. Er nahm einen Schluck aus einer kleinen, mit einer klaren Flüssigkeit gefüllten Flasche, die er aus einer Tasche seiner Jacke holte und ging dann schweigend weiter.

Nach wenigen Minuten hörte Jadhrin zum ersten Mal die Andeutung leiser Stimmen. Er schaute sich um, konnte aber nichts erkennen. Trotzdem vernahm er weiter Geräusche. Es war, als hätte sich etwas in seinem Kopf eingenistet, um ihn mit einer ständigen Folge unverständlicher Äußerungen zu versorgen. Nach weiteren fünf Minuten fühlte Jadhrin, wie sich das Flüstern langsam zu einer Botschaft verdichtete.

»Dein Leben ist nichts, Affe. Was suchst du hier? Du versündigst dich gegen deine Götter, tue Buße. Dein Schwert, nimm es!«

Die Worte wurden immer deutlicher. Jadhrin konzentrierte sich auf seine Umgebung und versuchte, nicht auf die Sprecher zu achten. Oder war es nur eine Stimme? Jadhrin schüttelte sich, taumelte, ein Schwindelgefühl drohte ihn zu überwältigen.

Plötzlich klatschte etwas gegen seinen Kopf, und er konnte wieder klar denken. Rokko stand vor ihm und senkte seine Hand erneut. Dann bot er ihm eine Feldflasche an, aus der es verdächtig nach Nordmark-Uisge roch.

»Hier, trink was«, murmelte er, und ging dann weiter.

Nachdem ein paar tiefe Schlucke in Jadhrins Kehle brannten, fühlte er sich schon bedeutend besser. Das Flüstern wurde leiser. Jetzt sah er, daß auch seine Begleiter angehalten hatten, alle wirkten, als würden sie gerade aus einer Trance erwachen und hatten gerötete Wangen.

Rokko, der schon wieder einige Schritte weitergegangen war, drehte sich um und sagte: »Gebt die Flasche weiter, Dashino. Das kann hier unten schon mal passieren. Ist ein bißchen komisch, aber nicht weiter gefährlich. Der Uisge hilft. Wenn Ihr merkt, daß Euch wieder schwindlig wird, trinkt einfach noch etwas.«

Nachdem dann alle etwas von dem hochprozentigen Gesöff hinuntergestürzt hatten, Andron natürlich nicht ohne leidend zu stöhnen, ging es weiter. Jadhrin rieb sich seine schmerzende Wange. Ob Rokkos Ohrfeige besonders stark ausgefallen war? Er konnte sich vorstellen, daß der Alte es ihm manchmal übelnehmen mußte, in was für Situationen er wegen Jadhrin geriet. Uisge als Mittel zur Geisteraustreibung! Jadhrin schüttelte den Kopf. Wieviel Schnaps mußten Rokko und seine Freunde für gewöhnlich in den Adern haben, wenn sie die Stimmen als ›nicht weiter gefährlich‹ einstuften?

Bei Merida, Jadhrin kam sich zunehmend schwach, überfordert und hilflos vor. Warum konnte er nicht an einer netten, kleinen Schlacht teilnehmen? Im Augenblick schien ohne Rokkos Hilfe überhaupt nichts mehr zu gelingen. Auch seine Orientierung hatte er praktisch völlig verloren. Nur Rokko schien zu wissen, wo sie sich befanden. Jadhrin seufzte still in sich hinein. Andron würde ihn bestimmt vollkommen fertig machen, wenn sie erst mal wieder in Leigre waren, Celina schien ihn kaum zu beachten, Rokko nahm ihn nicht ernst und Ledago mochte ihn bestimmt auch nicht. Meridas Licht prüfte ihn wirklich hart. Und jetzt bekam er auch noch Schluckauf von diesem Uisge!

Eine halbe Stunde später waren sie noch immer in diesem seltsamen Labyrinth fast obszön schöner Architektonik und flüsternder Stimmen gefangen. Jadhrin hatte inzwischen bemerkt, daß Rokko hin und wieder stehen blieb und seine Fackel ganz nah an bestimmte Türrahmen und die Wände von Gangkreuzungen hielt. Offensichtlich folgte er einem Weg, der durch kleine, in den Stein geritzte Kreuze markiert war. Dieser Rokko war ein wirklich findiger Mann. Jadhrin mußte leise rülpsen. Der Uisge hatte sich langsam in seinen Adern ausgebreitet, und alles in allem sah die Welt nur noch halb so schlimm aus.

Obwohl sie schon ziemlich lange unterwegs waren, befanden sich Jadhrin und die anderen noch immer unter dem Elfenspitz. Rokko hatte ihm erklärt, daß sie ziemlich große Umwege gehen müßten, um einigen gefährlichen Stellen auszuweichen. Andron habe mit seiner Bemerkung über tödliche Fallen nämlich durchaus Recht gehabt.

Aber Rokko kannte sich aus. Er hatte gerade eine

kleine Pause gemacht und zog eine neue Fackel aus seinem Rucksack, um sie an der alten zu entzünden.

»Es wird jetzt nicht mehr lange dauern. Dann verlassen wir die Keller unter dem Elfenspitz. Wir werden bald in ein altes, natürliches Höhlensystem eindringen, durch das wir uns unterirdisch ziemlich weit von der Festung entfernen werden«, erklärte der Pfadfinder gerade.

»Rokko, sag mal, warum hast du uns nicht schon über diese Route in die Festung gebracht, wäre das nicht viel sicherer gewesen?« fragte Jadhrin.

»Ich wußte ja nicht, ob die Tunnel noch sicher waren. Seitdem ich das letzte Mal hier war, ist einiges passiert. Deshalb mußte ich ja auch heute nachmittag in die Kantine, um alles abzuklären. Außerdem hätte die Öffnung, durch die ich rein wollte, ganz ähnlich ausgesehen.« Rokkos Unterton enthielt die stille Botschaft, daß Jadhrin viel zu viele Fragen stellte.

»Aha«, war deshalb alles, was der noch entgegnete.

Die Gruppe setzte sich wieder in Bewegung. Sie verließen den Raum, in dem Rokko die neue Fackel entzündet hatte und sahen einen Gang vor sich, der nach einigen Metern einen scharfen Knick vollzog. Seltsame, geschwungene Wellen und andere Linienmuster waren als Relief in die Seitenwände des Ganges eingearbeitet.

Ohne jede Vorwarnung fiel plötzlich ein Lichtschein um die Gangbiegung herum, und während die Menschen vor Schreck erstarrten, rannten nur Sekunden später einige Furienkriegerinnen um die Ecke. Offensichtlich hatten sie den Schein von Rokkos Fackel entdeckt, bevor den Menschen ihre Lichtquelle aufgefallen war. Vielleicht hatten sie auch einfach schneller reagiert.

Die Eishexen hielten lange Messer in beiden Händen und waren wie üblich nur spärlich bekleidet und noch spärlicher gerüstet. Um ihre Hälse trugen sie Kristalle, die in einem knappen Umkreis um sie herum trübes

Licht abgaben. Sie verharrten in völliger Stille, doch die Mordlust in ihren Augen sprach Bände.

Rokko zückte seine Waffe und rief: »Zurück!«

Dann war die erste Eishexe auch schon bei ihm. Er bohrte ihr den Säbel mit einer wirbelnden Bewegung in den Bauch, eine zweite hielt er mit einem Hieb seiner Fackel auf Abstand. Dann drehte er sich um und rannte hinter Andron und Celina her, die sich bereits in den gerade durchquerten Raum zurückzogen.

Ledago, Wayn und Jadhrin zogen ihre Schwerter, um sich zum Kampf zu stellen, wichen dann aber auch zurück, als weitere Eishexen und eine rotäugige Magierin, die einen Zauberstab trug, auftauchten. Aus dem Raum, in dem noch Rokkos alte Fackel auf dem Boden lag, führten mehrere Ausgänge hinaus. Doch von überall her schienen plötzlich laute Rufe zu kommen. Rufe, die denjenigen ihrer Verfolgerinnen antworteten. Offensichtlich waren auf einmal überall um sie herum Eishexen!

Celina schaute sich gehetzt nach Wayn um. Ihr Freund kam gerade mit den anderen Männern in den Raum gelaufen. Er hatte seinen Bihänder gezogen und sah sich nach einer guten Kampfstellung um.

Zwei Furien kamen jetzt hinter Ledago, der als letzter in den Raum gelangt war, herangestürmt. Der einäugige Leibwächter sprang zurück, als ein langes Messer blitzschnell auf seinen Bauch zufuhr. Eine andere Klinge parierte er hastig, dann trennten sich die beiden Furien und griffen den ehemaligen Kampfsklaven gleichzeitig von rechts und links an.

Noch bevor Jadhrin oder Wayn eingreifen konnten, fand eine Klinge ihren Weg in die ungerüstete Kehle des Leibwächters. Eine Fontäne roten Blutes schoß hervor und mit einem gurgelndem Laut ging der Einäugige zu Boden.

Jadhrin schlug inzwischen mit seinem Schwert das

Messer der linken Eishexe zur Seite und fegte sie mit einem Sicheltritt von den Beinen. Bevor die Hexe wieder aufstehen konnte, durchbohrte sie Jadhrins Schwert.

Celina schluckte. Dafür, daß der Dashino eine beachtliche Menge des Uisge aus der Feldflasche in sich hineingeschüttet hatte, kämpfte er noch immer ziemlich beeindruckend. Aber wahrscheinlich sollte man das von einem Ordenskrieger auch erwarten.

Wayn stand bereits über der kopflosen Leiche der zweiten Eishexe. Rokko hechtete von Ausgang zu Ausgang und horchte, von woher sich überall Eishexen näherten. Andron war nirgendwo zu sehen.

Im nächsten Augenblick tauchten drei weitere Eishexen vor Jadhrin und Wayn auf. Wayn warf sich ihnen entgegen und schwang dabei seinen Bihänder so mächtig, daß die Hexen zunächst zurückwichen.

Celina hörte Rokko rufen: »Hier lang!«

Als sie sich umdrehte, stand der Pfadfinder mit blutigem Säbel vor einem der Ausgänge und gestikulierte wild. Sie schaute wieder zu Wayn und Jadhrin. Wayn hielt die Eishexen am Eingang durch die Reichweite seines Bihänders für den Augenblick in Schach. Jadhrin lief ein paar Schritte in den Raum hinein, behielt aber die anderen Ausgänge genau im Auge.

»Rokko, was ist hier los?« fragte er. »Wo kommen plötzlich all die Furien her?«

»Keine Ahnung!« lautete die Antwort. »Eigentlich sollten diese Keller doch durch diesen mächtigen Bannzauber vor den Isthakis geschützt sein, so hat man es mir wenigstens erzählt. Aber wer weiß sowas schon genau. Vielleicht haben die Eishexen irgendwie von diesen Anlagen erfahren und wollen einen Überraschungsangriff starten.«

Eine Furie stürzte kreischend aus einem Eingang drei Schritte rechts von Rokko. Sie orientierte sich kurz und griff dann den Pfadfinder mit hoch erhobenen Dolchen an.

Rokko trat der Hexe mit ausgestrecktem Bein ansatzlos in den Bauch. Als sich seine Gegnerin krümmte und sich zu übergeben begann, sprang Rokko an sie heran und stieß ihr den Säbel in den Hals.

»Ist ja auch egal, wir müssen jetzt hier weg. Was ist los, Wayn? Kommt Ihr oder wollt Ihr noch weiter mit den Mädels spielen?« drängte er und zog seine Waffe aus der zusammenbrechenden Furie.

Celina schaute zu Wayn hin, vor dessen Füßen sich tote Furien stapelten. Gerade drangen wieder zwei weitere der messerschwingenden Kriegerinnen auf den alten Ritmar ein, der in seinem zotteligen Pelzmantel wie ein großer, schwärzer Bär inmitten eines Rudels blauer Wildkatzen wirkte.

Wayn hieb rücksichtslos auf die Hexen ein, trennte einen Arm vom Körper und trieb seine schwere Klinge gleich noch durch ein Bein. Doch bevor er sein Schwert wieder heben konnte, sprang ihn aus dem Gang heraus eine weitere Furie an und riß ihn zu Boden. Sofort stürzten weitere Eishexen hinzu. Noch während Celina fassungslos erstarrte, fühlte sie sich am Arm ergriffen und weggezogen. Das letzte, was sie von ihrem Freund und Beschützer sah, war ein blutiger Arm zwischen hinabstoßenden Dolchen.

Sie wollte schreien. Doch kein Laut kam über ihre Lippen. So konnte doch der Mann nicht sterben, der ihr das Reiten beigebracht und auf dessen Schoß sie gespielt hatte. Sofort lief sie hinter Jadhrin in den Gang, in dem Rokko gerade verschwunden war. Sie passierten eine oder zwei Abzweigungen. Der Weg wurde nur notdürftig durch Rokkos Fackel erleuchtet. Wayn war tot!

Von vorne kamen Schreie. Etwas klirrte. Schritte näherten sich.

Rokkos Stimme rief: »Zurück! Lauft zurück! Hier

sind noch mehr! Eine ist an mir vorbei, den Rest schaffe ich.«

Da kam auch schon eine Furie um die Ecke gelaufen. Ihr fratzenhaft verzerrtes Gesicht wurde von dem Leuchtkristall an ihrem Hals grauenvoll ausgeleuchtet. Der vor ihr stehende Jadhrin hob mit ausdruckslosem Gesicht sein Schwert, und die Hexe, blind vor Blutdurst, rammte es sich von alleine in die Brust.

Celina blieb stehen.

Mit einem erstaunten Blick auf die Klinge sank die Hexe nieder. Jadhrin riß den Lichtkristall vom Hals der Sterbenden und zog das Schwert aus ihrer Brust.

Er drehte sich zu Celina um und sagte mit ausdruckslosem Gesicht: »Folgt mir. Rokko wird sie aufhalten.«

Die junge Adlige erschrak. Der verwirrte Junge, der sie immer so seltsam anstarrte, schien sich im Kampf vollkommen zu verwandeln. Celina mußte unwillkürlich schlucken. Der Blick in das Gesicht des Dashino ernüchterte sie, vertrieb für den Augenblick ihren Schmerz und die beginnende Panik. Neben diesem Gesicht gab es nur Platz für reinen Überlebenswillen. Sie nickte und ließ den Ordenskrieger vorgehen.

Während sie hinter sich noch immer Kampfschreie und Rokkos Flüche hörten, machten sich Celina und Jadhrin auf den Weg zu der letzten Abzweigung, die sie passiert hatten. Der Lichtkristall der Eishexe ermöglichte einen raschen Dauerlauf, so kam die Abzweigung schnell in Sicht.

Doch genau davor standen drei Eishexen. Jadhrin zögerte keine Sekunde. Er hängte sich den Kristall um den Hals, ergriff sein Schwert mit beiden Händen und ging leicht in die Hocke, während er die Hexen keine Sekunde aus den Augen ließ.

Celina trat einen Schritt zurück. Sie hatte das Gefühl, Jadhrin sonst nur zu behindern. Mit einem kurzen Blick über ihre Schulter überzeugte sie sich davon, daß Rokko die anderen Eishexen offenbar noch immer beschäftigte.

Jadhrin näherte sich inzwischen den Hexen, dabei nahm er in einer einzigen flüssigen Bewegung mit jedem Schritt eine neue Ausfallhaltung ein. Celina hatte selten etwas so gefährlich Aussehendes wahrgenommen. Den Hexen erging es wohl ähnlich, denn sie verteilten sich, so gut es in dem engen Gang ging.

Dann ging auch schon die erste Hexe zum Angriff über. Mit einem lauten Schrei sprang sie Jadhrin an. Die beiden anderen setzten sich gleichzeitig in Bewegung.

Jadhrin bückte sich, entging so den auf seinen Kopf zielenden Messern, schwang dann sein Schwert, das er rechtwinklig zum Körper gehalten hatte, gegen den Bauch der Eishexe. Doch mit einem Sprung katapultierte sie sich über die Klinge hinweg, kam auf, machte eine Rolle und stand plötzlich vor Celina.

Jadhrin vergrößerte inzwischen mit einem schnellen Schritt an die rechte Seitenwand seinen Abstand zur linken Furie, hatte die rechte plötzlich unmittelbar vor sich und versenkte mit lang ausgestrecktem Arm die Spitze seines Schwertes in ihrem Körper.

Noch während er sein Schwert wieder zurückzog, kam die zweite Eishexe heran, doch ein schneller Fußtritt warf sie wieder an die Wand zurück.

Dann konnte sich Celina nicht mehr auf Jadhrin konzentrieren. Die Eishexe vor ihr griff wütend an. Sie konnte gerade noch ihr Schwert ziehen, da mußte sie auch schon vor einer unüberschaubaren Flut von Messerstichen zurückweichen. Wayns Lektionen halfen ihr ziemlich genau fünf Atemzüge lang. Danach war Celina sicher, jeden Augenblick durchbohrt zu werden.

Doch plötzlich ragte eine Schwertspitze aus dem Hals ihrer Gegnerin und blaues Blut quoll hervor. Die Furie brach zusammen, Jadhrin trat über die Leiche hinweg, überprüfte kurz, ob Celina verwundet war und schaute sich dann nach weiteren Gegnern um.

Aber niemand war zu sehen, rasch zog er Celina in die Abzweigung hinein. Den Lichtkristall schob er ziemlich unsanft unter Celinas lichtundurchlässige Lederjacke, so daß die beiden sich plötzlich in vollkommener Dunkelheit wiederfanden.

Der Dashino drängte Celina an die Wand des Seitenganges und flüsterte: »Wir tasten uns erst mal vorsichtig weiter. Los!«

Trotz der Dunkelheit nickte Celina, steckte ihr Schwert wieder weg und folgte dem Ordenskrieger. Dabei ließ sie beständig eine Hand auf seiner Schulter und die andere an der Wand.

Nur Augenblicke später hörten sie die beiden Stimmen von der Abzweigung her und erstarrten. Doch keine plötzliche Helligkeit erfüllte den Gang, niemand schien ihnen zu folgen. Bis auf die leiser werdenden Stimmen passierte nichts. Offenbar hatten ihre Verfolgerinnen die Spur verloren.

Langsam schlichen sie weiter den Gang entlang, der in einer langgestreckten Rechtskurve aufwärts führte. Für eine schier endlose Zeit konnte Celina über ihre Lage nachdenken, ihre Furcht spüren und dahinter die Trauer und den Schmerz fühlen.

Dann hörten sie erneut Stimmen. Sofort erstarrten sie wieder, doch die Geräusche kamen nicht näher und außerdem waren sie seltsam gedämpft. Als ob sie gar nicht aus dem Gang stammten, in dem sich Celina und Jadhrin befanden. Einige Sekunden später setzten sie sich wieder in Bewegung und gelangten schließlich an eine schmale Öffnung in der Seitenwand.

Ein wenig Helligkeit fiel aus einer tiefer gelegenen Lichtquelle durch einen fensterähnlichen Schlitz in den Gang. Eine rege Unterhaltung spielte sich irgendwo unter ihnen ab.

Hinter der Öffnung endete der Gang an einer Treppe. Sehr vorsichtig wagten sie es, einen Blick durch die Öffnung zu werfen. Unter ihnen lag der Raum, in dem Wayn gestorben war. Tränen füllten Celinas Augen, als sie seine blutige Leiche auf dem Boden sah und seine letzten Augenblicke ihr noch einmal durch den Kopf gingen.

Der Rest des Raumes war mit schweigenden Furienkriegerinnen angefüllt. Die Zauberin, die sie vorhin kurz gesehen hatten, befand sich in der Mitte des Raumes, und vor ihr stand der Sohn des Provinzgouverneurs von Anxaloi, Andron Fedina. Er streckte der Eishexe ein Amulett entgegen, das von einer Kette hinabbaumelte und unter ihren tastenden Fingern bläulich leuchtete.

»Ja, es ist wahr«, zischte er gerade, »er gab es mir. Und Ihr werdet mich gut behandeln, sonst bekommt Ihr den Zorn Lecajas zu spüren.« Androns Stimme überschlug sich geradezu. »Verfolgt die Menschen, die bei mir waren. Sie sind zwar unwichtig, aber ich will die Männer sterben sehen, besonders den Ordenskrieger. Und mit der Frau habe ich auch noch so einiges vor. Sucht sie und bringt sie her! Lebend!«

Die Magierin gab einige Befehle in der Sprache der Eishexen, dann schaute sie Andron dabei zu, wie er zu Wayns Leiche ging und dem leblosen Ritmar einen Fußtritt verpaßte: »Na, du alter Sack, wie gefällt dir das. Habe ich mir schon lange gewünscht!«

Das war zuviel für Celina, sie konnte einen Aufschrei nicht unterdrücken.

Sofort richteten sich rote Augen auf sie. Die Eishexenmagierin blickte zu der Öffnung, in der Celina und Jadhrin standen und hob ohne zu zögern ihren Zauberstab, während sie eine magische Formel sprach.

Doch als sich der lähmende Frosthauch aus dem Stab löste, hatte Jadhrin Celina bereits in Deckung gezogen, den Lichtkristall aus ihrer Kleidung geholt und sie zu der Treppe am Gangende gedrängt. Celina widerstrebte zuerst, sie wollte in den Raum hinunter und Andron eigenhändig ein Schwert ins Herz rammen. Doch Jadhrin setzte sich durch. Jetzt zu versuchen, Andron zu töten, würde nichts helfen, sie würde nur sinnlos sterben. Und das wollte sie nicht, sie wollte weiterleben. Auch wenn das bedeutete, sich mit dem Wissen auseinanderzusetzen, daß der Ni-Herkyn Andron Fedina Eishexen Befehle erteilte.

KAPITEL 26

10. Oktum, 715 IZ

Sonnenaufgang über Soron. Einen Tag nach dem Ende der Belagerung.

»Es ist vorbei, Gannon. Laßt uns gehen.« Jamkar Attusik zog den Hetnor mit sich zurück zu den wartenden Soldaten. »Wenn sie es überlebt haben, wird Rokko sie auch ohne uns nach Leigre bringen. Wenn nicht, können wir nichts mehr tun.« Er bestieg sein Pferd. »Wir müssen auf jeden Fall hier weg, bevor sie anfangen, den Weg nach Süden dicht zu machen. Jemand muß in Leigre berichten, daß die Festung Soron erobert wurde und die Südhexe mit einem großen Heer die Grenze überschritten hat.«

Gannon haßte es, aber der Ritmar aus der Provinzarmee hatte recht. Gestern nacht hatten sie beide gesehen, wie immer mehr Isthakis in den von Bränden erleuchteten Bereich der Neuen Festung gestürmt waren. Offensichtlich waren auch noch von anderswoher Eishexen ins Innere der Festung vorgedrungen, denn plötzlich brachen auch auf den hochgelegenen Wehrgängen und Plattformen Kämpfe aus, obwohl die Tiermenschen, die den Hauptangriff im Hof vortrugen, noch längst nicht soweit gekommen waren. Tatsache war, daß die stärkste Festung der Nordgrenze gefallen war, der Khaiman-Paß sich in Feindeshand befand und damit für isthakische Heere der Weg nach Süden frei war. Das Oberkommando in Leigre mußte so schnell wie möglich darüber unterrichtet werden.

Zehn Minuten später machten sich die Reiter auf den Rückweg zur Hauptstadt der Provinz Anxaloi in den Nordmarken des Imperiums.